아리랑

조정래 대하소설

아리랑

8

제3부 어둠의 산하

해냄

차례

아리랑 제3부 어둠의 산하

8권

16

변하는 게 절기뿐이랴

상해는 분명 중국땅이었다. 그러나 그 면모는 전혀 중국 도시가 아니었다. 황포강을 따라 즐비하게 솟아 있는 고층 건물들은 하나같이 서양식이었다. 육중하면서도 호화로운 그 높은 건물들은 서로 뽐내듯 상해의 중심지를 채우고 있었다.

그 각양각색의 서양건물들은 그저 그 느낌만으로 제 모습을 뽐내고 있는 것이 아니었다. 사실 그 건물들의 크기와 높이만큼 구미(歐美) 여러 나라들은 힘을 앞세워 다투고 있었다. 영국·프랑스·미국이 그 중심세력을 이루고 있었고, 뒤늦게 일본도 세력을 확장해 나아가고 있었다. 그러니까 상해의 서양식 건물들은 영국풍이거나 프랑스풍이 주류를 이루고 있었다.

황포강에서 배를 타고 바라보면 상해는 영락없이 어느 서양의 도시였다. 제각기 독특한 외양으로 호화롭게 치장된 건물들의 모습은 장관이었다. 노을이 지는 황포강에 그 건물들이 흐릿하게 비치는 풍경은 퍽 아름답고 인상적이었다. 좀 아쉬운 감이 있다면 황포강의 물이 너무 누른빛으로 탁하다는 것이었다.

"유럽에서도 이렇게 크고 호화로운 도시는 그리 흔하지 않지요."

서양사람들이 하는 말이었다.

구미 여러 나라들이 중국대륙을 집어삼킬 욕심으로 발판 삼아 앞다투어 일으킨 도시. 서로 경쟁을 하다 보니 중국 제1의 도시가 되어버린 것이 상해였다. 그래서 상해에는 각 나라의 치외법권지역인 조계(租界)들이 저마다 소도시를 이루듯 하고 있었다. 상해에 '국제도시'라는 또다른 이름이 붙여진 것이 그 까닭이었다.

방대근은 프랑스 조계의 공원 언덕배기에서 황포강의 먼 물줄기를 바라보고 있었다. 황포강의 그 먼 줄기는 바로 양자강이었다. 황포강이 굽이치며 양자강과 합류하는 지점에 상해는 자리잡고 있었고, 황포강을 흔적도 없이 삼켜버린 양자강은 바다 쪽으로 유유히 흘러가고 있었다.

이번에 떠나면 다시 돌아올 수 있을까……. 폭파나 암살 임무가 아니기는 하니까……. 아직 그놈을 잡아죽이지 못했으니 꼭 살아 돌아와야지……. 조직의 장래를 위해서도 그렇고…….

방대근은 입을 더 꾹 다물며 된숨을 내쉬었다. 마음을 공글리며 방대근은 수국이 누나를 생각하고 있었다. 수국이 누나를 생각하면 연달아 어머니가 떠올랐다. 수국이 누나나 어머니는 늘 눈물이고 한이었다.

송수익 선생을 따라 북경에 온 누나는 배가 불러 있었다. 뜻밖에 누나가 불쑥 나타난 것도 큰 놀라움이었고, 임신을 한 것은 더 큰 놀라움이었다. 어머니와 누나는 이미 이 세상 사람이 아니라고 마음을 닫은 지 오래였던 것이다.

"어, 엄니넌, 엄니넌……."

도무지 말을 이을 수가 없었다.

"사연이 기네. 이따가 차차 이야기 듣게나. 자넨 그간 무고한가?"

송수익 선생의 침통한 말이었다.

파리하고 근심 깊은 얼굴로 누나는 느껴울기만 했다. 한 손으로는 부른 배를 가리듯 하고 있었다.

"내 생각도 그렇고, 자네 누님 생각도 그렇고, 자네가 새로 시작한 일에 방해가 될까 봐 그간에 소식 안 전하고 있다가 내가 북경 오는 길에 동행하게 된 걸세."

"무신 안 좋은 일이 생겼능게라?"

"아닐세, 신채호 선생 이회영 선생 같은 분들하고 급히 상의할 방략이 있어서……."

"그분들이면…… 혹시 무정부주의에 대한 상의가 아니신게라?"

"어허, 자네가 어찌 그리 쪽집게무당인고?"

"예, 그분네들은 저희 단체허고도 연통이 되고 있구만요."

그날 밤늦게까지 누님이 당하고 겪은 이야기를 들으며 울분과 눈물을 함께 씹어야 했다. 어머니의 횡사도 횡사였지만 그 등짐장수가 밀정이었다는 사실은 정말 너무 뜻밖이었다. 그놈의 악랄함에 치가 떨렸지만, 한편으로 생각하면 그놈의 흉계로 누나만은 살아난 것이기도 했다. 그렇지 않았더라면 왜놈들의 무차별 학살에 휩쓸려 누나도 죽음을 면치 못했을 터였다.

"딴맘 묵덜 말고 악착시리 살아야 허네 이. 나라 되찾으면 엄니 뫼시고 고향땅에 가야 헝게. 엄니럴 아부지 옆에 뫼셔얄 것 아니것어."

누나는 고개를 끄덕이며 울기만 했다.

며칠이 지나 송 선생과 함께 만주로 향했다. 어머니의 산소에 성묘를 하기 위해서만이 아니었다. 누나에게 전혀 내색은 하지 않았지만 그 밀정 양치성이라는 놈이 어찌 되었을지 께름칙했던 것이다. 누나가 칼로 찔렀다고는 하지만 죽은 것을 분명히 확인하지 않았는데 죽었다고 믿을 수가 없었다. 여자의 서투른 솜씨인 데다가, 두려움 속에서 저지른 일이었다. 만약 그놈이 죽지 않고 살아났다면 그건 예삿일이 아니었다. 무슨 수를 써서든 누나한테 보복을 가할 것이기 때문이었다.

행동의 제약을 피해 어머니 산소에는 누나와 동행하지 않았다. 처음에 누나는 막무가내 따라나서려고 했지만 송 선생까지 나서서 만류했다. 그쪽은 왜놈들의 감시가 더 심하고, 임신한 몸으로 오가기에는 너무 멀고 힘들다는 이유를 댔다.

"그려, 나도 요 꼬라지 혀갖고 엄니 뵐 면목이 없응게……."

누나의 울먹임이었다.

어머니의 산소에는 잡초가 무성했다. 벌초를 하는 동안 줄곧 눈물이 쏟아졌다. 평생 고생만 하다가 험하게 돌아가신 어머니의 한

평생이 한으로 사무쳤다.

"나가 인자 한시상 봤다 와!"

자신이 신흥무관학교를 졸업했을 때 어머니가 환하게 웃으며 한 말이었다. 그 감격스러워했던 모습이 너무나 선하게 떠올랐다. 그 길이 출세도 아니었고 돈벌이도 아니었는데도 어머니는 그리도 흡족해했던 것이다. 어머니가 한세상 봤다고 기뻐한 것은 어서 나라를 찾아 고향으로 돌아가자는 뜻이었을 것이다.

어머니의 산소를 떠나 국자가로 숨어들었다. 어둠을 밟으며 동경상회를 찾아갔다. 의열단원이 하는 상점치고는 그 상호가 아주 그럴듯한 위장이었다.

"그놈이 살아 있소."

다음날 늦게 상점 주인이 알아온 소식이었다. 그런데 그놈은 원산경찰서로 옮겨갔다는 것이었다. 밀정 노릇을 끝내고 정식 경찰이 되었다는 뜻이었다. 단칼에 죽여없애려고 했던 것이 허사가 되고 말았다.

누나에게 그 말은 하지 않았다. 송수익 선생과 지삼출 아저씨에게 그 사실을 알리고 누나의 신변을 부탁했다. 언제 다른 밀정놈이 나타나 누나를 해코지할지 모를 일이었다.

그 뒤로 활동거점을 상해로 옮겼고, 매번 목숨을 걸어야 하는 투쟁에 쫓기느라고 누나는 더 만나지 못했다. 이따금 편지를 주고받으며 수국이 누나의 기구하고 가엾은 팔자에 가슴이 아플 뿐이었다.

"어이 대근이, 거기서 혼자 뭘 하나."

방대근은 천천히 고개를 돌렸다.

윤주협이가 경쾌한 곡조를 휘파람으로 불며 이쪽으로 성큼성큼 걸어오고 있었다. 몸에 꼭 맞는 짙은 갈색 양복에 기름 바른 머리를 매끈하게 빗어넘긴 그의 몸에서는 탄력이 넘치고 있었다. 아주 세련된 멋쟁이였다.

"사진 박을라면 얼렁얼렁 나올 것이제 어쩨딜 굼벵이걸음이여."

방대근은 구시렁거리듯이 말했다.

방대근의 차림도 윤주협 못지않았다. 회색 양복에 흰 와이셔츠를 받쳐 입었고, 넥타이는 빨간색이었다. 단정하게 빗어넘긴 머리에서는 자르르 윤기가 흐르고 있었고, 검정 구두도 반들반들 빛을 내고 있었다. 보통을 넘는 키에 균형 잡힌 체구, 나이 듬직한 번듯한 얼굴에 양복 차림은 아주 잘 어울렸다.

"사진사 데리고 곧 올 거네. 헌데, 자네 기분 안 좋은 일 있나? 아까 저격연습에서도 총이 빗나가고 말야."

사람 좋게 생긴 인상에 비해 눈초리가 매서운 윤주협이 방대근을 빠르게 훑었다.

"아니, 그럴 일 없는디……."

방대근은 그저 고개를 저었다.

"혹시 이번 일이 마음에 걸리는 것 아닌가? 기분 좋지 않으면 내가 단장님께 말씀드릴까?"

"이사람아, 그런 실답잖은 소리 말어. 하도 오랜만에 고향땅으로 가게 된게 맘이 잠 싱숭생숭헌 것이제. 자네넌 암시랑토 안혀?"

방대근은 아까의 생각들을 지우려고 밝은 웃음을 지어 보였다.

"그래, 자넨 나보다 더하겠지." 윤주협은 남달리 불행한 방대근의 가정사를 헤아리며, "전라도말을 죽어라고 안 고친 자네 고집이 이번에 아주 쓸모를 발휘하겠구먼." 그는 말머리를 돌렸다.

"글씨, 그간에 서울말 숭내 냄서 살았드라도 고향땅 볿으면 고향말 지절로 나와지는 것 아니겠어?"

방대근의 심드렁한 대꾸였다.

"자네 혹시 쏘냐하고 약속해서 먼저 나온 것 아닌가?"

방대근의 울적한 기분이 전환되는 것 같지 않아서 윤주협은 다시 쏘냐의 이야기로 바꾸었다.

"자네넌 민수희 만내기로 혔는갑제?"

방대근이 씨익 웃으면서 윤주협의 마음을 꿰뚫듯 한 눈길로 쳐다보았다.

"이사람아, 남 화 지르지 말어. 쏘냐야 자넬 미치게 좋아하지만 민수희야 내가 미치고 돌아가지 내 뜻대로 안 되는 걸 잘 알잖나."

윤주협은 화가 난 척 목청을 돋우었다.

"걱정 말소. 러시아여자허고 조선여자 차이닝게. 러시아여자덜언 속이고 거죽이고 항께 뜨거운디, 조선여자덜이야 속언 뜨거와도 거죽언 냉랭허덜 안혀. 민수희도 자네가 새 임무로 상해럴 뜨는지 알면 거죽꺼정 화끈 뜨거와질 것이네."

"모르겠어, 서울내기라 그런지 유식해서 그런지 영 간간한 게 우리 의열단원식 열애에는 어울리지 않는 여자야."

윤주협은 실의에 찬 기색으로 고개를 저었다.

"허, 자네야말로 의열단원 기개 얻다 두고 그런 소리여. 민수희 전력 잊어부렀어! 그 여자가 3·1만세 주도했다가 이 상해로 내뛴 인물 아니여. 가심에 피가 펄펄 끓는 여자가 바로 그 여자란 말이시."

"그렇기는 하지. 저기 사진사를 데리고 오는구만."

방대근과 윤주협은 언덕배기의 완만한 경사를 천천히 걸어내려 갔다. 저쪽에서는 하나같이 몸에 꼭 맞는 양복을 입은 예닐곱 명의 멋쟁이들이 쾌활한 웃음소리와 함께 활달하게 걸어오고 있었다.

"자네들 둘이서 애인 만나려고 뺑소니쳐 버린 줄 알았네."

그들 중에 누군가가 외쳤다.

"저런 못난 사람들 같으니. 애인 품고 재미 볼 시간도 없는데 여기서 뭘 기다리고 그래."

다른 목소리가 말을 받았다.

"맘은 다 콩밭에 가 있겠지."

또다른 목소리였다.

"다 알면서 왜들 이리 늦게 와. 여기 붕대 감아둔 지가 언젠지 알어?"

윤주협이 사타구니를 훔쳐 보이며 맞소리를 질렀다.

그들은 그만 와아 웃음을 터뜨렸다. 그들의 활달하고 쾌활한 모습에서는 젊은 건강미가 넘치고 있었다. 두어 시간 전에 저격연습을 하면서 하나같이 긴장하고 날카롭던 모습들은 찾을 수가 없었다. 그들은 훈련이나 운동을 할 때는 더없이 심각하고 치열했다가도 옷을 갈아입고 쉬게 될 때는 전혀 딴사람들처럼 명랑하고 유쾌하게 변했다. 그들은 긴장과 이완을 신기하게 조화시키는 생활을 하고 있었다. 그건 의열단원들의 전통적이고 규율화된 생활태도였다. 그런 신축성 있는 생활을 통해서 그들은 자신들의 몸을 폭탄으로 내던져야 하는 특별한 임무를 언제나 수행할 수 있도록 정신적 육체적으로 최상의 건강상태를 유지하고 있었다.

그들은 나무숲을 배경으로 해서 사진 찍을 준비를 했다. 방대근과 윤주협 그리고 또 한 사람이 가운데 서고 다른 사람들이 양쪽옆으로 섰다. 오늘의 주인공은 가운데 선 세 사람이었다.

삼발이 위에 사진기를 받친 사진사가 검은 천을 둘러쓰고 사진기를 조절하는 동안 그들은 언제 떠들고 웃어댔나 싶게 심각해져 있었다. 아니, 그들의 얼굴은 모두 비장해져 있었다. 그럴 수밖에 없는 것이 이 사진은 단순히 훗날의 추억을 위해 찍는 것이 아니었다. 의열단원들은 동지들이 새 임무를 맡아 떠날 때마다 기념촬영을 했다. 그런데 그 기념촬영 거의가 영원한 이별이 되어왔던 것이다. 5년의 세월 동안 300여 명이 사진만 남겨놓고 영영 돌아오지 않았다. 그러니 떠나는 사람이나 보내는 사람이나 이번에 찍는 사진이 죽기 전에 마지막 찍는 것이라고 생각하지 않을 수가 없었다.

"자아, 찍습니다!"

사진사가 왼팔을 치켜들며 목청을 높였다. 그런데 그건 프랑스말이었다. 사진사 하나에서도 프랑스 조계라는 표가 금방 났다.

사진사의 외침에 따라 그들의 몸은 일시에 차려 자세가 되었다. 그리고 비장감 넘치던 얼굴에는 긴장된 엄숙함이 서렸다.

"하나, 둘, 셋!"

사진사가 고무줄에 연결된 고무주머니 셔터를 누르며 왼팔을 뿌리치듯 내렸다.

사진사가 사진기를 거두는데도 그들은 그대로 서 있었다. 그들 사이에는 무거운 침묵이 흐르고 있었다.

"저 아가씨들 누구야? 혹시 자네들이 애인 불러낸 것 아닌가?"

누군가가 앞쪽을 손가락질하며 가운데 선 세 사람에게 눈길을 돌렸다. 그 목소리는 쾌활함을 가장하고 있었다. 저쪽 건너편 벤치에서는 서너 여자가 아까부터 사진 찍는 그들의 모습을 지켜보고 있었다.

"실속 없이 대낮에 애인을 왜 불러내. 자네들 불알 낚으러 온 낚시꾼들 아닌가. 조심들 하게나."

담배를 빼드는 윤주협의 엉뚱한 대꾸였다.

"잉, 마침 잘되았다. 내 것 싸구려다, 싸구려. 다덜 이리 오니라."

방대근이 그 말을 받고 나섰다.

그들은 한꺼번에 웃음을 터뜨렸다. 그 웃음소리들은 침울하고 울적해진 분위기를 몰아내고 있었다.

사진은 특별한 날이 아니고서는 찍기가 쉽지 않았다. 더구나 사진사를 밖으로 불러내 찍는다는 것은 여간 어려운 일이 아니었다. 그런데 젊은 멋쟁이들이 공원에서 자주 사진을 찍어대니 신기한 구경거리가 아닐 수 없었다.

그리고 그뿐이 아니었다. 의열단원들은 겉모습만 말쑥하고 멋지게 차린 것이 아니었다. 모두가 틀 잡힌 건장한 체구에 농담을 잘하면서도 예의가 발랐고, 톨스토이를 비롯한 문학이며 신사조 같은 것들에 대해 아는 것이 많았다. 그리고 죽음을 늘 눈앞에 두고 사는 사람들답게 언행이 거침없고 화통했다. 그런 그들을 선망하고 동경하는 여자들이 있었다. 제각기 다 사연을 지니고 상해에 와 있는 조선처녀들치고 의열단원들을 연모하지 않은 경우는 거의 없었다. 그리고 특히 블라디보스토크 쪽에서 온 아가씨들은 의열단원들을 열정적으로 좋아했다. 러시아인과 조선인의 혼혈인 그 아가씨들은 서양적인 아름다움에다가 조선인의 아픈 사연을 지니고 있었다. 또한 러시아인의 개방적인 열정도 품고 있었다. 그래서 그런지 그 아가씨들은 의열단원들과 짧으면서도 뜨거운 사랑을 나누기로 소문나 있었다.

의열단원들은 자기들이 젊은 아가씨들에게 그렇듯 인기가 있다는 것을 잘 알고 있었다. 그리고 마음에 드는 아가씨가 있으면 열렬하게 사랑하기를 주저하지 않았다. 그건 죽음이 닥치기 전에 맘껏 젊음을 불태우며 짧은 인생을 즐기자는 것이었다. 그러나 그런 생활이 방탕하게 흐를 수는 없었다. 연애는 얼마든지 자유였지만 빈틈없이 짜여진 나날의 조직생활이 방탕을 용납하지 않았다.

그들은 체력단련을 위해 매일같이 수영 정구 달리기 같은 운동을 했고, 투쟁활동을 위해 저격연습 폭파술 격투기 같은 훈련을 했다. 그리고 지적 수준을 높이기 위해 독서와 토론을 전개했다. 그야말로 지·덕·체를 갖추자는 조직생활이었다. 연애는 그런 일과를 끝낸 다음에 얻어지는 자유였다.

의열단원들은 입단과 동시에 죽기를 맹세한 사람들이었다. 그 맹세에 따라 죽어간 사람이 벌써 300여 명이었다. 그들은 하나같이 젊은 나이에 조선에서 일본에서 만주에서 시베리아에서 왜적을 향해 폭탄을 던지고 총을 쏘다가 스스로 목숨을 끊거나 잡혀서 총살을 당한 것이었다. 목숨을 내놓은 채 언제 죽을지 모르는 그들에게 짧은 삶을 여한 없이 살라는 듯 조직에서는 비싼 양복이며 구두 같은 것을 아낌없이 해입히고 사신겼다.

"자아, 자네들 셋이는 이제 애인이나 만나 재미 보게나. 이별주는 이따 저녁에 마시기로 돼 있으니까."

방대근 윤주협 이상태를 남겨놓고 나머지 젊은이들은 자기들끼리 떠났다. 모레면 상해를 떠나야 할 세 사람에게 그들은 자유로운 시간을 만들어주고 있었다.

"자네들 약속했나?"

머리가 작은 듯하면서 차돌 같은 인상인 이상태가 새끼손가락을 펴 보이며 씨익 웃었다. 검은 양복을 입은 그의 몸은 단단하면서도 날렵해 보였다

"자넨 한 모양이군?"

윤주협이 마주 웃었다.

"인생은 짧고 사랑은 뜨겁다. 뜨거운 사랑은 식혀야지."

"얼렁 가보드라고, 가심 화상 입는디. 나도 가심 식히로 가야 쓰겄네."

방대근은 이상태의 등을 밀었다.

이상태는 손을 흔들며 돌아섰다. 그는 신흥무관학교 출신이 아니었다. 평양에서 학생대표로 3·1운동을 주도했다가 상해로 빠져나온 사람이었다. 그는 대동강 철교를 폭파하려다가 사전에 탐지되어 실패하고 기적적으로 살아 돌아온 인물이기도 했다. 그는 기독교가 승한 평양 출신답게 유아세례를 받았다면서도 기독교를 버린 사람이었다. 무정부주의니 공산주의 같은 물결에 휩쓸리면서 일으킨 변화였다.

"자네넌 어쩔 심판이여?"

방대근이가 놀리듯 한 표정으로 물었다.

"빌어먹을, 쏘냐 같은 연해주 쪽 여자하고 배를 맞춰야 하는 건데 영 잘못했어. 지금 병원에 찾아가 봐야 뭘 하겠어."

간호학교 출신인 민수희는 병원에 근무 중이라서 만날 수가 없다는 윤주협의 불만이었다.

"어허, 가서 모레 떠나게 되았다고 말얼 척 걸쳐보드라고. 글면 아이고메 서방님 험스로 치매 홀쩍 걷어올릴란지 누가 알어. 춘향이도 이별 앞두고 잠자리 핀 것인디."

"이따가 병원일 끝나고 만나기로 전화해 뒀네. 자네 쏘냐한테 가나?"

윤주협이 방대근의 눈치를 살폈다.

"워째, 심심헝게 동무허자고?"

"흐흐, 쏘냐 집에 가서 브랜디 한잔 얻어마시면 안 될까?"

"쏘냐헌티 미움 사는 것이야 나가 알 바 아니네 이."

"그야 걱정 말게. 내 수완이 손오공 수완 아닌가."

그들은 담배연기를 날리며 걷기 시작했다.

길이며 잔디밭은 물론이고 키 큰 나무들까지 잘 손질된 공원에는 서양아이들이 명랑하게 뛰어놀고, 서양남녀들도 한가롭게 산책을 즐기고 있었다. 그들은 다 프랑스사람들이었다. 프랑스풍으로 꾸며진 공원은 아름다울 뿐만 아니라 넓기도 무척 넓었다. 그 넓이는 곧 프랑스 조계가 얼마나 넓은지를 대변하는 것이기도 했다.

"만약 프랑스 조계가 없었더라면 우린 어찌 됐을까?"

윤주협이 새삼스럽다 싶은 말을 불쑥 꺼냈다.

"왜, 여그 다시 못 올 상싶어 감개가 새로와진가?"

"글쎄, 나도 모르게 정이 든 모양이네."

"이 구역이 없었으면 임정이고 의열단이고 상해에 발얼 못 붙이고 딴 디에 있었겄제."

"하이, 동지!"

어떤 서양사람이 오토바이를 타고 질주하며 큰길가에 나선 그들에게 팔을 번쩍 치켜들었다.

"헤이, 마르틴!"

방대근은 재빨리 손을 흔들었다.

"저 낙천가가 왜 저리 바뻐?"

윤주협도 손을 흔들어주었다.

마르틴은 독일인이면서 의열단 단원이었다. 폭탄제조 기술자인 그는 월급을 받는 유일한 단원이기도 했다. 상해의 그 어딘가에 분산되어 있는 12군데의 비밀 폭탄제조소가 그의 일터였다. 그 12군데가 어디인지 일반 단원들은 알지 못했다. 독일인이면서 독일인과 일본인을 끔찍이 싫어하는 마르틴이 할 줄 아는 유일한 조선말이 '동지'였다. 그는 조선사람들의 입장을 잘 이해했고, 테러리스트들을 아주 높게 평가했다. 마르틴이 애지중지하며 상해가 좁다 하고 몰고 다니는 오토바이도 의열단에서 사준 것이었다. 일의 기동성을 겸한 격려의 뜻이 포함되어 있었다.

쏘냐의 집은 프랑스형 연립주택 2층이었다. 방 한 칸을 세내어 살고 있었다.

"왜 이리 늦었어요. 딴 여자한테 간 줄 알고 얼마나 걱정했다구요."

문을 열자마자 방대근의 목을 끌어안고 덤비는 쏘냐의 말이었다.

"그렇잖아도 딴 여자한테 가려는 걸 내가 쏘냐한테 끌어왔소."

윤주협이 이렇게 말하며 자기가 왔다는 것을 알리고 있었다.

"어머, 윤주협 씨. 그런 거짓말 하면 쫓아낼 거예요."

쏘냐는 쪽 소리가 나게 방대근의 볼에 키스를 하고는 그 크고 푸른 눈으로 윤주협을 흘겼다.

"저런, 저런, 또 말을 잘못하네. 그런 말은 거짓말이 아니라 농담이라는 거요, 농담."

윤주협이 넉살 좋게 말했다.

"또 선생님 노릇 하지 말고 어서 들어오기나 하세요."

쏘냐는 긴 머리칼을 어깨 뒤로 넘기며 환하게 웃었다. 아리따운 서양여자의 얼굴에 피어나는 그 웃음은 화려했다. 동양인과 서양인의 혼혈아들이 거의 그렇듯 쏘냐도 혼혈을 느낄 수 없을 정도로 서양인의 모습을 하고 있었다. 갸름한 얼굴에 크고 푸른 눈이며, 오뚝하게 솟은 코, 윤곽 뚜렷하게 도도록한 붉은 입술, 투명하게 하얀 피부가 의심할 데 없는 서양여자였다. 그런데 윤기 흐르는 치렁치렁한 머리카락이 검은빛이었다.

쏘냐는 아버지가 러시아사람이고 어머니가 조선사람이라고 했다. 아버지가 돌아가시고 집이 가난해 상해로 돈벌이를 온 것이었다. 서너 달 전에 방대근과 눈이 맞은 것은 쏘냐가 일하는 바에서였다. 쏘냐는 외모와는 달리 조선말을 잘하는 데다가 일본사람을 아주 미워했다. 방대근은 그런 쏘냐에게 그만 사로잡히고 말았다.

연해주 쪽에서 온 쏘냐 같은 혼혈아들은 꽤나 많았다. 그 여자들은 거의가 바나 카페 같은 데서 돈벌이를 했다. 그 외모와 헐한 임금 때문에 프랑스 술집들은 그 아가씨들을 환영하는지도 몰랐다. 그 아가씨들은 대부분 예쁘고 아름다우면서도 지성적인 분위기를 풍기고 있었다. 그런데 피는 못 속이는 것일까, 그녀들은 이상하게도 조선사람들을 좋아했다. 그러니 젊고 건장한 멋쟁이인 의열단원들과 연분이 많이 나지 않을 수가 없었다.

"쏘냐, 애인 얼굴이나 많이 봐두시오."

독한 술을 한 모금 삼킨 윤주협이 콧잔등을 찡그리며 말했다.

"예? 그게 무슨 소리예요?"

술잔을 입에 대려다가 도로 떼며 쏘냐가 큰 눈동자를 굴렸다.

"며칠 후에 이 사람도 나도 상해를 떠날 거요."

"피이, 또 농담이군요."

쏘냐가 눈을 흘겼다.

"아니, 정말이야."

방대근이 대꾸하고는 술잔에 남은 술을 다 비워버렸다.

"어머, 어쩌면 좋아요." 쏘냐는 술잔을 놓고 발딱 일어서더니, "그런 줄 알면서 왜 오셨어요. 방해하지 말고 어서 가세요, 어서." 그녀는 거침없이 윤주협의 팔을 잡아일으켰다.

"아니, 아니, 남은 술은 마시고 가야지 이런 법이 어딨소."

윤주협이 과장되게 소리질렀다.

"어서 애인 찾아가면 되잖아요."

쏘냐는 정말 윤주협의 등을 떠밀었다.

"긍게로 입조심허란 것 아니여."

방대근이 쿡쿡 웃고 있었고, 술잔을 빼앗긴 윤주협은 쫓겨나가고 있었다.

"오우, 안 돼요, 안 돼요."

쏘냐는 서양사람 특유의 몸짓을 지으며 방대근에게로 내달아왔다. 얇은 분홍빛 원피스에 감싸인 쏘냐의 풍만한 육체를 받아안으려고 방대근은 자신도 모르게 두 팔을 벌렸다.

방대근의 무릎 위에 올라앉은 쏘냐는 뜨거운 키스를 퍼붓기 시작했다. 부드러우면서도 잘깃거리는 자극과 함께 꽃향기 같기도 하고 과일향기 같기도 한 쏘냐의 냄새에 취하며 방대근은 원피스 등 뒤의 단추를 따내렸다.

"며칠 남았어요……."

쏘냐는 방대근의 넥타이를 풀며 물기 젖은 소리로 물었다.

"곧 떠나."

"어디로 가는데요……."

"아직 몰라."

"언제 오나요……."

"나도 잘 몰라."

"오우, 다아링!"

쏘냐는 흑 울음을 터뜨리며 방대근의 가슴에 얼굴을 묻었다.

끝까지 쏘냐에게 떠나는 날짜도 가는 곳도 가르쳐주지 않았다. 그건 생명과 다름없는 조직의 규율이었다.

방대근과 윤주협은 밤배를 탔다. 그들은 중국상인의 졸개들로 변장하고 있었다. 중국상인의 보호를 받으며 인천항으로 들어갈 작정이었다. 평양 출신인 이상태는 진남포로 가는 다른 배를 타고 있었다.

휘황하던 상해의 불빛이 어둠 속으로 까마득하게 사라져버리자 밤바다를 뒤덮은 어둠은 더욱 짙어지고, 하늘 가득한 별들만 더욱 맑게 반짝이고 있었다. 방대근은 무수한 별들을 올려다보고 있었다. 무한정으로 크고 둥근 하늘에 처지도록 매달린 별들이 곧 쏟아져 내릴 것만 같았다. 저런 하늘을 어디선가 본 것 같았다.

아, 대평원의 하늘과 넓은 바다의 하늘은 같구나!

방대근은 그때의 밤하늘을 떠올렸다. 러시아국경을 넘어갔다가 만주로 되돌아오며 올려다보았던 하늘. 그 어디인지 모를 넓고 넓은 만주땅에 동료를 묻고 걷고 또 걷다가 지쳐 쓰러져 올려다본 하늘에는 어찌 그리도 별들이 많았던가. 그 별들은 이상하게도 서럽고 외로웠다. 자꾸만 눈물이 흘렀다. 앞길의 막막함과 절망스러움이 눈물을 따라 깊어지고 있었다.

정말 우리나라가 독립을 할 수 있는 것일까. 정말 나라를 되찾을 수 있는 것일까…….

총을 들고 나선 후로 처음 생긴 의문이고 회의였다. 그러나 그런 생각이 무서워 벌떡 일어나 앉았다. 눈앞에는 신흥무관학교 선생님들의 엄한 얼굴이 떠올랐다. 그리고 송수익 선생과 지삼출 아저씨의 모습도 떠올랐다.

그때처럼 지금 마음도 무겁고 어두웠다. 일본을 상대로 어떻게 싸워야 하는가……. 어찌해야 일본을 무너뜨릴 수 있는가…….

"장도가 무사하기를 빌겠소. 모두 무리하지 마시오. 더 이상 무모한 희생을 해선 안 되오. 생명보존이 첫째임을 다같이 명심하시오."

떠나기 직전 술 한잔씩을 나누며 단장 김원봉이 한 말이었다.

방대근은 같은 또래인 김원봉의 말을 되짚고 있었다. 그의 말에는 의열단의 진로에 대한 고민이 내포되어 있었다. 단원들도 의열단의 앞에 놓인 여러 가지 문제점들을 감지하고 있었다.

"여기서 뭘 하나. 쏘냐 품속을 그리워하고 있나?"

윤주협이 중국말로 너스레를 떨며 다가섰다. 중국옷을 입은 만큼 철저하게 중국인 행세를 하기로 되어 있었다. 배 안에 박혀 있을 일본경찰의 끄나풀에 대비하기 위해서였다.

"자네 속 짚어 남의 속이군. 그나저나 처녀를 버려놨으니 어쩔 셈이야?"

"이사람아, 말 그리 험하게 하지 말어. 민수희가 자발적으로 헌신한 건데."

"제길, 민수희가 그리 순박할 줄은 몰랐네. 떠난다는 한마디에 순결을 바치다니."

"죽음이 더 중한가 순결이 더 중한가. 그 여자도 가슴에 뜨거운 피를 품고 있는 로맨티스트라고."

"뻔뻔하긴. 자네 이번에 죽어질 것 같은가? 다시 돌아가서 민수희를 무슨 낯으로 대하려는 거야?"

"이런, 생환해 온 영웅이니 사랑이 더 열렬해질 것 아닌가."

"이런 사기꾼이 있나. 죽을 일이 아니었다고 내가 다 털어놓고 말겠네."

"이런 배신자. 그럼 자네하고 난 평생 원수 되는 거지 뭐."

"하! 아주 똥배짱이로군."

윤주협이 흐흐거리며 웃었다.

갑판 위의 밤바람은 차가웠다. 별똥별이 어두운 하늘에 긴 꼬리를 남기며 사라져가고 있었다.

"서늘한데 그만 내려가 자세."

윤주협이 몸을 부르르 떨었다.

"응, 먼저 내려가게. 난 머리가 좀 아파서……."

"그건 멀미가 아닐세. 쏘냐한테 원기를 다 뽑혔으니 오죽하겠어."

윤주협은 방대근의 어깨를 툭 치고 돌아섰다.

배가 통통거리는 소리와 물살 갈리는 소리가 끊임없이 뒤섞이고 있었다. 방대근은 그때를 생각하고 있었다. 그때도 배는 밤바다를 가르고 있었다. 목적지는 안동이었다. 압록강 철교 폭파계획이었다. 엄청난 계획이었던 만큼 동원된 인원도 많았고 준비된 폭탄도 많았다. 영국깃발을 단 조그만 장삿배에는 단원 20여 명이 탔고, 폭탄이 수십 개 실려 있었다. 영국상품들이 가득 찬 배에는 다른 승객은 없었다. 일은 완벽하게 추진되고 있었다.

그러나 일은 빗나가고 말았다. 안동에서 일이 세부적으로 진행되고 있는 동안 일본수비대의 검거가 시작된 것이었다. 어떻게 비밀이 누설되었는지 따질 겨를이 없었다. 처음부터 일을 도왔던 영국회사 이륭양행의 직원이며 일꾼들이 체포되는 속에서 의열단원들은 결사적으로 안동을 탈출하지 않으면 안 되었다.

그 사건으로 단원 열 명을 잃었다. 방대근으로서는 그때가 첫 번째 작전 참가였다. 그런데 살아날 수 있었던 것은 남다른 재주나 요령이 있어서가 아니었다. 경력이 없는 신입단원이라 제1선에 나서지 못하고 후비대로 보조 역할을 한 덕이었다. 가까스로 천진으로 빠져나와 상해로 다시 돌아오면서 줄곧 괴로움에 시달렸다. 다시는 볼 수 없게 된 선배 동료들의 모습을 지울 수가 없었던 것이다.

'제군들 하나하나가 전부 조선이다! 조국과 민족의 생존을 위한 투쟁에서 우리는 계속 승리만 할 수는 없다. 때로는 실패도 하고 패배도 할 수 있다. 그러나 그건 수치가 아니요 치욕도 아니다. 투쟁에 나서지 않고 투쟁을 기피하는 것, 그것이 가장 큰 비굴이고 치욕이다. 우리 조선인의 정의는 투쟁이고, 가장 큰 명예는 투쟁하다 죽는 것이다!'

신흥무관학교의 가르침이었다. 그 가르침을 따라 의열단에서만 죽어간 신흥무관학교 출신들이 150명이 넘었다. 방대근은 그 가르침을 붙들고 새 기운을 차렸다. 자신에게 하달되는 임무는 주로 밀정 제거였다. 중국말을 하는 덕에 중국 내에서의 활동이 적합하다고 판단했는지도 몰랐다. 그동안 북경과 만주를 오가며 처치한 밀정이 여섯이었다. 그러면서도 어머니와 누나의 원수인 양치성이란 자는 없애지 못했다. 조직이 지목하지 않은 놈인 데다가, 개인행동을 하기에는 거리가 너무나 멀었다.

압록강 철교의 폭파 실패가 의열단투쟁에는 아무런 영향도 미치지 않았다. 그전에 벌써 밀양경찰서를 폭파하고, 조선총독부에 폭탄을 터뜨린 기세 그대로 상해를 방문하는 일본군 대장 다나카 기이치를 저격하는 사건을 일으켰다. 그리고 다음해인 1923년 1월에는 종로경찰서를 폭파했고, 3월에는 대량의 폭탄을 국내로 밀반입시킨 사건이 일어났다. 그 일이 실패로 끝났으면서도 세상을 뒤흔들었던 것은 폭탄의 양이 엄청난 때문만이 아니었다. 그 사건의 주동자 중의 한 사람인 황옥이 현직 경부(警部)였던 것이다. 총독부 경찰관이 의열단 단원이었으니 세상이 요란하고 시끌시끌하지 않을 수가 없었고, 의열단의 명성은 하늘 높은 줄 모르고 치솟기만 했다. 그리고 금년 1월에는 일본 동경의 이중교에 폭탄을 투척했던 것이다. 이렇게 되자 악독하기로 소문 자자한 총독부 경무국장 마루야마는 특별담화문을 발표하는 지경에 이르렀다.

'과거 조선에 관한 흉악한 음모로서 이미 폭로된 것은 모두 이들의 소위라 할 만큼 의열단은 광포한 암살단으로, 경남 밀양 출신의 김원봉이란 청년을 단장으로 하고 있다. 동 단체가 조직된 것은 대정 9년으로 그후 동인은 상해 북경 천진을 구치(驅馳)하면서 항상 음모를 기획하고 있어서 당국에서도 그를 체포하기 위하여 여러 가지로 고심하고 있다.'

경무국장은 체면이 손상되는 것을 무릅써가며 체포하려고 '고심'하고 있다고 실토하고 있었다. 약산 김원봉에게 거액의 현상금이 붙은 것은 이미 오래된 일이었다. 그러나 약산이 프랑스 조계에서 명상하듯 묵묵히 지내는 한 아무리 많은 현상금도 다 부질없는 것이었다.

"이사람아, 여기서 밤새려나?"

윤주협이 다시 갑판으로 나왔다.

"자넨 또 왜 나오나."

방대근이 담뱃갑을 꺼냈다.

"자네가 없으니 잠이 오나 원." 윤주협은 방대근이 권하는 담배를 뽑고는, "자금이 많이 달리는 모양이지?" 목소리를 낮추었다.

"그런 얘기는 꺼내지 말세."

방대근은 성냥을 켜려다 말고 빠르게 주위를 살폈다.

"그래, 담배나 피우고 들어가세."

"이렇게 별들을 바라보기도 참 오랜만이군. 보게, 얼마나 좋은가."

방대근은 밤하늘을 향해 담배연기를 후우 내뿜었다.

"별도 달도 좋기야 좋지, 마음에 근심만 없다면."

윤주협도 하늘을 올려다보며 담배연기를 내뿜었다.

그들은 현란한 반짝임으로 빛나고 있는 무수한 별들을 바라보며 더 말이 없었다. 배는 지칠 줄 모르고 통통거리며 어둠 짙은 밤 바다를 헤쳐나아가고 있었다.

인천 해관에서 중국상인 진씨가 해관원을 젖혀두고 헌병대장 앞에 은밀하게 내민 것은 비단보퉁이가 아니었다. 그 큼직한 보퉁이에서 나온 것은 호랑이가 금방 으르렁거리며 뛰쳐오를 것처럼 그 대가리 부분이 생동감 있게 박제된 호피였다.

"대장님, 이거 어떻습니까? 진작 부탁해 뒀던 건데 이번에야 손에 넣게 됐지 뭡니까. 워낙 국경지대에서 불티가 나니 말입니다."

진씨는 능란하게 일본말을 하며 여유롭게 허허거렸다.

"아니, 이건 호피 아닌가!"

헌병대장은 눈이 휘둥그레지며 의자에서 벌떡 몸을 일으켰다.

"예, 백두산 순종에, 수놈입니다. 마음에 드실런지요."

진씨는 사르르 눈웃음치며 고개를 약간 숙였다.

"마음에 들다뿐이겠소. 이걸 갖지 않고서야 대일본의 무사가 아니지. ㅎㅎㅎㅎ······."

헌병대장은 너무 좋아하며 어깨를 들썩이고 웃어댔다.

"무운이 활짝 열려 어서어서 대장이 되시기 축원합니다."

진씨는 능란하게 허파에 바람을 넣고 있었다.

"물론이오, 물론. 잡귀는 다 막아내고 무운이 활짝 열려 승승장구할 거요."

헌병대장은 벙글벙글하며 호피를 책상 위에 쫙 펼치고 있었다.

"대장님, 대장님께서 살펴주시는 덕분에 제 장사도 번창해 이번에 물건도 좀 많이 가져왔고, 젊은 일꾼놈들도 둘을 데려왔는데요······ 어찌 좀······."

진씨가 손을 맞비비며 머리를 조아렸다.

"아, 그까짓 것 염려 마시오. 당신 장사가 잘되는 건 좋은 일이니까."

헌병대장의 대꾸는 아주 흔쾌했다.

방대근과 윤주협은 두어 마디 이름과 고향 정도만 대고는 해관을 통과했다.

"허허, 호랑이가죽이 신효하긴 신효하군. 압록강 두만강 넘나드는 아편장수들은 많고, 왜놈들은 저리 환장을 하니 백두산에 호랑이가 남아날 리가 있나."

짐 가득 실은 마차 뒤를 따라가며 윤주협이 하는 말이었다.

"사람만 수난을 당하는 게 아니라 짐승들까지 못살게 된 세상이니 원."

방대근이 혀를 찼다.

"어디 짐승들뿐인가. 산판에선 아름드리 나무들이 마구 잘려나가고, 금광이다 탄광이다 해서 산들은 마구 구멍 뚫리고······."

"그래, 나라 뺏겼으니 별수 없는 일이지."

그들은 중국 조계에서 옷을 갈아입었다. 허름한 농부 차림이었다.

"일 잘허소. 열흘이시 이."

중국 조계를 벗어난 방대근이 비로소 조선말로 말했다.

"자네 갈 길이 멀군. 무사하게 만나세."

윤주협이 묵직하게 고개를 끄덕였다.

그들은 인천역에 이르러 헤어졌다.

방대근은 경성역에서 기차를 갈아탔다. 강경 기차표를 가지고 호남선 열차에 자리를 잡으면서 방대근은 가슴 설렘을 느꼈다. 마침내 조선에 돌아왔다는, 고향으로 가고 있다는 것을 실감할 수 있었다. 어느덧 10년 세월이 넘어 있었다. 만주와 중국에서 겪은 일들은 너무나 많았다. 그러나 줄거리를 잡아보면 두 가지였다. 하나는, 신흥무관학교를 나온 후로 계속되었던 나라 찾기의 싸움이었다. 그리고 다른 하나는, 어머니를 잃은 것과 끝내 신세가 망쳐진 누나의 일이었다. 첫 번째 일에는 아쉬움도 부끄러움도 없었다. 그때그때 최선을 다했고, 죽을 고비도 많이 넘겼으며, 왜놈들과 밀정들에게 총질 칼질을 하는 것은 이제 둔감해질 정도였다. 그런데 가정사인 어머니와 누나의 문제에 대해서는 안타까움과 회한이 세월이 가도 흐려지지 않고 깊기만 했다. 누나의 신세도 딱하기 그지없었지만 어머니를 생각하면 너무 가슴이 아리고 쓰렸다. 어머니는 내놓고 말은 하지 않았지만 고향을 못내 그리워했다. 특히 아버지를 못 잊어했다. 추석이나 한식이 돌아오면 어머니는 도저히 더는 못 참겠다는 듯 한마디를 흘렸다.

"잡풀이 얼크러지고 설크러졌겠다……."

아버지의 산소를 걱정하는 그 낮은 한마디에는 서러움과 그리움이 절절했다.

어머니 생전에 고향에 다녀오게 해드리지 못한 것이 너무 죄스럽기만 했다. 그러나 어느 누구든 고향은 그 언젠가 돌아갈 곳이지 아무때나 오갈 수 있는 곳이라고 생각하지 않았다. 압록강 두만강은 아무나 넘나드는 것이 아니었고, 그날그날 살기에도 힘이 벅찬 생활이었다.

후회를 하자면 안타까움이 끝이 없었다. 방대근은 어머니의 생각을 지우려고 애쓰며 연달아 담배에 불을 붙였다.

기차 안에서는 충청도말과 전라도말이 섞여 들리고 있었다. 방대근은 전라도말에 이끌리며 고향냄새를 진하게 느끼고 있었다. 그동안 고향말은 변하지 않았던 것이다. 그뿐만이 아니라 변하지 않은 것은 많았다. 여자들의 낭자머리는 물론이고 남자들도 상투머리가 훨씬 더 많았다. 방대근은 그것이 그리도 반가울 수가 없었다. 일본세상이 된 지 오래인데 머리도 옷도 그대로 지키고 있다는 것이 뜻밖에도 큰 위안이 되었다.

방대근은 옆사람에게 이것저것 물어보고 싶은 마음이 동하는

것을 억누르며 창밖만 내다보고 있었다. 자신이 궁금해하는 것들
은 바로 신분노출을 자초하는 것이었다.

"아, 남자가 앗싸리허게 말허란 말여."

"지가 앗싸리허지 않은 기 머 있남유. 지도 답답혀 사까다찌허겄
구만유."

뒤에서 들려오는 두 남자의 말이었다. 방대근은 자신도 모르게
얼굴을 찌푸렸다. 그 투박한 목소리에 어울리지 않게 섞이고 있는
일본말이 옷차림과 머리 모양에서 위안받았던 마음을 구겨놓고 있
었다. 그러나 방대근은 그런 정도의 변화에 기분 상할 것 없다고
스스로를 달래고 있었다. 모깃불 옆에서 초저녁만 지내도 몸에서
풋연기냄새 나고, 돼지 삶는 가마솥 옆에서 반나절만 얼씬거려도
몸에서 누린내 풍기는 법이었다. 일본세상 된 것이 을사보호조약
에서부터 치면 20년이 다 되었고, 그놈의 합방으로부터 치더라도
15년 세월이 다 차고 있었다.

기차는 해거름에 강경에 닿았다. 역을 나선 방대근은 속으로 너
무 놀라고 있었다. 예상했던 것보다 강경은 훨씬 더 변모해 있었다.
옛날의 모습은 찾아보기 어려울 정도로 일본식 도회지가 되어 있
었다. 기모노에 게다짝을 딸그락거리며 방정맞게 아장거리는 일본
여자들도 너무나 많았다. 방대근은 인천이나 경성역에서 느꼈던 것
보다 한결 심한 참담함을 느꼈다.

그래, 강경은 벽촌이 아니니까. 왜놈들이 군산만큼 중히 여기는
요충지니까. 세월이 많이 흐르기도 했고…….

방대근은 스스로를 설득시키고 있었다.

옥미(玉米)정미소는 선창 가까이라고 했다. 방대근은 서두를 것 없이 천천히 걸었다. 어차피 어두워지기를 기다려야 했다. 선창 쪽으로 갈수록 일본상점들이 번창하고 있었다. 전봇대도 줄지어 서 있었다. 그 전봇대마다 나폴레옹군대의 모자를 쓴 수염 난 서양남자가 찍힌 양철판이 돌출되어 붙어 있었다. 은단 선전판이었다. 그 서양사나이를 보면서 방대근은 건물에서부터 의복 그리고 사소한 일용품까지 서양것이면 사족을 못쓰는 왜놈들의 가소로움을 비웃고 있었다.

"일본놈들은 흉내 잘 내는 원숭이새끼들이오. 유럽의 것이면 무엇이든 흉내 내려고 덤비는데, 그 덕에 무기 만드는 기술을 익혀 당신네 조선을 집어삼키고 이제 중국까지 노리고 있는 것이오. 아주 교활하고 악질적인 종자들이오."

일본사람을 아주 미워하는 마르틴의 말이었다. 그가 돈벌이만을 위해 의열단에서 폭탄을 제조하는 것이 아니라는 것을 알 수 있는 대목이었다.

방대근은 옥미정미소를 확인해 놓고 어두워지기를 기다리며 국밥을 사먹었다. 정미소 뒤쪽으로 네 번째에 있는 기와집, 그게 김철호의 집이었다.

방대근은 어둠살이 차츰 진해지고 있는 골목을 몇 번 배회하며 김철호의 집 안 동정을 탐색하고 있었다. 김철호가 집에 있는지 없는지 알아내야 했고, 혹시 어떤 손님이 와 있지 않은가도 살펴야 했다. 물론 김철호의 얼굴은 알지 못했다. 암호와 의열단의 신표가 있을 뿐이었다.

"아부지, 아부지, 어디 가아?"

방대근은 담 옆에 걸음을 뚝 멈추었다. 어린 계집아이의 목소리가 집 안에서 울렸던 것이다.

"인냐, 손님 만내로 간다. 밥 많이 묵었으면 니넌 얼렁 자그라."

방대근은 주춤 놀랐다. 결혼한 의열단원도 있나? 순간적으로 스친 생각이었다. 그래, 자금책이니까. 스스로 답을 찾았다.

대문 열리는 소리가 났다. 방대근은 걸음을 빨리 옮겨놓았다. 일본식 활동복을 입은 남자가 나왔다.

"저어, 실례허겄구만요. 김철호 선생이신게라?"

"그런디…… 누구요?"

당황한 남자의 목소리에는 경계의 빛이 역연했다.

"예에, 그렇구만요. 지리산 약산골서 캔 동삼 갖고 왔는디요."

"아니, 약산골?" 그 남자는 반가운 목소리로 다가서다 말고, "어디 동삼얼 봅시다." 좀 냉정한 기색으로 말했다.

방대근이 내보인 것은 대추 세 알이었다. 지리산 '약산골'이란 의열단 단장 김원봉의 호 '약산'을 가리키는 것이었고, 동삼이란 신표를 말하는 것이었다. 처음에 사용한 신표는 상해임시정부에서 썼던 방법과 같은 식이었다. 나무쪽이나 바가지쪽에 글자 하나씩을 써서 반으로 자르고, 그것을 서로 맞추는 것이었다. 그러나 그 방법이 일본경찰에 발각된 다음부터 전혀 다른 방법으로 바꾸었다.

고정책들의 신표를 미리 정해놓고, 활동대원들은 현지에서 그것을 구하는 것이었다. 윤주협이 인천에서 구한 것은 빨강과 파란색의 색실이었다.

"원로에 얼매나 고상 많으셨소. 얼렁 여그 뜨십시다."

대추 세 알을 받아든 김철호는 지체없이 방대근의 팔을 잡아끌었다.

"어디 가시든 질인갑는디……."

"아니구만요, 늦어도 괜찮헌 일잉게……."

김철호는 한동안 걸어 어느 외딴 초가집으로 들어갔다.

"여그가 지 이모님 집으로 아조 안전허구만요. 금세 댕게올 것잉게 편헌 맘으로 쉬시게라."

등잔불빛에 드러난 김철호는 스물대여섯 나 보이는 듬직한 사나이였다. 얼굴이 넓고 광대뼈가 약간 불거진 것이 배포도 있어 보였고, 꽤나 학식이 든 것 같기도 했다.

문고리를 건 방대근은 벽에 등을 기대고 다리를 뻗었다. 며칠 동안 중첩된 긴장과 피로가 한꺼번에 허물어져 내리고 있었다. 전신에 기운이 빠지면서 드러눕고 싶었다. 그러나 방대근은 마음을 추스르며 담배를 꺼냈다. 위험이란 예고가 없는 것이었다.

방대근은 건성으로 담배를 몇 모금 빨다가 꾸벅꾸벅 졸기 시작했다. 그는 졸지 말아야 한다고 안간힘 하고 있었다. 그러나 밀려들고 또 밀려드는 졸음을 이겨낼 수가 없었다. 상체가 휘청 꺾였다가 제자리로 돌아오고 다시 꺾이고 하면서 그는 정신없이 졸고 있었다. 그 휘청거리고 기우뚱거리는 모양이 곧 방바닥에 퍼질러 누워 버릴 것 같은데도 그는 용케도 앉음새를 지탱해 내고 있었다.

"앗, 뜨, 뜨……."

방대근은 갑자기 소리치며 화닥닥 몸을 일으켰다. 무언가가 방바닥에 떨어졌다. 연기가 피어오르고 있는 담배꽁초였다. 방대근은 담배꽁초를 집으랴 허벅지를 문지르랴 분주했다.

"요런, 담뱃불에 딘 짜잔헌 놈!"

방대근은 허벅지께를 내려다보며 혀를 차고 있었다. 옷에는 담뱃불에 탄 동그란 구멍이 나 있었다.

아이고 요놈아, 의열단원 싸다. 인자 똥통에만 빠지면 정승감이다.

허벅지 덴 자리에 침을 찍어바르며 스스로를 비웃고 있었다.

그때 김철호가 돌아왔다. 그가 돌아오기를 기다린 것인지 곧 술상이 들어왔다. 방대근은 눈이 번쩍 뜨였다. 그렇지 않아도 술 생각이 간절했던 참이었다.

"자아, 한잔 받으시씨요. 인자 술도 다 공장술이라 맛이 게심심 허니 지랄 같기넌 혀도 마시면 취허기넌 헝게 많이 드시게라."

김철호가 술주전자를 들었다. 그 황갈색 주전자는 광목이나 고무신처럼 유행바람을 일으키고 있는 일본산이었다.

"예, 진작보톰 사사로이 술 담과묵으면 잡아가고 벌금 물리고 헌담서요?"

"참, 왜놈덜 허는 짓짓거리가 기가 차구만요. 어찌허먼 세금 많이 뜯어낼까 허고 대가리 궁굴린 결관디, 전매사업으로 묶은 것이 소금서보톰 시작해서 술 담배는 말헐 것도 없고 생강꺼정 뻗쳤구만요. 소작질로 살고, 몸땡이 팔아 사는 가난헌 조선사람덜언 이중 삼중으로 피 뽈림서 살기가 지옥이구만요."

방대근은 막걸리사발을 들어올려 함께 마시자는 눈짓을 했다. 김철호가 술잔을 들어올려 방대근의 잔에 부딪쳤다.

방대근은 천천히 잔을 기울이며, 이 사람도 사회주의 의식을 가진 게 아닐까 하는 생각을 했다.

"어쨌그나 그 지옥서 어서 벗어나야 허는디 큰일이구만요. 헌디, 지금 고갈이 심각헙니다. 여그 사정이 안 좋은갑제요?"

방대근은 목소리를 낮추며 김철호를 지그시 건너다보았다. 그 눈길은 여기에 온 임무가 무엇인지를 밝히고 있었다.

"참 면목이 없구만요. 3·1운동 기세로 의기가 생긴 부자나 지주덜이 협조럴 잘헌 것언 멫 분이고, 차차로 관심이 줄어가다가 그놈에 자치론이 대두됨스로 표나게 등얼 돌리기 시작헸구만요. 가망 없는 독립에 헛돈 쓰지 말고 자치 쪽으로 붙는 것이 낫다 생각덜 헌 것 아니겄능가요. 거그다가 빈발허고 있는 소작쟁의로 지주덜 맘이 더 변허기도 허고, 왜놈덜 감시도 날로 달로 심해져 가고, 그 꼴이구만요."

방대근은 술을 연거푸 두 사발이나 비웠다.

'……우리는 우리의 생존의 적인 강도 일본과 타협하려는 자(내정독립, 자치, 참정권론자)나 강도정치하에서 기생하려는 주의를 가진 자(문화운동자)나 다 우리의 적임을 선언하노라.'

방대근은 단재 신채호 선생이 쓴 '조선혁명선언서'를 생각하고 있었다. 의열단의 투쟁목표와 행동강령을 만천하에 밝힌 그 글은 '의열단선언서'라고도 불렸다. 의열단원들은 그 선언서에 명시된 대로 혁명조국을 위해 죽기를 맹세했고, 독립투쟁을 방해하는 모든 적들을 죽음으로써 척결할 것을 맹세했던 것이다. 그러나 그 적들은 너무나 많이 불어나 있었다. 의열단이 곤궁에 처할 정도로.

"여그야 노동쟁의넌 벨로 없을 것이고, 소작쟁의넌 어찌 되고 있는게라? 그것이 긍게 조직적인지, 즉흥적인지……."

방대근은 김치를 씹으며 물었다. 그 현황 파악은 두 번째 임무이기도 했다.

"그렇게…… 태반이 조직적으로 일어나고 있다고 봐야 쓸 것이구만요."

"태반이……." 방대근은 고개를 주억거리고 있다가, "김 동지넌 공산주의럴 어찌 생각허시요?" 불쑥 물었다.

"글씨요…… 책얼 몇 권 읽어보기넌 혔는디, 타당헌 이론이 많기넌 헌디 아직은 전체럴 다 파악 못허고 있구만요."

김철호는 방대근이가 그런 것을 묻는 의도가 무엇인지 탐지하려는 눈빛이었다. 방대근은 상대방의 그런 기색을 묵살하며 다시 술잔을 기울였다.

김철호가 술을 더 가져오라고 일렀다.

"공산주의에 농민덜 호응이 큰갑제요?"

방대근이 담배를 빼물었다.

"구색도 맞고 입맛도 맞은게요. 왜놈타도 조선독립, 지주타도 농지분배, 이 시국에 이만치 존 구호가 어디 있겄능가요. 농민덜헌티야 동학보담 못허덜 안컸제라."

방대근은 김철호의 명쾌함에 동감하며 다시 술잔을 비웠다. 그리고 잔을 김철호에게 건넸다.

밤이 깊어가고 있었다. 대숲이 바람에 쏠리는 소리가 먼 파도소리처럼 들리고 있었다.

"근디, 소작쟁의가 해마동 불어나고 있는디, 그것이 바로 사회주의자덜이 늘고 있다는 징조 아니겄소?"

"그렇구만요. 젊은 지식층에 새로 불고 있는 바람잉게요."

"중국이고 어디고 그러기넌 매일반이오."

방대근의 어조에서 술기운이 묻어나고 있었다. 그는 그 말을 하며 의열단 내의 양상을 생각하고 있었다. 의열단원들의 사상은 민족주의 무정부주의 공산주의가 혼합되어 있었다. 그런데 공산주의가 급속히 확산되어 가고 있었다. 그런 변화에 따라 단원들 사이에서 토론이 치열하게 벌어지곤 했다.

"근디 말이오, 낼보톰 한 사나흘 만석꾼 부잣집얼 몇 집 골라 터는 것이 어쩌겄소?"

방대근이 불쑥 내놓은 말이었다. 그의 눈빛은 흐린 등잔불빛 속에서도 이글거리고 있었다.

"예? 무신 말씸이다요?"

놀란 김철호는 허리를 곧추세웠다.

"헛걸음헐 수야 없는 일 아니겠소."

"무신 그런 서운헌 말씸얼…… 아무리 행편이 에롭다고 혀도 지가 빈손으로야 뜨시게 허겠능가요. 3·1운동 후로 왜놈덜 경찰망이 빈틈없이 촘촘허니 쩨여 있응게 그런 생각언 당최 안 허는 것이 좋구만요."

김철호는 고개를 내둘렀다.

자정이 가깝도록 술을 마셨다. 말술을 마셨는데도 방대근은 취하지가 않았다. 이래저래 먹구름이 낀 것만 같은 의열단의 장래가 가슴을 짓누르고 있었다.

방대근은 다음날 하루종일 잠에 파묻혀 있었다. 겨우 해거름에 일어나 밥상을 받았다. 숟가락을 놓자마자 방대근은 몸을 일으켰다.

"아니, 어디 가실랑가요?"

김철호가 의아해했다.

"예, 딴 디 또 볼일이 있응게 한 사날 댕게올랑마요."

방대근은 방을 나섰다.

"혹시 그 위태헌 일 헐라는 것언 아니겠지요?"

사립 앞에 이르러 김철호가 조심스럽게 말했다.

"장개도 못 가보고 그런 일로 죽기넌 서럽덜 않겠소?"

방대근은 장난스럽게 씨익 웃었다.

"하먼이라, 더 큰일을 허셔야제……."

김철호는 빠른 걸음으로 멀어져 가는 방대근이란 사나이를 유심히 바라보고 있었다.

미남이기보다 호남으로 생긴 얼굴은 침착하고 믿음직스러운 인상이었다. 어찌 보면 마음씨도 너그럽고 유순할 것 같은데 어느 순간에는 찬바람이 획 스치며 잔인해 보이는가 하면, 눈에서는 이상한 광채가 나며 살기가 느껴지기도 했다. 그리고 말하는 것에서는 상당한 학식이 느껴지는데 목덜미며 어깨에서는 그와 어울리지 않게 군건한 힘이 뻗쳐나고 있었다. 특히 두 손은 무슨 거친 일을 어려서부터 많이 했는지 투박하게 크면서도 억세 보였다. 방대근, 방가는 족보 없는 상민 중에 상민이었다. 상민과 중국과 학식 그리고 의열단…… 무언가 많은 사연과 곡절을 지닌 사람 같았다.

방대근은 어둠살을 밟으며 군산행 기차에 올랐다. 노동자와 농민들이 어떻게 변해가고 있는지를 자세히 알아내려면 손판석 아저씨를 만나야 했다. 그러나 군산은 조심해야 할 곳이었다. 다른 데들보다 경찰력이 강화되어 있기 때문만이 아니었다. 수국이 누나를 망쳐놓은 그놈, 백남일을 만날 수도 있었던 것이다. 그 일이 벌어지기 전에는 서로 아는 얼굴이 아니었고, 세월이 많이 지났으니까 자신을 알아보기 어렵겠지만 그래도 만일을 생각해서 밤기차를 탄 것이다.

손판석 아저씨가 집을 장만했다는 것은 오래전에 공허 스님한테서 들었다. 그러나 막상 찾아나서고 보니 그동안 어디로 이사를 가지 않았는지 마음이 쓰였다. 공허 스님을 못 만난 지도 어느덧 5년이 다 되어가고 있었다. 스님이기보다는 아저씨 같은 그분은 무사한 것인지, 불현듯 그리움이 사무쳤다.

기차는 금강 줄기와 가까워졌다 멀어졌다 하며 달리고 있었다. 연회색 어스름이 진회색 어둑발로 변해가고 있는 저 멀리로 들녘이 질펀하게 펼쳐져 있었다. 그 벌판 따라 남쪽으로 사오십 리 가면 고향이었다. 무시로 꿈에 보이곤 했던 그 들녘이 바로 눈앞에 드러나 있었다. 방대근은 숨을 한껏 들이켰다. 고향냄새가 가슴 가득 차왔다. 그 냄새는 만주의 냄새와 분명 달랐다. 달콤하면서도 싱그럽고 아련했다. 그런데 만주땅의 냄새는 느끼하고 텁텁하고 역했다. 어머니는 그 냄새에 머리 아파하며 고향냄새를 얼마나 그리워했는지 모른다.

군산역에 내리자 어둠은 완연히 짙어져 있었다. 방대근은 째보 선창부터 찾아갔다. 무슨 그리움 때문이 아니었다. 거기서부터 길을 잡아야 판석이 아저씨 집을 쉽게 찾아갈 수 있을 것 같았다.

십장 손샌집은 금방 찾을 수 있었다. 가난한 조선사람들이 몰려 사는 동네에서 십장인 손샌은 뜨르르하게 알려진 사람이었다.

"아니, 머시여! 니가, 아니 자네가……, 자네가 대근이라고!"

처음에 누군지 몰라보았던 손판석은 방대근을 붙들고 목이 메었다.

방대근은 전혀 뜻밖의 소식을 듣고 한동안 어리둥절했다. 보름이 큰누님이 군산에서 살고 있으리라고는 꿈에도 생각하지 않았던 것이다.

"신세 궂어져 군산으로 나온 것 자네 어무님이 아시면 속상허고 애만 타게 알리덜 말자고 공허 시님이 정허신 것이네."

방대근은 고개를 끄덕였다. 공허 스님 생각이 깊었던 것이다.

"어이, 누님얼 욜로 불러야 되겄네. 누님언 셋방살이라 눈이 많은게."

방대근의 동의를 얻어 손판석은 밖으로 나와 아내에게 귀띔했다.

"대근이넌 보름이가 군산서 사는 것도 몰르고 있었웅게 그간에 보름이가 팔자 사납게 살아온 일언 입도 뻥끗허지 말고 덮으라고 허란 말이시. 몰르면 약이고 알면 병잉게. 알아들었제!"

방대근이도 보름이도 한참을 멍하니 서 있었다. 너무 갑자기 만나게 된 반가움 탓이 아니었다. 방대근은 큰누님을 얼른 알아보지 못했고, 보름이도 막내동생을 한눈에 알아보지 못했던 것이다. 방대근은 고생에 찌든 중년여자한테서 큰누님의 그 곱던 모습을 찾을 수가 없었고, 보름이는 눈앞에 선 건장하고 의젓한 남자가 그 어렸던 막내동생이라고 믿어지지 않았다.

"어, 엄니, 엄니허고 수국이넌…… 모, 모다 무사허다냐 어쩌다냐……."

동생을 붙든 보름이는 걷잡을 수 없는 울음으로 말을 제대로 하지 못하고 있었다.

방대근은 어머니가 당한 참변만을 이야기했다. 수국이 누나는 시집가서 잘산다고 얼버무렸다. 그 기구한 팔자를 구구하게 입에 올리고 싶지 않았던 것이다.

방대근은 노동자들과 사회주의자들의 관계를 손판석에게 자세히 알아보았다. 부두노동자들에게 사회주의자들이 손을 뻗친 것은 이미 오래되었고, 노동자들의 호응도 날로 커져갈 거라고 했다. 손판석의 말은 김철호의 말과 똑같은 셈이었다. 방대근은 세상의 변화에 저으기 놀라고 있었다. 상해에서 예상했던 것보다 국내의 변화는 한결 빠르게 진행되고 있었던 것이다.

사회주의 세력으로 새로운 독립운동이 전개될 것인가?

방대근은 그 물음을 심각하게 되씹었다. 그건 의열단이 숙제로 풀려고 하는 문제였다.

이런저런 말이 오가다가 서무룡의 이야기가 나왔다. 방대근은 너무 충격을 받았다. 그가 주먹패의 우두머리가 되었다는 것은 아주 자연스러운 일이었다. 그러나 경찰과 헌병대의 앞잡이 노릇을 하는 건 용서할 수가 없었다.

"맘얼 돌리게 허면 어쩌겠소?"

방대근은 당장 없애버리고 싶은 분노를 누르면서 반대로 말했다. 마음씨가 나쁘지 않고 생각이 단순했던 그를 설복시켜 역이용할 수 있다는 생각이었다.

"아서, 아서. 도끼자루로 쓸 낭구가 따로 있제. 그놈언 빽따구꺼정 왜놈 다 되야부렀어. 권세에 돈에……."

손판석은 고개를 절레절레 흔들었다.

그놈을 없애는 수밖에 없다!

방대근의 가슴에서 불기둥이 솟았다. 그러나 찬물을 끼얹는 소리가 울렸다.

"무리하지 마시오!"

단장이 당부했던 말이었다.

방대근은 서무룡을 잊으려고 애쓰며 말머리를 돌렸다.

"공허 시님언 만내기 에롭겄제라?"

"그렇제, 항시 뜬구름잉게."

방대근은 큰누님 보름이에게 말을 꺼내지도 않고 혼자서 아버지 산소를 찾아갔다. 어머니가 늘 마음 아파했던 것처럼 산소에는 잡초가 무성할 대로 무성해 있었다. 준비해 간 낫으로 차근차근 벌초를 해나갔다. 자신도 모르게 어머니가 돌아가신 이야기를 하고 있었다. 생각지 못했던 눈물이 자꾸 흘러내렸다.

방대근은 나흘째 되는 날 군산을 떠났다. 큰누님이 노자에 보태라며 돈을 내밀었다. 판석이 아저씨도 마찬가지였다. 방대근은 마구 화를 내며 뿌리쳤다.

방대근은 기차에서 내내 가슴이 눈물로 젖고 있었다. 고생에 찌든 큰누님의 떡함지 인 모습이 줄곧 따라오고 있었다. 큰누님에게 돈 한푼 보태주지 못한 것이 그리도 가슴 아플 수가 없었다. 어머니가 자꾸 나무라는 것만 같았다.

방대근은 강경에 이틀을 더 머물렀다가 한성행 기차를 탔다.

"아부님이 시상얼 뜨시고 정미소가 지 앞으로 되먼 사정이 잠 풀릴 거구만요."

김철호가 전대를 내놓으며 못내 면목 없어했다.

"요것이 어디 혼자 짊어져서 될 일이간디요. 참, 왜놈덜만 좋아나게 생겼소."

방대근은 탄식처럼 말했다.

기차 창밖에 망연한 눈길을 보내고 있는 방대근은 윤주협이나 이상태도 자신과 비슷한 형편일 거라고 생각하고 있었다.

17

최초의 동정파업

"아니, 시상에 요것이 말이나 되는 소리당가요? 물가넌 올르기만 허제 내리는 법이라고넌 없는디 품삯얼 올려주지넌 못허드라도 깎는 법이 시상에 어디가 있겄능게라."

나이 듬직한 인부가 앞으로 나서서 사정조로 말했다. 다른 인부 다섯은 그 뒤에 둘러서 있었다.

"어허, 무신 잔소리여, 잔소리가. 나라고 그러고 잡어 그러는 것이 아니여. 여그저그 뜯기넌 디넌 많고, 기계가 돌아봐야 밑지고 들어간게 벨수가 없어. 듣기 싫웅게 더 잔소리 말어!"

백남일은 싸늘하게 내쳤다.

"야아, 아는구만요. 요런 큰일 허시자면 이래저래 맘얼 많이 쓰시겄제라. 즈그덜이 일얼 더 열성으로 헐 것잉게 품삯얼 그냥 그대로 쳐주시게라우."

그 인부는 더 간곡하게 말했다.

"어허, 귓구멍이 먹었어! 썩 나가, 썩."

백남일은 의자에서 벌떡 일어나며 인부의 가슴을 떠밀었다.

너무 갑자기 당한 일이라 인부는 비척거리며 뒤로 떠밀리고 있었다. 뒤에 서 있던 다른 인부가 얼른 그의 뒤를 받쳤다.

"요것 해도 너무허요. 베룩에 간얼 빼묵제 그 코딱지만헌 품삯얼 깎어묵는 법이 어디가 있다요."

어떤 인부가 내뱉은 말이었다.

"어떤 놈이여, 시방 주딩이 깐 놈이?"

백남일이 소리치며 눈을 부릅떴다. 한 눈에 명씨가 박인 데다 다른 한 눈이 부릅뜨이자 그의 인상은 더없이 험상궂어졌다.

인부들은 굳은 듯이 서 있기만 했다.

"허, 지절로 뚫어진 구멍이라고 요것덜이 말얼 즈그 멋대로 씹어대네. 머시여? 코딱지만헌 품삯! 요것덜이 배때지가 뜨뜻헝게 못허는 소리가 없어. 이놈덜아, 당장 부두에 나가봐. 나가 주는 돈이 얼마나 큰돈인지 몰라서 그려?"

백남일은 기세등등하게 소리쳐 댔다.

"이래 갖고넌 안 되겠소. 그냥 갑시다."

한 사람이 앞에 나섰던 인부의 팔을 잡아끌었다.

"어쩔라고 그려?"

나이 듬직한 인부의 낮은 말이었다.

"금메 가잔 말이오."

젊은 인부가 팔을 더 세게 끌었다.

백남일은 사무실을 나가는 인부들을 눈 아래로 깔아보며 만족스러운 웃음을 흘리고 있었다.

헹, 즈그놈덜이 꼼지락히 봐야 땅바닥 기는 개미새끼덜이고, 한 자도 못 뛰는 깨구락지새끼덜이제. 부두로 나가봐라 한마디 딱 헝게 설설 기는구만그려. 호호호호……

백남일은 서무룡이에게 다달이 뜯기고 있는 돈이 배가 아파 견딜 수 없었다. 그렇다고 무작정 잘라버릴 수도 없었다. 서무룡이는 그동안에 세력이 더 커져 있어서 무슨 보복을 더 크게 당할지 모를 일이었다. 백남일은 이런저런 궁리 끝에 딱 좋은 생각을 해내게 되었다. 인부들의 임금을 내려 그 손해를 벌충하자는 것이었다.

그래서 백남일은 기계 돌리는 기술자 하나만을 빼놓고 나머지 인부들의 임금을 깎아내리고 말았다. 막일하는 인부들이야 개천가에 자갈처럼 많았지만 정미소 기술자는 그리 흔하지가 않았던 것이다.

그런데 다음날 느직하게 정미소에 나온 백남일은 뜻밖의 사태에 부딪혔다. 한창 돌아가며 쌀을 쏟아내고 있어야 할 정미소가 돌지 않고 멈추어 있었던 것이다.

"강씨, 강씨, 멀허고 있능겨!"

백남일은 목청껏 소리치며 정미소로 뛰어들고 있었다. 그는 기술자 강씨가 또 낮술을 마시고 기술자 행투를 부리거나, 기계가 또 말썽을 부린다고 생각하고 있었다.

"아, 인자 나오시능게라? 나락이 없어 기계럴 못 돌리고 있구만요."

기술자 강씨가 담배를 뻐끔거리며 떨떠름한 얼굴로 말했다.

"자네 미쳤능가 시방! 저그 산데미로 쌓인 나락언 다 머시여."

열이 뻗쳐 소리치는 백남일의 입에서 침이 튀었다.

"아따, 춤 튀요." 강씨는 상을 찡그리며 피해 서면서, "창고에 있는 것이야 누가 몰른다요? 고것얼 나가 짊어져다가 기계에 부슬께라?" 야유조로 말하며 그는 백남일을 빤히 쳐다보았다.

"머시여! 아니, 요것덜이 다 어디 갔어?"

백남일은 그때서야 인부들이 보이지 않는다는 것을 알았다.

"우리 여그 있소."

정미소 안쪽에서 들려온 말이었다.

"아니, 머시여? 거그서 멋덜 허고 자빠졌어!"

감정이 폭발하는 백남일의 고함이 정미소 안을 찌렁 울렸다.

"우리 일 안 허고 자빠졌소."

백남일의 고함에 맞서는 반항적인 목소리였다.

"요런 죽일 놈덜 보소!"

백남일은 욕을 내지르며 그쪽으로 내달았다. 그러나 백남일은 그 사태가 무엇인지 순간적으로 깨닫고 있었다. 파업이라는 것, 경성 고무신공장이며 평양 양말공장 같은 데서 이삼 년 전부터 일어나고 있는 그 노동쟁의라는 것이 바로 자신의 정미소에서 일어나고 있었던 것이다. 그는 가슴이 철렁해졌다. 그러나 다음 순간 대책이 떠올랐다.

"자아, 존 말로 헐 직에 일 시작혀!"

백남일은 인부들 앞에 버티고 서며 명령했다. 한쪽 팔을 뻗치고 있는 그의 기세는 등등했다.

"깎은 품삯을 도로 올리기 전에넌 일 못허겄소."

누군가의 맞대거리하는 목소리도 짱짱했다.

"참말로 일 안 허겄어?"

백남일이 인부들을 노려보았다.

"품삯을 도로 올리란 말이오."

인부들이 연달아 말했다.

"자아, 삼시세판으로 인자 끝장으로 묻는다. 일 허겄어, 안 허겄어!"

백남일의 입가에는 비웃음이 어리고 있었다.

"안 올리면 죽어도 못허겄소."

"시상에 그런 야박헌 인심이 어딨소."

"우리도 묵어야 살제라."

"두말 말고 도로 올리씨요."

"딴 정미소넌 요런 짓 안 허요."

"하면, 요것이 사람이 헐 짓이여."

인부들은 미리 약속한 대로 제각기 돌아가며 한마디씩 했다.

"얼씨구, 자알덜 놀아난다. 어디 느그놈덜 맘대로 혀봐."

백남일은 독 오른 얼굴로 돌아섰다.

백남일은 그 길로 정미소를 나가버렸다. 그리고 하루종일 모습을 나타내지 않았다. 그러자 인부들은 불안해지기 시작했다.

"이것 참 요상허시? 어째 코빼기도 안 비치능고?"

"그놈이 행여 딴맘 묵고 있는 것이 아니여?"

"딴맘? 무신 맘?"

"아니여, 아니여. 우리 겁믹이자고 수쓰는 것이여."

"그려, 고것이 지 애비헌티 못된 것만 배우고 커서 심뽀가 아조 고약헝마."

"맞어, 징허게 행투 고약허니 형게로 평상 눈깔빙신이 되았겄제."

"그나저나 해 떨어졌는디 으째야 쓰꼬?"

"으쩌기넌 으째. 인자 집으로덜 가고 낼 또 퍼질르고 앉는 것이제."

"어째 껄쩍지근헌디."

"어따, 똥 싸고 밑 안 닦았간디 껄쩍지근허고 말고 혀. 맘덜 강단 지게 묵어. 경성이고 평양서넌 남자도 아닌 여자덜이 똘똘 뭉쳐 품 삯 올려받는다는 소문덜 들었제? 우리넌 올려받지도 못허고 깎인 것 도로 찾어묵자는 것인디, 요것도 못해내면 붕알덜 다 떠내부러 야 혀. 다 알아들어?"

"그려, 그려. 붕알값얼 히야제 그냥 당헐 수야 없제."

"그나저나 일 안 허고 하로 보내기도 편헌 것이 아니네 이."

"맘이 안 편헝게 긍가 영 지랄 같구마."

그들은 어스름을 밟으며 집으로 흩어져 갔다.

다음날 아침 그들은 정미소로 들어갈 수가 없었다. 정미소 큰 문 앞에는 백남일이가 버티고 서 있었다. 그리고 정미소 기계는 벌써 돌아가고 있었다.

"나가 삼시세판으로 물었제? 근디도 일 못허겄다고 뻗디여? 그려서 느그덜 소원 착 들어줬다. 인자 속덜이 씨어언허시겄제? 사람이야 얼매든지 있응게 걱정허덜 말어. 소원대로 일허덜 말고 가서 푹덜 쉬드라고."

백남일은 비웃음 어린 거만스러운 얼굴로 인부들을 깔아보며 비아냥거리고 있었다.

인부들은 황당한 얼굴들이었다. 아무도 입을 열지 못했다. 정미소 돌아가는 기계소리만 요란하게 울리고 있었다.

"썩 물러가! 꼬라지덜 싹 뵈기 싫은게."

백남일이 버럭 소리질렀다.

"어디 두고 봅시다, 뜻대로 되는가!"

인부 하나가 내뱉었다.

"머시여! 이놈으 새끼가 얻다 대고……."

백남일이 곧 후려칠 기세였다.

"자아, 다덜 갑시다. 우리도 수가 있응게."

그 인부가 한껏 목청을 높이며 인부들에게 손짓하고 돌아섰다. 인부들이 그를 따라 돌아섰다.

"하! 참새새끼도 죽음서 찍 허드라고 참 가관이다. 에이 빌어묵을 종자덜, 어디 가서 쌩똥 싸게 고상이나 혀라. 에에엑 튀!"

백남일은 억지로 가래를 돋우어 내뱉으며 속이 시원해지고 있었다.

인부들은 째보선창으로 나가 술집을 찾아들었다.

"이거 아칙보톰 술 묵어 될랑가."

어느 인부가 구시렁거렸다.

"안 될 건 머시여. 홧짐에 서방질이제."

다른 인부가 받아쳤다.

"그려, 홧짐에 소 잡아묵기다."

그들 여섯은 탁자에 둘러앉았다.

"고런 느자구없는 호로새끼, 대가리가 그리 돌아가네 이."

"고것이야 우리도 얼추 짐작헌 것 아니여. 말이 씨 될랑가 무서와 입에 안 담은 것이제."

"어찌 그리 못된 지 애비 빼다 꽂았는고."

"씨 도적질 못헌다고 안 혀."

"그나저나 인자 어째야 쓸랑고?"

"아까 자네, 우리도 수가 있다고 혔는디, 수가 무신 수여?"

"물에 빠진 것 아닝게 숨넘어가게 잡지덜 말어. 자아, 술이나 한 잔씩 쭈욱 허고 보드라고."

때마침 내온 술을 그들은 한 사발씩 가득 채워 들이켜기 시작했다.

"나가 말허는 수라는 것언 우리가 그 자리럴 새로 차지허고 들어가는 것이시."

아까 그 인부가 입가에 묻은 막걸리를 훔치며 말했다.

"머시여?"

"어허, 그리허는 수가 무신 수여?"

"그려, 새로 차고 들어가는 수럴 먼첨 말히야 순서에 맞제."

"굼벵이야 궁굴 재주나 있제만 자네가 무신 신통술이 있다고……."

"어허 이사람덜, 신 내린 무당도 아니겄고, 귀신 들린 점쟁이도 아니겄고, 어찌 그리 말덜이 많혀."

그 인부는 사람들에게 통을 놓으며 또 사발에 술을 가득 채웠다. 그리고 그는 여유만만하게 술 한 사발을 입 떼지 않고 다 비워 냈다.

"아따, 술 마시는 것맨치로 옹골지게 일얼 해낼랑가 몰르겄다."

"방구 씨게 뀐 놈이 물똥 싸는 법인디."

"평상 수절허겄다고 삼일장에 목쉰 년이 가지밭에 먼첨 가고."

"흐흐흐흐…… 저 사람 술 얹히겄다."

그 인부는 그런 말질을 들은 척도 안 하고 무김치를 으석으석 씹고 있었다.

"다덜 술값 허니라고 돌아감서 입방애 찧었으면 인자 나 말 잘 듣드라고. 나가 굼벵이 궁굴 재주럴 허든지 춘향이 그네뛰기 재주럴 허든지 그것이야 나헌티 딱 맽게놓고 말이시, 자네덜언 우리 자리 기연시 밀고 들어간다는 맘으로 찰떡 붙데끼 똘똘 뭉치기만 허란 말이여. 무신 소린지 알아묵어?"

그 인부는 팽팽한 눈길로 동료들을 둘러보았다.

"이사람 참 싱겁기가 소금 안 친 흰죽이시. 헌 소리 암것도 없음서 알아묵기넌 멀 알아묵어."

"우리찌리 못헐 소리가 머시가 있능가, 속시언허게 탁 털어놓소."

"허, 참말로 눈치 없어 이 사람덜허고 일 못해묵겠네. 시상일이란 것이 탁 털어놔서 좋 일이 있고 확 틀어잡어서 좋 일이 있덜 안혀? 말이란 것이 지 맘대로 발 달리고 발통 달레서 그것이 어디 참자고 참어지고 실수허자고 실수가 되는 법이간디. 우리 일언 미리 소문 퍼지면 망허는 것잉게 그러는겨."

그 인부는 언짢은 얼굴이었다.

"그려, 을남이 자네 말이 맞어. 아는 것이 병잉게 자네가 어디 혼자서 재주럴 부려봐. 우리야 더 오갈 디 없는 몸덜잉게 자네만 믿고 맘 강단지게 묵고 있을 것잉게."

나이 듬직한 인부가 말했다.

"야아, 오래 안 걸릴 것이구만이라. 메칠 안으로 일 쌈빡허니 되게 맨글어불겄소."

배을남이가 자신 있게 말했다.

"몰르겄네, 저 사람이 헛방구 뀌는 것 아니여?"

"저 구름에 비 들었을라디냐 허는디 쏘내기 쏟아진다고 안 혀."

"그려, 을남이럴 믿어보드라고."

그들은 거나하게 술을 마시면서 시국 돌아가는 이야기며 신세타령들을 하면서 울화를 식혀갔다.

그들은 점심나절이 가까워 헤어졌다. 배을남은 혼자서 부두 쪽으로 느리게 걸었다. 술취한 그의 눈에 보이는 것이라고는 모두 비위 상하고 고깝기만 한 것이었다.

그동안에 어마어마하게 큰 쌀창고들은 더 늘어나 있었고, 돈창고라고 하는 은행들도 멋진 건물을 짓고 더 많아졌고, 게다짝을 방정맞게 딸그락거리는 일본사람들도 훨씬 불어나 있었다.

참말로 사람이 복장 터져 죽을 일이다. 여그만 오면 쌀도 많고 돈도 많은디 이놈에 신세넌 요것이 머시다냐. 금싸래기 겉은 전답 그 빌어묵을 토지조사에 빼앗겨불고 갈수록 쪼그라드는 신세니 참말로 한심허다. 다 저 왜놈덜이 웬순디, 저것덜얼 싹 몰아낼 방도가 그리도 없능가. 아니여, 그 새로 나온 방도로 허먼 된다고 했제? 그려, 그 방도로 허먼 될란지도 몰러. 밑에서보톰 차근차근허니 심얼 엮고 짜나가는 것잉게.

배을남은 해관이 있는 부두 앞에 이르렀다. 그곳은 언제나 그런 것처럼 사람들이 북적거리고 활기차 보였다. 지게를 진 날품팔이들도 여전히 많았다. 그들을 보자 백남일이 떠올랐다.

못된 자석, 여그 기나와서 인부덜얼 구했겠제. 지게꾼덜이야 목돈 받는 정미소가 날품팔이보담 나슨게 아이고메 할아부지 혔을 것이고. 허나 니놈이 그리 잔꾀 써봤자 니놈 뜻대로넌 안 될 거이다. 인자 시상이 달라졌응게.

배을남은 주먹을 말아쥐며 이를 앙다물었다.

아직도 해는 하늘 가운데 떠 있었다. 그분을 만날 수 있으려면 너무 시간이 많이 남아 있었다. 술도 깨야 했다. 배을남은 공원으로 갈 생각을 하며 약간씩 흔들리는 걸음을 느리게 옮겨놓고 있었다.

아리라앙 아리라앙 아라리요오
아리라앙 고오개로오 너머어가안다아
물 좋고 산 좋은 데 일본놈 살고
논 좋고 밭 좋은 데 신작로 난다아

아리라앙 아리라앙 아라리요오
아리라앙 고오개로오 너머어가안다아
말깨나 허는 놈 감옥소 가고오
인물깨나 생긴 년 갈보로 팔리네에

아리라앙 아리라앙 아라리요오
아리라앙 고오개로오 너머어가안다아
대대로 물린 땅 토지조사에 뺏기고
처자식 배곯리는 타향 거지 되었네

　배을남이가 늘어진 몸으로 후적후적 걸어가며 흥얼거리고 있는 가락이었다. 그의 흥얼거림은 눈물에 젖은 것 같기도 하고, 풀 길 없는 탄식 같기도 했다. 그 구성져 늘어지고, 처지다가 되감기고 하는 가락에 실린 가사는 딴사람들이 잘 알아들을 수가 없었다.
　공원에 올라온 배을남이는 바다를 하염없이 바라보고 있었다. 잔잔한 바다에 크지 않은 섬들이 아련했다. 크고 작은 배들이 바다에 물길을 남기며 아주 느리게 오가고 있었다.

그러나 배을남이는 바다 구경을 하는 것이 아니었다. 눈앞에는 처자식들의 얼굴이 떠올라 있었다. 그는 돌 위에 털퍽 주저앉았다. 그리고 허리춤에서 곰방대를 뽑았다.

소학교 교복을 입은 일본아이들 몇이 소리 높여 외치며 이리저리 뛰고 있었다. 배을남은 담배를 빨며 그 아이들을 노려보고 있었다. 그의 눈앞에는 학교를 보내지 못한 자기 아들의 모습이 어렷거리고 있었다. 그 아이들은 소리치고 깔깔거리며 공원 아래로 멀어져 가고 있었다.

한동안 담배를 뻐끔거리고 있던 그는 꾸벅꾸벅 졸기 시작했다. 나무그늘이 휘어진 그의 등에 드리워져 있었다.

배을남이 잠을 깼을 때는 해가 서쪽으로 꽤나 기울어져 있었다. 그는 잠에 취한 눈으로 해를 올려다보았다. 그는 깜짝 놀라 몸을 일으켰다. 그리고 두 손바닥으로 얼굴을 벅벅 문지르고는 허둥거리며 공원을 내려가기 시작했다.

배을남은 옥구 쪽으로 20리를 부지런히 걸었다. 술기운도 말끔히 가셨고 다리에서는 새 힘이 돋고 있었다. 고 선생님을 만나면 이번 일이 거뜬하게 풀릴 것 같았던 것이다.

고 선생은 아직 집에 와 있지 않았다. 배을남은 당산나무 아래서 몇 차례나 담배를 재었다. 어스름이 퍼질 즈음에 자전거의 방울소리가 울렸다.

"선상님, 지가 왔구만이라우, 배을남이."

배을남은 너무 반가워 자전거 앞으로 뛰어가랴, 허리 깊이 숙여 절을 하랴 정신없이 바빴다.

"아니, 배을남 씨가 여기까지 웬일이오. 무슨 일 생겼소?"

자전거에서 내린 사람은 영명중학교 선생 고서완이었다.

"야아, 정미소에 일통이 생게서……."

배을남은 고 선생이 너무나 고마웠다. 눈치 빠르게도 무슨 일 생겼느냐며 말문을 틔워준 것이었다.

"자아, 들어갑시다. 들어가서 이야기 들읍시다."

고서완은 자전거를 끌며 앞장섰다.

"앉으시오. 혹시 배을남 씨가 여기 온 걸 누구 아는 사람은 없소?"

고서완이 자리를 권하며 물었다.

"암도 없구만이라우. 혼자 살짝허니 왔웅게요."

배을남은 고 선생이 어려워 남모르게 공원에서 시간을 보낸 것을 다 말할 수는 없었다.

"됐소. 시장하실 테니 밥을 먹으면서 이야기 듣도록 합시다."

고서완이 어서 밥상을 들이도록 일렀다.

"저어…… 저어……."

배을남은 밥상에 다가앉지 못하고 옹색스러워하며 뭉기적거렸다.

"아니, 왜 그러시오?"

"저어…… 지넌 따로……."

"그게 대체 무슨 소리오. 우리는 다 똑같은 사람이오. 그런 생각 다 없애버리라고 하잖았소. 자아, 이쪽으로 오시오."

고서완은 배을남의 손목을 잡아끌었다.

배을남은 겸상으로 차린 밥상머리에 앉으며 너무 고맙고 황송해 눈물이 쏟아지려고 했다. 그동안 고 선생은 사람이란 아무 차등이 없이 공평한 것이라고 해왔었다. 그러나 겸상을 차려낼 줄은 생각지도 못했던 것이다. 익산 옥구 고씨는 뜨르르한 양반이었고, 더구나 그분은 학교 선생님이었다.

"자아, 시장할 텐데 어서 많이 드시오."

고서완은 숟가락을 들며 밥을 권했다.

배을남은 밥을 먹으면서 정미소에서 생긴 일을 다 이야기했다.

"옳게 생각했소. 그대로 물러나서는 안 되고 다시 그 자리로 들어가야 하오. 다 방책이 있으니 아무 걱정 말고 맘 편하게 밥 많이 드시오."

고서완이 위로하듯 말했다.

배을남은 비로소 안심이 되고 마음이 후련해졌다. 그러나 고 선생이 어렵기는 마찬가지여서 밥맛이 있는지 없는지도 모르고 밥을 퍼넣었다.

"한 사람도 빠지지 말고 날마다 정미소로 나가서 버티시오. 허나 주인이 뭐라고 해도 주먹다툼을 해서는 안 되오. 이쪽에서 뒤집어쓰게 되니까. 내가 사흘 안으로 일을 해결짓겠소. 그런데 일이 해결되더라도 우리 내막을 발설해서는 안 될 것이오."

고서완은 상을 물리고 나서 배을남에게 신중하게 말했다.

"야아, 명념하겠구만이라우."

인부들 여섯은 다음날도 정미소로 나갔다. 일이 다 끝난 줄 알았던 백남일은 다시 나타난 그들을 보고 허둥지둥 앞을 가로막았다.

"이놈덜아, 무신 낯짝으로 여그넌 또 와! 일 다 끝났응게 썩 없어져."

백남일은 그들에게 삿대질을 해가며 외쳐댔다.

그러나 그들은 아무 대꾸도 하지 않았다. 그저 무표정한 얼굴로 한 사람씩 큰 문 앞에 주저앉기 시작했다.

"아아니, 이놈덜 보소! 어째 여그 주저앉고 이려. 꼬라지 뵈기 싫은게 당장 없어지란 말이여!"

백남일은 더 소리를 질러댔다.

그러나 그들은 들은 척도 하지 않았다.

"아아니, 요런 잡녀려 새끼덜이 귀에 말뚝얼 박았능가. 나 말 안 듣겨? 몽딩이찜질허기 전에 당장 눈앞이서 없어지라닝게!"

그래도 그들은 끄떡도 하지 않았다.

그들은 점심도 굶고 하루종일 햇볕에 앉아 버티었다. 그리고 정미소 기계가 멈추자 자리에서 일어났다.

다음날도 그들은 또 정미소에 나타났다. 백남일은 더 펄펄 뛰었다. 그러나 그들은 백남일을 아랑곳하지 않고 또 그 자리에 주저앉았다.

"저런 쳐죽일 놈덜이 있능가. 어디 누가 이기는가 보자. 거그서 다 굶어뒈져 봐라."

백남일은 부들부들 떨었다.

그들은 다시 하루종일 버티었다. 그리고 정미소가 문을 닫자 따라서 흩어졌다.

사흘째 되는 날 그들은 또다시 정미소 앞에 나타났다.

"하이고, 저것덜이 귀신이여, 사람이여!"

백남일이 토해낸 소리였다.

그들은 백남일을 거들떠보지도 않고 또 땅바닥에 자리잡고 앉았다. 백남일은 이제 소리지르기도 지쳐 있었다.

그런데 얼마 지나지 않아 한 떼의 사람들이 정미소로 몰려들었다. 그들 열댓 명은 다짜고짜 큰 문을 떠밀어대고 정미소 앞마당으로 들어섰다.

"머시여! 느그덜언 누구여?"

뒤늦게 사무실에서 뛰어나온 백남일이가 외눈을 희번덕이며 소리질렀다.

"보면 몰르겄소. 딴 정미소 인부덜이요. 품삯얼 깎는 것도 부당헌디, 사람얼 몰아내기꺼정 혀라?"

한 사람이 따지고 들었다.

"아니, 니놈이 먼디 넘 지사에 배 놔라 감 놔라여?"

백남일이 쏘아질렀다.

"자아, 말로 해서넌 안 된게 다덜 들어가서 새로 온 물건덜얼 끌어냅시다."

그 사람의 말에 열댓 명이 백남일을 밀치고 정미소 안으로 우르르 몰려 들어갔다.

"아니, 아니, 저놈덜이……."

백남일은 어쩔 줄을 모르고 허둥거렸다.

새로 온 인부 여섯은 두세 사람씩에게 붙들려 곧 밖으로 끌려나왔다.

"요런 염치없는 인종덜아, 넘 밥그럭 채트는 것 어디서 배왔어. 당장 여그서 떠. 또 한 분만 여그 오면 그때넌 다리몽댕이럴 작신 분질러불 것잉게."

그 말이 떨어지자 여섯 인부들을 붙들고 있던 사람들이 그들의 엉덩이를 걷어차기 시작했다. 새로 온 여섯 인부들은 겁에 질려 앞다투어 달아나기 시작했다.

"이놈덜아, 느그가 머시여. 느그가 머신디 넘 일에 끼들고 이려!"

백남일이 분을 못 참아 부들부들 떨었다.

"우리? 그리 알고 잡으면 말 못헐 것이 없소. 우리넌 군산정미노동조합 조합원이요. 깎은 품삯을 되올리고, 저 사람덜얼 그대로 쓰씨요!"

"머시여? 니놈이 먼디 간섭이여 간섭이."

"우리 말대로 안 허먼 결국 이 정미소 못해묵을 것잉게."

"시건방구지게 주딩이 까덜 말어. 느그놈덜 싹 다 쓴맛 볼 거싱게."

백남일은 뿌드득 이를 갈았다.

그들은 그날로 체포되었다. 물론 배을남이네 여섯 명도 함께 붙들려갔다.

백남일은 신속하게 새 인부들을 구해 빈자리를 채웠다.

그런데 백남일은 다음날 더 궁지에 몰리고 말았다. 다시 한 떼의 인부들이 몰려들었던 것이다. 그들은 어제보다 더 많은 스물댓 명이었다. 그들은 어제하고 똑같이 정미소로 뛰어들어 새 인부들을 끌어내 몰아냈다.

백남일은 또 허겁지겁 경찰서에 연락했다. 그들 스물댓 명도 긴급 출동한 경찰들에게 체포되었다.

그런데 오후가 되면서부터 경찰서가 소란해지기 시작했다. 정미소 주인들이 경찰서로 전화를 해대고 찾아오고 했던 것이다. 정미소에서 일을 못하니 인부들을 풀어놓으라는 것이었다. 그 정미소 주인들은 일본사람들이 더 많았다.

이틀 동안 체포된 인부들은 40명이 넘었다. 한 정미소에 여섯 명씩을 잡으면 일곱 개의 정미소가 돌아가지 못하고 있었던 것이다.

그런 데다 경찰서에 묘한 정보가 입수되고 있었다. 그 문제가 해결되지 않으면 다른 정미소 인부들이 또 들고일어날 거라고 했다. 그리고 경찰에서 인부들을 자꾸 잡아넣는 것에 대해서 모든 정미소 인부들이 들먹거리고 있다는 것이었다. 그 심상치 않은 조짐에 경찰에서는 긴장하지 않을 수가 없었다. 만약 군산 정미소의 기계가 다 멈추는 날에는 예사 문제가 아니었던 것이다. 그리되면 쌀의 선적에 차질이 생기고, 그 피해는 본토에 직접 미치게 되고, 그 책임은 자기네 경찰서로 날아올 수밖에 없었다. 경찰에서는 긁어 부스럼을 만들지 않기로 했다.

"자아, 여러 말 할 것이 없소. 우리 경찰에서도 협조할 만큼 했으니까 계속 정미소 해먹고 싶으면 우리가 시키는 대로 하시오. 임금을 다시 인상시키고, 그 인부들을 다시 채용하도록 해요."

사찰과장의 말이었다.

"아, 아니, 어찌 그럴 수가 있습니까?"

백남일은 저항의 빛을 보였다.

"정미소 더 해먹고 싶지 않소!"

"……"

백남일은 눈길을 떨구었다.

경찰에서는 그날 밤에 노동자들을 다 풀어주었다. 그리고 노동자들이 원하는 대로 경찰에서 일을 해결해 놓았다는 말까지 했다.

그런데 백남일은 다음날 아예 정미소에 나오지 않았다. 인부 여섯은 돌아가지 않는 정미소를 하루종일 지키다가 흩어졌다. 그러나 다음날도 정미소는 돌아가지 않았다.

백남일은 집에 앓아누워 있었다. 홧김에 술을 너무 많이 마신데다 경찰을 생각할수록 화가 끓어올라 술병이 더욱 도지고 있었다. 그가 더욱 분한 것은 그 어떤 정미소고 자기의 편을 들지 않는 것이었다.

사흘째 되는 날 백남일은 결국 정미소로 나갔다. 누워 있을수록 손해만 커졌던 것이다.

"씨부랄 놈덜, 그간에 일 못하고 손해난 것 다 볼충해 내!"

백남일이 큰 문 앞에 서 있던 여섯 인부들에게 소리친 말이었다.

여섯 인부들은 욕을 먹거나 말거나 그저 벙글거리며 정미소 안으로 뛰어들었다.

낙합(落合)정미소 파업은 8일 만에 노동자들의 승리로 끝을 맺었다. 그 소문은 금방 군산시내에 퍼져나갔다.

"거 참 씨언허니 잘된 일이구마."

"근디 요분 일이 참 용허덜 안혀? 딴 정미소 인부덜이 안 들고일 어났음사 이리 안 됐을 것 아니여?"

"그야 두말허면 잔소리 아니라고."

"어허, 나가 잔소리허잔 것이 아니고 말이여, 딴 정미소 인부덜이 어찌 그리 용헌 생각얼 해낼지 알었냐 그것이랑게."

"이, 그야 참 용허고말고."

"근디, 그리 어깨동무허고 나슨 것이 첨 일 아니라고?"

"궁게 말이시. 그리 심지게 뭉쳐갖고 나슨게 경찰서서도 무시 못 허덜 안혀."

"그렇게 우리도 보고 배와야 써."

"하면, 배와야 허고말고."

이런 말들은 다른 업종의 노동자들 사이로 퍼져나가고 있었다.

정미소의 일이 그렇게 해결된 것을 당사자들 못지않게 즐거워하는 사람은 고서완이었다. 그 일은 자신이 의도하고 추진한 대로 아무 차질 없이 종결되었던 것이다. 처음에 동정파업을 유도하면서는 불안감도 없지 않았던 것이다. 생활환경이 열악한 노동자들이 자기네들의 일자리까지 잃을까 봐 두려워해 호응하지 않을 수 있었던 것이다. 그러나 결과는 예상보다 훨씬 만족스러웠던 것이다.

고서완은 그 원인이 무엇일까를 생각해 보았다. 대략 세 가지 정도로 간추릴 수 있었다. 첫째, 근년에 빈발하고 있는 소작쟁의와 노동쟁의의 영향으로 노동자들의 의식이 일반적으로 깨어나고 있는 것. 둘째, 일본기업주는 물론이고 이미 친일파들이 되어버린 조선기업주에 대한 반감이나 적대감. 셋째, 직장마다 뿌리박고 있는 비밀조직원들의 꾸준한 활약. 고서완은 이런 분석과 함께 앞으로의 운동에 청신호가 켜진 것을 느끼고 있었다.

고서완은 점심시간에 전화를 받았다.

"여보세요, 고 선생님이신가요. 저는 조독만이의 아버지 되는 사람입니다. 방과 후에 선생님을 좀 뵈었으면 합니다."

"아 예, 그러십니까. 아드님이 착실하고 공부를 잘합니다."

그건 누가 들으나 학부형과 선생의 대화였다. 그러나 상대방은 학부형이 아니라 정도규였다. 조독만이라는 학생 이름은 '조선독립만세'를 줄인 암호였다. 우체국 교환실의 도청에 대비한 것이었다.

고서완은 집 쪽으로 자전거를 몰아 군산시내를 벗어난 다음 들길을 따라 반대쪽으로 달리기 시작했다. 정도규는 외딴 농가에 먼저 와 기다리고 있었다.

"한성에서 언제 내려오셨습니까?"

"어제 왔소."

정도규와 고서완은 반갑게 악수를 나누었다.

"그럼 노독도 아직 안 풀리셨을 텐데, 무슨 급한 일 있으십니까?"

"있고말고. 이번에 고형이 아주 큰일을 해냈는데 어찌 묵혀둘 수 있겠소."

"아니, 큰일이라니요……?"

고서완은 의아하게 정도규를 바라보았다.

"군산 정미소 소문 들었소."

정도규가 환하게 웃었다.

"예에? 아니, 그 소문이 벌써 만경까지 퍼졌던가요?"

"발 없는 말이 천 리 간다는데 군산서 만경이야 엎어지면 코 닿을 데 아니오."

"헌데, 어찌 그 일을 제가 했다고 생각하십니까?"

"허, 남보다 영리한 고형도 그런 말 할 때가 다 있소? 현재 군산에서 노동운동을 조직하고 있는 건 우리밖에 없고, 다른 정미소 노동자들이 줄줄이 동조하고 나선 그런 동정파업은 조선에서 최초로 일어난 일이오. 그런 조직적인 일을 해낼 사람이 고형 말고 도대체 누가 있소?"

정도규는 담배에 불을 붙이며 더없이 흡족하게 웃었다.

"선배님은 계시지도 않고, 어쩔 수 없이 혼자서 불안해하며 시도한 일이 어떻게 잘 풀린 겁니다."

고서완이 쑥스럽게 웃었다.

"아니오, 큰일을 아주 치밀하게 잘해낸 거요. 이번 동정파업의 성공은 여러모로 의미가 지대한 것이오. 첫째가 조선 최초로 성공시킨 동정파업이란 사실이오. 작년에 세상을 떠들썩하게 했던 경성 고무신공장 여공들의 파업에서도 타업종 노동자들의 동정금 지원은 있었지만 동정파업은 없었단 말이오. 둘째가 전체 노동자들과 기업주들에게 같은 업종의 노동자들이 공동으로 대처하는 단결력을 과시하는 동시에 좋은 모범을 보인 것이오. 셋째가 모든 노동자들에게 소극적이고 기회주의적인 나약성을 버리고 자신감을 갖게 해주는 계기가 되었소. 넷째가 전국적인 파급 효과요. 그걸 위해 우리가 더욱 적극적이고 조직적으로 소문을 확산시킬 필요가 있소. 다섯째가 노동운동과 농민운동에서 가장 효과적인 투쟁방법인 동정파업을 이룩해 냈다는 점이오. 이건 전국적으로 고형이 세운 공인데, 자기가 세운 공을 지나치게 과대평가하는 것도 문제지만 또 너무 과소평가하는 것도 똑같이 문제란 걸 알아두시오."

정도규는 흔쾌하게 소리내어 웃었다.

"아이고 무슨……."

고서완의 선하게 생긴 얼굴이 더욱 쑥스러워졌다.

"저어, 진지상 다 봤는디라우."

조심스러운 여자의 목소리였다.

"예, 들여오시오."

밥상에는 호리병이 놓였고, 갓 삶아낸 돼지고기가 접시 가득 푸짐했다.

"자아, 우리 술부터 한잔합시다."

정도규가 호리병을 들었다.

"아닙니다. 제가 먼저……."

고서완이 호리병을 뺏으려고 했다.

"어허, 무슨 소리요. 동정파업투쟁 성공을 축하하는 뜻으로 일부러 마련한 술이란 말이오. 어서 받으시오."

정도규는 꾸짖는 듯한 표정을 지었다.

"이거 참……."

고서완은 난처한 얼굴로 술잔을 들었다.

"자아, 그럼 우리 기분 좋게 한잔합시다. 술 마신 지도 참 오랜만이오."

정도규가 먼저 술잔을 들었고, 두 사람은 술잔을 부딪쳤다.

"고형은 이거 좋아하시오?"

정도규가 돼지고기를 양념된장에 찍으며 물었다.

"예, 아주 좋아합니다."

"시장한데 많이 드시오. 난 한성이고 일본이고 다녀봤지만 돼지고기를 푹푹 잘 삶아 양념된장에 찍는 이만한 고기맛을 본 적이 없소. 특히 막걸리 안주에는 이거 당할 게 없단 말이오. 이건 우리 전라도의 독특한 음식인데, 가끔 먹고 싶어진단 말이오."

정도규의 말에는 훈훈한 친근감이 흐르고 있었다.

"예, 농사꾼들이 힘든 논일하면서 배 든든하게 먹기에는 꼭 알맞은 음식이지요."

"아, 맞소. 그래서 농토 넓은 우리 전라도에서 이 음식이 생겨났는지도 모르겠소."

정도규가 색다른 눈길로 고서완을 쳐다보며 고개를 끄덕였다.

"한성 집회는 잘되었습니까?"

고서완은 말머리를 궁금한 한성 집회로 돌렸다.

"아, 집회는 대성공이었소. 예정대로 조선노농총동맹 창립 총회까지 마쳤소."

정도규는 결론부터 말했다.

"마침내 노동자 농민 운동의 전국조직이 탄생했군요."

고서완의 목소리에 감격이 담겨 있었다.

"그렇소, 노농총 창립으로 우리의 독립운동은 새로운 일대 전환기를 맞게 되었소. 노농총 창립을 보고 돌아오니 마치 환영이라도 하듯 고형이 정미소 일을 그렇게 처리해 놓지 않았겠소. 내가 기분이 어찌나 좋은지……."

정도규도 새 기운 넘치는 소리로 말하며 다시 술잔을 들었다.

"회원들은 얼마나 모였던가요?"

"가맹단체가 181개에다 출석대표들이 295명이었소. YMCA회관 강당이 입추의 여지가 없었소."

"예, 그 정도면 명실공히 전국조직이 갖추어진 셈이군요."

"그래서 그 위세를 몰아 중대한 결정을 한 가지 했소. 그게 뭔고 하니, 갈수록 심해지고 있는 자치운동에 선전포고를 한 것이오. 자치운동은 더 이상 묵과할 수 없게 신문이 공론화하고 있는 상황 아니오."

"아, 그것 참 시기에 딱 맞는 결정입니다. 자치를 하자는 자들이야말로 새로운 친일파들 아닙니까."

"그렇소. 우리의 이번 결정으로 자치주의자들이 신종 친일파라는 마각이 드러나면서 여지없이 궁지에 몰리게 될 것이오. 그리고 또 한 가지 효과는 민족주의 세력 중에서 자치를 내세우는 타협파와 자치를 반대하는 비타협파가 확실하게 분리될 것이오."

"예, 그건 진작 그렇게 되었어야 합니다. 우리가 앞으로 운동을 하면서도 누가 적이고 누가 동지인지 알아야 되니까요. 어쨌든 이광수 최남선이가 제일 먼저 궁지에 몰리게 생겼군요."

"그 사람들 참 한심스럽기 짝이 없소. 이광수는 상해임정의 독립신문 주필까지 하고는 민족개조론을 써 자치운동의 씨를 뿌리더니만, 최남선은 독립선언문을 작성할 때는 언제고 이제는 또 일선동조론(日鮮同祖論)을 써 자치운동에 불을 붙이고 있소. 의열단 조선혁명선언서를 통해서 자치주의자나 내정독립운동자나 참정권자나 문화운동자나 모두 일본놈들과 똑같은 우리의 적임을 선언한 신채호 선생의 결연한 태도와는 너무나 좋은 대조가 되는 것 아니오."

"참, 그 대조야말로 뒤를 따라가는 사람들에게 더없이 좋은 교훈이고 거울이지요. 저는 3·1만세 때부터 감히 독립운동을 하겠다고 나섰지만 혼자 깊이 생각해 볼 때마다 가슴이 서늘해지곤 합니다. 운동에 나선 자들 그 누구에게나 가장 참혹한 패배와 종말이 변절인데, 나는 그 어떤 고문의 고통도 이겨낼 수 있는가, 나는 그 어떤 고난이나 시련도 이겨낼 수 있는가, 스스로 자문해 보면서 괴롭고 고통스럽습니다. 자신 있는 응답이 나와야 하는데, 그게 그렇게 쉽지가 않습니다."

고서완의 잠긴 듯 담담한 말이었다.

정도규는 그 뜻밖의 고백에 멈칫 놀랐다. 그렇게 내심을 솔직하게 털어놓기는 처음이었던 것이다.

"고형, 그건 고형만 그러는 게 아니오. 나도 그런 생각을 때때로 하는데, 자신이 없고 장담할 수 없기는 고형과 마찬가지요. 처음부터 인간은 강철이 아니오. 그런 내심의 괴로움과 고통을 통해서 단련되고, 동지들과 결속하고 학습해 나아가면서 단련되고, 외부의 사건과 충돌하고 해결해 나가면서 단련되고 그러는 것 아니겠소."

정도규도 자기 심정을 솔직하게 토로했다.

"예, 이제 하는 말이지만, 3·1운동의 민족 대표 33인의 취조와 재판에 얽힌 이야기를 듣고 그때 많은 것을 생각했었습니다. 33인 중에서 고문을 끝까지 꿋꿋하게 이겨내고, 재판정에서도 자기 주장을 굽히지 않고 당당하게 내세운 사람은 한용운 선생 한 분뿐이었다는 게 참 충격이었습니다. 그 많은 사람들이 고문을 견디지 못하고 꺾였다는 것에 놀랐고, 만약 내가 그 처지였다면 어찌 되었을 것인가, 나도 두려움에 떨며 꺾였을 것인가, 아니면 한용운 선생처럼 꿋꿋했을 것인가, 많이 생각했었지요. 그런데 어느 순간에는 한용운 선생이 될 것 같기도 했고, 또 어느 순간에는 꺾이고 말 것 같기도 했고, 영 종잡을 수가 없었습니다. 처음보다는 꽤 강해진 것 같습니다만, 변절한 사람들을 볼 때마다 저를 살펴보곤 하게 됩니다."

"고형의 말이 참 솔직하고 진실한 것이오. 나도 나를 완전히 믿을 수가 없어서 늘 고민이오. 내가 나를 자신 있게 믿을 수 있게 하려고 나도 나를 자꾸 단련시키고 있는 중이오."

"이거 죄송하게 됐습니다. 어쩌다가 이런 약한 말을 꺼내가지고……."

고서완이 멋쩍게 웃었다.

"아니오, 아니오. 이리 솔직하게 내심을 털어놓는 담화를 한다는 게 얼마나 중요한 일이오. 이런 기회를 통해 우리가 서로 단련되는 것 아니겠소. 그런 의미에서 우리 한잔씩 더 합시다."

두 사람은 다시 잔을 부딪쳤다.

"혹시 사회주의 단체들의 난립에 대해서는 뭐 토의된 게 없습니까?"

"그건 시기상조라는 서로간의 묵시로 거론되지 않았소. 그 어떤 사회 변동이나 그렇듯이 사회주의 단체들의 난립도 초기단계에서 일어나는 필수적 현상이니까 별로 큰 문제는 아닐 것이오. 그리고 그 난립현상이 우리 사상을 대중적으로 급속하게 확산시킨다는 기여의 측면도 있으니까."

"예, 그렇기도 하지요. 그런데 지식층 조직원 확보를 어떻게 생각하십니까?"

"어떤 측면에서 말이오?"

"예, 다 아시는 것처럼 신사상바람이 무슨 풍조처럼 번지고 있지 않습니까. 지식층들 중에 어지간한 사람들은 막스 레닌을 들먹이지 않는 사람들이 없고, 특히 일본유학생들은 그게 심합니다. 그런 사람들 대부분은 사회주의를 아마 한복에서 양복쯤 갈아입는 것 정도로 생각하는 것 같은데, 조직원 확보에 옥석을 구분하는 신중을 기해야 하지 않을까 하는 생각에서 드리는 말씀입니다."

"그것 참 중요한 말이오. 사실 지식인들 속에 꽤나 많은 사람들이 그런 허세로 과장하고 있소. 사회주의자인 척해야 선진 지식인인 것 같은 풍조 말이오. 급히 먹는 밥이 체하더라고 앞으로 신중을 기하도록 합시다."

정도규는 상에서 물러나 앉으며 담배를 피워물었다.

"노농총 창립으로 새로 해야 할 일은 뭐 없습니까?"

"그건 차차로 의논해 나갑시다. 고형 갈 길이 먼데 오늘은 이만 일어납시다."

고서완을 배웅한 정도규는 어둠이 진하게 밴 들길을 빨리 걸었다.

"어디 또 나가실라고요? 애기가 많이 아픈디……."

끝을 흐리던 아내의 말이 들리고 있었다. 의원에게 데려가 보라는 말을 기왕이면 좀 부드럽게 할 것을 그랬다 싶었다. 언제나 뒤늦게 깨닫는 미안함이었다. 그러나 그때는 그런 마음이 없어서 퉁명스럽게 내쏜 것이 아니었다. 좀 부드럽거나 살갑게 했다가는 그게 빌미가 되어 아내가 엄살을 부리며 매달릴지 몰라 미리 막을 수밖에 없었다.

아내는 내놓고 말은 못했지만 매사에 불만이 많았다. 유산상속에도 할 말이 많은 눈치였고, 남들보다 낮은 소작료 징수에도 마땅찮은 기색이었고, 자신이 밖으로만 나도는 것을 더욱 싫어하는 것이었다. 그런 아내의 속마음을 일체 모르는 척 묵살하는 것으로 정도규는 탈출구를 찾았다. 아내에게는 안된 일이었지만 다른 방법이 없었다.

그런데 이런 미안스런 생각은 어쩌다 떠오르는 것뿐이지 정도규는 아내에게 거의 신경쓰지 않았다. 이 세상에는 죽도록 일을 하면서도 굶주리는 여자들이 얼마든지 있었다. 그리고 남편이 아예 죽어버렸거나 멀리 집을 떠나 아이들을 데리고 혼자 살아가는 여자들도 수없이 많았다. 그런 여자들에 비하면 아내는 너무 호강스러웠던 것이다.

정도규는 들길 30리를 걸어 유승현의 집에 당도했다.

"앉게, 아직 공허 스님은 안 오셨네. 저녁은 어쨌능가?"

유승현이 자리에 앉으며 책을 덮었다.

"응, 진작 먹었네."

정도규는 걸어오는 동안에 참았던 담배에 불을 붙였다.

"한성에 갔든 일언 어찌 되고?"

유승현도 담배를 뽑아들었다.

"응, 모든 게 아주 잘되었네."

정도규는 조선노농총동맹 창립 총회에 대해 이야기하기 시작했다.

멀리서 소쩍새 우는 소리가 환청인 듯 감감하게 들리고 있었다. 쉰 듯 구슬프고 사무친 듯 구성진 그 울음이 멀리서 들려오니 애절감이 더 깊었다.

"아, 그것 참 잘한 결정이네." 유승현은 무릎을 치고는, "자치허자는 놈덜언 더럽고 추접허기가 똥통에 구데기만도 못헌 놈덜이시. 왜놈덜에 식민지인 것얼 자인험서 왜놈덜얼 상전으로 받들고 자치럴 허자니, 그것이 영영 나라는 안 찾고 종놈질이나 대대로 해묵자는 것 아니여. 식자 들었다는 놈덜이 그런 못된 생각덜얼 해내고 있으니 될 일도 안 되는 것이제. 자치허자는 놈덜언 다 총독부 앞잽이고 친일파덜잉게 우리가 몰아쳐야 허는 것이야 너무 당연헌 것이시." 그는 속시원한 반응을 보였다.

"똥통에 구더기만도 못하다는 말을 누가 한지 아나?"

정도규는 속이 후련해져 물었다.

"그야 아무나 허는 말 아니여……?"

유승현이 정도규를 의아스럽게 쳐다보았다.

"그게 말이네, 고문을 당하면서 겁먹고 있는 민족 대표들에게 한용운 선생이 화가 나서 터뜨린 말일세."

"아니, 그것이 그렁가?"

유승현의 눈이 커졌다.

그때 뒷문 두들기는 소리가 났다.

"누구시오?"

유승현이 재빨리 몸을 일으켰다.

"소승 공허요."

유승현이 문을 열자마자 공허가 성큼 들어섰다.

"아이고 이런, 정 선상이 먼첨 와 기셨구만이라 이."

공허가 정도규한테 먼저 인사를 했다. 늦어진 미안함의 표시였다.

"어디서 장삼자락 잡고 안 놓는 과부가 있었구만이라."

유승현이가 말을 걸쳤고, 정도규는 쿡 웃었다.

"금메 말이오, 과부도 한나가 아니고 쌍과부가 붙드는디 어쩔 것이오."

세 사람은 소리 죽여 웃으며 자리잡고 앉았다.

"어찌…… 생각얼 정허셨는게라?"

유승현이가 문갑 안에서 유과가 담긴 작은 바구니를 꺼내며 공허에게 눈길을 보냈다.

"글씨요, 무식허고 바쁜 대로 요 책얼 다 읽어보기넌 혔는디……."

공허는 바랑에서 꺼낸 책을 유승현 앞으로 밀어놓으며 말꼬리를 사렸다.

"책이 맘에 안 들든게라?"

유승현이 민감하게 반응했다.

"아아니, 그런 말이 아니고……." 공허는 손을 젓고는, "나가 무식헌 눈으로 보기로넌 가난허고 불쌍헌 사람덜, 거 머시라드냐, 이, 무산자럴 위헌 혁명이라는 것이 저그 저 동학허고 달를 것이 머시냐 허는 생각이 들드란 말이오. 동학도 인내천으로 모든 사람덜이 다 하늘맨치로 귀허고 공평허다고 혔고, 동학군덜이 들고일어난 것도 모두가 차등 없이 공평허니 사는 새 시상얼 열자는 것 아니었소. 한나 달른 것이 있다면, 아니 둘이 달른디, 한나넌 요것이 저 타

국서 들어온 물건이란 것이고, 둘은 요 사상얼 신봉허면 쏘련이란 나라가 우리나라 독립얼 도울 것이다 허는 것 아니겄소. 근디 그 달르다는 것이 나 맘얼 콱 틀어쥐딜 못헌단 말이오. 요것이 무신 소린고 허니, 나넌 애초에 가난허니 살었든 놈이라 죽으나 사나 가난허고 천대받는 사람덜 편이고, 또 우리 식구 다 불태와 죽인 것이 왜놈덜이라 나가 죽을 때꺼정 왜놈덜얼 쳐없애기로 딱 작정이 되야 있다 그것이요. 긍게 나헌티넌 요런 신사상이 따로 필요허딜 않단 말이오. 나넌 그간에 중옷얼 입고도 대종교 사람덜허고 아무 탈 없이 투쟁얼 잘혀왔소. 나넌 나라럴 되찾자는 뜻만 같음사 어느 누구허고도 뜻얼 합칠 수가 있소. 근디 아조 중옷얼 벗어불고 나스기에넌 그 신사상이라는 것이 거 머시냐…… 잠 그렇소."

그는 유승현과 정도규를 번갈아 보며 쩝쩝 입맛을 다셨다. 유승현이 정도규를 건너다보았다. 그 얼굴이 난처해져 있었다.

"예, 스님의 말씀이 일리가 있습니다. 그리고 스님의 말씀을 듣고 제가 깨달은 것도 있습니다. 스님도 저희들도 더 여유를 가지고, 필요한 일은 서로 협조해 나가면서 더 좀 생각해 보는 게 어떨까 합니다. 조선사람들의 제일 큰 목적은 어디까지나 독립이니까요."

정도규는 공허의 입장을 충분히 이해할 수 있었다. 그는 승려인 데다가 그 나름의 체험논리까지 가지고 있었다. 그런 사람의 의식 전환이란 쉽지 않았다. 만약 의식 전환이 안 된다 하더라도 거기에 구애될 것이 없었다. 그가 견지하고 있는 투철성으로나 오랜 투쟁 경력으로나 그는 귀한 존재였다. 그런 사람과는 얼마든지 효과적으로 협조해 나갈 수 있었던 것이다.

"야아, 정 선상이 그리 도량 넓게 생각해 주신게 고맙구만이라. 근디, 나럴 믿어주신다면 나가 틀림없이 신용허고 있는 젊은 사람 덜얼 소개헐 수는 있겠구만이라."

공허가 유과를 집어들며 내놓은 제안이었다.

"아 예, 그리 협조해 주시면 더 고마울 게 없겠습니다. 스님이 소개해 주시는 사람이면 맘놓고 믿겠습니다."

정도규의 반색이었다. 유승현의 얼굴도 비로소 편안하게 풀려 있었다.

소쩍새는 밤과 함께 울고 있었다.

18

그 깊은 한

유달산이 아침햇살을 받으며 그 자태를 우람하게 드러내고 있었다. 온갖 형상을 한 크고 작은 바위봉우리들이 청옥색 투명한 겨울하늘을 배경으로 한층 더 우아하고 신비스러움을 자아내고 있었다. 수많은 바위봉우리들로 이루어진 유달산은 언제나 전설적인 신비를 간직한 한 폭의 입체화였다. 그런데 아침햇살이 한쪽에서 비껴 비치면서 봉우리들과 골마다에 음양을 그려내자 유달산은 더욱 신묘한 입체화가 되고 있었다.

유달산은 그다지 높지도 그리 크지도 않았다. 그러면서도 바위산이라 우람한 무게감을 지니고 있었다. 그런데 거대한 바위 몇 덩어리로 이루어진 산이었더라면 육중하기는 하되 둔중해 보이고 싱거웠을지 모른다. 유달산은 바위산으로 태어나되 기기묘묘한 봉우리들을 수많은 자식인 양 품어 듬직하면서도 아기자기한 조화를 이루어내고 있었다.

그런데 아무리 다양한 바위봉우리들로 모양을 갖추었다고 하나 바위만으로는 산의 구색이 모자란다고 생각한 것일까. 중턱 아래로는 차츰 나무들을 키워내 산자락에 이르러서는 넉넉한 숲이 어우러져 있었다.

그 생김대로 사람들은 유달산을 신령스럽게 여겼다. 안개나 구름이 중턱을 휘감고 있을 때면 그 신비스러움이 극치를 이루어 유달산에는 영락없이 영험한 신이 머무는 것처럼 신령스럽기 그지없었다. 그래서 그런지 목포에는 유난히 무당들이 많았다. 그 무당들이 유달산 이 골짜기 저 골짜기 바위 아래서 기도를 드리는 것은 물론이었다.

유달산은 언제나 목포를 굽어보고 있었다. 목포에 사는 사람들도 언제나 유달산을 바라보았다. 목포사람들은 유달산을 에워싸듯 하면서 터를 잡고, 차츰 해변 쪽으로 퍼져나가고 있었다. 그러니 목포사람들은 눈을 뜨고 고개를 들면 어디에서나 유달산을 마주하게 되었다. 목포사람들에게 바다와 더불어 유달산은 모태 같은 것인지도 몰랐다.

허리가 구부러지도록 주름함지를 무겁게 이고 가던 어떤 할머니가 유달산을 바라보며 걸음을 멈추었다. 무엇인가가 가득 든 함지의 무게에 눌려 허리를 펴지도 못한 채 그 할머니의 눈은 유달산을 향해 위로 잔뜩 치켜뜨여 있었다. 그리고 할머니의 입술은 달싹거리기 시작했다.

비나이다 비나이다, 신령님 전 비나이다. 신령님, 신령님, 우리 동화 몸 성허고 공부 잘혀 앞질이 훤언히 열리게 굽어살펴 주십소사. 그놈이 우리 집안 대들보 될 장자입네다. 그놈이 똑똑허니 잘돼야 우리 집안이 새로 일어납네다. 왜놈덜 손에 기맥히게 전답 다 뺏기고 우리 남정네 할라 한얼 품고 죽은 뒤로 집안이 폭싹 내래앉었습네다. 근디 아덜 건식이가 왜놈덜 몰아낼라고 만세 불른 것이 죄가 되야 의지가지 없는 여그 목포땅으로 왔시니 이 늙은것이 누구럴 믿겠능게라. 그저 영험허신 신령님만 믿습네다. 이 늙은것 불쌍허니 생각허셔서 우리 동화 잘되게 굽어살펴 주십소사, 굽어살펴 주십소사…….

이런 기구를 올리고 있는 그 할머니의 늙고 메마른 얼굴은 경건하기 그지없었다. 바로 그 자리쯤이 유달산이 정면으로 바라보이는 지점이었다.

그 할머니는 시가지 쪽으로 다시 걷기 시작했다. 그 늙은 여자는 다름 아닌 박건식의 어머니 대목댁이었다.

대목댁은 아침마다 똑같은 자리에서 똑같은 소원을 빌었다. 그러기를 벌써 몇 년째였다. 그 소원을 빌지 않고서는 하루 일이 손에 잡히지 않았다. 어쩌다가 몸이 아파 시가지로 나오지 못하게 되는 날에도 그 소원 빌기를 빼먹지 않았다. 멀리 유달산을 바라보며 더욱 간절하게 빌고는 했다.

대목댁은 날마다 부두 어귀로 고구마장사를 나다녔다. 그건 누가 시켜서 하는 일이 아니었다. 아들 건식이는 괜히 사서 고생하지 말라고 성화였다. 막판에는 아들놈 불효자식 만들지 말라고 화를 내기도 했었다. 그러나 대목댁은 끝내 자기 고집을 꺾지 않았다. 손자 동화를 잘 가르쳐야 한다는 작심을 버릴 수 없었던 것이다.

아들 건식이의 막노동으로는 여섯 식구가 입에 풀칠하기에도 허덕거렸다. 그런데 손자 동화는 학교 갈 나이를 벌써 몇 년째 넘기고 있었다. 며느리가 제 아들을 학교에 보내야 한다며 일거리를 구해 나섰다. 며느리는 선창가 어란공장에 일을 나가게 되었다. 그러나 그 벌이로 동화의 공부 뒷바라지가 되지 않았다.

대목댁은 생각다 못해 아들과 며느리 모르게 가을걷이 날품을 나다녔다. 일부러 고구마밭만 찾아다녔다. 하루종일 고구마를 캐주고 품삯을 고구마로 받았다. 한 바가지도 받고 두 바가지도 받고, 인심에 따라 품삯은 대중이 없었다. 그 고구마를 날마다 모았다. 보름 남짓 모은 고구마는 한 가마가 다 되었다. 대목댁은 그걸 밑천으로 마침내 고구마장사를 나섰던 것이다.

부두 언저리에는 싸구려 행상들이 많았다. 언제나 북적거리는 부두노동자들과 날품팔이들이 불러모은 행상이었다. 대목댁은 고구마를 삶아가지고 그 행상들 사이로 비집고 들었다. 장사는 먹는 장사가 제일이고, 아무리 하찮은 장사라 해도 이문 없어 밥 굶는 일 없다는 귀동냥을 대목댁은 굳게 믿고 있었다.

부두 언저리의 여러 가지 행상들 중에서 고구마장사가 가장 보잘것이 없었다. 먹거리로서의 등차로 보나 값으로 보나 쌀로 만든 음식에는 댈 수가 없었다. 죽 한 그릇에 5전이고, 떡 한 쪽에는 2전이고, 콩국물 우무 한 사발이 2전인데, 고구마는 한 무더기 세 개에 1전이었다.

그러나 천한 입 많은 데서 천한 장사가 세나고, 아무리 이문 박한 장사라도 많이만 팔면 목돈이 된다고 했다. 바로 고구마장사에 그런 쏠쏠한 재미가 있었다. 맛은 어쨌거나 허기진 배를 채워야 하는 사람들에게 5전짜리 죽보다는 세 개에 1전인 고구마가 훨씬 더 나았던 것이다. 주먹만큼씩한 고구마 세 개에 물을 한 사발 마시면 배가 든든하고 벙벙해지는 것이 죽 한 그릇은 댈 것이 아니었다. 그러니 2전씩 하는 떡 한 쪽이나 콩국물 우무 한 사발은 더욱 댈 것이 없었다.

제일 싼 돈으로 가장 든든하게 배를 불릴 수 있는 맛에 가난한 노동자와 날품팔이꾼들은 점심 요깃거리로 고구마를 많이 찾았다. 하루에 주름함지 가득한 고구마를 다 팔기는 별로 어려운 일이 아니었다. 더러 다 팔지 못해 몇 개씩 남더라도 아무 걱정이 없었다. 집에 가지고 가 손자들에게 먹이면 그 또한 톡톡한 할머니 노릇이었다. 그렇게 한 달 동안 모아진 돈은 아들 벌이에는 댈 것이 못 되었지만 며느리 벌이하고는 맞먹었다.

그 돈을 며느리 벌이에 보태서 장손 동화를 학교에 보내게 되었을 때 대목댁은 천하를 다 얻은 것 같았었다. 입학식날은 헌 옷이나마 깨끗이 빨아 풀 빳빳하게 먹여 잘 다려 입고 손자의 손을 활기차게 잡았던 것이다.

손자는 남편 닮고 아들 닮아 공부를 썩 잘했다. 대목댁은 그것만이 유일한 보람이고 위안이었다. 손자가 덧셈 뺄셈으로 자기는 더듬거리는 돈 계산을 척척 해내고, 자기는 한 글자도 모르는 책을 줄줄이 읽어내리는 것을 볼 때면 대목댁은 온갖 고생이 다 풀리며 그보다 더 행복하고 자랑스러운 것이 없었다. 그럴 때마다 대목댁은 더 마음을 단단히 다지고는 했다.

그려, 그려, 이쁘고 이쁜 내 새끼야, 니가 그저 공부만 잘히어. 글 먼 이 할메가 뼛따구가 녹아내릴 때꺼정 일히서 니 공부 뒷수발헐 것잉게. 니가 똑똑허니 되아야 원통허니 돌아가신 느그 할아부지 웬수 갚고 우리 땅도 되찾을 것잉게.

대목댁은 손자 동화를 중학교는 더 말할 것도 없었고 대학까지도 보내리라고 작정한 지가 이미 오래였다. 저녁때면 몸이 지쳐 기운이 까라지다가도 대목댁은 그 생각을 하며 새 기운을 차리고는 했다.

대목댁은 기차역 앞을 지나며 구부정한 걸음걸이가 더 빨라지고 있었다. 마음은 벌써 부두 어귀로 가 있었다. 마수걸이를 남들보다 먼저 하고 싶은 마음이 동하고 있었다.

대목댁은 언제나처럼 부두로 내려가는 비탈길 중간쯤에 바다를 등지고 자리잡았다. 맞은편에는 가게들이 줄지어 있어서 행상들은 누구나 그쪽에 얼씬도 할 수가 없었다. 그리고 비탈길이 끝나면서 시작되는 부두에도 행상들은 발을 들여놓지 못했다. 늘 번잡한 부두일에 방해가 되는 탓이었다. 그렇다고 비탈길가에 줄지어 앉는 것이 허가된 것도 아니었다. 장사가 잘되는 길목이니까 행상들이 막무가내 자리를 잡게 된 것이었다. 그런데 한두 달씩 별 탈 없이 지나다가도 어느 때는 느닷없이 순사가 나타나 소란이 벌어지기도 했다. 순사는 행상들의 좌판을 닥치는 대로 걷어차는 것이었다.

순사가 나타났다 하면 행상들은 뻘 밭의 게들처럼 순식간에 자취를 감추었다. 고구마함지며 떡시루 같은 것을 들고 어쩌면 그리도 날쌔게 피하는지 모를 일이었다. 그러나 행상들 모두가 안전하게 피할 수 있는 것은 아니었다. 서너 네댓 사람들은 꼭 화를 입었다. 불쑥 나타난 순사의 발길질 앞에서 행상들의 몸놀림이 제아무리 기민하다 해도 몇몇 사람은 피해를 입지 않을 수가 없었다.

그런데 행상들 중에서도 죽장사가 당할 때가 가장 보기 딱했다. 사정없이 걷어차인 죽항아리가 깨지면서 죽이 그대로 길바닥에 쏟아지는 것이었다. 떡장사나 고구마장사는 걷어차인다 해도 물건을 다 망치지는 않았다. 그러나 죽장사는 항아리가 깨지는 날에는 꼼짝없이 피해를 다 당하고 말았다. 그러기는 우무장사도 마찬가지였다.

역전 주재소에서 행상들에게 가장 인심을 잃은 것이 오카노 순사와 문 순사였다. 특히 문 순사는 행상들에게 욕을 삼태기로 얻어먹었다. 오카노야 그렇다 하더라도 문 순사는 같은 조선사람이었다. 그런데 문 순사는 꼭 죽항아리만 골라서 차는 것 같았다. 이상하게도 그가 나타날 때마다 피해자들 중에 죽장사가 많았던 것이다. 죽이 땅바닥에 흥건하게 쏟아진 앞에 버티고 선 문 순사의 모습은 일본인 순사 뺨칠 만큼 당당하고 사나웠다.

"아이고 요런 드런 놈아, 대대로 염병이나 앓다가 꼬드라져 뒤져라."

"저 오살육시헐 놈, 뒤져서도 천년만년 왜놈 똥구녁이나 핥고 살어라."

행상들이 입모아 문 순사에게 퍼대는 욕이었다.

대목댁은 점심때를 맞아 한바탕 정신없이 장사를 해냈다. 언제나 점심때가 장삿손이 제일 달았다. 점심때 장사를 잘못하면 그날 장사는 망치게 되었다.

대목댁은 고구마가 함지 밑바닥에 깔릴 만큼 점심 고비를 잘 넘겨 마음이 느긋해져 있었다. 대목댁은 남은 고구마들 중에서 껍질이 상하고 못난 것 하나를 골라들었다. 점심요기를 하자는 것이었다.

대목댁은 고구마를 반으로 자르려다가 멈칫했다. 돈을 생각하고, 귀하고 예쁜 손자 동화를 생각하면 고구마를 하나라도 축내서는 안 되었다. 그러나 늙어가는 몸에 장사를 계속하자면 고구마 하나로라도 쓰린 속을 달래야 했다. 대목댁은 벌써 몇 년째 고구마를 먹으려고 할 때마다 똑같은 생각에 주저하고는 했다.

그려, 나가 몸 성허니 오래 삼서 이 장시럴 잘히야제 우리 동화 뒷수발얼 잘허게 되제.

대목댁은 이 다짐과 함께 눈을 질끈 감으며 고구마를 반으로 잘랐다.

"대목댁언 인자 좋겄소."

옆의 떡장수 여자가 시루떡 고물을 입에 찍어넣으며 말했다.

"누가 벼실헐 일 있간디?"

대목댁은 고구마를 한입 베물려다 말고 그 여자에게 눈길을 돌렸다.

"인자 찬바람 살살 일어남서 명태철이 안 닥쳤소. 명태가 쏟아져 들어오기 시작허먼 메누리 벌이가 얼매나 톡톡해지겠소."

"아이고, 시장시런 소리 말소. 좋아지는 것이야 왜놈덜허고, 광주 현 부자에, 영암군수것제. 밤잠 못 자감서 명태 배때기 따서 몇 푼 더 벌어봤자 몸 축나는 것에 비허먼 시장시런 벌이 아니드라고."

"그려도 벌이가 느는 것이 어디요."

겨울과 함께 명태철이 오면 어란공장에서는 밤일을 시작했다. 며느리는 온몸에 비린내를 묻혀가지고 밤늦게 돌아오고는 했다. 그러나 밤일 품삯은 보잘것이 없었다.

일본사람들치고 생선 좋아하지 않는 사람들이 없지만 어란은 유별나게 좋아했다. 특히 목포에서 나는 명란에 환장한다는 것은 이미 널리 퍼진 소문이었다. 그런데 조선사람으로 목포 명란젓을 제일 많이 사는 사람은 광주의 현 부자라고 했다. 그것을 사교 선물로 쓴다는 것이었다. 그리고 영암군수로 오는 사람들은 누구나 영전을 해간다는 소문도 퍼져 있었다. 목포 명란젓을 총독부 관리들에게 부지런히 바친 까닭이라고 했다.

"참, 시상이 지랄 겉이 얄궂어진게 알 통통허니 밴 명태국 한분씨언허니 끓에묵덜 못허고 사요 이. 맛난 알언 왜놈덜이 미리 다 빼묵어 불고 장바닥에 나도는 것은 배때기 째진 것이나, 알 안 밴 것덜뿐이니 원."

"어디 명태알뿐이여? 도미고 대구고 삼치고 맛난 생선이야 싹 다 왜놈덜이 차지해 불고 우리 조선사람덜이야 갈치나 홍어 묵으면 잘 묵는 것 아니드라고."

대목댁이 고구마를 우물거리며 쓰게 웃었다.

"금메 말이오. 왜놈덜언 어찌 그리 맛난 생선은 이골나게 잘 아는지 몰르겠습디다 이. 뱅어도 그리 환장얼 안 헙디여?"

"뱅어도 얼매나 맛난 괴기여. 비린내 없고 살이 쫀득쫀득험서 지름기 자르르 도는 것이 둘이 묵다가 하나 죽어도 모를 맛 아니드라고."

대목댁이 군 입맛을 다셨다.

그때 갑자기 고함소리와 외침이 터져올랐다.

"빨리 몰아내, 빨리!"

"요런 잡것들 보소, 요거!"

"바까야로!"

"다 잡아딜여, 다!"

일본말과 조선말의 외침이 뒤섞이는 속에 호각소리까지 요란하게 울려댔다. 다른 때와는 달리 순사들 예닐곱 명이 여기저기로 내달으며 행상들을 몰아치고 있었다.

그 느닷없는 공격에 행상들은 정신을 차리지 못하고 있었다. 순사들의 발길질에 함지며 항아리가 엎어지고 박살이 나고 있었다. 대목댁은 먹다 남은 고구마쪽을 내던지며 함지를 집어들었다. 그 순간 순사의 발길이 함지를 걷어찼다.

"아이고메⋯⋯."

그 기운을 이기지 못하고 대목댁은 뒤로 벌렁 넘어갔다.

그런데 뒤쪽은 축대였다. 대목댁은 함지와 함께 축대 아래로 굴러떨어지고 있었다.

얼마 지나지 않아 행상들의 자취는 찾을 수가 없었다. 순사들에게 끌려온 날품팔이꾼들이 그 길을 말끔하게 청소했다. 그리고 순사들이 일정한 간격으로 경계를 섰다. 전에 없었던 그런 광경에 행인들마저 쭈뼛거렸다.

두어 시간이 지나 사람들이 나타났다. 그들은 누가 보아도 고급 관리라는 것이 금방 표가 났다. 그들은 깨끗한 비탈길을 느리게 걸어 내려가며 부두와 바다 쪽을 두루두루 살피고 있었다. 그들 예 닐곱 명은 쌀보다는 목화가 더 많이 쌓여 있는 부두까지 다 돌아보고 나서 그곳을 떠났다.

그들이 떠나자 부두 근방에는 금세 소문이 돌았다. 총독부에서 고급관리가 시찰을 나와 부윤은 물론이고 도지사까지 뒤따른 행차라는 것이었다.

대목댁은 날이 어두워져서 가마니로 엮은 들것에 실려 집으로 돌아왔다. 축대 아래로 굴러떨어지면서 허리를 심하게 다쳐 꼼짝을 못했던 것이다.

"아이고 엄니, 허리럴 어쩌크름 다치셨간디 요리 꼼짝얼 못허신 게라?"

박건식은 소스라치며 어머니를 붙들었다.

"아니여, 아니여. 쬐깨 접질린 것잉게 메칠 지내면 나슬 것이여."

대목댁은 애써 아픔을 감추며 아들을 안심시켰다. 그러나 대목댁의 얼굴에는 고통이 역연하게 드러나 있었고, 목소리에는 신음이 섞여나오고 있었다.

박건식은 덜컥 겁이 났다. 늙은 몸에 허리를 다쳤으니 병 중에 중병이었고, 어머니의 기색으로 보아 다쳐도 심하게 다친 것이 분명했던 것이다.

그런데 아내한테 어머니가 다치게 된 연유를 듣고 난 박건식은 가슴에서 불길이 솟았다.

"어무님 뫼시고 온 사람덜 말로는 축대 밑으로 떨어진 사람덜이 어무님 말고 서넛이 더 있다는디, 그것이 순사덜이 헌 일이라 논게 어찌……."

박건식의 아내 반월댁은 남편의 눈치를 살피며 말끝을 흐렸다.

"아이고, 사람 미쳐 죽겠네!"

박건식은 이 말을 울컥 토해내며 주먹으로 제 가슴팍을 쳤다.

그건 분함을 토해내는 것만이 아니었다. 아내가 입 밖으로 내지 않은 말에 대한 대답이기도 했다.

박건식은 밤새도록 한숨도 자지를 못했다. 어머니가 밤새도록 끙끙 앓았던 것이다.

"공장 나가지 말고 엄니 수발 잘허소. 나넌 으원 불를 돈 구해올 것잉게."

박건식은 아내한테 일렀다.

"아니여, 아니여. 나야 암시랑토 안헝게 다딜 일 나가그라, 일 나가. 나야 똥물 잠 걸러묵으면 나슬 병인디 으원이고 머시고 불르딜 말고."

아픔으로 얼굴이 잔뜩 찌푸려진 대목댁은 한사코 손을 내저었다.

반월댁은 망설거리는 얼굴로 남편을 쳐다보았다. 아내를 쏘아보는 박건식의 눈길이 갑자기 사나워졌다. 반월댁은 그만 고개를 떨구고 말았다.

남자들의 일자리도 그렇지만 여자들의 일자리는 구하기가 더욱 어려웠다. 하루이틀 나가지 않으면 기다려주는 법 없이 딴사람으로 자리를 메웠다. 그리되면 일자리를 잃게 되었다. 대목댁은 그런 사정을 다 알고 있었던 것이다.

"큰탈났구만이라. 어무님이 두 다리럴 영 못쓰신당게요."

애달아 있던 반월댁은 남편이 사립을 들어서자마자 다급하게 말했다.

"머시여? 무, 무신 소리여?"

"어무님 두 다리가 굳어부렀단 말이오. 피도 접도 못허시고, 꼬잡아도 아픈지도 몰르시고……."

반월댁이 눈물을 훔쳤다.

"아이고메, 나 죽겄네!"

박건식의 어깨가 축 늘어졌다.

그는 넋나간 사람처럼 멍하니 서 있기만 했다. 눈물을 훔치고 있던 반월댁이 조심스럽게 입을 열었다.

"저어, 으원 불를 돈언 구허셨능게라?"

"이, 그려. 나 댕게올라네."

박건식은 잠시 나갔던 정신이 돌아온 것처럼 허둥지둥 사립 밖으로 나갔다.

"아무 장담얼 못허겄소. 허리럴 짚이 상해 생긴 병인 디다가 삭신이 늙어논께…… 참 고약시럽게 되았소."

몇 군데 침을 놓고 나서 의원이 마당으로 나서며 무겁게 한 말이었다.

"어찌 잠 낫게 혀주시게라우. 으원님만, 으원님만 믿겄구만요……."

박건식은 가슴이 와르르 무너져내리는 충격 속에서 이렇게 애원하고 있었다.

의원은 아무 대꾸가 없이 고개만 보일 듯 말 듯 끄덕이며 발길을 돌렸다.

의원은 날마다 와서 침을 꽂았다. 그러나 대목댁의 병세는 아무런 차도가 보이지 않았다. 아니, 오히려 딴 병이 덧치고 있었다. 하반신을 쓰지 못하고 누워만 있으니 소화가 되지 않아 배탈이 났다. 그리고 배탈이 잡히지 않으니 몸이 축나면서 기력이 떨어졌다.

설사가 멎지 않으니 반월댁의 병수발은 더 어려워졌다. 그렇지 않아도 대소변을 받아내는 형편에 설사까지 하게 되어 갈아입힐 옷이 없을 지경이었다. 반월댁은 날마다 빨래하기에 숨돌릴 겨를이 없었다.

"나넌, 인자 그만 오겄소. 나가 헌다고 혀봤는디 나가 지닌 의술로넌 더 어찌 안 되겠소. 이 집 살림도 에로운 것 겉은디 더 돈 받을 체면도 없고……."

치료를 시작하고 보름이 되자 의원이 한 말이었다.

"아니구만이라, 돈언 걱정 마시고 더 치료럴 혀줏씨요. 돈이야 얼매든지 댈 것잉게 맘쓰덜 마시고……."

"아니오, 아니오. 돈이 문제가 아닝게 정 더 치료럴 받아볼 맘이 있으면 딴 의원헌티 뵈이는 것이 좋겠소."

의원은 무정하다 싶게 자기의 할 말만 하고 돌아섰다.

박건식은 하늘이 무너지는 절망을 느꼈다. 의원의 말은 더 치료를 해봐야 나을 가망이 없다는 뜻이었다. 박건식은 현기증을 느끼며 토방에 주저앉고 말았다.

어지러운 눈앞에는 아버지의 모습이 떠올랐다. 박건식은 아버지 앞에 얼굴을 들 면목이 없었다. 빼앗긴 땅을 되찾기는커녕 어머니마저 제대로 모시지 못한 죄가 가슴을 쳤다. 고구마장사를 아무리 말렸지만 어머니는 듣지 않았다. 어머니는 고구마장사로 손자를 학교에 보내게 된 것을 세상에서 제일가는 낙으로 삼았고 누구에게나 자랑을 했다. 그런 어머니의 정성에 아내도 자신도 말로 다 못할 고마움을 느끼기도 했던 것이다. 그러나 그 일이 결국은……. 박건식은 핏빛 한숨을 뭉텅이로 토해냈다.

대목댁은 자신의 병이 나을 가망이 없다는 것을 대충 짐작하고 있었다. 그런데 의원이 오지 않게 되자 그걸 확실하게 알게 되었다.

하루이틀도 아니고 열흘이 다 되도록 침을 맞는데도 몸은 전혀 나아지는 기미가 없었다. 대목댁은 그즈음에 벌써 가망이 없다는 생각이 들기 시작했다. 그러나 행여나 싶어 의원을 퇴하지 않고 며칠 더 침을 맞았던 것이다. 제발 좀 일어나게 해달라고 신령님한테 간절하게 빌고, 남편한테 애타게 매달리면서. 그런데 의원이 먼저 발을 끊고 말았다. 이렇게 산송장이 되어 시나브로 죽어가야 된다는 것이 대목댁은 기가 막혔다. 차라리 축대에서 떨어졌을 때 죽었어야 했던 것이다. 대목댁은 마음을 공글리기 시작했다.

자신은 이제 아무 쓸모가 없었다. 손자를 중학교고 대학이고 공부시키려고 했던 꿈만 깨진 것이 아니었다. 아들에게 너무 큰 짐이 되어 그나마 집안을 망칠 판이었다. 자신의 병수발에 묶여 며느리가 돈벌이를 못 나다니니 손자가 공부를 작파해야 할 것은 너무 빤한 일이었다. 손자를 맹무식꾼을 만들어 전정을 망치는 것은 곧 집안을 망치는 것이었다. 자신 때문에 그런 일이 벌어지게 할 수는 없었다.

그리고 그뿐만이 아니었다. 효심이 깊은 아들은 앞으로도 또다른 의원을 부르거나 약을 쓸 것이 틀림없었다. 그러나 벌써 의원비로 나간 돈도 다 빚이었다. 그것도 차마 견딜 수 없는 일이었다.

대목댁은 이런 생각들을 수십 번 되짚은 끝에 마음을 작정했다. 아무래도 성한 몸이 될 가망이 없는 자신이 떠나버리면 집안의 우환이 모두 걷힐 것이었다. 아들이 큰 짐을 덜게 되고, 며느리는 다시 돈벌이를 나서고, 며느리의 벌이에다 자신이 하루 세끼 먹어없애는 돈을 보태면 손자는 그대로 학교에 다닐 수 있을 터였다.

이렇게 작심을 하고 나자 대목댁은 마음이 홀가분해졌다. 그러나 한편으로는 한스러운 눈물을 주체할 수가 없었다. 자신의 말년이 이처럼 기구하고 각박해질 줄은 예전에 전혀 생각지도 못한 일이었다. 왜놈들에게 느닷없이 논밭을 빼앗기기 전까지만 해도 남부러울 것 없이 살던 살림이었다. 소작을 내놓지는 못했어도 머슴 하나는 부린 자작농이었으니 모진 흉년이 들지 않으면 죽을 끓이는 일은 없었다. 평작만 되면 집안식구들이 철 따라 옷을 해입을 만큼 살림에는 여유가 있었다. 하늘은 변덕을 부려도 땅은 변덕이 없이 듬직해 평생이 든든했던 것이다.

그런데 땅을 빼앗기게 되면서부터 팔자는 뒤집어지기 시작했다. 당장 배곯는 가난이 닥친 것만이 아니었다. 하늘이었던 남편을 감옥에서 잃어야 했다. 그 기막힘과 절통함을 어금니 사리물며 이겨냈던 것은 남편의 유언을 지켜내기 위해서였다.

남편의 유언대로 기어이 땅을 되찾을 일념으로 한스러움을 가슴속 깊이 감추고 아들을 부축했던 것이다. 내 땅에 소작질을 해야 하는 분함을 참지 못하는 아들을 애써 다독거렸던 것도 남편의 뜻을 이루기 위해서였다. 아들이 3·1만세에 그리도 거세게 나섰던 것도, 그런 아들의 기를 더욱 세워주었던 것도 다 남편의 뜻을 이루는 길이라고 믿었기 때문이었다.

그러나 아들이 3·1만세에 발 벗고 나선 것은 오히려 남편의 뜻과 멀어지고 말았다. 꼭 왜놈들을 몰아내게 될 줄 알았는데 그 반대로 왜놈들에게 쫓겨 고향을 등지게 되었던 것이다. 그때 혼자서라도 집을 지킬까 어쩔까 얼마나 망설였는지 몰랐다. 고향을 등지게 되면 땅을 영영 되찾지 못하게 될 것 같았던 것이다. 그리고 남편을 남겨두고 멀리 떠나고 싶지 않았다. 그러나 위험에 처해 쫓기고 있는 아들 앞에서 그런 생각들은 다 부질없는 것이었다. 핏줄이 당기는 힘에 끌려 부랴부랴 아들을 따라나섰던 것이다.

이놈으 말년 팔자가 어째 요리 궂은고……, 아니제, 아니여, 나 팔자가 궂은 것이 아니여. 나라릴 뺏긴 것이 병통이었제.

대목댁은 먹빛 한숨을 토해냈다. 눈에서는 눈물이 하염없이 흘러내리고 있었다.

"할무니, 할무니!"

툇마루를 뛰어오르는 소리와 함께 사내아이의 활기찬 목소리였다.

"온냐, 동화 오냐아."

대목댁도 반갑게 화답하며 몸을 벌떡 일으켰다. 그러나 그건 생각뿐이었다. 고개만 약간 들렸을 뿐 몸은 꼼짝도 하지 않았다. 마음은 환한데 몸은 전혀 말을 듣지 않았다. 그러면서도 손자가 학교에서 돌아올 때면 번번이 실수를 하고는 했다.

"할무니, 나 핵교 댕게왔네."

책보를 허리에 동인 동화가 방으로 뛰어들었다.

"어야 내 새끼, 어여 오니라!"

대목댁은 누운 채 두 팔을 벌렸다.

"할무니, 허리 잠 어쩐가?"

동화는 거침없이 할머니 품에 안기며 물었다. 그런데 할머니의 얼굴을 보는 순간 동화는 멈칫했다.

"할무니, 더 많이 아픈갑제!"

동화는 할머니의 품에 안기려 말고 목소리가 카랑해졌다.

"아니여, 암시랑 않다. 어찌 그냐?"

대목댁은 약간 고개를 저으며 손자의 눈치를 살폈다.

"아니여, 거짓말이여. 많이 아픈게 울었제 머."

할머니를 내려다보는 동화의 눈에 눈물이 그렁 고였다.

"이, 무신 소리라고. 아니여, 아파 운 것이 아니여."

대목댁은 그때서야 서둘러 눈언저리를 훔치며 완강하게 부인했다.

"근디 어찌서 할무니가 울어. 글먼 무신 속상헌 일 있능가?"

그러나 동화는 할머니를 더 똑바로 쳐다보았다.

"하이고 내 새끼야, 이 할메 그리 안 위혀도 돼야. 분허고 원통헌 생각에 지절로 흘른 눈물잉게."

대목댁은 고마움에 목이 메며 손자의 손을 붙들었다. 왜 울었는지를 끝까지 캐고 드는 손자의 다부진 모습에서 대목댁은 얼핏 남편을 느끼기도 했고, 아들을 느끼기도 했다.

"머시가 그리 분허고 원통헌디?"

동화는 더 바짝 다가앉았다.

"아이고메, 이 할메 한분 울었다가 뽕이 빠지겄다."

어른 못지않게 매듭매듭을 짚고 드는 손자의 그 질긴 추궁에 대목댁은 대견스러운 똑똑함과 가슴 저리는 정을 느끼며, "니 할메럴 누가 이리 맨글었는지 알지야?" 속마음에 든 말을 하기로 작정하고 있었다.

"이, 개잡놈에 왜놈순사제."

동화는 지체없이 또렷하게 대답했다.

"그려. 우리 전답얼 누가 뺏어갔는지도 알지야?"

"이, 고것도 왜놈허고 왜놈순사덜이여."

"그려. 우리가 어찌서 여그 목포로 와 이 고상인지도 알지야?"

"이, 고것도 왜놈순사덜이 아부지럴 잡어 감옥에 가둘라고 헝게."

"아이고, 우리 동화 똑똑타. 글먼 할아부지럴 누가 죽인지도 아냐?"

"하먼. 고것도 왜놈순사덜이 그랬제."

"그려, 그려. 긍게로 왜놈덜언 누구누구 웬수다냐?"

"할아부지 웬수고, 할무니 웬수고, 아부지 웬수제."

동화는 말을 따라 손가락을 꼽아나갔다.

"그러고 또 있는디……?"

"또오……?"

동화는 의아스러운 얼굴로 고개를 갸웃했다.

"니나 엄니나 동상덜이나 어찌서 타관서 배곯고 요 고상덜인지 몰르냐?"

"알어. 왜놈덜헌티 땅 뺏겠응게 그렇제."

"그려. 글먼 왜놈덜언 또 누구누구 웬수겄냐?"

"이, 엄니 웬수고, 나 웬수고, 동상덜 웬수네."

"옳여. 왜놈덜언 우리 온 식구 웬수다. 니가 이 집안 장자로 할아부지 아부지헌티 효도헐라면 어째야 쓰겄냐?"

"왜놈덜헌티 웬수럴 갚아야제."

동화의 목소리는 또렷하고 힘찼다.

"아이고메 내 새끼, 똑똑허고 장허다. 니가 커서 꼭 웬수럴 갚어야 되는겨." 대목댁은 손자의 팔을 끌어당겨 등을 토닥거리면서, "니가 담에 웬수럴 갚을라면 시방 어째야 쓰겄냐?"

그녀는 눈물 번진 눈으로 손자를 올려다보았다.

"공부 열성으로 히야제."

"옳여, 옳여. 우리 동화넌 그간에 이 할메가 헌 말 하나또 안 까묵고 있구나. 할아부지가 저시상서 우리 동화 내래다보심서 너무 좋아라 허시겄다. 니 할아부지 생각나냐?"

"잉……."

동화는 폭넓게 고개를 끄덕였다. 그 얼굴이 시무룩해지고 있었다.

"그려, 할아부지가 니럴 영판 이뻐라 허셨니라. 니가 야물고 똑똑혀서 더 이쁨 받었제. 니 할아부지가 이 시상얼 뜨심서 냄긴 말씀이 머신지 아냐?"

"이, 전답얼 꼭 찾으라고……."

"그려, 그려. 그 전답은 대대로 물림해 온 것잉게 니도 아부지 따라서 그 전답얼 기연시 찾어야 쓴다 잉!"

대목댁은 힘주어 다짐했다.

"이, 다 알어."

대목댁은 속에 든 말을 거의 다 한 셈이었다. 그러나 한 가지 말이 입 안에서 맴돌고 있었다.

이 할메가 오래 못살겠다. 니 할메 없어져도 공부 열성으로 허겄지야? 그 다짐을 받고 싶었다. 그러나 어린것을 놀라게 할까 봐 차마 그 말은 꺼낼 수가 없었다.

"동화야, 니가 무신 일얼 질로 잘해야 이 할메가 좋아라 허는지 아냐?"

"치이, 공부제 머."

그 쉬운 것을 왜 묻느냐는 듯 동화는 입을 삐쭉하며 웃었다.

"그려, 공부 잘히야 써. 공부 잘히서 똑똑허니 되아야 우리 식구덜 웬수도 갚고 땅도 찾어지는 것잉게. 알겄지야?"

대목댁은 자신도 모르게 목이 잠기며 손자의 손을 더 꼬옥 잡았다.

"잉, 다 알어, 인자 할무니 다리 주물러야제."

동화는 할머니의 손에서 자기의 손을 빼냈다.

"……"

대목댁은 곧 나오려는 말을 삼켰다. 다리를 주물러봐야 아무 소용이 없으니 그만두라는 것이었다.

그러나 손자의 정성을 생각해서 그 말을 할 수가 없었다. 손자는 날마다 학교에 갔다 와서는 다리 주무르는 것을 잊지 않았다. 그럴 때마다 대목댁은 더욱 서러움과 비감을 느꼈다. 손자가 아무리 애써 주물러도 주무르는 것을 전혀 느낄 수 없었던 것이다. 그러나 한편으로는 손자의 그 애틋한 정성이 고마워 가슴 저리는 행복감에 젖기도 했다.

대목댁은 저녁밥을 그저 먹는 시늉만 했다. 마음을 딱 작정하고 나자 입맛도 떨어졌지만 한술이라도 더 손자들에게 먹이고 싶었던 것이다.

"어무님, 어디 아프신게라우?"

반월댁은 밥을 몇 숟가락 뜨다가 마는 시어머니를 놀란 기색으로 쳐다보았다.

"아니여. 나넌 많이 묵었응게 아그덜이나 갈라믹에라."

"어무님, 어쩔라고 이러신당게라. 밥이 동삼이고 불로초드라고 억지로라도 드시고 기운 채래야 병얼 이기제라."

반월댁은 밥그릇과 숟가락을 들고 시어머니 옆으로 다가앉았다.

"아니여, 나 다 묵었당게."

대목댁은 상을 찌푸리며 고개를 내저었다.

반월댁은 주춤했다. 시어머니가 화난 기색이었던 것이다. 그러나 그대로 물러설 수도 없었다.

"어무님, 아범이 요런 일 알면 지가 생난리당허는구만이라우."

반월댁은 시어머니가 제일 어려워하는 남편을 끌어다댔다.

"억지로 더 믹여 속 아프게 맨드는 것이 어디 효도라다냐?" 대목댁은 엄한 눈길로 며느리를 쳐다보고는, "아서라, 얼렁 아그덜 갈라믹여." 차가운 기색으로 고개를 돌려버렸다.

반월댁은 더 어찌하지 못하고 물러나 앉았다. 그러자 아까부터 눈치를 살피고 있던 세 아이가 곧 밥그릇을 덮칠 듯이 반월댁에게로 달겨들었다.

"절반은 동화 믹이고 남치기 절반으로 두 가시네 갈라믹여."

대목댁의 명령이었다. 그 엄한 말에 두 손녀딸은 그만 움찔해졌다. 그리고 얼굴을 돌리며 입을 삐죽거리고 힐끗힐끗 눈을 흘겼다.

대목댁은 밥도 그렇고 물까지도 줄인 지가 이미 오래였다. 대소변을 며느리에게 의지하게 되면서부터 밥이고 물이고 양을 줄이기 시작했던 것이다. 날마다 더러운 빨래를 해야 하는 며느리의 빨랫감을 하나라도 더 줄이는 길은 그것밖에 없었던 것이다. 물 마시는 것조차 며느리의 눈치를 보아야 하는 신세가 된 것은 또 하나의 기구함이었다.

박건식은 언제나처럼 어둑어둑해져서야 돌아왔다. 박건식은 어머니 방문부터 먼저 열었다.

"엄니, 오늘도 심드셨제라?"

어머니 앞에 무릎을 꿇고 앉는 박건식의 목소리는 무거웠다.

"아니여, 심들기넌. 시장헌디 얼렁 밥 묵어야제."

대목댁은 아들을 올려다보며 웃었다.

모자의 대화는 날마다 똑같았다. 그 한마디씩을 주고받으면 이야기는 더 이어지지 못하고 끊어지게 마련이었다.

"근디 머시냐, 남샛헌티서넌 무신 소식이 없제?"

대목댁은 어서 아들에게 저녁밥을 먹여야 된다고 생각하면서도 이 말을 꺼냈다. 저녁을 먹으면 몸이 고단해서 곧 잠에 곯아떨어지는 아들을 다시 부를 수 없어서였다. 남샌이란 남상명을 이르는 것이었다.

"야아, 남샌도 살기가 정신없응게요."

"혹여 남샌이 그 일 안 잊어부렀겄지야?"

"하먼이라, 꿈에도 안 잊어불제라."

"그려, 그래야제. 하늘이 두 짝이 나도 그 일얼 잊어부러서는 안 되제."

대목댁은 목소리에 힘을 주었다.

"야아, 땅 되찾을 일 잊어분 사람 아무도 없응게 걱정 안 허셔도 되느만이라."

"하먼, 그래야제. 땅이 목심잉게. 가, 얼렁 가서 밥 묵어."

대목댁은 심중에 있는 말을 다 한 홀가분함으로 아들에게 손짓했다.

첩첩산중 깎아지른 벼랑이었다. 뛰어내리려고 마음을 작정했으면서도 너무 무서워 뛰어내릴 수가 없었다. 그런데 저쪽에서 누군가가 구름을 타고 오며 손짓하고 있었다. 그 두둥실 구름을 탄 사람은 바로 남편이었다. 말끔하게 하얀 옷을 입은 남편은 연상 웃으면서 어서 뛰어내리라고 손짓하고 있었다.

"너무 무섭당게라."

"아니시, 나가 받아줄 것잉게 아무 걱정 말드라고."

"못 받으면 어쩔 것이오?"

"그런 걱정이사 말소."

"그냥 구름에 태와줏씨요."

"아니, 그리년 안 되네. 거그서 뛰어내래야 이 구름얼 탈 수 있게 되능마."

"아이고, 참말로 무서와 그리년 못허겄소."

"글먼 나 그냥 갈라네."

"아니오, 아니어라. 쬐깨 기둘리씨요."

허둥거리다가 발을 헛디디고 말았다. 몸이 붕 뜨는 것 같았다. 그리고 까마득하게 깊은 저 아래로 몸이 떨어져내리기 시작했다.

대목댁은 소리를 지르며 잠이 깼다. 참 묘한 꿈이었다. 남편이 그리 말끔한 흰옷 차림으로 웃으며 자신을 어서 오라고 부른 것은 처음 일이었다. 그동안 남편의 꿈을 자주 꾸었지만 언제나 원한에 찬 모습이거나, 감옥에 갇혀 있는 모습이었다. 대목댁은 자신의 마음이 남편에게 전해진 것이라고 생각했다. 남편이 자신을 꾸짖지 않고 데려가려고 한 것이 그렇게 고마울 수가 없었다.

"엄니, 댕게올라능마요."

박건식이 어머니에게 인사했다.

"그려, 조심허고 잘 댕게와."

대목댁은 언제나처럼 예사롭게 인사를 받았다. 그러나 아들을 쳐다보는 그 눈빛은 깊고 서러웠다.

"할무니, 나 핵교 갔다 올라네."

박건식이가 떠난 한참 뒤에 동화가 책보를 허리에 두르며 말했다.

"그려 내 새끼, 어디 보자."

대목댁은 손자에게 손을 내밀었다.

"어찌 그려? 할무니, 일어나 앉게?"

동화는 할머니의 손을 잡으며 이상하다는 기색을 드러냈다.

"아니여, 우리 동화가 이뻐서……."

대목댁은 달라진 손자의 기색에 가슴이 뜨끔해지며 하고 싶었던 말을 삼키고 말았다. 공부 잘하라는 다짐을 하고 싶었던 것이다.

"얼렁 가그라, 핵교 늦는디."

대목댁은 손자의 손을 서너 번 어루만지고 놓았다.

며느리가 빨랫감을 챙겨가지고 집을 나서는 것을 대목댁은 확인했다. 집에는 이제 두 손녀딸만 남아 있었다.

"야덜아, 이 할메가 신 것이 묵고 잡은디 어디 가서 탱자 쫌 따오니라."

대목댁은 두 손녀딸에게 일렀다.

"탱자가 안직 덜 익었는디?"

큰손녀딸의 대꾸였다.

"덜 익었응게 시어 좋제. 동상 딜고 얼렁 가서 따와. 그래야 할메 몸이 낫제. 얼렁 가!"

대목댁은 두 손녀딸을 꾸짖듯 했다.

두 손녀딸까지 집을 나가자 집 안에는 대목댁 혼자가 되었다.

나가 인자 당신 옆으로 갈라요. 나럴 구름에 태와줏씨요.

대목댁은 눈을 꼭 감으며 남편에게 말했다. 눈앞에는 어젯밤 꿈에서 본 남편의 모습이 선히 떠올라 있었다.

대목댁은 두 팔에 온 힘을 모아 몸을 뒤집었다. 상체는 뒤집어졌는데 하체는 어찌 되었는지 아무런 감각이 없었다. 대목댁은 양쪽 팔꿈치로 기기 시작했다. 그러나 마음대로 기어지지가 않았다. 대목댁은 빨리 기려고 기를 썼다. 양쪽 팔꿈치가 번갈아놓일 때마다 축 늘어처진 하체가 무겁게 조금씩 끌리고 있었다.

대목댁은 안간힘 쓰며 방문턱을 넘었다. 그리고 툇마루끝에서 그대로 토방으로 굴러떨어졌다. 대목댁의 바로 눈앞에는 댓돌이 박혀 있었다. 대목댁은 두 손으로 댓돌을 붙들었다. 그리고 눈을 질끈 감으며 고개를 번쩍 치켜들었다. 다음 순간 픽 하는 둔탁한 소리가 났다.

대목댁의 몸은 토방에 엎어진 채 꼼짝을 하지 않았다. 댓돌을 낭자하게 적신 피가 토방으로 흘러내리고 있었다.

19

무엇인들 못하랴

"소식 없는 지 메칠이나 되았능가?"

공허의 얼굴에는 언짢은 기색이 역연했다.

"이틀 되았구만이라우."

차옥녀는 송구스러운 몸짓을 지었다.

"또 거그 간 것이겠제?"

"야아, 그런갑구만요."

"쯧쯧쯧…… 왜놈덜헌티 맺힌 한도 많고 히서 쓸 만헐지 알았등마 알고 봉께 영 물짜디물짠 물건 아니라고."

"……!"

차옥녀는 순간적으로 성질이 곤두서며 공허를 쏘아보았다. 그러나 공허와 눈길이 마주치는 것을 피해 고개를 약간 돌렸다.

차옥녀는 오빠의 주책스러운 행위 때문에 공허 스님을 볼 면목이 없었다. 그렇지만 스님이 오빠를 못나고 못난 물건이라고 하는데는 우선 고깝고 서운했다. 그러나 한편으로 생각하면 스님의 말을 과하다고 할 수도 없었다.

오빠는 어쩌자고 시집을 가서 아이까지 낳은 여자를 잊지 못하고 쫓아다녔다. 그리 마음을 못 잡고 상사병을 앓는 오빠에게 그동안 공허 스님은 여러 가지 말로 타일러왔다. 그러나 오빠는 그 병을 고치지 못하고 어느 날 불현듯 집을 나가서는 사나흘 만에 풀이 죽어 돌아오고는 했다.

한번은 오빠의 뒤를 밟아보았다. 오빠는 누가 기다리기라도 하는 것처럼 40리 밖까지 기세 좋게 내달았다. 그러나 어느 동네에 이르러서는 당산나무 아래 한정도 없이 앉아 있는 것이었다. 그러다가 해가 지자 터벅터벅 걸어 동네에서 한참이나 떨어진 주막을 찾아갔다. 오빠는 다음날 또 그 동네를 찾아갔다. 한나절을 당산나무 아래 앉아 있던 오빠는 갑자기 몸을 일으켰다. 길 저쪽에 아이를 업은 여자가 나타났던 것이다. 그 거리가 멀어 여자의 얼굴은 잘 알아보기가 어려울 정도였다. 그런데 오빠는 그 여자를 넋놓고 바라보고 있었다. 한동안 길을 걷던 여자는 어느 골목으로 사라졌다. 그러자 오빠는 털썩 주저앉고 말았다. 곰방대에 담배를 두 대나 연거푸 피운 오빠는 무겁게 몸을 일으켜 그 동네를 떠났다. 집으로 돌아가는 오빠의 발길은 올 때와는 정반대로 칙칙 끌리고 있었다. 말 한마디 나누기는커녕 가까이에서 보지도 못하는 여자를 찾아 오빠는 그리도 애를 태우며 살고 있었다.

"시님, 오빠럴 어찌히야 되겄능게라?"

차옥녀는 근심스럽게 물었다.

"그리 죽고 못살겄으면 애당초 손목 틀어잡고 삼십육계를 놓든지."

공허는 퉁명스럽게 내쏘았다. 그건 공허다운 말이었다.

"저어…… 오빠도 그럴 맘이 있었을란지 몰르구만이라. 그럼스롱도 지럴 찾을라고 그리 못헌 것일 거구만요."

차옥녀의 대꾸에 공허는 그만 가슴이 뜨끔해졌다. 성질이 돋아 불쑥 내쏜 말이긴 했지만 옥녀 앞에서는 조심해야 할 말이었다. 그리고 옥녀의 말을 듣고 보니 그게 사실일 것도 같았다.

"무신 다른 방도가 머 있겄다고. 어디 쓸 만헌 시악씨 골라 장개 딜여야제."

"근디 맴이 콩밭에 있어서……."

차옥녀는 하르르 한숨을 쉬었다. 그동안에 몇 번이고 그 이야기를 꺼냈었지만 오빠는 귓등으로 들어넘기고 말았던 것이다.

"아니여, 나가 그간에 딴 일로 정신이 없었고, 자네허고 성제간에 기룬 정풀이 허고 살으라고 그냥 세월 보냈든 것인디, 인자 발 벗고 나서야 되겄구만. 앞얼 봄서 살아야 될 젊은 사람이 저리 뒤에 옭아매여서넌 사람 노릇이 안 되는 법이시."

공허는 말만큼 단호하게 장삼자락을 뒤로 내쳤다. 그 바람에 가녀린 등잔불꽃이 곧 꺼질 것처럼 자지러졌다.

"어디 마땅헌 시악씨가 있으신게라?"

차옥녀의 얼굴이 약간 밝아졌다.

"아, 천지간에 널린 것이 큰애기고 시악씨 아니여. 인물도 그댁잖고 행실도 참헌 시악씨가 한나 있구만."

"야아, 잘되았구만요. 시님이 차고 나스시면 오빠도 움쩍 못헐 것이구만이라. 오빠가 시님얼 질로 에로와헝게요."

차옥녀는 반색을 했다.

"허, 살다가 봉께 인자 중매쟁이질꺼정 허게 생겼네. 말이 난 짐에 어디 쌈빡허니 히보드라고. 가망 없는 상사병이 병 중에 병인 것인디, 그리 뽀트작뽀트작 애끓이다가넌 사람 망치기 딱 좋은 법이시. 그나저나 오빠가 장개들먼 자네 전정언 어찌 정해지는 것이여?"

공허는 소리 잘한다고 소문난 차옥녀에게 눈길을 보냈다.

"지야 그저 소리험서……."

얌전한 앉음새인 차옥녀는 희미하게 웃으며 눈을 내리깔았다.

"소리험서 살었다…… 소리 잘허는 것도 다 타고난 팔잔디. 여자 몸으로 소리험스로 한평상 살어가자면 낙보담 고상이 더 많덜 안컸어?"

"소리허는 것이 낙이면 되았구만요."

차옥녀의 말은 차분하고 담담했다.

하! 저것이 생김대로 야물고 당차시그려, 백정도 지 좋아서 허먼 낙인 것이고, 무당도 지 신명으로 허먼 복이 되는 법잉게.

공허는 더 할 말이 없었다.

공허는 옥녀를 유심히 쳐다보았다. 표나게 빼어난 인물이 아니었다. 그렇다고 못난 얼굴은 전혀 아니었다. 그만하면 예쁜 축에 드는 생김이었다. 그런데 생김보다 더 두드러진 것이 있었다. 그 얼굴에 감돌고 있는 야릇한 기색이었다. 그 기색은 어찌 보면 색정 같기도 했고, 또 어찌 보면 냉기 같기도 했다. 그런 얼굴의 인상은 약간 야한 듯하면서도 야무지게 보였다. 그만하면 소리꾼으로 인물치레는 넉넉하다고 공허는 생각했다.

"헌디, 소리꾼으로 한평상 살자면 남원 명창대회 겉은 디럴 나가야 되는 것 아니등가?"

공허는 옥녀의 앞날에 마음을 쓰고 있었다. 남원 명창대회 같은 데서 1등을 해야 소리꾼의 길이 순조롭게 열린다는 것을 공허는 들은 풍월로 알고 있었던 것이다.

"야아, 오빠 일이 급허제 지 일이야 안직 안 급헝게……."

차옥녀는 공허를 바라보며 잔잔하게 웃었다. 스님이 자신의 앞날까지 생각해 주는 것이 마음 훈훈하고 고마웠던 것이다. 스님이 오빠를 보살펴준 것을 생각하면 부모 맞잡이의 은혜를 입은 것이었다. 그런데 오빠가 마음을 바로잡지 못하고 휘둘리고 있는 것은 스님 앞에 못내 면목 없는 일이었다.

"안 급허기넌. 소리 너무 오래 안 허면 목청이 거 머시냐, 쇠고 때찌고 혀서 덜 좋아지는 것 아니여?"

공허는 옥녀가 오빠 때문에 꽤나 오래 소리를 못하고 지냈다고 생각하고 있었다.

"야아, 호맹이 오래 안 쓰고 걸어두면 녹쓸데끼 목청도 소리 오래 안 허면 퇴허고 상허게 되느만요. 근디 지넌 그간에 전주로 정읍으로 댕김서 승무 검무럴 배우고, 거문고고 양금얼 배움스로 소리넌 끈허니 독공얼 해왔구만이라."

"어허, 글먼 오빠헌티 묶여서나 허송세월헌 것이 아니고 오빠허고 정풀이 해감서 야물딱진 광대 될 채비혔응게 양수겸장 친 것 아니라고?"

공허는 놀라는 기색으로 반색했다.

"야아, 소리만 갖고넌 실헌 알짜배기 광대가 못 되니께요."

차옥녀는 수줍은 듯 웃었다.

"허, 참새가 작아도 알얼 까고, 제비가 작아도 강남얼 간다등마, 장허시 장혀."

공허는 옥녀를 새삼스럽게 바라보며 고개를 주억거렸다. 그 생김대로 야무지다 싶었고, 오빠 득보가 당하지 못하리라는 생각이 들었다.

밖에서 인기척이 나는 것 같았다.

"오빠가 왔능게비요!"

차옥녀가 눈을 반짝 빛내며 몸을 발딱 일으켰다.

"오빠 왔소?"

차옥녀는 다급하게 지게문을 밀쳤다.

그런데 공허는 어느새 바랑에서 목탁과 목탁채를 꺼내 양쪽 손에 나눠들고 방문 옆에 붙어서 있었다. 만일의 경우를 생각해서 엉뚱한 놈들이 뛰어들면 목탁으로 내려치고 목탁채로 후려칠 작정이었다.

"이, 나여. 미안허니 되았다."

어둠 속에서 한숨과 함께 들린 말이었다.

"아이고 오빠, 큰탈났소. 시님이 오셨단 말이오, 공허 시님."

툇마루에 주저앉은 오빠에게 차옥녀는 낮고 빠르게 속삭였다.

"머, 머시여?"

차득보는 소스라치게 놀랐다.

"머 놀랠 것 없네. 얼렁 들오소."

쿠렁하게 울린 공허의 말이었다.

"아이고 시님, 언제 오셨능게라우."

허둥거리며 방으로 들어선 차득보는 공허 앞에 넙죽 큰절을 올렸다.

"요것이 어쩐 일인가. 안직도 맘얼 못 잡고 요리 허깨비질이니!"

공허의 엄한 꾸지람이 엎드린 차득보의 정수리를 쳤다.

"……."

차득보의 어깨가 무겁게 들어올려지고 있었다. 등잔불빛 흐린 방 안에는 침묵이 흐르고 있었다.

"고개럴 들고 답해 보소. 저분참에 나허고 헌 약조넌 어찌 된 것이여?"

공허의 엄한 목소리에는 노기까지 서려 있었다.

"야아, 지가 죽일 놈이구만요……."

고개를 들지 못하는 차득보의 목소리가 겨우 밀려나오고 있었다.

"나가 사람얼 잘못 봐도 영 잘못 본 것이여. 진작에 넘 지집 되야

분 디다가 아새끼꺼정 논 지집헌티 미쳐서 부모 웬수 갚을 일얼 작파해 분 요런 천하에 호로자석이 어디가 있어!"

공허는 일부러 차득보의 가장 아픈 데다가 쇠꼬챙이를 찔러댔다.

"아니구만요, 아니어라. 엄니 아부지 웬수 갚을 일얼 작파헌 것이 아니구만이라."

차득보는 고개를 치켜들며 당황스럽게 말했다.

"머시라고? 절로 뚫어진 구멍이라고 멋대로 씨불거리딜 말어. 넘 지집헌티 넋빼고 미쳐 돌아가는 놈언 술 처묵고 총질허는 포수놈 보담 더 가당찮은 놈이여. 왜놈덜언 전부 낮잠 자고 있간디 그런 꼬라지로 웬수럴 갚어?"

공허는 쇠꼬챙이를 더 깊이 찔러대며 차득보를 몰아치고 있었다.

"지가 잘못했구만이라. 인자 다시넌 안 그러겠구만이라. 시님, 인자 다시넌……."

차득보는 어느새 두 손을 합장한 채 애원하고 있었다.

"그런 약조가 어디 한두 번이여? 인자 나허고 인연얼 끊세."

공허는 자리를 차고 일어섰다.

"아이고 시님, 다시넌 안 그런당게라. 차, 참말로 약조허겄구만요."

너무 당황한 차득보는 곧 장삼자락을 붙들 것 같았다.

"시님, 한 분만 더 참아주씨요. 우리넌 천지간에 둘뿐인디, 시님이 이러시면 우리넌 누구럴 믿고 살겠능게라우."

차옥녀도 합장을 한 것인지 비는 것인지 모르게 두 손바닥을 맞붙인 채 애가 달고 있었다.

"나럴 믿기넌 멀라고 믿어. 나허고 헌 약조럴 밥 묵디끼 깨는 것이야 나럴 얼매나 무시허는 짓거리여. 다 틀렸웅게 오늘로 인연 끝장이여."

공허는 지게문을 박찼다.

"아이고메 시님, 지가 빙신 팔푼이라 지 맘얼 지도 어찌 못혀서 그리됐제 눈꼽째가리만치도 시님얼 무시혀서 그런 것이 아니구만이라우. 시님, 죽어도 다시넌 안 그럴 것잉게 이분만 용서혀 주시씨요. 시님, 잘못혔구만이라우."

급한 김에 공허의 한쪽 다리를 붙들고 엎드린 차득보는 울먹이고 있었다.

"시님, 지발 즈그덜얼 불쌍허니 생각허시고 한 분만 더 용서혀 주시게라우."

차옥녀도 물기 젖은 목소리로 간절하게 말하며 머리를 조아렸다.

"그놈으 약조럴 또 어찌 믿어!"

공허는 냉정하게 쏘아질렀다.

"죽기럴 한허고 부처님 전에 약조허겄구만이라."

차득보가 토해놓은 말이었다.

공허는 그만 웃음이 터지려고 했다. 부처님까지 들고 나오는 걸 보니 급하기는 어지간히 급한 모양이었다.

"부처님얼 속이면 그 죄가 어찌 되는지나 알어?"

공허는 자못 근엄하게 말했다.

"야아, 날베락 맞어 죽고, 죽어서넌 불지옥에 떨어지는구만이라."

공허는 또 웃음이 나오려고 했다. 어떤 불경에도 그런 벌은 표시되어 있지 않았다. 그러나 막연하게나마 부처님을 그렇듯 높게 우러르고 있는 것은 전혀 나쁠 것이 없었다.

"그려, 그리 무서운 벌얼 받는디도 부처님 전에 약조허겄다 그것이여?"

"야아, 약조허겄구만이라."

공허는 다시 자리를 잡고 앉았다.

"니 맘얼 니도 어찌 못허겄다고 혔지야?"

가부좌를 틀고 꼿꼿하게 앉은 공허는 자세에 어울리는 소리로 묵직하면서도 잔잔하게 물었다.

"야아……, 인자 도끼로 지 발목얼 찍어도 그 못된 맘얼 이기겄구만이라."

"그려, 일찍허니 부처님께서 이르시기럴 이 시상에 세 가지 에로움이 있다고 허셨니라. 이 시상 만상 중에 인간으로 태어나기가 에롭고, 인간 중에 남자로 태어나기가 에롭고, 남자 중에 참불자가 되기 에롭다고 허셨니라. 시 번찌 말이 무슨 뜻인지 알겄냐?"

"잘 몰르겄는디요……."

부처님의 말씀을 바르게 따르고 실행하기가 어렵다는 뜻 정도로 생각하면서도 차득보는 행여나 싶어 모르겠다고 얼버무렸다.

"고것이 무신 뜻인고 허니, 부처님께서넌 옳고 바른 말씸얼 수도 없이 설허신 것이여. 중생덜이 그 말씸얼 그대로 잘 따르고 잘 실행허면 이 시상이 금세 극락이 되는 거이다. 근디 그 말씸얼 지대로 따르고 실행허는 사람이 아조 드물다. 어찌서 그런지 아냐? 다 맘덜이 강단지덜 못허고, 한분 작정헌 맘얼 끝꺼정 지키지덜 못혀서 그런 거이다. 득도고 성불이고 다 맘묵기에 달린 것인디, 어찌서 득도허고 성불헌 사람이 그리 많덜 않은지 아냐? 다 지 맘얼 지가 야물딱지게 붙들지 못해 그런 것이다. 긍게로 이 시상서 질로 짜잔허고 쫌팽이 남자가 누군지 아냐? 지 맘얼 지 심으로 지키덜 못허고 이기지 못허는 남자여. 무신 말인지 알아듣겄냐?"

"야아, 짚이 명념허겄구만요."

차득보가 머리를 조아렸다.

"어디 또 한분 믿어보자. 니가 부처님 전에 약조혔응게 허는 말인디, 인연을 놓고 부처님께서 머시라고 설허신지 아냐? 인연언 흘르는 물과 같은 것잉게 순리로 맺어져야 허고, 순리가 아닌 인연언 시상만사의 화근이라고 허셨다. 너허고 월엽이허고넌 애초에 그 순리가 아니었든 것이여. 근디 니가 월엽이럴 안 잊어불고 억지럴 부리면 사방 일이 어찌 되는지 아냐? 먼첨 니 옆이서보톰 화럴 입게 되는디, 우선에 니가 얼이 빠져 니 전정 망치고, 느그 엄니 아부지 웬수 못 갚어 불효자석 되고, 니가 그 꼬라지 되면 동상이 니럴 원망험서 성제간에 이나고, 요리 되면 집구석이 어찌 되겄냐? 나허고 인연 끊는 것이야 암것도 아니다. 그러고 월엽이네헌티 입힐 화가 또 있다. 방구가 잦으면 똥 나오고, 꼬랑댕이가 질면 밟히드라고 니가 그리 오래 월엽이 찾어댕기다가넌 결국 들키고, 말이 나게 될 것이여. 그리되면 판이 어찌 되겄냐? 월엽이넌 소박감이고, 월엽이 친정이고 시집은 뒤집히는 것 아니여? 니 짜른 소견머리로 판이 그리 되면 월엽이허고 살란다고 생각헐지도 몰르는디, 아서라, 멍텅구리 겉은 생각언 허덜 말어라. 월엽이 아부지 신 선상님이 니럴 웬수로 삼제 둘이 배 맞추라고 냅둘 분이 아니시여. 어찌냐, 니 한나 잘못으로 판이 요리 험허게 되기럴 바래냐?"

"아니구만이라우. 인자 다시넌 안 그럴랑마요."

차득보는 또 머리를 조아리며 다짐했다. 그는 공허 스님의 말이 결코 과장되었거나 허황한 것이 아니라는 것을 잘 알고 있었다.

"그려, 맘 단단허니 묵고 정신 채래라. 이놈으 시상이 인연 없는 여자헌티 정신 폴아감서 흘룽할룽 살 시상이 아닝게."

공허가 한숨을 쉬었다.

"시님, 오빠 장개들이게 존 시악씨 있으면 중매 잠 스시제라. 지도 광대로 나스자면 언제꺼정 오빠허고 함께 살 수가 없응게요."

차옥녀는 시치미를 떼고 정색을 하며 말했다. 오빠가 기죽어 있는 판에 아까 공허 스님과 나눈 말을 고삐로 꿰자는 것이었다.

"이, 그것 아조 존 생각이시. 나가 사방천지 떠돌아댕김서 인물 좋고 행실 참헌 큰애기덜 많이 봐뒀응게 중매 잘 스기야 쉽제. 고런 존 생각얼 진작에 해낼 것이제."

공허는 눈썹 하나 까딱하지 않고 능란하게 반죽을 맞추었다. 옥녀의 재간이 예사가 아니라고 생각하며.

"차암, 장개넌 무신 장개여. 보도시 입에 풀칠험서 돈 귀경허기 에로운 헹펜인디……."

차득보의 마뜩잖은 어조였다.

"오빠넌 돈 걱정 겉은 것이야 안 히도 되겄소. 돈이야 나가 다 알 어서 헐 것잉게 오빠넌 장개들 맘만 묵으면 될 일이오." 차옥녀는 얼른 오빠의 말을 막고는, "시님, 지넌 시님만 믿을 것잉게 후딱후 딱 신붓감얼 구해주시면 좋겄구만요." 공허를 쳐다보는 그 눈길이 확실한 답을 요구하고 있었다.

"알겄구만. 자네가 돈얼 장만험사 나야 중매 스기가 쉽제. 아무 걱정 말드라고."

공허는 아무 주저할 것 없이 확답을 했다.

"야아, 시님만 믿겄구만요."

차옥녀는 고개 숙여 고마움을 표했다.

공허가 떠나고 나자 차옥녀는 마음이 바빠졌다. 공허 스님은 오 래 끌 것 없이 서둘러 중매를 서겠다고 했다. 허튼소리하는 법 없 고 무슨 일이나 그 생김대로 힘차게 밀고 나가는 공허 스님이었다. 목돈을 구할 일을 어물거리고 있을 수가 없었다.

차옥녀는 이삼 일 곰곰이 생각했다. 오빠의 재산이라고는 헌 초 가삼간에 논 세 마지기가 전부였다. 그 재산은 많다면 많고 적다면 적은 것이었다. 부모도 없이 떠돌아다닌 오빠의 처지로서는 많은 재산이었고, 장가를 가서 자식들을 낳고 기르며 살기에는 적은 재 산이었다.

그 재산도 결국 공허 스님이 장만해 준 것이었다. 신 선생네 집에 소개해 준 사람이 공허 스님이었고, 월엽이란 처녀와 연분이 닿지 않아 그 집을 나오면서 받은 돈으로 장만한 것이 초가삼간과 논 한 마지기였다. 그리고 자신을 팔아먹었던 주막집 주인한테서 공허 스님이 받아낸 돈으로 논 두 마지기를 보탰던 것이다.

차옥녀는 오빠를 만나게 되면서 여러 번 놀랐다. 찾을 길이 막막 하게만 느껴졌던 오빠를 너무 수월하게 만나게 되어 놀랐고, 헌 초 가삼간이나마 오빠가 집을 지니고 있는 것에 놀랐고, 그뿐만 아니 라 논까지 한 마지기 가지고 있는 것에 더 놀랐고, 틀림없이 맹무 식일 줄 알았던 오빠가 글을 줄줄 읽고 쓰는 것에 더욱 놀라지 않 을 수 없었다.

차옥녀는 오빠를 생각할수록 가슴이 저리고 서러웠다. 몇 년 동 안 자신을 찾아 사방천지를 헤매다닌 고초를 생각하면 오빠가 고 맙고 안쓰러워 언제나 가슴이 눈물로 젖었다. 오빠가 헐벗고 동냥 질을 해가며 자신을 찾아다닌 것에 비하면 놀이패에 끌려다닌 자 신은 호강을 한 셈이었다. 자신은 오빠에 대한 그리움으로 애가 탔 을 뿐 밥을 굶거나 옷을 헐벗은 일은 없었던 것이다.

오빠가 마음을 잡고 장가를 들기로 했으니 차옥녀는 자신의 힘 으로 오빠를 실팍하게 돕고 싶었다. 자신이 마음만 먹으면 오빠가 평생 고생하지 않고 살 수 있게 도울 수 있었다. 저세상에 계신 아 버지 어머니도 그러기를 바랄 것 같았다. 오빠가 터를 잡고 제대로 살아야만 집안이 다시 일어나게 되고 그건 아버지 어머니에게 더 할 수 없이 좋은 효도이기도 했다.

차옥녀는 자신의 인생살이가 한동안 묶이는 것에는 눈을 감기로 했다. 자신은 평생 하고 싶은 소리나 맘껏 하면서 살면 그만인 팔자였고, 소리를 어디에 한동안 묶여서 하나 자유롭게 떠돌면서 하나 소리하기는 마찬가지였던 것이다. 그리고 소리하는 자리가 술자리라는 것도 마음에 두지 않았다. 몸을 아주 팔아넘기는 신세가 아니었고 자유롭게 소리를 하며 부름을 받는 경우에도 태반은 술자리였던 것이다. 또한 소리하는 팔자를 타고난 여자들이 임시로 그 길을 거치는 건 흉도 아니고 흠도 아니었다.

차옥녀는 그동안 망설이고 미루어왔던 남원 명창대회에 나가기로 했다. 그다지 내키는 일은 아니었지만 소리 대접을 제대로 받자면 그 방법밖에 없었다. 남원 명창대회에서 1등을 하면 그날로 뜨르르하게 유명해질 뿐만 아니라 소릿값이 금값이 되었다.

그러나 마음을 정하고서도 차옥녀는 마음 한구석이 께름칙했다.

"설익은 소리로 이름 날리는 디에 정신 풀아서넌 안 된다."

소리스승님의 말씀이 가슴속에서 쟁쟁히 울리며 메아리지고 있었다.

"아무리 살기가 궁해도 인종 못된 것덜 앞에서 소리혀서넌 안 된다."

"소리 몰르는 백 량 앞에서 소리허지 말고, 소리 아는 물 한 그럭 앞에서 소리혀야 헌다."

"독공이 게을르면 소리 망치고, 돈에 눈멀면 소리가 병든다."

"소리 자랑에 취하고 돈맛에 홀리면 소리는 도망가고 생목만 남는다."

스승님의 말씀이 연달아 가슴팍을 치고 있었다.

스승님, 아부님…… 용서해 주시게라우. 하나뿐인 불쌍헌 오빠구만이라. 지가 호의호식허잔 것이 아닝게 나무래지 마시게라우. 더는 스승님 말씀 거역허는 일 없을 것이구만요.

일단 마음을 정한 차옥녀는 며칠 동안 온 정성을 바쳐 소리를 다듬어나갔다. 1등을 하는 것은 별걱정은 없었지만 그래도 만일을 생각해서 빈틈없이 채비를 해두고 싶었다.

"오빠, 나 전주 잠 댕게올라요."

차옥녀는 남원에 가는 것을 감추었다. 오빠가 동행하려고 할지 모르는 번거로움을 피하고 싶었고, 자신의 의중을 오빠가 먼저 눈치채는 것도 싫었다.

"또 멀 배우로 가는갑제? 메칠이나 걸린다냐?"

차득보는 그저 덤덤했다. 여동생의 공부 나들이는 빈번했던 것이다.

"한 사날 걸릴 것이오. 근디…… 집 비우덜 안컸제라?"

차옥녀의 말은 조심스러웠다. 그러나 눈길은 오빠의 속을 더듬듯 곧고 날카로웠다.

"나가 미쳤다냐. 시님허고 그리 단단허니 약조혀 놓고."

차득보는 민망한 듯 눈길을 돌렸다.

"오빠 맘얼 오빠도 몰르겄당게 허는 소리 아니오."

"허, 니가 나럴 영 쫌보로 못박았능갑다 잉."

차득보는 쓰게 웃으며 쌈지를 꺼냈다.

"어디, 오빠럴 쫌보로야 생각허겄소. 그놈으 병이 하도 요상시러서 나 없는 새에 또 도질랑가 무서와 그러제. 나도 없고 오빠도 집 비우고 없는디 공허 시님이 오시면 판이 어찌 되겄소."

차옥녀는 오빠가 스스로를 쫌보라고 하며 풀이 죽는 데 저으기 미안함을 느꼈다. 오빠가 사랑병에 들려 세상살이의 경중을 구분하지 못하는 것이 안타깝기는 했어도 오빠를 못난이라고 생각한 적은 없었다. 그러나 차옥녀는 혹시나 싶어 미안함을 감추고 일부러 공허 스님 이야기로 쐐기를 박았다.

"알겠어. 나도 사내새끼고, 시님허고 인연 끊을 맘언 없응게."

차득보의 말은 무뚝뚝하고 침통했다.

"아이고, 엄니 아부지가 한숨 놓겄소."

차옥녀는 완전히 안심이 되지는 않았다. 그러나 그런 다짐을 받지 않은 것보다는 가벼운 마음으로 집을 떠날 수 있었다.

남원 명창대회는 춘향이를 기리는 행사이기도 했다. 남원에서는 열녀 춘향이의 정절을 기리는 여러 가지 행사로 봄맞이를 삼았다. 그 행사들 중에서 단연 으뜸이 명창대회였다. 활쏘기며 그네뛰기 같은 것은 명창대회를 받치는 여흥에 지나지 않았다.

춘향이를 기리는 행사들 중에 명창대회가 으뜸을 차지하는 것은 지극히 당연한 일이었다. 판소리 중에 애절한 사랑 이야기로 유일한 것이 바로 〈춘향가〉였던 것이다. 춘향이의 고을 남원을 속칭 소리고장이라고도 하고 색향(色鄕)이라고도 하는 것은 결코 우연한 일이 아니었다. 이 도령과 춘향이의 이야기를 판소리로 엮어낼

만큼 소리꾼들이 많았던 것이고, 춘향이의 정절을 본뜨려는 격을 갖춘 기생들도 많았던 것이다.

차옥녀는 달구지를 얻어타고 눈익은 남원길을 가면서 또 장엄하게 뻗어나가고 있는 지리산 줄기를 우러르고 있었다. 드높게 솟아 우람한 자태로 수십 리를 뻗어나가고 있는 지리산 줄기는 언제 보아도 숙연하게 머리 숙이게 했다. 차옥녀는 그 거대함에 또 자신이 졸아드는 것을 느끼며 언젠가는 저 품으로 독공을 하러 들어가야 한다고 생각하고 있었다. 남원 여자들이 인물이 곱고 특히나 눈이 맑고 총기가 서린 것은 지리산 정기를 타고나서 그런다고 했다. 지리산은 다른 명산들과는 달리 산신령이 남자가 아니라 여자라는 것이었다. 그래서 그 정기가 지리산 아래 명당인 남원고을의 여자들에게 타고내린다고 했다. 차옥녀는 그 지리산 정기를 받아 득음을 하고 싶었다.

차옥녀는 자정이 넘도록 지리산 쪽을 바라보고 앉아 마음을 가다듬었다. 남들이 보기에는 그냥 앉아 있는 것이었지만 속으로는 내일 부를 더늠을 소리하고 있었다. 내일 부를 것은 당연히 〈춘향가〉 중에서 한 대목이었다. 그러나 한 대목만으로는 안 되었다. 1등을 하게 되면 재청에 삼청도 받아야 했다. 귀명창인 남원 청중들에게 1등으로 뽑히는 것도 어려운 일이었지만, 재청에 삼청의 박수를 받는다는 것도 여간 힘겨운 일이 아니었다.

차옥녀는 아침밥을 먹는 둥 마는 둥 하고 주막을 나섰다. 광한루에 가까워질수록 잔치기분이 돌고 있었다. 나들이옷을 입은 사

람들이 끼리끼리 광한루로 몰려가고 있었다. 그 흥겨운 사람들을
보자 차옥녀는 문득 외로움을 느꼈다. 그러나 그건 외로움만이 아
니었다.

"소리넌 은제고 돌부처를 깨운다는 맘으로 혀라. 청중언 보지도
생각지도 말고."

귓전을 때리는 스승의 말이었다.

크고 작은 나무들의 가지가지마다 유록색의 새 잎새들이 돋아
나고 있는 광한루 주위에는 봄기운이 화사했다. 그 싱그럽고 풋풋
한 봄기운 속에서 청춘남녀의 춘정이 도질 만도 했다.

차옥녀는 숨을 깊이 들이켜며 이 도령과 춘향이를 생각하고 있
었다. 눈앞에는 그네를 타는 춘향이의 아리따운 모습과, 그 모습에
홀린 이 도령의 모습이 삼삼하게 떠오르고 있었다.

사또의 아들 이 도령과 기생의 딸 춘향이의 사랑……. 그 걸맞지
않은 신분만으로도 얼마나 가슴 설레는 사랑인가. 차옥녀는 자신
도 그런 사랑을 해보고 싶은 충동을 또 느끼고 있었다.

그런데 문득 떠오르는 얼굴이 있었다. 사랑병에 사무쳐 있는 오
빠였다. 오빠는 이 도령과는 정반대의 처지였다. 상놈으로 양반집
규수를 사랑한 것이었다. 그리고 끝내 사랑을 이루지 못하고 여자
는 딴 남자에게 시집을 가고 말았다.

오빠의 경우를 생각하자 이 도령과 춘향이의 사랑은 더욱 귀하
고 신기할 뿐이었다. 지금 세상에도 양반과 상것의 사랑은 이루
어지지 않는데 어찌 그 옛날에 그런 사랑이 맺어질 수 있는 것인

지……. 그러나 그 희한한 사랑 이야기가 진짜가 아니라 누군가가 지어낸 이야기라는 것을 깨달으며 차옥녀는 그만 허탈해지고 말았다.

차옥녀는 오작교 쪽으로 천천히 돌아 광한루 아래 차일 친 곳으로 갔다. 그곳이 명창대회에 나온 소리꾼들을 접수하는 곳이었다.

"성명 삼자럴 대시오."

"차옥비, 구슬 옥에 날 비구만요."

"차옥비라, 어느 권번이여?"

"기생이 아니구만요."

"잉? 이름서넌 그런 냄새가 나는디? 되았소, 저짝으로 가서 기둘리소."

여자 출전자는 모두 아홉이었다. 수백 명을 헤아리는 청중들이 빽빽하게 자리잡고 앉아 있었다.

차옥녀는 내려뜬 눈으로 조심스럽게 그 사람들을 살펴보며 숨길을 가다듬고 있었다. 그들은 예삿사람들이 아니었다. 귀명창에다가 오늘 명창대회에서 명창을 뽑아낼 심사자들이었다. 심사원들이 따로 정해져 있는 것이 아니었고 그 청중들의 환호와 박수의 정도에 따라 1등 명창이 가려지는 것이었다. 귀명창들을 존대하는 심사방법이었다.

첫 번째 여자가 나섰다. 노랑 저고리에 빨간 치마로 한껏 멋을 부린 처녀였다.

일짜로 아뢰리다. 일편단심 먹은 마음, 일부종사 하올지라…….

춘향이가 변 사또 앞에서 곤장을 맞는 〈십장가(十杖歌)〉가 시작되고 있었다.

자기도 모르게 허리를 곧추세우고 있던 차옥녀는 두 번째 소절이 시작되면서 허리를 부려버렸다. 더 들을 것 없는 생목으로 질러대는 소리였다. 예상대로 그 처녀는 청중들에게 추임새 한번 받아보지 못하고 물러섰다.

두 번째 여자는 낭자머리의 기생이었다. 그 여자도 〈십장가〉를 시작했다. 첫 소절이 끝날 즈음 차옥녀는 자신도 모르게 귀를 세웠다. 제법 탄탄한 소리였던 것이다. 스물예닐곱 된 나잇값을 하고 있었다. 두 번째 소절로 넘어가면서 청중들 사이에서 추임새가 터지기 시작했다. 그러나 세 번째 소절을 지나면서 차옥녀는 소리 없는 코웃음을 쳤다. 천구성이 아니라 벌써 소리에 금이 가고 있었고, 〈십장가〉에서는 더욱 필요한 한이 서려 있지 않았다. 역시 귀명창들의 박수소리는 신통치가 않았다.

차옥녀는 세 번째로 나섰다. 쥘부채를 두 손으로 꼭 쥔 차옥녀는 숨길을 가다듬으며 눈을 내리감았다. 스승의 엄한 모습이 떠올랐다.

아부님, 지럴 붙들어주시게라우.

차옥녀는 속으로 간절하게 뇌었다. 그리고 눈을 떠서 고수와 눈길을 맞추었다. 고수가 앉음새를 고치는 것을 보며 차옥녀는 고개를 돌려 먼 하늘을 응시했다. 그때 쿵 떡떡 북소리에 중모리 가락이 실려 울리기 시작했다.

사랑 사랑 내 사랑아. 어어화 둥둥 내 사랑이야……

〈춘향가〉 중에서 이몽룡이 춘향이와 첫날밤을 보내기 직전에 불렀던 〈사랑가〉의 첫 대목이었다.

"얼싸 조옷타!"

"얼씨구나!"

첫대목에서 추임새들이 터져나왔다.

사랑 사랑 내 사랑아. 어어화 둥둥 내 사랑이로구나. 저리 가거라, 가는 태를 보자. 이만큼 오너라, 오는 태를 보자.

다시 추임새들이 여기저기서 터져나오고 있었다. 차옥녀는 그 흥겨운 소리들에 안도하고 있었다. 그런데 그 순간 호통치는 소리가 귀를 울렸다.

"추임새에 정신 폴면 소리가 깨져!"

스승의 성난 얼굴도 떠올랐다.

차옥녀는 마음을 다잡았다. 청중들의 추임새에 신경쓰다 보면 북장단을 놓치게 되고, 북장단을 놓치면 소리가 흔들리고 깨지는 것은 너무 당연한 일이었다. 추임새는 북장단에 묻어들게 해야 하고, 북장단에 묻어든 추임새는 너름새로 걸러내야 했다.

유유락일권렴간(悠悠落日捲簾看)의 꽃과 같이 고운 사랑, 동정추월(洞庭秋月)이 솟아날 제 무산(巫山)같이 높은 사랑, 으스름 밤 초생달이 방실방실 웃는 사랑, 남창북창(南倉北倉) 노적(露積)같이 다발다발 쌓인 사랑, 온 바다를 두루 덮는 그물같이 맺힌 사랑, 구만리라 먼먼 하늘 휘휘 감고 남은 사랑, 세월아 봄철아, 가지를 말아라. 화류맥상(花柳陌上)에 봄이 가면 우리 님 고운 얼굴 도화빛이 사라질라. 추월추풍에 서리 오면 호탕하신 도련님이 백수한(白首恨)을 읊으실라. 달아 달아 밝은 달아, 네 아무리 바뿌어도 중천에 멈추어 있어 내일 날이 오지 말고 백 년여 일 이 밤같이 이 모양 이대로 비쳐다고. 사랑이로구나 내 사랑이야, 어화둥둥 내 사랑이야.

언제인지 모르게 쫙 펼쳐들었던 부채를 맵시 있는 한 동작으로 착 접으며 차옥녀는 소리를 마감했다. 그리고 나부시 허리 굽혀 절을 했다.

"얼씨구나, 명창 났네에!"

"더 볼 것 없이 1등이여, 1등!"

"재청이여, 재청!"

"그려 그려, 1등 줘라. 춘향이 이 도령 환생이다아!"

청중들이 아낌없이 환호하고 외치며 박수를 치고 있었다.

차옥녀는 이마에 송골송골 맺힌 철 이른 땀을 훔치며 더없이 가슴 뿌듯함을 느끼고 있었다. 소리가 그리도 잘 엥기는 무대였던 것이다. 1등을 하거나 말거나 소리가 그리도 차지고 휘늘어지게 잘 엥긴 것만으로도 한바탕 소리한 보람이 있었다.

나머지 여섯 사람의 소리는 어떻게 들어넘겼는지 차옥녀는 별 기억이 없었다. 딴생각을 해서가 아니었다. 모두가 귀에 담기지 않는 생목이거나 걸목이었고, 심지어 어떤 여자는 가사가 막혀 소리를 중단하기도 했다.

"어이 귀명창님네덜, 오늘에 1등 명창얼 누구로 뽑을라요오?"

갓에 흰 두루마기를 입은 노인이 하얀 수염을 쓰다듬으며 청중들에게 물었다.

"시 번찌요, 시 번찌!"

"옳여, 사랑가 부른 시 번찌요!"

"그 시악씨 이름이 머시라고 혔어?"

"어허, 차옥비 아니여, 차옥비!"

"참말로, 소리맨치 이름도 이쁘시."

"다덜 그리 생각허요?"

노인이 다시 외쳐 물었다.

"두말허면 잔소리요."

"귀명창 무시허요, 시방!"

"얼렁 새 명창 재청 듣세에!"

"옳여, 재청이여, 재청!"

청중들은 다시 소리쳐 환호하다가 박수를 쳐대기 시작했다.

차옥녀는 눈물을 머금고 다시 무대로 나갔다. 차옥녀의 눈앞에는 아버지와 어머니 그리고 양아버지의 모습이 어른거리고 있었다. 마침내 두 가지의 꿈이 이루어진 것이었다. 오빠의 살림밑천을 장만해 줄 수 있게 되었고, 명창의 칭호를 받아 어엿한 소리꾼의 길이 열리게 된 것이었다.

차옥녀는 아까와는 다르게 탁 풀린 마음으로 〈십장가〉를 불러 재청에 답했다. 마음이 풀리자 소리는 더 흐드러지고 치렁거리면서 잘도 엥기고 있었다. 차옥녀는 온몸에서 새싹이 파릇파릇 돋는 생기를 느끼며 제 흥에 겨워 너름새도 날개를 달았다. 차옥녀는 옥중 상면 장면으로 삼창까지 답하고 무대에서 놓여났다.

무대에서 벗어난 차옥녀는 그때서야 목이 마른 것을 느꼈다. 차옥녀는 이마의 땀을 훔치며 샘을 찾아 발길을 서둘렀다. 소리를 길게 하면 한겨울에도 땀이 나고, 아무리 명난 명창이라도 판소리 한 마당을 완창하려면 한 말 땀을 흘린다고 했다. 그래서 소리꾼들은 제대로 소리를 하고 나면 목이 타기는 해도 오줌이 마렵지는 않다는 것이다.

"보소, 보소, 옥비 명창!"

뒤따라오는 경상도말에 차옥녀는 고개를 돌렸다.

화사한 옷차림의 두 여자는 모르는 얼굴이었다. 그러나 그들이 여염집 여자가 아니라는 걸 차옥녀는 한눈에 알아보았다.

"저어, 우리는 진주서 왔는 기라예. 어데 가서 차분허니 이바구 잠 허입시더."

나이 좀더 든 여자가 눈웃음을 지으며 나긋나긋하게 말했다.

"진주 권번서 오셨능게라?"

차옥녀도 웃음을 지었다. 소리는 원래 전라도 것이고, 그래서 경상도 사람들은 소리를 좋아하면서도 소리를 제대로 할 수는 없어서 전라도에서 소리꾼들을 구해가는 것은 이미 오래된 일이었다. 특히 여자 소리꾼들은 더 그랬다.

"소리만 잘허는지 알았드마넌 눈치도 우예 그리 빠른교?"

다른 여자가 놀란 기색이었다.

"그래 재인(才人) 아이가."

"저어, 지넌 진주로 갈 헹펜이 못 되는구만요."

차옥녀는 말 길게 할 필요 없다는 듯 웃음 걷힌 얼굴로 고개를 저었다.

"우예 그런교? 대접 후허니 할 끼라요."

두 여자는 당황스런 기색을 드러냈다.

"금메 돈이 소양없소. 나넌 안 된께 딴 소리꾼얼 수소문해 보씨요."

차옥녀는 냉정하다 싶게 말을 자르고 돌아섰다. 오빠와 가까이 있고 싶어서 진주로 가지 않으려고 하는 것만이 아니었다. 경상도 사람들은 동편제를 좋아하는데 자신은 전라도사람들이 좋아하는 서편제 소리였던 것이다.

목을 축이고 차일 아래로 돌아온 차옥녀는 다른 여자들을 만나게 되었다. 그들은 전주와 이리에서 온 사람들이었다. 차옥녀는 그들이 묻는 대로 숙소를 가르쳐주었다.

그들은 해거름에 주막으로 찾아왔다. 먼저 발길을 한 것이 이리 여자들이었다. 차옥녀는 한마디로 이리 여자들을 퇴해버렸다.

"군산이고 이리고 왜놈덜 승해감서 유곽만 번창혔제 소리 지대로 알아듣는 사람이 있간디요. 천금얼 줘도 싫구만요."

차옥녀는 전주 권번의 여자들과 마주 앉았다. 남원은 소리고장으로 그리고 격조 높은 기생고장으로 일찍부터 명이 나 있었다. 그러나 귀명창 많고 품격 갖춘 기생 많기로 전주도 남원에 손색이 없었던 것이다.

차옥녀는 반년에 100원을 받을 것인지 1년에 200원을 받을 것인지 몇 번이고 되작거려 생각했다. 그동안 논값도 올라 상답이 6원을 넘어 7원에 이르고 있었다. 반년만 하자니 100원으로는 논 스무 마지기가 안 되었고, 200원을 탐하자니 내키지 않는 권번에 매이는 기간이 너무 길었던 것이다.

차옥녀는 여러 생각 끝에 반년으로 마음을 정했다. 100원으로 논을 장만하면 이미 가지고 있는 세 마지기를 합쳐서 스무 마지기가 될 수 있었던 것이다. 스무 마지기면 부자가 될 수는 없어도 오빠가 아이들 데리고 한평생 배곯고 등 춥게 살지는 않을 것이었다. 그리고 자신도 반년이면 별로 어렵거나 지루하지 않게 보낼 수 있을 것 같았던 것이다. 사실 반년의 소릿값 100원이면 작은 돈이 아니었다. 평생 기생으로 팔리는 몸값이 200원 남짓이었던 것이다. 물론 그렇게 팔린 처녀들이 이런저런 예(藝)를 고루 갖춘 기생이 되자면 꽤나 긴 세월과 적잖은 비용이 들게 마련이었다.

"머시여? 니가 나 땀시 기생이 돼야?"

차득보는 펄쩍 뛰었다.

"아니, 소리만 헌당게요."

"기방서 소리허먼 기생이제 기생이 따로 있어? 나 그리넌 못혀. 그리히서 장개들어 엄니 아부지럴 어쩌크름 대헌다냐."

차득보는 단호하게 고개를 내저었다.

"참말로 선무당이 사람 잡으요 이. 알라면 똑똑허니나 알고 말허시요. 헌다허는 명창들도 그리 기방서 소리허고 산단 말이오."

"아 글씨 니가 그리되라고 아부지가 니럴 소리꾼 맹글라고 허셨것어."

"딴말 마씨요. 나가 기연시 소리꾼 되야 명창대회서 1등도 허고, 그 덕으로 오빠헌티 이리 심이 되는 걸 내래다보심서 아부지가 얼매나 좋아라 허실지 아요? 나가 오빠럴 위허는 일임사 그보담 열 곱 험허고 천헌 일도 허겠소. 더 암 말도 말고 쓸 만헌 논이나 얼렁얼렁 물색허씨요. 곧 공허 시님이 오실 때가 되야간게."

차옥녀는 오빠보다 세게 기세를 올렸다.

"차암, 야가 영 쇠고집이시······."

20

또 하나의 날개

송중원은 아침설거지를 대충 마쳤다. 설거지래야 그릇이 많은 것도 아니었다. 두 사람의 궁색한 자취생활이니 반찬이 변변찮아 씻을 그릇은 대개 네다섯 개에 지나지 않았다. 그런데도 설거지는 밥을 하는 것에 비해 귀찮았다.

언제나 밥을 할 때는 시장기에 몰려 부지런을 떨었다. 그런데 밥을 먹고 나면 배부름과 함께 게으름을 피우고 싶어졌다. 간사하고 얄팍한 사람의 마음이었다.

송중원은 설거지통 물을 담 쪽으로 끼얹었다. 그건 화단에 물주기를 겸한 것이었다.

"어머나!"

여자의 놀란 외침이 쨍 하게 울렸다.

송중원은 반사적으로 고개를 돌렸다.

"아니, 이게 뭐예요! 옷 다 버리게."

여자의 외침이 더 커졌다.

송중원은 뒤늦게 그 여자가 박정애라는 걸 알아보았다.

"아이고, 이거 미안합니다. 옷 많이 버렸습니까?"

송중원은 황급히 부엌을 나섰다. 그러나 속으로는, 왜 하필 이런 때 나타나고 그래, 하며 짜증이 일고 있었다.

"내가 빨리 피했으니 망정이지 운동신경이 둔한 여자 같았으면 그 구정물 다 뒤집어썼을 거예요. 근데 송중원 씨 다시 봐야 되겠네요. 어쩜 구정물을 수챗구멍에 안 버리고 화단에다 버리나요?"

박정애는 얼굴을 찡그린 채 한심스럽다는 눈길로 송중원을 쳐다 보았다.

"또 교양 없다고 따지고 싶은 건가요? 그건 내 뜻이 아니라 꽃을 사랑하는 이 집 주인의 명령입니다. 물도 아낄 겸 구정물이 더 영 양가가 높아 거름이 잘된다는 겁니다."

송중원은 떨떠름한 얼굴로 박정애가 들고 있는 정구채를 흘낏 쳐다보았다. 자신이 운동신경이 예민하다는 말을 왜 굳이 했는지 그 정구채가 잘 입증해 주고 있었다.

"체, 영양가가 높아? 아주 형편없는 노랭이로군요."

그만 말꼬리를 놓친 박정애는 경멸스러운 코웃음을 쳤다.

"다행입니다. 운동신경이 예민해 옷을 하나도 안 버렸으니."

송중원은 옹이를 박고 돌아섰다.

"허탁 씨는 뭘 해요?"

박정애의 목소리가 경쾌해졌다.

"글쎄요, 오늘 아침 식사당번이 아니니까 한잠 자는지 모르겠군요."

"아니, 아침밥을 먹자마자 또 자요? 돼지같이."

"낮잠만 맛있는 줄 압니까? 아침잠 맛있는 줄 알아야 인생을 아는 겁니다."

송중원은 방문을 옆으로 밀며 느릿한 타령조로 말했다.

"어머, 그게 무슨 소리예요? 그건 또 누구 철학책에 나오는 말인가요."

"글쎄요, 허탁과 송중원의 인생살이에서 나온 철학이라고 해두죠."

"호호호…… 모를 소리네요."

그래, 부잣집 딸년이 고학생들 인생살이를 알 리가 있느냐. 새벽에 한바탕 배달을 해봐라. 아침을 먹고 나면 전신이 축 늘어지는 게 졸음이 막 몰려온다. 그 절로 눈이 감기는 노곤함을 너 같은 부류들은 죽을 때까지 모르겠지.

"이보게 허형, 일어나게. 제2의 윤심덕 행차시네."

송중원은 방으로 들어서며 굳이 '제2의 윤심덕'이라고 소리를 크게 지르고 있었다. 그 별칭은 박정애가 무척이나 좋아하는 것이었다. 처음에는 허탁이가 인심 후하게 그리 부르기 시작했고, 그리고 언제부터인지 모르게 박정애는 정말 자기가 제2의 윤심덕인 것처럼 행세하려고 들었다. 그러나 송중원의 턱없이 큰 소리에는 어딘지 모르게 야유조가 섞여 있었다. 박정애가 들고 있는 정구채를 보는 순간 송중원의 심사는 비꼬였던 것이다.

"허형, 어서 일어나라니까. 제2의 윤심덕 납시셨어."

송중원은 다다미 위에 네활개를 펴고 잠들어 있는 허탁의 허벅지를 발로 툭툭 건드렸다.

"어엉? 뭐, 뭐라구?"

허탁이 허둥거리며 일어나 앉았다.

"인생맛 그만 즐기시고 잠 좀 깨세요. 이 좋은 공일날 이게 뭐예요?"

박정애의 목소리가 카랑하게 울렸다.

"응, 정애 씨 왔소. 무슨 일 생겼소? 아아흠…… 왜 이리 졸리냐."

허탁은 입이 찢어져라 하품을 했다.

"일은 무슨 일이 생겼겠어요. 우리 테니스 하러 가자고 왔어요."

박정애가 정구채를 들어 보였다.

"테니스요? 아니, 여자가 그런 운동도 합니까?"

허탁은 잠이 달아나는 듯 정색을 하고 물었다.

"어머, 또 여자 타령이에요? 테니스는 남녀 구별이 없는 아주 신사적인 스포츠라는 걸 모르세요?"

박정애는 짜증스러워하며 주저앉았다.

"글쎄, 그놈의 운동이 신사적인지 야만적인지는 모르지만, 하여튼 여자가 그런 운동 하고 나서는 건 좀 마땅찮소."

허탁이 불퉁스럽게 말하며 재떨이에서 꽁초를 골라들었다.

"아니, 남녀차별을 안 한다는 허탁 씨가 왜 그러세요? 요새 남녀 대학생들 사이에서 테니스가 유행인 걸 모르세요?"

"그런 건 모르는 게 낫소. 그놈의 정구채 하나가 쌀 서너 섬 값이라니 우리 같은 고학생 신세로는 아는 게 병이오."

허탁은 담배연기를 푸우 소리나게 내뿜었다.

"어머, 아실 건 다 아시네요 뭐. 허지만 라켓이 비싼 건 하나도 걱정할 게 없어요. 내가 하나씩 사드린다면 화를 내실 거고, 정구장에 가면 빌려주는 게 얼마든지 있거든요. 공부를 잘하려면 운동을 해서 몸이 건강해야 되잖아요? 건강한 신체에 건강한 정신이라고 했으니까요."

박정애는 생글생글 웃어가며 허탁의 마음을 돌리려 하고 있었다.

"운동이라면 날마다 자전거로 과자 배달하는 것만으로도 충분하고 넘칩니다. 곧 자전거선수가 될 판이니까요."

마음 선선한 허탁이 잘못 넘어갈까 봐서 송중원은 이렇게 잘랐다.

"그거야 어디 운동인가요, 노동이지. 억지로 하는 그런 힘겨운 노동으로 쌓인 피로는 바로 테니스 같은 경쾌한 운동을 즐거운 마음으로 하면서 풀어야 한다구요. 안 그래요?"

박정애는 눈을 빛내며 허탁과 송중원을 번갈아 쳐다보았다.

"허, 말재주 자꾸 늘어서 좋소. 허나 돈 한푼 안 들이고 할 수 있는 운동이 얼마든지 있는데 돈 들여가며 주먹만한 공을 서로 쳐대는 그런 운동 같지 않은 운동을 우린 할 맘이 전혀 없소. 그리고 우린 오늘 선약이 있소."

허탁은 손가락이 타들도록 빨아댄 꽁초를 잉끄려 끄며 냉정하게 말했다.

"어머, 그럼 어떡해요. 테니스코트로 동무를 나오라고 해놨는데요."

박정애는 울상이 되면서도 정구에 관한 용어는 꼬박꼬박 영어를 쓰고 있었다.

"그게 무슨 걱정이오? 정애 씨 혼자라면 좀 문제지만 둘이니 짝이 딱 맞아서 아주 좋잖소."

허탁의 능청이었다.

"그게 아니잖아요. 같은 여자끼리……."

박정애는 말끝을 흐리며 허탁을 야속한 눈길로 쳐다보았다. 그러나 허탁은 딴전을 피우고 있었다.

그런 박정애의 마음을 환히 들여다보고 있는 송중원은 빙긋이 웃음짓고 있었다. 박정애는 허탁만을 끌어내기 난처하니까 자기 친구까지 동원해 짝을 맞추려고 한 것이었다. 박정애가 허탁에게 색다른 감정을 보여온 지는 벌써 오래되었다. 박정애는 허탁이 기혼자임을 알면서도 그런 건 전혀 개의치 않는 눈치였다. 그러기는 물론 박정애뿐만이 아니었다. 동경에 유학 온 모든 여학생들은 자칭 신여성이라고 자부하고 있었고, 거의가 자유연애 신봉자들이었고, 상당수가 남자의 기혼문제가 연애의 장애라고 생각하지 않는 판이었다. 그건 소설가 이광수가 퍼뜨린 '자유연애' 괴변이 만들어낸 신풍조였다.

"허탁 씨, 중한 약속이 아니면 취소하세요. 동무한테 좋은 사람 소개시켜 주겠다고 큰소리쳐 놨는데 내 체면이 뭐가 되겠어요."

박정애는 금방 눈시울까지 붉어지며 매달리기 작전으로 나왔다.

또 하나의 날개 145

"나한테 여자를 소개시켜 주려고?"

박정애에 맞서 허탁은 김빼기 작전을 구사하고 있었다.

"아이, 몰라요."

박정애가 토라지며 눈을 흘겨댔다.

송중원은 웃음이 나오려는 것을 참고 있었다.

"좋아요. 그럼 내 체면을 생각해서 테니스코트까지만 나가줘요."

박정애는 이제 유인작전을 쓰고 있었다.

"아니, 그럴 시간이 없소. 우린 곧 나가야 되겠소."

허탁은 매정하다 싶게 잘라버렸다.

"그리 중한 약속인가요?"

"그렇소."

"피이, 또 되지도 않을 독립을 놓고 왈가왈부 떠들어대기나 하겠죠."

박정애는 발딱 몸을 일으켰다.

"아니, 무슨 말을……."

정색을 한 송중원이 말을 시작하려다가 말고 입을 다물었다. 허탁이 빠르게 눈을 깜박거렸던 것이다.

"오늘은 미안하게 됐소. 다음 공일에 그런 정군지 테니슨지 말고 어디 원족이나 가도록 합시다."

허탁은 박정애를 달래듯 말하며 느물거리고 웃었다.

"흥! 다시 만나나 보세요."

박정애는 매섭게 쏘아붙이고는 뒤도 돌아보지 않고 집 밖으로 나가버렸다. 허탁과 송중원은 박정애의 탄력 넘치는 뒷몸매를 바라보고 있었다. 그런데 그들은 박정애가 내쏜 말에는 전혀 신경쓰지 않고 있었다. 박정애가 토라지면서 그런 말을 한 것은 한두 번이 아니었던 것이다.

"자네, 어쩌라고 그래?"

송중원이 재떨이를 끌어당겼다.

"뭘……?"

허탁이 신문지쪽을 찢었다. 재떨이에는 이제 골라 피울 꽁초도 없어서 천상 꽁초들을 까서 신문지쪽에 말아야 했던 것이다.

"다음 공일에 원족이라니. 저 여자 맘을 자네도 알면서 그러면 되겠나?"

"괜찮아, 너무 염려 말게."

"염려가 아닐세. 자네가 그런 식으로 대하면 저런 여자는 자네도 자기를 좋아하는 줄로 오해를 한단 말일세."

"글쎄, 그런 오해는 좀 필요한지도 모르지."

"무슨 소린가?"

"거 뭐랄까…… 우리 주변에 저리 단순하고 악의 없는 사람들이 더러 있어서 나쁠 건 없네. 다 인간관계니까."

도량이 넓으면서도 능청스러운 허탁의 성격답게 그 말은 둥글둥글하고 막연하기까지 했다. 그런데 그 말에는 묘한 의미가 감추어져 있음을 송중원은 감지하고 있었다. 송중원은 그 말뜻을 대충 짐작만 하며 더 묻지 않았다. 한 가지 분명한 것은 허탁이 박정애를 이성적 호감으로 대하지 않는다는 점이었다.

송중원과 허탁은 학생 티가 나지 않게 허름한 평상복 차림으로 집을 나섰다. 오늘 모임을 위장하기 위해서 학생복은 입지 않기로 되어 있었다.

그들은 전차에서 내려 바로 맞은편 인도로 건너갔다. 그러나 그들의 집회장소는 반대쪽이었다. 서로 멀찍하게 거리를 둔 허탁과 송중원은 제각기 다른 골목으로 꺾어들었다. 그러면서 그들은 눈치 빠르게 뒤를 살피고 있었다.

그들은 골목을 두 번 더 꺾어돌아 미행자가 없음을 확인하고는 다시 아까의 큰길로 나섰다. 그리고 사람들 사이에 섞여 길을 건너갔다. 송중원과 허탁은 또다시 서로 다른 골목으로 자취를 감추었다.

송중원은 골목의 교차점에서 왼쪽으로 돌았다. 허탁은 다른 골목에서 오른쪽으로 돌았다. 잠시 후 그들은 서로 마주 보며 걷게 되었다. 그들은 빠른 눈짓을 주고받았다. 미행이 없다는 신호였다.

미행자가 없다는 것을 두 차례나 확인했으면서도 그들은 여전히 간격을 유지하며 전혀 모르는 사람들처럼 걸어가고 있었다. 조금 달라진 것이 있다면 걷는 방향이 같은 것이었다.

허탁이 먼저 민가들이 촘촘한 어느 골목으로 접어들었을 때였다.

"여보세요 허 동지, 저 좀 보세요!"

다급하고 긴장된 목소리가 허탁의 발목을 걸었다.

그 느닷없는 상황에 허탁은 소스라쳤다. 그러나 써늘해진 가슴을 누르며 갑자기 나타난 사나이를 노려보았다.

"당신, 누구요!"

허탁의 짧은 목소리는 팽팽하게 긴장되어 있었다.

"예, 일월회 연락부 세폽니다. 장소가 노출된 것 같으니 빨리 피하라는 지십니다. 저를 따라오시지요."

"노출……? 혹시 누구 체포된 동지들은 없소?"

"그건 잘 모르겠습니다. 여기 오래 있어서는 안 됩니다."

"알겠소. 헌데, 형씨 이름이 뭐요?"

"예, 이경욱이라고 합니다."

"이경욱, 못 보던 얼굴인데……."

"예, 가입한 지 얼마 안 됩니다."

매섭게 변한 허탁의 눈은 한 점 의혹이라도 찍어내고 말겠다는 듯 이경욱이라는 사나이를 날카롭게 쏘아보고 있었다.

"왜, 이자는 누군가?"

그때 송중원이 경계태세로 다가섰다.

"응, 일월회 세폰데, 개들이 냄새를 맡았다는군. 이러고 있을 때가 아니야."

허탁이 주위를 빠르게 살폈다.

"저를 따라오십시오. 장소가 바뀌었습니다."

이경욱이란 사나이가 앞장섰다.

큰길로 나선 그들은 곧바로 전차를 탔다. 이경욱은 한사코 사람들 사이를 비집으며 앞문 쪽으로 가고 있었다. 허탁과 송중원도 민첩하게 그 뒤를 따르고 있었다. 혹시 전차 안에 따라붙었을지 모를 미행자를 찾아내기 위해서였다.

그들은 다음 정거장에서 전차를 내렸다. 그리고 반대쪽에서 오는 전차를 다시 탔다. 미행의 낌새는 느껴지지 않았다. 그들은 세 정거장을 가서 전차에서 내렸다. 그리고 다른 선의 전차를 바꿔탔다.

"얼마 안 됐다면서 솜씨가 아주 능숙하오. 저학년 같은데."

허탁이 중얼거리듯 말하며 이경욱이란 사나이를 대견스레 바라보았다.

"아, 아니구만요……."

그 사나이는 긴장기 서린 얼굴로 쑥스러운 듯 웃었다.

허탁은 사나이의 긴장을 풀어줄 겸 해서 이제 안심해도 된다는 말을 그렇게 했던 것이다.

"고향이 전라도요?"

송중원은 사나이의 말에서 묻어나는 전라도 어조에 어떤 친근 감 같은 것을 느끼고 있었다.

"예, 군산이구만요."

사나이는 공손하게 고개를 숙여 보였다.

"군산? 난 김제요."

송중원은 사나이를 쳐다보며 엷게 웃었다. 선하게 생긴 얼굴이면 서도 어딘가 우울한 기색이 깃들인 인상이었다.

"예, 송 선배님은 진작 알고 있었구만요. 춘부장 어르신도, 선배 님이 옥살이허신 것도……."

"아니, 전주에서 학교를 다녔소?"

송중원은 중학교 후배인가 생각했다. 그러나 곧 그의 고향이 군산이라는 것을 떠올렸다. 군산에서 전주로 유학을 오는 경우는 거의 드물었던 것이다.

"아닙니다. 저는 군산 영명중학에 다녔습니다. 선배님에 대해선 여기 와서 알게 되었습니다."

이경욱은 송중원 앞에서 차마 얼굴을 들 수 없을 정도의 열등감과 죄의식을 느끼고 있었다. 그런 그의 의식은 더욱 짙어진 우울한 기색으로 드러나고 있었다.

"아, 그렇군요……."

송중원은 무심한 듯 반응하고 말았다.

이경욱은 송중원의 그런 반응이 너무 다행스러웠다. 만약 고향 후배라고 해서 송중원이 좀더 관심을 보이며 아버지에 대해 묻게 된다면 그보다 더 난감하고 곤혹스러운 일은 없을 것이었다. 이름 드높은 의병장인 송중원의 부친과 일본인 농장의 지배인인 자신의 아버지는 너무나 대조적이었던 것이다.

김제·만경 평야에 동척을 제외한 일본 개인 농장으로 제일 큰 불이농장의 절름발이 지배인 이동만. 그 이름을 어쩌면 송중원도 알는지 몰랐다. 불이농장이 큰 만큼 소작인들이 많고, 소작인들에게 인심을 잃은 만큼 악명 높은 아버지의 이름은 넓게 퍼져 있었다. 사상운동에 몸담고 있는 송중원이 골수 친일파이면서 소작인들의 적인 이동만이라는 이름을 모를 리 없었다. 만약 자신이 이동만의 아들인 것을 알면 송중원은 자신을 어찌 대할 것인가…….

이경욱은 참담한 심정으로 어금니를 꾹 물었다. 고서완 선생님이 자신을 이해하고 감싸주듯이 송중원도 그러리라는 보장은 전혀 없었다. 어쩌면 그와 정반대일 수도 있었다. 그런데도 일부러 송중원조의 안내를 맡고 나섰던 것이다. 우선 그런 부러운 내력을 지닌 고향사람을 만나보고 싶었다. 그리고 고 선생님한테서 위안을 받고 힘을 얻었던 것처럼 송중원과의 교류를 통해서도 어떤 자신감과 확신을 얻고 싶었던 것이다.

"어디까지 가는 거요?"

혹시 내릴 데를 지나칠까 싶어 허탁은 무슨 생각엔가 깊이 빠져 있는 이경욱을 일깨웠다.

"예, 조금만 더 가면 됩니다."

이경욱은 놀란 기색으로 차창 밖을 살피며 말했다.

그들은 두 정거장을 더 지나 전차에서 내렸다. 그들은 서로 모르는 사람처럼 간격을 두고 걸었다. 골목을 네댓 번 돌아 이경욱은 어느 식당으로 들어갔다. 송중원과 허탁은 그 뒤를 따르기 전에 제각기 주위를 살폈다.

그 식당이 회합장소가 아니었다. 식당의 변소를 통해 그 옆집으로 갔다. 앞서 온 사람들이 열 명 남짓 모여 있었다. 말이 없는 그들은 모두 긴장된 빛을 띠고 있었다.

송중원과 허탁은 서너 사람과 눈인사를 나누었다. 나머지 사람들은 모르는 얼굴이었다. 그러나 그들과도 눈길이 마주치는 대로 서로 예를 갖추었다.

두 차례에 걸쳐 다섯 사람이 더 합류했다. 예정된 16명이 다 모인 것이었다.

"다들 무사히 오셨군요. 모두 긴장하신 것 같은데, 우선 긴장들 푸십시오. 결론부터 말씀드리면 처음의 그 장소는 애초부터 회합장이 아니었습니다. 이 장소를 은폐하려고 그곳을 허위로 정했던 것입니다. 날로 심해져 가는 왜경들의 감시를 철저히 봉쇄하기 위한 조처였습니다. 그리고 우리 하부조직원들의 기동성 있는 훈련도 겸하자는 것이기도 하구요."

일월회 대표의 해명이었다.

"체, 그런 줄도 모르고 똥줄이 탔군."

누군가가 불쑥 말해 놓고 과장되게 한숨을 토해냈다.

"거긴 똥줄이 탔으니 다행이오. 난 불알 두 쪽이 다 타버렸소."

누군가가 이렇게 말을 받았고, 몇몇이 쿡쿡거리며 웃었다. 송중원은 그 엉뚱한 소리를 한 허탁의 허벅지를 쥐어박았다. 그런데 허탁은 시침을 뚝 떼고 옆사람에게 담배 있느냐는 시늉을 하고 있었다.

그런 농담으로 모여앉은 모든 사람들의 긴장이 금세 풀렸다. 누가 먼저랄 것 없이 그들은 담배를 피워물기 시작했다.

"그럼 지금부터 오늘의 회의를 시작하도록 하겠습니다. 에에, 여러분들은 지금 한자리에 앉아 있으면서도 서로 모르는 얼굴이 반반씩은 될 것입니다. 그 점이 바로 오늘 회의의 특징이며, 회의를 열게 된 이유입니다. 여러분들이 대강 알고 계시겠지만, 오늘 회의는 우리가 한 단체로 합해져 한 식구가 될 것이냐 아니냐를 논의하자는 것입니다. 그런데 우리 학생간부들의 이런 모임은 물론 상부조직의 동향에 따른 것입니다. 좀더 구체적으로 말하자면 국내에서 대중기반의 확대를 피하고 있는 양대 세력인 북풍회와 화요회가 합동을 모색하고 있습니다. 그에 따라 우리 유학생조직의 의견 수렴을 필요로 하고 있습니다. 이 점에 대해서 여러분들은 기탄없는 의견을 개진해 주시기 바랍니다."

"합동의 목적은 무엇입니까? 조직과 힘을 강화하자는 것입니까?"

"예, 물론 그렇습니다."

"그럼, 새로운 조직의 형태는 무엇입니까? 국가 단위의 당입니까?"

다른 사람이 물었다.

"그건 잘 모르겠습니다. 무슨 큰 계획이 추진되고 있는 건 분명한데, 그건 비밀사항인 모양입니다."

"국내에는 북풍회와 화요회뿐만 아니라 다른 사회주의 단체들도 많습니다. 그 단체들과는 어떻게 됩니까?"

또다른 사람의 질문이었다.

"그건 여기 동경과 같은 형편으로 이해하면 될 것 같습니다. 여기도 군소단체들이 얼마나 많습니까. 그러나 우선 우리 일월회와 화요회 지부가 뭉쳐지게 되면 다른 단체들은 점차로 유입되고 통합되어 나갈 것 아니겠습니까."

"예, 분산된 힘보다 통합된 힘이 훨씬 더 강력해진다는 건 불변의 철칙 아닙니까. 우리는 효과적인 독립혁명투쟁을 전개하기 위해서 하루빨리 통합하지 않으면 안 됩니다."

허탁의 말이었다. 그는 질문들을 더 할 필요가 없다는 듯 분명한 의견을 제시하고 있었다.

"그렇습니다. 우리는 더 이상 초기단계의 무원칙한 분산상태를 지속시켜서는 안 됩니다. 왜경의 감시와 탄압은 날로 가중되어 가는 상황 속에서 우리는 화급히 분산상태를 청산하고 통합된 투쟁력의 창출을 도모해야만 합니다."

일월회 쪽 회원의 동의였다.

"예, 화요회 쪽의 발의에 일월회 쪽의 동의가 나왔습니다. 다른 의견이 있으면 말씀해 주십시오."

그들 사이에서는 잠시 침묵이 흘렀다.

"표결합시다."

누군가가 말했다.

"표결 제의가 나왔습니다. 재청 있습니까?"

"예, 재청합니다."

"그럼 표결은 간편하게 거수로 하겠습니다. 합동에 찬성하시는 분……."

그들은 한꺼번에 팔을 들어올렸다.

"예, 좋습니다. 만장일치로 합동을 결의했습니다. 마음 놓고 박수를 치지 못하는 게 유감입니다만, 이 사실을 신속하게 본국에 보고토록 하겠습니다."

의장은 한성이나 경성이라고 하지 않고 굳이 '본국'이라고 말하고 있었다. 그 말 속에는 조선이라는 나라가 망한 것이 아니라 엄연히 살아 존재하고 있었던 것이다.

"이런 중대하고 기쁜 결정을 하고도 맘껏 박수를 못 치는 대신 축하주는 한잔씩 돌려얄 것 아니오? 바로 옆이 식당이던데."

누군가가 농조로 말했다.

"누구 만석꾼 자제분 없소?"

다른 목소리가 농담을 받았다.

"난 안 되겠는데, 구천석 집 자식이라."

"아, 염려 마시오. 사사오입시켜 드리리다."

여기저기서 낮은 웃음소리가 흘러나왔다. 그때 의장을 맡았던 사람이 말했다.

"이런 좋은 결과가 나올 줄 알고 미리 축하주를 준비했습니다. 허나, 너무 기대는 하지 마십시오. 여기 오래 머무를 수도 없고, 경비문제도 있고 해서 서로 인사를 나누는 자리로 아주 간소하게 차렸으니까요."

모두들 반색을 했다.

송중원은 담배에 불을 붙이며 그 여유만만하고 능글능글한 농담들을 생각하고 있었다. 조금 전까지 긴장하고 진지해져 있다가 어떻게 그리도 금방 농담들을 할 수 있는 것인지 알 수가 없었던 것이다. 자신은 평소에도 농담을 잘하지 못하는 데다가 더욱이 이런 형편에는 농담이란 생각조차 할 수가 없었다. 농담 잘하는 것도 타고나야 하는 것인지, 성질이 느긋해야 하는 것인지, 배짱이 두둑

해야 하는 것인지 알 도리가 없었다.

그들은 해초무침과 다꾸앙(단무지)뿐인 그야말로 간소한 술상에 둘러앉았다. 그러나 술잔을 돌리며 인사를 나누는 그들의 표정은 밝기만 했다.

"얼마 전 경전(京電) 파업이 실패했다는 게 사실인가요?"

인사가 다 끝나자 누군가가 새 화제를 꺼냈다.

"그게 사실인 모양이오."

"원인이 뭐지요?"

"그야 뻔하지요. 회사 측이 경찰을 믿고 완강하게 버티고, 경찰은 무자비하게 탄압을 가해대고 하니까 결국 견디지 못한 거지요."

"그것 참 곤란하게 됐군요. 한성에서 실패하면 그 영향이 클 텐데요."

"그게 문제요. 그게 본보기가 되어 지방에 악영향이 미치게 되지요. 경찰에서는 그걸 시범으로 내세우며 지방에 더욱 탄압을 가하라고 명령을 내리게 되고, 지방 노동자나 농민들은 그 실패로 사기가 떨어지게 되고……."

"헌데, 금년 노동쟁의나 소작쟁의는 어떻게 돼가고 있나요?"

"작년 이맘때보다 더 많이 일어나고 있다는 소식이오."

"그것 참 잘되고 있군요. 역시 노동자 농민 들이 현실적인 독립투쟁을 제대로 전개하고 있는 겁니다. 해마다 쟁의가 늘어나고 있으니 말입니다."

"그렇지요. 생활상의 요구와 직결되고 있으니 그 투쟁이 힘을 받으면서 자꾸 확대되어 나가는 거지요."

"그러니까 노동자 농민 들의 투쟁을 더욱 확대시키고 지속시키기 위해서라도 우리 조직들의 통합은 시급한 문제가 아닐 수 없군요."

"그렇구말구요. 우리의 통합에 따라 노동자 농민 들의 조직도 더욱 강화시키고 확대시켜 나가야 되겠지요."

그들은 자연스럽게 토론의 분위기를 만들고 있었다.

"혹시 상해임정 소식들 들었소?"

누군가가 말머리를 돌렸다.

"왜, 무슨 일 생겼소?"

"예, 일도 큰일이 벌어졌지요. 이승만이 탄핵을 당해 대통령직에서 쫓겨났소."

"예에? 그게 언제요? 이유가 뭐요?"

"얼마 전 3월 18일이고, 그 이유가 여러 가지가 있는데, 첫 번째 이유가 상해임정에서 근무하지 않고 무풍지대인 미국에만 앉아 있는 근무태만인 모양이오."

"근무태만, 그것 참 잘됐소, 헌데 이승만이 쫓겨났으면 그럼 임정이 외교독립론을 버리고 무장투쟁에 나서겠다는 뜻인가요?"

"그건 잘 모르겠소."

"이승만 한 사람이 없어졌다고 해서 그게 잘되겠어요? 외교독립론이나 교육준비론을 주장하는 사람들이 그대로 자리를 차지하고 앉았는데."

"만약 임정이 무장투쟁론을 채택한다 해도 문제요. 독립자금은 커녕 생활비도 없어서 요인들이 배를 곯고 있다는 소문 아니오?
그러니 무슨 수로 비싼 무기를 사들여 무장독립군을 편성할 수 있
겠소."

"독립자금의 고갈은 임정 요인들의 잘못이 아니라 전적으로 우
리 동포 모두의 잘못이오. 지금 조선땅에 500석 이상 1만 석이 넘
는 지주들이 얼마나 많소. 그 사람들이 꾸준히 독립자금을 염출했
더라면 그런 비참한 꼴이 됐겠소. 토지조사사업을 당하면서 지주
란 지주들은 모두가 친일파가 되어 자기들 재산 지키기에 급급할
뿐 독립자금 낼 생각은 하지도 않고 있지 않소."

"예, 그건 사실입니다. 그러나 임정에도 문제가 많습니다. 임정 초
기부터 논란이 된 문제로 알고 있습니다만, 이제라도 임정은 무장
투쟁 노선을 채택하고 만주로 이동해서 만주에 분산되어 있는 무
장부대들을 통합시키는 동시에 만주의 동포들을 결속시켜야 합니
다. 그러면 무장력도 강해지고 동포들을 기반으로 재정도 안정을
기할 수 있게 됩니다. 그러나 상해에 그대로 있다가는 점점 더 고립
무원으로 궁지에 몰릴 것입니다."

"글쎄요, 그 말도 일리가 있습니다만, 그보다 더 중요한 문제가
임정이 사회주의자들을 백안시하고 거부하는 것 아니겠습니까?
그건 앞으로 더욱 심각한 문제가 될 것이고, 우리와 직결된 문제이
기도 합니다."

"글쎄요, 그건 그다지 염려할 문제는 아니지 않을까 생각합니다.
조국의 독립이라는 대의 앞에서 서로가 타협과 협동을 모색하게

될 테니까요."

"그게 그렇지가 않습니다. 임정이 공화주의를 표방하고는 있지만 그 구성원의 절대다수가 봉건주의에 젖어 있다는 사실을 간과해서는 안 됩니다. 공화주의자들이라도 사회주의와 대립하게 돼 있는데 봉건주의자들의 경우에는 더 말할 것이 없지 않습니까."

"아닙니다, 그건 속단입니다. 왜냐……."

"예 여러분, 토론은 차후로 미루고 그만 해산해야 좋지 않을까 합니다. 여기도 꼭 안전하지는 않습니다."

의장의 말에 차츰 열기가 오르기 시작하던 토론이 중단되었다.

그들은 한 사람씩 분산되어 식당과 그 집 뒷문으로 빠져나가기 시작했다.

"큰길에서 기다리게."

앞서 나가는 송중원에게 허탁이 귓속말을 했다.

송중원은 식당을 나서며 좌우를 빠르게 살폈다. 한적한 뒷길에 의심나는 낌새는 없었다. 몇 걸음을 옮기다가 그는 문득 이경욱이란 사나이를 생각했다. 그 젊은이는 안내만 끝내고 어디로 갔는지 보이지 않았다. 어느 곳에 숨어 파수를 보고 있는지도 모를 일이었다.

집이 가난한 고학생일까……. 송중원은 그의 얼굴에 서린 우울한 그늘을 되짚어 생각했다. 그건 그의 독특한 인상이기도 했다.

"자넨 왜 아까 한마디도 하지 않았어?"

송중원은 허탁과 함께 큰길을 건너면서 물었다.

"자넨 했나?"

허탁이 픽 웃었다.

"자넨 언변이 좋잖나. 임정에 대해선 관심도 많고 말야."

"허, 살다 보니 별소리 다 듣겠네. 자네도 봤지만 어디 내 말이 끼어들 틈이 있던가."

"헌데, 그 사람들 말을 어찌 생각하나?"

"글쎄, 다 일리가 있는 말 아니던가. 특히 사회주의자들을 거부한다는 건 중요한 지적이지."

"그래, 나도 그리 생각하는데, 그게 앞으로 어떻게 될까?"

"글쎄, 그거야말로 예측하기 어려운 문제 아닌가. 서로가 수용하고 협동하는 자세를 취해야 하는데, 그렇지 못하면 힘이 분산되는 난처한 일들이 생기겠지."

"그건 소모고 비극인데……."

송중원은 중얼거리며 눈길을 멀리 보냈다. 그는 아버지를 생각하고 있었다. 아버지도 사회주의자를 거부하는지 모를 일이었다. 일본에서 젊은 사회주의자들이 무수히 생겨나고 있는데 러시아와 한 땅이나 마찬가지인 만주에서는 더 심할지도 모른다. 만약 아버지도 사회주의를 거부하는 입장이라면……. 송중원은 그야말로 난감함을 느꼈다.

"무슨 생각하나?"

"아니, 그저……."

"어디 가서 점심이나 먹세."

"밥때가 지났는데 그냥 굶지 뭐."

"이사람아, 그런 소리 말어. 자넨 학생이기 이전에 자전거 배달꾼인 노동자라는 걸 명심하라구. 노동자는 한 끼도 굶을 권한이 없으니까."

한 끼라도 거르는 것을 싫어하는 허탁의 그럴듯한 말이었다.

"가세, 노동자의 수칙을 지켜야 하니까."

송중원은 한 끼 밥값을 벌려던 생각을 지우며 비식 웃었다.

그들은 뒷길로 접어들어 값싼 음식점을 찾아 들어갔다.

"합동을 하면 알력 없이 잘될까?"

물을 한 모금 마신 송중원이 허탁을 깊은 눈길로 바라보았다.

"글쎄, 그게 제일 문제지. 합동은 해야 하고, 서로 주도권은 노리고, 그리되면 알력은 피할 수가 없게 되는데 말야."

허탁의 표정은 밝지 못했다.

"합동과 주도권 다툼, 그건 참 앞뒤가 안 맞는 모순 아닌가. 인간이란 너무 복잡하고도 모순투성이의 고등동물이라니까."

"그렇기도 하지. 허나 그런 모순의 과정을 거쳐 질서도 잡고, 통일체를 이루고 하는 게 인간이기도 하니까."

"그렇게 되면 다행이지만 그와 반대로 분열을 일으킬지도 모르니까 하는 소리지."

"두고 보세나. 분산상태를 거쳐 통합의 필요성을 느껴 시작된 일이고, 우리보다 나이 먹은 사람들이니까 슬기도 더 있겠지."

시장했던 참이라 밥이 나오자 그들은 밥 먹기에 바빴다.

송중원은 한성에 있는 사회주의자들의 단체를 생각해 보았다.

그러나 북풍회와 화요회 외에 떠오르는 것은 서울청년회와 무산자동지회뿐이었다. 그 밖에도 여러 단체들이 있었지만 군소집단이라 잘 기억이 되지 않았다.

그러기는 동경에 있는 단체들에 대해서도 마찬가지였다. 학생들을 중심으로 한 단체들이 15개가 넘는다고 했지만 그 내력까지 또렷하게 기억할 수 있는 건 두 단체에 불과했다. 그건 자기 조직 내에서 기본 학습에 충실해야 하는 까닭도 있었고, 모든 단체들이 지하화되어 있는 탓도 있었다.

동경에서 제일 먼저 탄생된 유학생들의 사회주의 조직은 노동동지회였다. 그 결성이 1917년 1월이었다. 그것이 3년 후에 조선고학생동우회로 바뀌었고, 그 단체는 1922년 2월에 본국으로 진출해 《조선일보》에 그 유명한 동우회 선언을 광고로 발표했다. 그건 조선땅에서 일어난 최초의 계급투쟁 선언이었다.

그리고 고학생동우회의 일부가 1921년 11월에 따로 결성한 것이 흑도회였다. 그건 다시 1922년에 풍뢰회와 1923년에 북성회로 갈라졌다. 북성회는 건설사를 조직해 한성의 거점을 마련했고, 그것을 강화해 1924년 11월에 북풍회를 결성했다. 그리고 동경의 북성회의 명칭을 금년 1월에 일월회로 바꾸었다.

한성에서 북풍회와 같은 시기에 결성되어 세력균형을 이루고 있는 화요회는 1923년 7월에 조직되었던 신사상연구회가 탈바꿈한 것이었다. 그런데 그 두 단체의 공통점과 특징은 핵심간부들이 모두 일본유학생 출신이라는 점이었다. 그들이 마침내 하나로 뭉치기로 합동결의를 할 것이라고 했다.

그런데 북성회가 본토에 확고한 뿌리를 내린 것에 비해 풍뢰회는 1923년 1월에 흑우회로 이름을 바꾸고는 8월에 해체되고 말았다.

송중원은 그 합동이 잘 이루어져 무언가 큰 힘을 발휘할 수 있기를 바라고 있었다. 독립운동을 위해 몸담을 수 있는 새로운 조직은 그것밖에 없었던 것이다.

"아, 잘 먹었다."

허탁이 젓가락을 놓으며 입을 훔쳤다.

"일본밥 먹을 날도 몇 달 안 남았군."

송중원은 물잔을 들었다.

"그래, 금년도 벌써 4월이니 세월 참 빠르군. 공부를 한다고 세월을 보냈지만 다 써먹을 데 없는 공부니 원."

허탁이 서글프고 허탈한 표정이 되었다.

"거의가 다 그렇지. 공부한 걸 생계를 위해 써먹자면 그때부터 친일파가 되는 게 우리 운명이니까."

송중원이 쓰게 웃었다.

"참 비참하지. 사회주의가 없었더라면 대학생활이 죽도 밥도 아닐 뻔했어. 자넨 그래도 글쓰는 재주가 있어서 다행이야. 문학을 하기로 작정했나?"

"에이, 그런 소리 말어. 책을 읽을수록 점점 자신이 없어져. 난 틀렸어."

송중원은 당황스러워했다.

"겸손이 지나치면 교만이네. 자아, 가세."

이틀이 지나 허탁이 경찰서에 붙들려 들어갔다. 배달하는 과자를 자전거에 가득 싣고 비탈길을 달리다가 갑자기 골목에서 튀어나오는 아이를 들이받은 것이었다.

사내아이는 중상이었다. 얼굴이며 머리에 입은 찰과상은 아무것도 아니었고 왼쪽 다리가 부러졌던 것이다.

"아, 이것 참 큰일났군, 큰일났어. 그러게 항시 조심하라고 하잖았어. 이게 말이야, 이게, 조선사람이…… 이거 참……."

과자공장 사장은 할 말을 다 하지 못하며 못내 속상해했다.

그가 삼키고 있는 말이 무엇인지 송중원은 잘 알고 있었다. 인명피해를 입힌 것도 큰일인데, 조선사람이 일본아이에게 중상을 입혔으니 더 큰일이라는 뜻이었다. 벌써 그 아이의 아버지는 경찰서에 나타나, 조센징이 자기 아들을 죽이려고 고의적으로 한 짓이니 엄벌에 처해야 한다고 펄펄 뛰었던 것이다.

"사장님, 어떻게 좀 도와주십시오. 허군이 그런 나쁜 맘 먹을 사람이 아닌 건 사장님도 잘 아시지 않습니까."

송중원은 사장에게 매달릴 수밖에 없었다.

"알지, 허군과 송군이 얼마나 정직하고 성실한지 내가 다 알지. 내가 치료비는 다 물어줄 수 있는데, 그 남자가 엄벌에 처하라고 하는 건 막을 수가 없단 말이오."

"사장님, 아이를 피하려다가 넘어져 허군도 많이 다치지 않았습니까. 그 점을 경찰서에 강력히 주지시켜 주십시오."

"그 말은 벌써 다 했지. 허군도 그런 주장을 했고. 허나 그 남자가 계속 엄벌하라고 해대면 다른 수가 없다니까. 내가 경찰 고위직에 아는 사람도 없고."

송중원은 더 할 말이 없었다. 중상인 치료비를 물어주려고 하는 것만도 사장은 큰 마음을 쓴 것이었다.

송중원은 학교에 가서 홍명준부터 찾았다. 법학을 공부하는 그에게 그런 경우의 처벌관계를 물어보려는 것이었다.

"빌어먹을, 결국 사고를 냈군."

이야기를 다 끝내기도 전에 홍명준이 화를 내며 내뱉은 말이었다. 그는 늘상 허탁이 고학을 하는 걸 마땅찮아했던 것이다. 너무 철들어 사서 하는 고생이라는 것이었다.

"아주 악질 왜놈한테 걸렸군."

홍명준은 두 번째로 내뱉고는 담배에 불을 붙였다. 송중원도 홍명준이 내민 담배에 불을 붙여 빨았다.

홍명준은 담배연기를 짙게 내뿜을 뿐 말이 없었다. 대답을 기다리는 입장이라 송중원도 담배만 빨고 있었다.

"방법이 없진 않은데……."

담배를 반 넘게 태운 홍명준이 이윽고 입을 열었다.

"그게 뭔데?"

땅바닥만 내려다보고 있던 송중원이 고개를 번쩍 치켜들었다.

"화해를 유도하는 거네."

"화해……?"

"타협 말일세."

"자네 정신 있나?"

송중원의 목소리가 높아지며 어깨가 처져내렸다.

"그냥 말로 하는 타협이 아니야. 위자료를 주겠다고 유도하는 타협이지."

"위자료? 그게 한두 푼으로 되겠나?"

송중원의 얼굴이 어둡게 일그러졌다.

"그야 적잖은 돈이 들겠지. 그래도 징역살이를 해선 안 되니까."

"……."

송중원은 구두 뒷굽으로 땅바닥을 밀치고 또 밀쳤다.

"돈 액수도 모르면서 낙담부터 하지 말게. 액수도 자네 사장을 시켜서 접촉부터 해보세. 돈이야 그 다음 문제니까."

홍명준은 허탁의 죽마고우답게 적극성을 보였다.

"그놈이 화해를 거부할지도 모르지."

"무슨 소린가. 돈은 귀신도 홀리네."

홍명준이 코웃음을 쳤다.

송중원은 홍명준과 함께 사장을 찾아갔다.

"허군은 제 형제와 마찬가집니다. 수고스럽겠지만 사장님께서 꼭 좀 일을 성사시켜 주십시오."

홍명준이 예의 바르게 부탁했다.

"예, 예, 알겠습니다. 제가 해야 될 일을 친구분이 맡고 나서서 면목이 없습니다. 일이 되도록 힘쓰겠습니다."

다음날 다시 만나기로 하고 헤어졌다.

"일본놈치곤 썩 괜찮은데? 빈말이라도 그렇게 하고 말야. 이름이 뭔가?"

홍명준이 흡족해했다.

"오카노라고, 심성이 고운 사람이지."

송중원과 홍명준은 다음날 점심 무렵에 사장을 찾아갔다.

"이거 참 미안하게 됐습니다. 아무리 말을 해도 듣지를 않는군요."

오카노 사장은 몹시 민망해했다.

"대체 그 사람이 뭐라는 겁니까?"

홍명준의 말에 노기가 묻어났다.

"저어…… 자기 아들을 죽이려 했으니 화해란 있을 수 없다는 겁니다."

"돈 이야기는 했습니까?"

"예, 위자료를 주겠다고 했지요."

"액수도 말했습니까?"

"그거야 미리 정해진 것이 아니라서……."

"오카노 사장님, 돈은 얼마든지 준다고 하고 한 번 더 만나주십시오. 부탁합니다."

"예, 그러면 다시 만나보지요."

그러나 오카노 사장은 또 고개를 저었다. 송중원과 홍명준은 암담해지고 말았다.

홍명준과 술을 마신 송중원은 어둑어둑해져 집으로 돌아왔다.

그런데 박정애가 방문 앞에 서 있었다.

"허탁 씨 조선 건너갔나요?"

박정애가 대뜸 물은 말이었다.

"아니오."

"그럼 무슨 일 생겼지요?"

"아니오."

송중원은 쪽마루에 털썩 주저앉았다.

"그런데 왜 사흘씩이나 안 보이죠?"

"알 것 없소."

"무슨 소리예요! 송중원 씨하고만 동문 줄 알아요?"

박정애가 빽 소리지르며 발을 굴렀다.

송중원은 그 방자함에 울컥 화가 치밀었다. 그러나 다음 순간 박정애의 말도 일리가 있다는 생각이 들었다. 짝사랑이든 어쨌든 박정애가 허탁의 소식을 몰라야 될 이유가 없었다.

"여기 앉으시오. 사고가 났소……."

송중원은 술기운에 실린 처량한 기분으로 그동안에 있었던 일들을 다 들려주었다.

"됐어요, 저한테 맡기세요. 그까짓 일 당장 해결돼요."

박정애가 발딱 몸을 일으켰다.

"아니, 무슨 수로……."

송중원은 박정애를 멍하니 올려다보았다.

그러나 박정애는 송중원을 묵살해 버리고 다급하게 밖으로 뛰어나갔다.

다음날 송중원은 홍명준에게 박정애의 이야기를 했다.

"시건방지게 나대기는!"

홍명준은 침을 내뱉으며 불쾌한 표정을 지었다.

송중원은, 그래도 혹시 모르지 않느냐는 말을 할까 하다가 입을 다물었다. 박정애를 달갑잖게 여기는 홍명준의 말이 더 거칠어질 것이 뻔한데 그런 말을 보태는 건 부질없는 일이었다. 그리고 박정애에게 어떤 막연한 기대감도 없지 않았다. 박정애의 그 당당한 기세를 믿어서가 아니라 더 이상의 해결책이 없는 상태에서 물에 빠진 놈 지푸라기라도 붙드는 형국이었다.

송중원은 학교에 나오면 자신도 모르게 박정애를 찾고는 했다. 그런데 박정애는 사흘 동안이나 전혀 모습을 볼 수 없었다. 송중원은 자꾸 마음이 초조해져 배달할 기운도 빠지고 밥맛도 없어졌다.

그런데 허탁은 나흘 만에 풀려났다. 초췌해진 허탁을 부축한 건 박정애였다.

"수고했습니다, 박정애 씨. 정말 고맙습니다."

송중원은 그야말로 감격해 박정애 앞에 꾸벅꾸벅 고개를 숙였다.

"아니에요, 수고는 무슨……"

송중원은 두 번째 놀라고 있었다. 허탁을 무사하게 빼낸 능력에 놀라고 있는 판인데 박정애는 그렇듯 겸손하기까지 했던 것이다.

"목욕하고 푹 쉬고 계세요. 이따가 저녁때 제가 한턱내겠어요."

박정애는 꽃웃음을 피우며 돌아갔다.

저녁때 박정애가 안내한 곳은 긴자의 고급 음식점이었다.

"얘는 제 동무 김정하예요. 지난번에 테니스 같이 치려고 했었잖아요."

박정애가 음식점에 뒤늦게 나타난 친구를 소개했다. 박정애가 왜 자꾸 친구를 소개하려고 하는지 송중원은 야릇한 느낌을 받았다.

"제 하숙집 주인이 아버지 동업자라고 했잖아요. 그분이 거상이라서 경찰서에 아는 사람들이 많아요. 그렇게만 알아두세요."

박정애는 더 길게 말하지 않았다.

허탁은 다음날부터 꼬박 1주일 동안을 앓아누웠다.

"이봐, 지난 4월 17일날 한성에서 조선공산당이 창립됐다는 거야."

"뭐, 뭐라고!"

누웠던 허탁이 상체를 벌떡 일으켰다.

21

하와이의 폭풍

사탕수수농장이고 파인애플농장이고 조선사람들이 모여사는 곳에서는 어디서나 큰 소동이 벌어지고 있었다. 그 소동의 기세는 뜨겁고 거셌다.

방영근네 파인애플농장에서도 《신한민보》가 각 작업조로 이리저리 옮겨다니면서 소동이 커져가고 있었다. 샌프란시스코에서 발행되는 동포신문 《신한민보》에는 엄청난 사실이 실려 있었다. 그건 〈임시대통령 '리승만' 탄핵안〉이었다.

저녁을 먹자마자 방영근네 작업조는 샌들우드 나무 아래 모여 앉았다. 그들 사이에서는 긴장감이 감돌고 있었다. 다른 날과는 달리 지친 기색도 없이 그들의 눈은 빛나고 있었다.

"상배 형님, 어서 읽어보시오. 더 올 사람 없소."

누군가가 성질 급하게 말했다.

"글씨, 그래야 되겠지러. 보래, 내사 마 글도 짤르고 눈도 침침하고 그런 기라. 누가 속시원케 읽어보소, 마."

조장 구상배가 신문을 들어 보이며 좌중을 둘러보았다.

"아따, 어사또 뽑는 과거 보요. 글 짤르고 질고 찾게."

누군가가 퉁을 놓았다.

"맞소, 순 언문으로만 쓴 그 신문에 못 알아볼 글자가 머 있다꼬 그라능교. 성님이 뻐떡 읽으시이소."

다른 사람이 야무지게 말을 받았다.

"무신 소리 하노. 낫질 쟁기질 배왔다꼬 다 똑겉은 낫질 쟁기질이 등강. 언문 깨치타캐도 토막글 읽기 달르고 줄글 읽기 달브레라. 누가 좋겄노?"

구상배가 다시 좌중을 둘러보았다.

"영근이 저사람 뭘 하고 있어. 어서 일어나지 않고."

어떤 사람이 방영근을 지목했다.

"그렇지러. 뻐떡 안 나서고 머하고 있었드노."

구상배가 반색을 하며 신문을 방영근에게 던져주었다.

"체, 나라고 머 벨수 있간디요."

방영근은 구시렁거리듯 말하며 마른 입맛을 다셨다. 그런 그의 얼굴에는 근심의 빛이 무겁게 서려 있었다.

"그것도 마 출세라 생각카고 큰소리로 읽어보소."

방영근은 내키지 않았지만 어쩔 수 없이 신문을 펼쳐들었다.

임시대통령 '리승만' 탄핵안

1925년 3월 13일에 대한민국 임시의정원에 〈임시대통령 '리승만' 탄핵안〉이 상정되어서 동 3월 18일까지 토의를 종결하고 심사원에게 넘기었던바 동 3월 23일 의회에서 심사위원의 보고를 받고 재적의원 5분의 4의 출석과 출석의원 4분의 3의 가표로 임시대통령 '리승만' 탄핵 면직을 통과하였다.

탄핵 심판서

탄핵 제안자 대한민국 임시의정원 의원

곽 헌, 최석순, 문일민, 고준택, 강창제, 강경신, 라창헌, 김현구, 림득산, 채운개

탄핵 피고자

대한민국 임시대통령 '리승만'(초래에 응하지 않고 결석)

탄핵안 심사자

대한민국 임시의정원 사법의원

탄핵 심판의 내용

임시대통령 '리승만'은 시세에 암매하여 정견이 없고 무소불위의 독재행동을 감행하였으며 포용과 덕성이 결핍하여 민주주의 국가 정부의 책임자 자격이 없음을 판정함.

임시대통령 '리승만'이 대한민국 임시헌법을 기탄없이 저촉하였고 국정을 혼란시키어서 국법의 신성과 정부의 위신을 타락하게 하였음을 판정함.

임시대통령 '리승만'의 범과 사실을 심리하고 대한민국 임시헌법

제4장 제21조 제14항에 의하여서 탄핵 면직에 해당함을 판정함.

'리승만' 범과의 사실

一. 임시대통령 '리승만'이 그 직임에 피선된 지 7년에 임시대통령의 선서를 이행하지 않았으며 정부의 행정을 집정하지 않았고 각원들과 불목하여 정책을 세워보지 못하였다.

二. 임시대통령 '리승만'이 대미 외교사업을 목적하고 설립한 구미위원부를 가지고 국무원과 충돌하였고 아무 때나 자의로 법령을 발포하여서 질서를 혼란하게 하였으며 정부의 처사가 자기 의사에 맞지 않으면 동지자들을 선동하여 정부에 반항하였다.

三. 임시대통령 '리승만'은 그 직임이 국내 13도 차표가 임명한 것이라 하여 신성불가침의 태도를 가지고 임시 의정원 결의를 무시하며 대통령 직임을 '황제'로 간주하여 '국부'라 하며 '평생 직업'을 만들려는 행동으로써 민주주의 정신을 말살하였다.

四. 임시대통령 '리승만'이 미주에 앉아서 구미위원부로 하여금 재미 동포의 인구세와 정부 후원금과 공채표 발매금들을 전부 수합하여 자의로 처단하고 정부에 재정보고를 제출하지 않아서 재정 범포가 어느 정도까지 달하였는지 알지 못하게 하였다.

五. 임시대통령 '리승만'이 민중단체의 지도자들과 충돌하여 정부의 고립상태를 주출하고 재미 한인사회의 인심을 선동하여서 파쟁을 계속하므로 독립운동에 막대한 지장을 주었다.

방영근이 읽기를 끝냈다.

그런데 그 엄청난 사건이 두 달이 넘어 뒤늦게 신문에 보도된 것은 그럴 만한 이유가 있었다. 임시정부에서는 탄핵 심판서를 이승만에게 보내고 만일 사실상 착오가 있으면 2개월 안으로 대한민국 임시의정원에 공소하라고 통고했던 것이다. 그런데 이승만은 아무 회답을 하지 않았다. 그 절차를 거쳐 임시정부는 이승만의 탄핵안을 세상에 공식화했던 것이다.

20여 명인 그들은 잠잠했다.

"머하고 있노. 기운 다 파했나?"

누군가가 불쑥 내쏘았다.

"어이, 얼렁 가서 쌀밥 고봉으로 갖고 오소."

방영근이 쓴웃음 섞어 빈정거리며 담배를 꺼냈다.

"무신 태평시런 소리 그리하고 앉았노. 사람 속 뒤비지는데 그리 한담 말고 빼떡빼떡 읽그래이."

"저 사람 또 귀먹쟁이 3년이시."

다른 사람이 내질렀다.

"무신 소리 하노?"

"다 끝났다는 말얼 그리 못 알아묵어?"

"머시라? 그기 그리되나?"

그 사람은 그때서야 좌중을 둘러보며 뒷머리를 긁적거렸다.

다른 때 같았으면 한바탕 웃음이 터질 만도 했다. 그러나 누구하나 웃지 않고 모두 침울하고 찌푸린 얼굴들로 앉아 있었다.

"다들 이러고 있을 일이 아니로구만. 대통령자리를 황제인지 임금인지로 생각하고 자칭 국부라고 하거나, 자기 패거리 짜서 밤낮으로 모함을 하거나 헐뜯어대거나 다 제멋에 겨워서 흥!이지만 말야, 거 세금이고 후원금 같은 것을 제 맘대로 했다는 것은 그냥 넘어가서는 안 될 일 아니겠어? 독립운동에 쓰라고 우리가 피땀 흘려 낸 혈세를 상해로 보내지 않고 이승만이가 제멋대로 써 없앴다는데 이게 도대체 말이나 되는 소리야!"

마침내 한 사람이 입을 열었다. 그는 말을 해갈수록 흥분을 하다가 결국 분노를 터뜨렸다.

"누가 아이라. 그간에 이승만이가 우리 혈세 띠묵는다꼬 짜드락한 소문이 났는데, 그기 헛소문이 아니었능기라."

"근디 말이여, 어이 영근이, 아까 그 대목얼 한 분 더 읽어보는 것이 어쩌겠능가. 모를 말이 더러 있드랑게로."

"보래, 내가 머시라카드나. 글자만 소리내 읽는다꼬 되나 어데. 속뜻얼 알아야제. 어이 영근이, 그 대목 새로 읽어보능 기 우떻겠노."

구상배가 일렀다.

방영근은 네 번째 조항을 천천히 다시 읽어 내려갔다.

"보래, 보래, 딴말이사 앞뒤 짚어감서 얼추 알겠다마는도, 거 범포라카는 말언 머꼬, 범포."

"범포라…… 그렇게 고것이 말이시 잉…… 나라살림에 바쳐야헐 돈이고 곡식얼 써 없애부린다 허는 말이로구마."

방영근은 말뜻을 쉽게 풀면서 빗나가지 않게 하려고 신경을 썼다.

"맞다, 인자 앞뒤가 딱 맞는다 아이가!" 그 남자는 자기 허벅지를 철썩 치며 외치고는, "그라니께네 이승만이가 우리가 낸 혈세고 후원금이고 얼매나 많이 묵어칬는지 모린다 그 말 아이가?" 그는 눈을 부라렸다.

"맞네, 맞어. 바로 그 말이구마."

누군가가 찰싹 손뼉을 치며 호응했다.

범포(犯逋)란 다름 아닌 '공금 횡령'의 또다른 말이었다.

"쯧쯧쯧…… 우째 그랄 수가 있노……."

구상배가 담배연기를 탄식으로 내뿜으며 고개를 설레설레 저었다.

"참 기가 막힐 일이구나."

"우째 그런 못된 인종이 다 있노."

"아이고메, 우리 돈이 어쩐 돈이라고. 이리 문딩이 상호 돼감서 피땀 쏟아 번 돈얼 지놈이 어째서 그냥 묵어치워."

"우리 돈이 그냥 돈이가. 우리 돈은 핀 기라, 피!"

"그러니 혈세라고 했지."

"우리가 독립운동에 쓰라고 돈 냈지 제놈 사복 채우라고 돈 냈나. 도둑놈이 따로 없다!"

"아이고, 원통허고 절통헌거. 묵을 것 안 묵고, 입을 것 안 입고 낸 그 아까운 돈얼 으째야 쓰까."

그들은 다투어 감정을 토해내고 있었다.

"다덜 보이소! 우리가 이리 당허고만 있으믄 되겠능교."

"그려, 무신 수럴 내야 혀."

"그렇고말고. 그놈을 그대로 둬서는 안 된다고."

"그려, 그놈이 돈얼 도로 토해놓게 맨글어야 혀."

그들은 점점 흥분해 가고 있었다.

"왜 아이라. 이 하와이 사는 우리 조선사람덜이 다 이승만이헌트로 몰키가서 도로 토해놓게 해야 된다카이."

"그것 참 좋은 생각이야. 이리 당하기만 해선 안 될 일이라니까."

"맞어, 혈세 낸 사람덜언 다 우리허고 똑겉은 맘 아닐 것이여."

그들의 동요는 차츰 심해지고 있었다. 곧 자리들을 박차고 일어날 것 같은 기세였다.

"다덜 화통 삶아묵었나? 우예 그리덜 맴이 급하노."

구상배가 엄한 얼굴로 좌중을 휘둘러보았다.

"그려, 말이야 다 맞는 말인디, 일이야 우리 뜻대로 그리 잘되지넌 않을 것잉마. 무신 소리냐먼 말이여, 이승만이넌 대통령자리서 쫓겨나는 것으로 죄닦음을 헌 심이고, 그라고 그 인사가 우리가 몰켜간다고 혀서 돈얼 도로 토해낼 물건이 아니라 그런 말이시."

방영근은 구상배의 말을 뒷받쳤다.

"이, 그렇기도 헐 것이여. 그 인종 낯짝 뻔뻔허고 경우 없기로야 진작에 소문난 것잉게."

누군가가 진하고 긴 한숨을 토해냈다.

그러나 그들의 분노와 동요는 가라앉지 않았다. 그들은 험한 욕설을 퍼부어대며 계속 이승만을 성토하고 있었다.

그런데 오만 말이 얽히고설키는 가운데 한마디 말도 하지 않은 건 남용석이었다. 그는 기죽은 것 같기도 하고 무슨 딴생각을 하는 것 같기도 한 얼굴로 망연히 앉아 있을 뿐이었다.

남용석은 그럴 수밖에 없는 입장이었다. 그는 선미와 이혼을 하고 다달이 위자료를 물게 되면서부터 후원금은 고사하고 세금도 내지 못했던 것이다. 남용석은 그동안 두어 차례 경찰서에 갇히기도 했다. 땡볕 속에서 파인애플 가시에 찔려가며 죽도록 일해서 번 돈을 꼬박꼬박 뜯기는 것을 그는 너무 억울해했다. 그래서 어느 달엔가는 위자료를 주지 않았다. 그러자 선미는 즉각 경찰서에 고발을 해버린 것이었다. 남용석은 어찌할 수 없이 위자료를 주고 풀려났다.

"그년이 내 철천지웬수여. 그년 죽이고 나가 죽어야 혀."

남용석이 아무때나 불현듯 내뱉기 시작한 탄식이었다. 그리고 사람이 이상하게 변해갔다. 웃음이 사라진 얼굴은 늘 침울했고, 아무하고도 말을 하지 않았다. 또한 먹는 것을 소화시키지 못해 끅끅 트림을 해댔고, 맥이 다 빠진 것처럼 어깨가 처져내려 일손이 무디어졌다. 그런데 술자리가 생겼다 하면 염치고 체면도 없이 폭음을 해댔다. 그런 다음날이면 영락없이 술병이 나서 일을 나가지 못했다.

사람들은 내놓고 말을 하지 않았을 뿐이지 그런 일을 좋아할 리가 없었다. 여자들까지 일을 나가고 있는 공동노동이 파인애플농사였다. 그런 날이면 사람들의 얼굴에 싫은 기색이 역연했다. 그럴 때마다 방영근은 자기가 바늘방석에 앉은 기분이었다. 조심조심 남용석에게 충고도 하고 위로도 했다. 그러나 남용석은 전혀 달라지지 않았다. 방영근의 말조차 귀담아듣지 않는 남용석에게 다른 사람들은 아예 입을 열지 않았다. 그 대신 남용석을 꺼리는 눈치들이 차츰 심해져 가고 있었다. 그럴수록 남용석은 점점 더 기가 꺾이고 벙어리가 되어갔다.

그들은 밤늦게까지 이승만을 욕해 대고 울분을 토하고 하다가 흩어졌다. 삭일 길 없는 분노가 끓고 있는 그들의 가슴에 밀려드는 것은 배신당한 허탈뿐이었다.

"고것 아조 꼬시게 잘된 일이로구마."

단둘이 걷게 되었을 때 남용석이 불쑥 한 말이었다. 그 목소리에는 오랜만에 생기가 넘치고 있었다.

"머시가 잘돼야?"

방영근은 무슨 말인지 언뜻 종잡지 못했다.

"아, 이승만이가 돈 띠묵은 것 말이시."

"아니, 무신 소리여?"

방영근의 언성이 높아졌다.

"이승만이가 돈 띠묵고 망쪼 들었응게 인자 나가 살판나게 생겼단 말이시."

"머시여? 자다가 봉창 뚜딜긴가 시방?"

방영근은 의아해했다.

"어허, 생각히 보소. 그 잡년이 누구 믿고 그리 날친지 알어? 이승만이가 망혔응게 그년도 인자 나헌티 꼼지락달싹 못허게 생겼단 말이시. 알아묵겄능가?"

남용석의 목소리에는 더 생기가 넘치고 있었다.

남용석의 말이 영 엉뚱했지만 방영근은 그 말을 부정할 수가 없었다. 어쨌거나 선미라는 여자는 자기가 이승만 박사와 가깝다는 것을 언제나 과시하고 다녔던 것이다. 남용석은 자기가 경찰서에 갇히고는 했던 것이 이 박사가 선미 편을 들어서 그리된 것으로 믿는 것 같았다. 그리고 그가 오랜만에 생기를 되찾은 건 이제 더는 위자료를 안 주어도 된다고 생각하는 눈치였다. 그런 기분을 깨는 것도 차마 못할 일이었다.

사람들은 며칠이 지나도 분을 가라앉히지 못했다. 농장일도 마지못해서 하는 시늉만 할 뿐 모여앉으면 그저 이승만에 대한 욕이고 험담이었다. 농장마다 뒤숭숭하고 살벌한 분위기였다.

그런데 그들의 분풀이는 그렇게 끝나지 않았다.

"이젠 혈세고 독립자금이고 더는 낼 것 없어."

"그야 당연지사지. 어떤 개아들놈들 좋은 일 시키라고 또 돈을 내."

"두말하믄 잔소리 아이가. 사람이 한 분 속제 두 분 속나."

"인자 어떤 놈덜이고 또 돈 내라고 나스믄 그런 놈덜 아가리럴 쫙쫙 찢어부러야 혀."

마치 결의라도 한 것처럼 농장마다 이런 분위기가 조성되고 있었다. 그러나 분풀이는 또 그것으로 끝난 것이 아니었다.

"야 문덩아, 요런 때 술 안 묵으믄 언제 묵나 말다. 뻐뜩 가자, 뻐뜩."

"그려, 그려, 세금 안 내고 술 묵을 돈 생게서 좋구만. 잉, 얼렁 가드라고."

"맞었어. 더는 죽 쒀서 개 좋은 일 시키지 말고 우리 실속이나 채워야지."

사람들은 끼리끼리 술타령을 시작했다. 그 바람도 돌림병처럼 농장마다 번져나가고 있었다.

방영근도 그런 바람에 휩쓸려 날마다 술을 마시러 다녔다. 아무것도 생각하고 싶지 않았다. 술을 마시지 않고는 견딜 수가 없었다. 술에 취해 해변가에서 고래고래 소리를 질러댔다. 그러면 분이 다소 풀리는 것도 같았다. 그러나 다음날이면 분노와 허탈이 또 가슴 가득 차 있었다. 그래서 또 술을 마시러 갔다.

방영근은 그 광풍에서 빠져나오려고 하지 않았다. 아니, 오히려 그 바람에 휩쓸리기를 바라고 있었다. 그것만이 분풀이하고 앙갚음하는 길로 여겨졌다. 그러지 않고서는 가슴에서 들끓는 온갖 감정들을 다스릴 도리가 없었다. 여럿이 모여 술에 취하며 욕을 해대고 지난날의 고생을 이야기하고 고향을 그리워하고 하다 보면 서로 위안도 되고 분이 풀리기도 했던 것이다.

그러나 술타령도 그리 오래가지는 않았다. 돈들이 바닥나기 시작했고, 농장 지배인들이 일손 소홀해진 것을 눈치채고 나섰던 것이다.

방영근은 아무리 마음을 추스르고 다잡으려 해도 일손이 전처럼 놀려지지 않고 무겁기만 했다. 마음을 넓게 먹고 이승만이란 사람을 아무리 좋게 생각하려 해도 그 소행을 도무지 이해할 수가 없었다. 범과 사실 다섯 가지를 되짚어 생각해 보고 또 생각해 보았다. 그러나 어느 것 하나도 피치 못해서 그렇게 됐겠구나 싶은 것이 없었다. 그 범과들은 모두가 지난날 벌였던 말썽들과 연결되는 것이었다.

최고로 많이 배워 박사라는 사람이 어찌 그럴 수가 있는가? 아니, 독립운동을 한다는 사람이 어찌 그럴 수가 있는가? 독립운동이란 자기 목숨 바쳐 나라를 구하는 일 아닌가? 그 일이 어렵고 장해서 뼈빠지게 번 돈을 아낌없이 내놓지 않았던가? 우리같이 무식한 것들도 다 아는 그 일을 이승만이란 사람은 몰랐는가? 그 유식하고 유식한 사람이 몰랐을 리가 있는가? 그런데 왜 독립자금을 제멋대로 범포해 버린 것일까? 그게 도대체 어찌 된 맘보일까? 그 사람은 독립운동을 나라를 구하기 위해서 한 것이 아니고 자기 입신출세를 위해서 한 것인가? 어찌 그런 사람이 있을 수 있는가? 열길 물 속은 알아도 한 길 사람 속은 모른다는 말은 이를 두고 하는 말인가? 많이 배우고, 독립운동을 한다는 사람들 중에 이승만 같은 사람은 또 없을까? 개는 믿어도 사람은 못 믿을 짐승이라고 하던데 그게 정말 아닌가? 사람을 어디까지 믿어야 한단 말인가?

방영근은 꼬리에 꼬리를 무는 회의에 시달리고 있었다. 그 갈피를 잡을 수 없는 회의 속에 여러 가지 후회가 휘감기고 있었다. 가장 큰 후회가 애초에 눈 딱 감고 돈을 모아 고향으로 돌아가지 못한 것이었다. 나라가 망하게 되었거나 말았거나 모금을 딱 외면하고 돈을 모아 태평양 건너가는 배를 탄 사람들이 수백 명이었다. 그때 그들을 제 욕심밖에 못 차리는 인종 못된 것들로 취급했었다. 그런데 이제 와서 그 사람들이 똑똑했다는 생각이 들고 부러워지는 것이었다.

그 뒤늦은 후회는 여러 고비를 거치면서 자꾸 커졌던 것이다. 집에 두 번씩이나 편지를 했지만 아무 소식이 없자 그 후회가 번쩍 고개를 들었다. 그러나 애써 그런 마음을 다스렸다. 그렇지만 집안식구들의 걱정은 한시도 마음에서 떠나지 않았다. 좀더 진작 편지를 보내지 못했던 후회와 함께 나날이 커지는 근심은 병이 될 지경이었다. 그 근심이 커질수록 애국 성금을 내느라고 하와이를 떠나지 못했던 후회도 커져갔다. 그래서 생각해 낸 것이 만주로 건너가는 것이었다. 어차피 일본땅 되어버린 조선으로는 갈 수가 없었다. 하와이의 조선사람들은 조선의 조선사람들과는 달리 일본의 지배를 받지 않는 진짜 조선사람들이었다. 그러니까 일본여권을 가져야 하는 조선땅으로는 갈 수가 없었다. 그래서 일단 만주로 가서 압록강이나 두만강을 건너 고향을 찾아가기로 네댓 사람이 뜻을 모았다. 그러나 그 일도 가로막히고 말았다. 나라가 없으니 여권이 없어 딴 나라로 여행을 할 수 없다는 것이었다. 그 좌절 앞에서 그 후회는 더욱 커졌다. 아주 이름난 독립운동가들이 오가는 것은 특별한 경우라고 했다.

그러나 방영근은 그런 후회만 한 것은 아니었다. 마음 한편으로는 독립자금을 꼬박꼬박 냈다는 떳떳한 긍지감도 품고 있었다. 그런데 이승만 사건으로 그 긍지감마저도 산산조각이 나고 말았다. 자기들이 낸 독립자금이 상해임시정부에 전해져 무기를 사들이고, 그 무기로 만주의 독립군들은 왜놈들을 무찌르는 것이라고 철석같이 믿고 있었던 것이다.

방영근은 일요일날 아침 늦잠에서 깨어났다. 잠을 깨운 구상배가 마루 겸 침상에 걸터앉으며 담배에 불을 붙였다.

"나이 헛묵었네. 무신 늦잠이 그리 늘어지노?"

구상배가 빙긋이 웃었다.

"차암 성님도, 공일날 늦잠 자는 낙도 없음사 무신 재미로 살겠소. 나가 크리스찬이니 예배당얼 나가겠소, 처자석이 있으니 어디 놀이럴 가겠소."

방영근은 꾸무럭거리고 일어나 앉으며 입이 찢어져라고 하품을 해댔다. 생큐나 굿모닝 같은 말이 그렇듯 '크리스천'도 세월 따라 입에 붙은 말이었다. 전도사들이 농장을 찾아다니며 뻔질나게 쓰는 말이었고, 자꾸 늘어나는 예수교인들의 입에도 붙어 있는 말이었다.

"옳지러, 자네 말 한분 지대로 하느마는. 그러이 인자 여러 말 말고 처자석 보는 재미로 살으락카이."

구상배의 어조에 다잡듯이 힘이 들어가 있었다.

"아이고 성님, 또 그 이얘기 헐라고 왔소. 그럴람사 얼렁 가씨요, 가!"

방영근은 금방 상을 찌푸리며 고개를 마구 내저었다.

"보래, 요분 일 당허고도 생각이 안 달라졌다 그기가?"

구상배가 정색을 하고 방영근을 쳐다보았다. 전과 달리 그 눈길에 꾸짖음이 담겨 있었다.

"나가 장개드는 것허고 요분 일허고가 무신 상관이 있다고 그러시오?"

방영근은 여전히 퉁명스럽게 말했지만 구상배의 달라진 기색에 은근히 신경이 쓰였다.

"어데, 자네야 생각 짚은 사람잉께네 이바구 잠 해볼라나? 요분 일 당허고 어떤 생각이 들더노? 거 독립이고 해방이라카는 기 쉬울 것 겉드나, 그기 아니면 감감헐 것 겉드나? 그기 감감헌 일인 기라. 독립자금얼 지 피맨크로 무섭게 생각험서 알뜰살뜰 써도 독립이라카는 기 에로블 긴데 감투 쓴 인종이 그 꼬라지 해갖고야 어느 세월에 독립이 되겠노? 그라고 말다, 그 꼬라지 허능 기 어데 그 작자 한나뿐이겄나? 그러이 다 시루에 물 붓긴 기라. 보래, 우리가 여게 하와이땅에 온 지 멫 년이나 됐는지 아나? 20년 아이가, 20년! 그 누가 이리 허망허게 세월이 갈지 알었드나? 그리 긴 세월이 흘러도 독립이 안 될지 그 누가 알었나 말이다. 내년에넌, 내년에넌 허고 믿다가 이리 된 거 아이가. 그러이 보래, 만주로도 몬 가고, 독립도 감감허고, 여게서 발 묶여 또 20년 세월이먼 자네 우짤 끼고? 그 늙어 꼬부라진 나이에 우짤 끼고 말이다. 그러이 이자라도 뻐뜩 장개들어 늙은 삭신 의지헐 디 맨들어야 된다카이. 우예, 내 말이 틀리나?"

구상배는 양쪽 입꼬리에 침버캐가 끼도록 간곡하게 말했다.

방영근은 자신도 모르게 한숨을 푹 내쉬었다. 구상배의 말을 듣고 보니 새삼스럽게 참담해졌다. 정말 그리도 허망하게 20년 세월이 흘러갈 줄 몰랐었다. 앞으로 또 20년이 그렇게…… 설마 그러랴 싫었다. 그러나 자신 있게 구상배의 말을 꺾어버릴 수도 무시할 수도 없었다. 이번에 일을 당하고 보니 독립은 너무 멀고 감감하게만 느껴졌던 것이다.

"성님, 나가 시방 멫 살인지나 아시요?"

방영근은 담배를 빼들며 스산스럽게 웃었다. 그 눈가에 잔주름이 잡혔다.

"마흔 나이가 우쨌단 말고?"

"차암, 지대로 장개들었음사 손지새끼덜 볼 나이란 말이오."

"그래, 그거사 누가 모리나. 마흔에 손지새끼덜 보는 것만 알고 환갑에 자석 보는 것언 몰르능강?"

"아, 마흔에 장개드는 것허고 환갑에 자석 낳는 것허고 똑겉소? 마흔에 장개들어 깐 새끼럴 어느 세월에 키우겄소."

방영근은 짜증스럽게 담배연기를 내뿜었다.

"무신 소리 하노. 환갑에 시물 자석이면 됐제 우떻단 말고? 열대여섯보톰 기운 쓰고 일할 긴데 머시가 늦노. 여러 말 말고 내 말 들거라마."

"그러고 나도 용석이 꼴 안 나고 잡소."

"어허, 또 그 소리가. 그기야 시상 여자가 어데 다 그렇나. 한줄기에 여는 호박도 다 지각각이라 안카드나. 그 여자는 심성 좋고, 예절 알고, 몸 실허고, 나무랠 디가 없는 기라. 홈이라카먼 총각신랑에 과부라는 기 홈이제. 허나 자네도 말만 총각이제 이 여자 저 여자 다 본 엉터리 총각인께네 손해날 것도 서운할 것도 없는 거 아

이가. 내가 자네헌티 따구 시 대 맞기로 허고 사람이사 보장허꾸
마. 뜸 그만 딜이고 뻐떡 예식 올리자 고만."

구상배는 방영근의 무릎을 잡아흔들었다.

"알겠소, 생각혀 보겠소."

"또 말 피할라카나?"

"아니구만이라. 나도 요분 일 당허고 생각이 많애졌구만요."

"와 아이라. 우쨌그나 독립이 쉬 될 끼라고 믿어서넌 안 된대이.
그거 믿다가 또 20년 허송했다카믄 자네 노년이 고적허고 서러블
낀께로. 사흘 안으로 답해야 되능기라. 알겠나!"

구상배는 버럭 소리쳤다. 그 얼굴에는 저으기 만족스러운 웃음
기가 어려 있었다.

"와따, 귀청 떨어지겠소."

방영근은 맞받아 내질렀다. 그의 얼굴은 여전히 침울하기만 했다.

구상배가 돌아간 다음에도 방영근은 담배만 빨며 하염없이 앉
아 있었다. 이제 와서 장가를 들다니. 참 어이없는 일이었다. 고향
에 돌아가리라는 단 한 가지 생각으로 미루고 미루어온 결혼이었
다. 그런데 오늘은 다른 때와는 달리 구상배의 말을 강하게 무지
를 수가 없었다. 그건 독립이 언제 올지 전혀 알 수가 없기 때문이
었다. 그런데 구상배의 말마따나 20년 후에까지 나라를 되찾을 수
없게 된다면…… 너무 암담하고 끔찍스러운 일이었다. 정말 하와
이에서 환갑을 맞게 될 수도 있었다. 아니, 그전에 죽을 수도 있었
다. 여자들에 비해 남자들은 환갑을 못 보고 죽는 사람들이 훨씬

더 많았던 것이다.

방영근이 밥맛 없는 밥을 뜨고 있는데 밖에서 말방울소리가 울려왔다. 그리고 쉰 듯한 남자의 목소리가 컬컬하게 퍼지기 시작했다. 한 달에 두 차례쯤 일요일을 골라 찾아오는 김칠성의 행차였다. 방영근은 반사적으로 눈길을 밖으로 꼬났다. 김칠성의 기척만 들어도 곤두서는 고까움이었다.

결국 저놈이 실속 잘 차린 놈이로군.

순간적으로 스친 생각이었다. 방영근은 자신의 그 갑작스러운 생각에 놀라며 숟가락을 놓아버렸다. 자신의 심정을 알다가도 모를 일이었다. 약아빠진 김칠성에 대한 고까움이나 경멸은 변함이 없으면서도 어찌 그런 엉뚱한 생각이 떠올랐는지 모를 일이었다. 다 이승만 사건이 병통이었다.

아니, 저놈도 제가 잘나고 똑똑했다고 생각하는 건 아닐까!

뒤따라 떠오른 이 생각에 방영근은 그만 눈을 질끈 감았다. 그렇게 약삭빠르게 처신한 김칠성은 능히 그런 생각을 할 위인이었다.

어찌 된 일인지 김칠성은 누구나 내게 되어 있는 인구세조차 내지 않으려고 했다. 그러니 다른 성금이고 후원금을 낼 리가 없었다. 그가 왜 그렇게 마음이 변했는지 가까운 사람들은 의아스럽게 생각했다. 그는 남달리 돈을 선선하게 잘 쓰는 편은 아니었지만 남들이 하는 만큼 기부금을 내고는 했던 사람이었다. 남의 술 얻어먹으면 갚을 줄도 알았고, 어느 때는 먼저 기분을 내는 술인심도 지니고 있었던 것이다. 그런데 그는 사람들의 눈치를 받으면서도 무슨 까닭인지 일체 입을 열지 않았다.

그는 세금이나 후원금을 안 내는 것만이 아니었다. 술도 전혀 마시지 않았고, 여자집에도 드나들지 않았다. 그렇게 되니 함께 어울렸던 방영근과 남용석하고도 자꾸 사이가 멀어지게 되었다.

"저 사람 왜 저리 변했지?"

"돈에 환장헌 거 아이가."

"사람 맴이 변허먼 죽는다든디."

"와 아이라. 날이 날마동 땀 빼고 심진 일 허고 사는 사람이 술 한잔 안 묵고 저리 해서 어디 지명대로 살아지겠나."

사람들의 이런 뒷말은 기우일 뿐이었다. 꼬박 1년을 그렇게 버텨낸 김칠성은 어느 날 농장을 떠나갔다. 그리고 보름쯤 지나 다시 나타난 그는 비루먹은 말을 앞세우고 있었다. 말잔등에는 이런저런 물건들이 실려 있었고, 그는 눈에 익은 행상으로 변해 있었다.

"되지도 않을 독립 바라고 언제까지 파인애플 가시에 찔려가며 살겠소."

사람들에게 에워싸인 김칠성이가 마침내 한 말이었다.

사람들은 그저 멍하니 그를 바라보았고, 그는 아주 당당한 모습이었다.

"인자 봉게 자네 영판 잘난 사람이시 잉."

방영근이 혀를 차고 돌아섰다.

"그기 잘된 일인지 잘못된 일인지 잘 모리겠네."

구상배가 고개를 저으며 돌아섰다.

사람들은 김칠성이가 더는 얼굴을 내밀지 못하리라고 생각했다. 그러나 그것도 헛짚은 생각이었다.

"내 물건은 1쎈트라도 더 싸고, 외상도 드리겠소. 기왕이면 같은 조선사람 물건 팔아줘야지 양키나 뙤놈들 물건 팔아줘서 좋을 게 뭐 있소."

김칠성이가 물건들을 내밀며 비위 좋게 늘어놓은 말이었다. 사람들은 그 말에 더 면박을 주지 못했다.

김칠성이는 2년 동안에 큰돈을 벌었다는 소문이었다. 그럴듯한 그의 말이 다른 농장의 조선사람들에게도 안 먹힐 리 없었던 것이다.

"머라꼬예? 와 이리 늦는고 했더마넌 또 아덜 봤능교? 김씨넌 복이 칠칠이 늘어졌구마는."

어떤 여자의 목청 높은 수선이었다.

"본시 안 그렇나. 되는 사람언 엎어져도 금뎅이에 코 깬다 안 카드나."

다른 여자의 맞장구였다.

"맞다, 김씨맨치 팔자 존 사람이 시상에 어디 또 있겠노. 돈 잘 벌고, 봤다카믄 아덜이고."

또다른 여자의 풀무질이었다.

"누가 아이라. 일찌감치 실속 채린 김씨가 질인 기라. 혈세고 후원금이고 꼬박꼬박 바친 우리 남정네덜 꼬라지가 머꼬."

"닭 쫓든 개 꼬라지제 머꼬. 다 눈치코치 없는 멍텅구리덜잉기라."

"보소, 김씨년 우예 그리 실속 채릴 눈치가 빨랐능교?"

"허허허허…… 그야 다 아는 법이 있지요. 그때야 다들 날 욕하고 흉보고 했지만 이젠 누가 옳았는지 알 거요. 허허허허……."

방영근은 벌떡 일어나며 담배꽁초를 내팽개쳤다. 그리고 문을 박차고 나가며 소리질렀다.

"요런 뻔뻔시런 놈아, 대골통 깨지기 전에 당장 나가! 나가!"

여자들이 질겁을 하며 흩어지기 시작했다. 눈을 부릅뜬 방영근은 무서운 기세로 김칠성을 향해 내닫고 있었다.

"이랴, 이랴!"

놀란 김칠성은 말고삐를 잡아채며 내뛰기 시작했다. 김칠성은 그저 방영근에게 잡혀서는 안 된다는 생각뿐이었다. 방영근의 불뚝성질은 무서웠다. 평소에는 입 무겁고 참을성 많고 순했지만 일단 화를 냈다 하면 황소기운을 쓰며 물불을 가리지 않았던 것이다. 초창기 강제노동을 당할 때 루나가 휘두르는 채찍을 감아잡고 덤빈 유일한 사람이 방영근이었다.

"개좆만도 못헌 놈……. 이놈아, 시상이 열두 번 뒤집어져도 혈세 낸 일언 옳은 일인 것이여."

비루먹은 말을 끌어대며 허둥지둥 멀어지고 있는 김칠성을 바라보며 방영근은 감정을 억누른 질긴 음성으로 중얼거리고 있었다. 방영근은 김칠성을 못 따라가서 발길을 멈춘 것이 아니었다. 남용석과 셋이서 나누었던 지난날의 정이 앞을 가로막았던 것이다.

사람들은 땡볕 속에서 나날이 노동에 시달리면서 그 사건에 대해 성토하고 욕하기도 지쳐가고 있었다. 그들은 실망과 허탈의 상처를 안은 채 살아가기 위한 노동에 열중할 수밖에 없었다. 그 사건으로 일어났던 폭풍이 차츰 가라앉아 가고 있었다.

그런데 그 사건으로 부풀어올랐던 남용석의 기대는 헛꿈이 되고 말았다. 남용석은 어느 날 또 경찰서로 붙들려 들어갔다. 정해진 날짜에 위자료를 부치지 않아 또 선미에게 고발을 당한 것이었다.

"요런 개잡년 보소, 즈그 웃대가리가 동포덜헌티 진 죄가 얼맨디 이년이 안직도 정얼 못 다시고 나대는 것 보소. 요런 가쟁이럴 찢어죽일 년, 나가 요분에넌 니년얼 기연시 죽이고 말 거이다. 아이고메, 사람 미치겄능거!"

남용석은 다른 때와는 달리 몸부림치고 소리치며 잡혀갔다.

"참 독하기도 독한 년이다. 언제까지 저리 피를 빨 작정인고."

"그년 독헌 기야 사나 열 잡아묵을 기지만도, 미국법이 애당초 틀려묵었능기라. 와 못된 지집덜만 역성드노 말이다. 사나덜만 못 살 시상인 기라."

"긍게로 조선땅이 질 아니드라고."

사람들이 언짢아하고 혀를 찼다.

그런 말들을 들으며 방영근은 자신이 구상배의 우격다짐을 끝내 이겨내지 못한 것이 잘못된 것이 아닐까 생각하고 있었다.

남용석은 또 위자료를 경찰서에 내놓고 이틀 만에 풀려났다.

"요런 빌어묵을 놈에 일이 이승만이가 권세 떨어진 것허고넌 아무 상관이 없덜 안혀?"

풀이 죽어 경찰서를 나선 남용석이 뭉텅이진 한숨을 토해냈다.

"그야 자네가 잘못 생각헌 것이제."

방영근의 냉정한 듯한 대꾸였다.

"아이고메, 나이넌 묵어가고 나 이리넌 더는 못살겄네."

"다 팔자시."

"아니여, 그년이 나 철천지웬순디, 그년 죽이고 나 죽을 참이시."

"사람 못나기년."

"고런 개잡년 믹에살리니라고 늙어감서 고상고상허는 것보담이
야 낫제."

남용석은 연거푸 이틀 동안이나 일을 나가지 않고 술에 취해 다
녔다. 방영근이가 소리치고 구상배가 달래고 했지만 아무 소용이
없었다. 그는 이승만 사건으로 자기 문제도 풀리리라고 너무 큰 기
대를 건 것이 분명했다.

사흘째 되는 날 아침에 농장이 발칵 뒤집혔다. 무장경찰들이 차
를 타고 들이닥쳐 집집마다 뒤지기 시작했던 것이다. 그때서야 사
람들은 경찰에서 찾는 것이 남용석이라는 것을 알았다. 그리고 남
용석이가 간밤에 집을 비웠다는 것도 알게 되었다.

파인애플밭까지 다 뒤지고도 헛걸음을 한 경찰이 남기고 간 소
식은 너무 뜻밖의 사건이었다. 간밤에 선미가 살해되었다는 것이
었다.

요런 미친놈아, 요런 미친놈아…….

방영근은 주먹을 부르쥐며 부들부들 떨었다. 그게 그저 홧김에

하는 소리인 줄 알았지 정말 그러리라고는 전혀 생각하지 않았던 것이다.

경찰차는 수시로 농장에 들이닥쳤다. 그러나 남용석은 이틀 동안 그림자도 얼씬거리지 않았다. 방영근은 그 누구에게도 말을 못한 채 밤잠을 자지 못했다. 남용석이 살아 있을 것 같지가 않았다. 선미를 죽이고 자기도 죽겠다는 말 때문만이 아니었다. 하와이는 남용석이가 어디로 도망갈 수도 없는 섬이었고, 숨어살 만한 데도 마땅찮은 곳이었다.

사흘째 되는 날 경찰서에서 연락이 왔다. 남용석의 시체를 와이키키 해변끝의 벼랑 아래서 찾아냈다는 것이었다. 그곳이 바로 조선 쪽이었다.

22

꺾이지 않는 꽃

등잔불이 가물거리고 있었다. 등잔불빛은 밝지도 못하면서 한쪽 벽에 사람의 그림자를 크고 진하게 찍어놓고 있었다. 그림자는 거의 움직임이 없었다. 밤의 정적이 깊었다. 저 멀리서 소쩍새 울음소리가 끊길 듯 끊길 듯 이어지고 있었다. 그 쉰 듯하고 떨리듯 하는 소리는 멀고 감감해서 더 애달프고 서럽게 사무치고 있었다. 조선에서는 4월이면 시작될 소쩍새 울음이 철이 늦은 만주에서는 6월에야 시작되고 있었다.

송수익은 또 문장 하나를 써놓고 한정 없이 앉아 있었다. 한 문장을 써놓고 처음부터 다시 읽어보고, 또 한 문장을 써놓고 처음부터 다시 읽어보고는 했다. 될 수 있는 대로 짧게 써야 하는데 너무 오랜만에 필을 드니 할 말은 많고, 짧은 편지에 마음을 다 담자니 글 엮기가 더디었다.

중원이 모친 전

무심히 흐른 세월이 십오개 성상이오. 세월은 무심하였으나 인간사는 유심하였으니 그간에 심고신고(心苦身苦)가 얼마나 많으시었소. 대의를 지킨다 하여 그간에 지아비 노릇은 전무하였으니 그 죄가 바다를 덮고 하늘에 이름을 너무 잘 알고 있소. 당신과 권속들은 무사평안한지요. 이 몸은 당신의 염려지덕으로 무사무병하게 지내고 있소.

그간에 무소식이 희소식이라 믿고 일절 편지 쓰는 것을 삼가며 더러 인편에다 소식 전하다가 이렇게 필을 들게 된 것은 못 잊을 연고가 가슴에 맺힌 까닭이오. 당신이 더 잘 기억하리라 믿소만 우리가 더불어 부부지연을 맺은 것이 금년으로 꼭 30년이오. 화평한 세상이었으면 얼마나 큰 잔치를 벌였겠소. 허나 그냥 넘기기 애달파 조그만 정표로 여기 만주산 호박반지를 인편에 보내면서 몇 자 적는 것이라오.

부부지연 30년 세월을 헤아려보니 그 절반 15년을 만 리로 헤어져 살았구려. 그 세월 동안 당신 그리움으로 흉중에 쌓인 말을 어찌 다 하리요. 둥근 달을 당신인 듯 바라본 것이 그 얼마이며, 남쪽으로 날아가는 기러기떼에게 항정을 실어보내기 또 얼마이리요.

송수익은 이 대목에서 글이 막혀 처음부터 몇 번이고 또 읽었다. 막상 글을 시작하고 보니 오랜 세월 동안 억누르고 억눌러왔던 아내에 대한 그리움이 봇물로 터져흐르고, 온갖 고생이고 괴로움을 혼자 겪고 이겨냈을 가엾음이 가슴 미어지게 했던 것이다. 이러길래 마음을 풀어놓아서는 안 되는 것이었다. 그만 편지를 마감해야 된다고 생각하며 송수익은 감정의 고삐를 조였다.

  중원이하고 가원이가 효를 알되 하늘에 부끄러움이 없는 장부로 살아가기를 바라고 있소. 헤아려보니 중원이가 대학을 졸업했을 터인데, 이 아비의 뜻을 전해주시오. 회신하려고 하지 마시오. 당신의 무강과 집안이 두루 평안하기를 빌겠소. 이만 총총.

  송수익은 처음부터 다시 편지를 읽어보았다. 편지의 행간마다 아내의 이 모습 저 모습 들이 어리고 있었다. 호박반지는 금·은·옥 같은 것들보다 훨씬 헐값이었다. 마음 같아서는 청옥 쌍가락지를 해주고 싶었다. 그러나 돈이 없었다. 호박을 몸에 지니면 온갖 잡귀를 막아주고, 잔병 없이 건강을 지켜주고, 장수하게 된다는 것이었다. 송수익은 호박반지에다 자신의 그런 마음까지 곱절로 담았던 것이다.

  송수익은 다음날 일찍 지삼출과 함께 길을 잡았다. 대종교 시교당 회의가 있었다.

  "공허 시님이 늙어간게 근가 어쩐가 발질이 영 뜸허구만이라 잉."

  지삼출은 논둑에 싱싱하게 돋아오른 쑥을 뜯어 냄새를 맡으며 말했다.

  "그 나이가 늙기는……, 아마 그쪽에서 할 일이 많을 거요. 소작

쟁의 일으키도록 농민회들 조직하랴, 형평사 사람들하고 관계하랴,
몸을 몇 개로 쪼개쓰고 있을 것이오."

송수익의 말이 나직했다.

"허기넌 공허 시님 나이가 질로 젊제라. 나가 그 나이만 되았어
도……."

지삼출은 머리에 손가락빗질을 하며 말끝을 흐렸다.

송수익은 무심결에 지삼출을 쳐다보았다. 지삼출의 머리가 더
많이 희끗희끗해진 것 같았다. 지삼출과 공허와 자신의 나이를 생
각해 보았다. 지삼출이 자신보다 세 살이 더 많아 마흔여덟이었고,
공허가 서른아홉인가 그랬다. 지삼출도 자신도 어찌할 수 없는 중
늙은이가 되어 있었다.

아, 벌써…… 그간에 해놓은 일이 무엇인가…….

송수익은 불현듯 밀려드는 허탈감에 싸였다. 그리고 이 나이에
무엇을 더 할 수 있단 말인가! 하는 실의가 겹쳐왔다. 그런 감정은
갑작스러운 것이 아니었다. 마흔을 넘기면서부터 마음 한구석에
도사리기 시작했고, 평소에는 애써 피하려고 했던 감정들이었다.

아니야, 이상룡 선생 같은 육십객도 건재하는데, 그런 분에 비하
면 나는 청년 아닌가!

송수익은 정의부 중핵인 이상룡 선생을 떠올리며 그런 퇴영적
감정을 묵살했다. 그러나 자꾸 나이들어가는 안타까움은 비감하
지 않을 수가 없었다. 그동안 줄기차게 싸워온 효과도 없이 일본세
력이 자꾸만 커져 만주까지 위협해 대고 있는 것을 생각하면 그

비감은 더 쓰라리고 아팠다.

"저어…… 만복이는 어찌하고 있소?"

송수익은 길을 가로지른 물줄기를 건너뛰며 물었다. 그 물줄기는 쟁기질 끝난 논으로 이어져 있었다.

"아, 그놈으 새끼가 누구 탁해서 그런지 겁도 많고 기운도 못 쓰고, 사람 노릇 허기넌 영 글러묵었구만이라우. 고런 빙신 팔푼이 겉은 새끼가 여자도 쏘는 총얼 무서와라 벌벌 떨고, 그 쉬운 훈련도 못 이기고 비실비실허니, 고것이 애비 우세시키고 낯짝에 똥칠 허자고 태인 빙신이제 어디 사내새끼랑가요. 고런 못난 쫌팽이새끼년 꽉 엎어 자근자근 볿아부러야 허는디."

지삼출은 굵은 목덜미가 벌겋게 부풀고 이마에 핏줄이 솟도록 화를 내며 카악 가래를 돋우어 내뱉었다.

"아니오, 그리 외골수로만 생각할 일이 아니오. 만복이가 공부는 잘하잖소."

송수익은 지삼출의 절망스러운 심정을 충분히 이해했다. 이제 만복이의 일에 자신이 나서야 할 때라고 생각했다.

"참, 조선놈이 만주서 총질 잘허고 기운 잘 써야제 질이제 책이나 파고들어서 고것얼 어디다 써묵겄능게라. 지놈이 과거급제 베슬 헐 것도 아니고."

지삼출이 콧방귀를 뀌며 담배쌈지를 꺼냈다.

"그렇지가 않소. 사람은 다 제각각 할 일이 따로 있는 것이오. 우선 만복이가 꼭 독립군이 되길 바라는 지 동지 생각을 바꾸도록 하시오."

"글먼 멀허고 살게라? 그놈언 기운도 못 써서 농새 지묵기도 틀렸당게라. 지가 아딜농새넌 찰팍 엎어부렀구만요."

지삼출은 곰방대를 입꼬리에 물며 한숨을 토해냈다.

"보시오 지 동지, 어디 독립운동을 독립군만 하는 것이오? 이 만주땅에 조선농부들이 없고서야 독립군들이 어찌 있을 수 있소. 농부들이 피땀 흘려 뒷바라지하니까 독립군들이 앞으로 나서서 싸울 수 있는 것 아니오. 그러니 내가 늘상 하는 말이지만, 농부들도 독립운동을 하는 거란 말이오. 다만 앞으로 나선 것하고 뒤에 있는 것하고 차이가 있을 뿐이오. 또, 독립운동이 어디 한두 가지요? 왜 신흥무관학교 출신들이 소학교 선생을 하겠소? 우리 대종교 활동은 또 뭐요? 친일모리배들을 빼놓고는 만주에 사는 우리 동포들은 모두가 독립운동을 하고 있는 것이오. 그러니 만복이도 제 능력에 맞춰 일을 고르면 될 것 아니겠소. 공부에 더 열중하게 해서 소학교 선생을 시켜도 좋고, 대종교 일을 보게 해도 좋지 않겠소?"

송수익은 잔잔하게 웃으며 지삼출을 그윽하게 바라보았다.

"야아…… 그렇기넌 허구만요……." 지삼출은 반가운 기색이 도는 얼굴로 멋쩍은 듯 웃고는, "지기랄, 방대근이럴 반언 못 따라가도 반에반만 따라가도 그 꼬라지넌 아닐 거구만이라. 천수동이 아덜 상길이넌 떡 허니 독립군이 되았는디 그놈으 새끼가 그리 빙신질이니 애비 체면에 먹칠 똥칠 다 해부렀구만요." 그는 아무래도 아쉬운 듯 빠르고 세차게 혀를 차댔다.

"그런 생각 마시오. 만복이가 더 큰 공을 세울 수도 있는 일이니까."

송수익은 이렇게 말하면서도 지삼출의 복잡한 심정을 충분히 이해하고 있었다. 자신이 거느렸던 천수동의 아들은 당당하게 독립군으로 활동하고 있는데 정작 자기의 아들은 그렇지 못하니 지삼출의 심정이 어떠할 것인가.

"지 속에서 어찌 고런 새끼가 불거져 나왔는지 원……."

지삼출은 곰방대를 뻑뻑 빨아댔다.

"지 동지, 그게 꼭 그렇지만은 않을 거요. 사람이 뱃속에서 타고 나는 것도 중하지만 자라면서 겪고 당하는 일들이 더 중할 수도 있소. 만복이가 예닐곱 살 때던가…… 크게 경기를 앓은 적이 있지 않소?"

"야아, 마적떼가 들이닥쳤을 적에 총질에 놀래 그리됐제라. 근디 어칙게 선상님이 그런 일꺼정……."

지삼출은 눈이 휘둥그레졌다.

"그때 심히 앓아 몸이 허약해지고, 그 탈로 설사병까지 앓지 않았소. 애 잃는 것이 아닌가 걱정들을 많이 했는데, 그 피골이 상접했던 모습이 지금도 눈에 선하오. 만복이가 그때 몸도 마음도 상해 기운도 약하고 겁도 많고 그럴 것이오. 그러니 너무 애 타박만 말고, 지 동지 입장만 생각하지도 말란 말이오."

"아이고메 대장님……."

지삼출은 자신도 모르게 '대장님'이란 말을 쏟아놓았다. 그 오래된 일을 생생하게 기억해 주는 고마움에 가슴이 벅차올랐고, 못난 자식을 업신여기지 않고 감싸주는 것이 너무 감격스러워 목이 메고 있었다. 그때 아들을 무사하게만 해달라고 빌며 남모르게 울었던 것도 여러 번이었다. 철이 들어 운 것은 그때가 처음이고 마지막이었다.

지삼출은 송수익의 말을 듣고서야 깨달았다. 만복이는 정말 그때 몸도 마음도 상하게 된 것 같았다. 잘 자라나던 나락이고 남새도 심한 가뭄을 타고 나면 끝내 제구실을 못했던 것이다. 그러고 보면 아내의 푸넘이 괜한 수다만은 아니었던 것이다. 아내는 죽을 고비를 넘긴 만복이에게 보약 한 첩 먹이지 못한 것을 두고두고 안쓰러워했던 것이다. 그놈이 그나마 공부마저 보잘것이 없었더라면 어쨌을까 싶었다. 지삼출은 송수익이 말한 대로 아들의 앞길을 바꾸기로 작정했다.

마차역에 다다른 송수익과 지삼출은 무송으로 가는 마차를 탔다. 무송은 통화나 유하에 비해 지형지세가 험해 아직은 안전한 편이었다. 그러나 그곳이라고 해서 안심할 수가 없어 지삼출이 동행하고 있었다. 통화나 유하 같은 도회지들은 진작에 위험지대로 변해 있었다. 중국관헌들이 일본의 돈맛에 매수되면서 급속히 일어난 변화였다. 그건 중국관헌들이 조선 독립운동가들을 노리기 때문만이 아니었다. 일본에서는 중국관헌들을 매수하는 것과 동시에 도회지마다 밀정들을 대량으로 투입했던 것이다. 그리고 그 밀정들은 다시 현지인들을 상대로 앞잡이와 끄나풀 조직을 확대시켜 나갔다. 밀정들이 노리는 현지인이란 물론 가난한 조선사람들이었다.

도회지에서 행상을 하거나 날품팔이를 하는 가난한 조선사람들에게 밀정들이 은밀하게 내미는 돈은 더없이 좋은 낚싯밥일 수밖에 없다. 밀정들은 그런 보이지 않는 조직을 짜놓고 독립운동가들의 공격에 나서기 시작했다. 그건 그전의 소극적인 탐지활동과는 정반대의 양상이었다. 일본세력은 그런 식으로 거미줄을 치며 만주를 장악해 들어오고 있었다.

무송의 회의장 둘레에는 젊은 무장독립군들이 경계를 펴고 있었다. 각 시교당의 시교사들은 단순히 대종교인만은 아니었던 것이다. 대종교단이 또 하나의 독립운동 단체이듯 그들도 어느 독립운동 단체에든 속해 있는 간부급 독립운동가들이었다.

회의의 주제는 답보상태에 빠진 교세 확장에 대한 대책이었다.

"……우리 대종교는 앞서 제시한 바대로 창종 이후 가장 지난한 국면에 처해 있습니다. 만주 포교 이후 날로 번창해 왔던 우리의 교세가 이삼 년 동안 전혀 확장되지 않고 답보상태에 빠져 있다는 것은 우려하지 않을 수 없는 사태입니다. 이는 우리 대종교 자체의 위축을 두려워함이 아니올시다. 우리 대종교의 목표는 상실된 국권을 회복하여 강건한 한배님의 배달의 나라를 세우는 것인즉, 대종교의 교세가 확장되지 않는 것은 바로 독립군의 세력이 신장되지 않는 것을 뜻하므로 우리는 우려를 금치 않을 수 없는 것입니다. 그런데 모든 시교사님들이 포교활동을 등한히 하지 않음에도 불구하고 교세 확장이 안 되는 것은 우리가 이미 파악하고 있다시피 러시아에서 불어닥치는 신풍 때문입니다. 그 공산주의라는 새 바람에 청년층들이 휩쓸리면서 우리 대종교에 입교하지 않을 뿐만 아니라 기존의 대종교인이었던 젊은이들마저 탈교하는 현상까지 야기되고 있는 것입니다. 이는 좌시할 수 없는 중대 사태인 바 그 대책을 숙의하고 강구하기 위해서 본 회의를 소집하게 된 것이올시다. 또한, 최근에 발생한 중대 사태를 이에 첨가하고자 합니다. 그건 다름이 아니라 얼마 전 6월 11일에 봉천성 경찰청장과 조선총독부 경무국장 사이에 아주 고약한 협정이 체결되었다는 사실입니다. 그 협정은 총독부 경무국장 삼시궁송의 성을 따서 삼시협정이라고 했는데, 그건 재만 불령선인들의 취체(단속)를 강화함에 있어서 상호 간에 긴밀히 협조한다는 내용입니다. 왜놈들이 지칭하는 불령선인이란 누구를 두고 하는 말입니까. 바로 우리들과 우리의 동지들을 통칭하는 것입니다. 그 협정으로 우리의 독립항쟁은 더욱 어려운 상황에 봉착하게 되었습니다. 이렇게 난제가 중첩된 전도를 어떻게 타개해 나갈 것인지 고견들을 기탄없이 발의하여 주시기 바라 마지않습니다.”

한법린이 시종 심각하고 침통한 얼굴로 연설을 마쳤다.

송수익은 한법린의 조리정연한 연설을 들으며 자신이 지적당하는 것 같은 죄의식을 느끼고 있었다. 자신은 벌써 오래전부터 시교사의 직무를 유기해 온 것이나 다름없었던 것이다. 마음 한쪽에 무정부주의가 담기면서부터 의식의 난무가 시작되었고, 그 갈피를 정리하지 못한 채 오늘에 이르러 있었다.

“공산주의 풍조는 재고의 여지 없이 무조건 차단시켜야 합니다.”

"글쎄요, 무조건 차단시켜야 한다고 말씀하셨는데, 그게 그리 담을 치듯 용이한 일일까요? 그보다 먼저 청년들이 어째서 공산주의에 경도되고 있는지 그 원인부터 규명해야 되지 않겠습니까?"

"예, 제가 무조건 차단을 먼저 주장하는 것은 공산주의는 그 어떤 종교도 인정하지 않기 때문입니다."

"예, 그 말씀 맞습니다. 공산주의는 우리 대종교의 적인 셈입니다."

"예, 그 점 인정합니다. 그러나 무조건 차단한다고 해서 청년들이 대종교인이 되느냐 그겁니다. 또, 우리가 무조건 차단하고 나선다고 공산주의 풍조가 막아지는 것도 아닙니다. 풍조라는 말뜻이 무엇입니까. 바람 풍에 밀물 조 자 아닙니까. 바람과 밀물을 그 어느 장사가 막겠습니까. 그러니까 먼저 청년들이 공산주의에 경도되는 원인을 규명해 낸 다음 우리도 그에 상응하는 묘책을 내놓아야 하지 않느냐 그겁니다."

"그 말씀이 지당한 것 같습니다. 헌데 청년들이 공산주의에 쏠리는 연고가 대체 무엇인가요?"

"그야 신풍조라니까 젊은것들이 그저 놀아나는 거지요."

"아닙니다. 청년들을 그리 경박하게 속단할 것이 아닙니다. 제가 대강 알기로는 공산주의가 내건 두 가지 큰 주장이 있습니다. 첫째가 가난한 노동자와 농민들을 부자나 지주들의 속박에서 해방시킨다는 것이고, 둘째가 열강들로부터 지배당하고 있는 세계 약소민족들의 독립을 적극 지원한다는 것입니다. 그건 우리 동포 청년들에게 귀가 번쩍 뜨이는 양수겸장이 아닐 수가 없지 않습니까. 나라도 찾고 가난도 면하게 된다는데 그쪽으로 쏠리게 되는 건 당연지사가 아닐까 합니다."

"예, 일리가 있는 말씀입니다. 그럼 우리 대종교에서 부재한 게 가난에서 구제한다는 것이로군요. 그 점을 교리에 추가하면 문제가 해결되지 않겠습니까?"

"예에? 부자나 지주들을 원수로 삼아 쳐없애자구요?"

"아니, 그건 큰일날 소립니다. 그리되면 밥술 좀 뜨는 사람들은 다 탈교에 배교를 하고 말 것입니다."

"그건 너무 조급한 의견이시고, 이런 방책은 어떻겠습니까? 공산주의가 약소민족의 독립을 지원한다니까 그 대목에서 상호협조를 강구하는 것 말입니다."

"그것이야 동상이몽 아닙니까. 모든 종교를 부인하는 공산주의하고 무슨 협조가 된다는 겁니까."

"아니, 그리 속단할 게 아니지요. 러시아 공산주의자들하고는 협조가 안 될지 모르지만 같은 동포끼리 나라를 찾자는 공동목표를 두고 협조가 안 될 것도 없는 일이지요."

"글쎄요, 그건 내 소견으로도 몽상 같습니다. 대종교도가 대종교를 부인하는 부류들과 협조를 한다는 건 우리 자신이 대종교를 부인하는 배교행위가 아니고 무엇입니까."

"아니, 그건 너무 극단적인 생각이라고 사료됩니다. 우리의 궁극적 목표인 독립을 달성시키기 위해 협조를 시도해 볼 수도 있다는 것이지 배교하자는 건 아니지 않습니까."

"예, 목표 달성도 중요하지만 그보다 더 중시해야 하는 건 근본이 지요. 근본이 서로 다른데 어느 한 부분이 같다 하여 근본을 훼손할 수야 없는 일이지요."

난상토의라 많은 의견들이 오갔다.

송수익은 그저 듣고만 있었다. 의견은 이미 두 가지로 대립되어 있었다. 공산주의자들과 협조를 모색할 것인가, 안 할 것인가. 그것은 쉽사리 결론이 날 문제가 아닐 것 같았다.

회의는 다음날까지 계속되었다. 그러나 마땅한 대응책은 나오지 않았다. 두 가지 의견이 팽팽하게 맞선 상태에서 소모적인 입씨름만 되풀이되었던 것이다. 결국 회의는 교세 확장의 답보상태에 대한 문제점만을 공식화했을 뿐 그 대비책은 북만주지역과의 협의를 종합하기로 하고 뒤로 미루었다.

송수익은 독립운동이 또다시 어려운 고비를 맞고 있다는 것을 실감하게 되었다. 그건 부정적으로 보자면 독립운동 세력의 새로운 분산이었고, 긍정적으로 보자면 독립운동 세력의 새로운 대두였다. 그런데 대종교가 종교인 한 공산주의 세력과 갈등을 일으키게 되는 것은 필연이 아닐까 싶었다. 물과 기름같이 서로 섞일 수 없는 본질적 숙명. 그건 복벽주의와 공화주의의 필연적 대립과 똑같은 성질의 것이었다.

복벽주의와 공화주의가 끝내 합일체를 이룰 수 없었던 것은 너무 당연한 귀결이었다. 그걸 독립운동 전선의 분열이라거나 독립운동 세력의 파쟁이라고 하는 것은 몰상식한 공론(空論)에 지나지 않았다. 하나뿐인 목숨들을 내걸고 나라를 되찾자는 것은 나라를 탈취한 자들만 원수로 삼는 것이 아니었다. 나라를 빼앗긴 자들의 잘못까지도 단죄하자는 뜻이 내포되어 있었다. 그러므로 목숨 바쳐 되찾은 새 나라의 국체는 마땅히 백성들이 주인이 되는 공화주의가 아니고서는 안 되었다. 그런데 복벽주의자들은 또 나라 빼앗긴 죄인들의 나라를 만들자는 것이었다. 그것은 용납되어서는 안 되는 망동이었다. 상해임시정부가 탄생된 절대적 의미는 국체를 공화주의로 세운 것이었다.

만주까지 온 임병서를 단호하게 결별했던 것도 그가 한사코 복벽주의를 고집한 때문이었다. 그를 전덕원의 세력권으로 안내해 주면서도 아쉬움 같은 것은 전혀 없었다. 그와 헤어진 것도 10년 세월인데 어디서 무엇을 하고 있는지 알 수가 없었다.

"송 선생께서는 전혀 의견개진을 하지 않으시던데, 어인 일이신지요……."

단둘이 마주하게 된 한법린이 송수익을 깊은 눈길로 바라보았다.

"예, 그 문제가 그러니까 복벽주의와 공화주의의 대립 같은 성질인 탓에……."

송수익은 가슴이 섬뜩해지면서도 이렇게 말막음을 했다.

"예, 대안이 없다고 파악하셨군요. 젊은이들이 좀 진중해야 할 터인데……."

한법린이 억누른 한숨을 쉬었다.

"저어, 제 소견으로는 청년들이 급속하게 공산주의에 경도되는

데는 또다른 이유가 하나 더 있지 않나 싶습니다."

한법린이 그게 무엇이냐고 눈으로 묻고 있었다.

"예, 제가 청년들을 접해본 바로는 그들은 우리의 독립을 단순히 우리 민족만의 문제로 생각하지 않는 것 같았습니다. 그러니까 공산주의가 제창하는 국제동맹의 힘으로 일본 제국주의를 타도해야 된다고 생각하는 거지요. 다시 말하면 공산주의 대열에 서면 힘이 큰 나라인 소련과 중국 사람들을 투쟁의 동지로 확보하게 된다는 것입니다. 헌데, 청년들이 그런 생각을 갖게 된 것은 꼭 공산주의의 선전 때문은 아닌 것 같습니다. 그보다 먼저 청년들이 느낀 문제가 있습니다. 우리가 그동안 투쟁해 온 결과입니다. 우리는 그동안 수많은 희생을 치르며 줄기차게 싸워왔지만 왜놈들은 오히려 힘이 더 커져 만주까지 위협하고 있지 않습니까. 결국 청년들은 우리 동포들의 힘만으로는 한계가 있다는 것을 깨달은 것입니다."

"그게 그러니까…… 예에, 그럴 수도 있겠구먼요, 그럴 수도 있겠어요……."

한법린은 고개를 주억거리며 혼잣말을 하고 있었다. 그의 얼굴은 침통하게 흐려지고 있었다.

"허나 아직 초보단계니까 어떤 묘안을 찾을 여유는 있습니다. 우리 대종교는 여타 종교와는 다른 호소력과 결집력이 있지 않습니까."

"예, 세상이 변하고 있습니다. 우리도 새 길을 열도록 고심해야 되겠지요." 한법린은 그 생각에서 벗어나듯 앉음새를 고치고는, "송 선생의 머리에도 낙엽이 지는군요." 그는 부드럽게 웃음지으며 담배를 권했다.

"예, 성취해 놓은 일 없이 세월만 무상합니다."

송수익은 허허롭게 웃었다.

"그렇지요, 어찌 보면 무상하고 어찌 보면 유상하고 한 게 만주 세월이지요. 무정한 세월 속에 느느니 나이고……."

한법린의 얼굴에 쓸쓸함이 스쳐갔다.

"저어, 혹시 강 건너갈 발길이 있는지요?"

송수익은 낮고 조심스럽게 물었다.

"예, 수시로 있지요. 뭐 전하실 소식이라도 있으신가요?"

한법린은 눈치 빠르게 응대하고 있었다.

"예, 안사람한테 전할 편지가 있어서……."

"예, 주시지요. 빈틈없이 전하도록 단단히 이르겠습니다."

"저어, 편지만이 아니고 반지도 하나 있습니다. 금년이 안사람과 혼인한 지 30년이라 그냥 넘기기 서운해서 호박반지 하나를 장만 했습니다."

반지를 보이기 전에 송수익은 미리 털어놓았다. 뒤늦게 설명을 붙이는 것이 구차스럽게 보일까 봐서였다.

"아, 그리되셨습니까. 참 잘하셨습니다. 헌데, 기왕 장만하시면서 옥반지로 하시지 그러셨습니까."

한법린이 아쉽다는 듯 혀를 찼다.

"그저 정표인데, 구리나 백통에 비하면 그도 너무 과하지요."

"무슨 말씀이십니까. 부인께서 그동안 홀로 겪으신 고생들에 비하면 너무 약소하지요. 어서 주십시오.”

송수익은 속주머니에서 편지와 반지를 꺼내 한법린 앞으로 밀어놓았다.

“편지에도 썼지만 회신 받아올 것 없다고 일러주십시오. 신변 위험이 큰데 두 차례씩 내왕해선 안 되니까요.”

“그리하지요. 첫 서신이신가요?”

“간간이 인편에 안부는 전했습니다.”

“참 어지간하시군요. 부인께 지은 죄가 막중하십니다.”

한법린이 나무라듯 말했고, 송수익은 낮은 소리로 웃었다.

송수익과 지삼출은 나흘 만에 돌아왔다. 그런데 마을에는 큰 사고가 벌어져 있었다. 천수동의 아내 솜리댁과 수국이가 행방불명된 지 이틀이 지나 있었다.

“뒷산으로 너물 뜯으로 가갔고넌 함흥차사여.”

애를 태워 입술이 파삭 탄 천수동이의 말이었다.

“그려서 넋빼고 앉었능겨?”

지삼출이 버럭 소리를 질렀다.

“말 말어. 여그저그 경호대가 다 나서서 사방팔방 뒤져대는디도 워디로 갔는지 그림자도 안 비친단 말이시.”

천수동은 경기를 일으키는 것처럼 푸드득 떨어댔다.

“잡것, 대낮에 호랭이가 물어간 것도 아닐 것이고, 필시 어떤 밀정놈의 소행일 것이여.”

지삼출이 뿌드득 이를 갈아붙였다.

"밀정놈이 멀라고 여자덜얼 잡아갈라능가 몰라. 귀신이 곡혈 일이여."

천수동이 가슴 무너져내리는 한숨을 토해냈다. 성질이 느긋한 편인 천수동이었지만 얼마나 애를 태웠는지 얼굴은 너무 축나 있었다.

"그려! 그놈이 왔을 것이여. 바로 그놈이 수국이 잡으로 온 것이랑게."

지삼출은 갑자기 이렇게 외치며 송수익 쪽으로 후딱 고개를 돌렸다. 그렇지 않느냐고 묻고 있었다.

"아마 그런 것 같소. 그놈이 직접 오지 않았더라도 누군가 딴 놈을 시켰을 것이오."

송수익이 비로소 입을 열었다.

그들은 양치성이란 자가 죽지 않고 살아났다는 것을 방대근한테 들었던 것이다.

송수익은 그만 암담해졌다. 방대근이가 떠나면서 제 누나를 잘 지켜달라고 신신당부했던 것이다. 참으로 면목 없는 일이었다.

"자아, 이러고 있을 때가 아니오. 출동 준비하고 경호대로 갑시다."

송수익이 급히 돌아섰다.

한편, 수국이와 솜리댁은 벌써 사오백 리 밖의 안도현에 다다라 있었다. 그들은 어느 중국집의 골방에 따로따로 갇혔다.

수국이는 이틀 동안 마차에 실려오면서 두 가지 생각밖에는 할 수가 없었다. 하나는 옆동네 하 서방 생각이었고, 다른 하나는 도망칠 생각이었다.

하 서방이 밀정의 끄나풀이었다니…… 그건 도무지 믿을 수가 없는 일이었다. 분명히 일을 당했으면서도 꼭 꿈을 꾸고 있는 것만 같았다. 언제나 벙글거리고 아이들하고도 장난질을 잘하는 하 서방은 사람 좋기로 동네마다 소문이 나 있었다. 좋은 목청으로 신식 노래를 잘해 여자들도 흥허물 없이 좋아했다. 그러나 좀 게으르고 일손이 더딘 것이 흠이었다. 그렇지만 사람들은 그런 흠을 흉잡지 않고 덮어넘겼다. 술 한잔 걸친 그가 슬프디슬프게 부르는 '울밑에 선 봉선화야……'를 아꼈기 때문이었다.

"솜리댁, 솜리댁, 뭘 하고 있소. 천 서방이 왜놈 순사한테 잡혀가고 있소."

솜리댁과 함께 하 서방을 따라 뛰었다. 산나물이 바구니에서 쏟아지는 것을 추스를 겨를이 없었다.

옆동네 쪽으로 등성이를 넘어 산비탈을 뛰어 내려가는데 바위 뒤에서 두 남자가 불쑥 뛰쳐나왔다. 농사꾼 차림인 그들의 손에는 단총(권총)과 칼이 들려 있었다.

"아이고메, 하 서방 당신이!"

솜리댁이 소스라치며 부르짖었다.

"뒤탈 안 나게 하시오. 나는 그만 가도 되지요?"

하 서방은 솜리댁을 거들떠보지도 않고 돌아섰다.

"조심허소 잉. 그놈이 살었응게."

수국이는 동생 대근이의 말이 머리를 치는 것을 느꼈다. 그러나 단총구멍은 바로 눈앞에 와 있었다.

산을 타고 걸으며 동네들을 다 피했다. 마차역에 이르러 중국경찰을 볼 수 있었다. 그런데 그들은 오히려 중국경찰과 친한 사이였다. 마차에는 넷이만 탔다.

"우리럴 어디로 잡아간당게라? 우리 여자가 무신 죄가 있소. 보내주싯씨요."

솜리댁은 손을 맞비고 울면서 애원했다.

"잔소리 말어!"

주먹코의 사내가 솜리댁의 정강이를 걷어찼다. 그들은 마차를 타기 전에 장사꾼 차림으로 옷을 바꿔입었던 것이다.

솜리댁은 한참을 흐느끼며 떨다가 또 입을 열었다.

"예 말이오, 같은 조선사람찌리 어째 이런게라? 보내주싯씨요."

"아가리 못 닥쳐!"

이번에는 뱀눈의 사내가 솜리댁의 뺨을 후려쳤다.

수국이는 표나지 않게 솜리댁의 옆구리를 찔벅거렸다. 그 다음부터 솜리댁은 연상 울면서 떨기만 할 뿐 입을 열지 않았다.

수국이는 그저 도망갈 궁리에 몰두해 있었다. 무슨 수를 써서든지 살아나야 했다. 짐작대로 양치성에게 붙들려가는 것이라면 영락없이 죽을 길이었다. 어머니의 원수갚음도 못하고 자기마저 그놈 손에 죽을 수는 없었다. 그리고 하 서방 그놈 때문에도 살아서 돌아가야 했다. 그놈이 변함없이 사람 좋은 척, 약간은 모자란 척 벙글거리고 다니며 또 얼마나 많은 사람을 상하게 할지 모를 일이었다.

그러나 이틀 동안 도망칠 수 있는 허술한 틈은 전혀 생기지 않았다. 밤에는 손발을 묶어버렸고, 변소에 갈 때도 밖에서 꼭 지키고 있었다. 그렇게 시간이 갈수록 그때 실수했던 후회가 발등을 찍고 싶도록 커지기만 했다.

"아이고메, 어찌끄나! 엄니가 저승서 눈얼 못 감으시겄다. 나가 꼭 죽일라고 혔는디 어쩌크름 된 일이다냐. 어쩌다가…… 요런 팔푼이가……."

양치성이가 살아났다는 동생의 말을 듣고 너무 놀라 정신을 차릴 수가 없을 지경이었다.

"아니여, 누나가 팔푼이라 그런 것이 아니여. 누구든지 사람 죽이기가 그리 쉬운 일이 아니구만. 누나가 엄니 웬수 갚자고 독헌 맘 묵은 것이제 그전에 은제 닭 한 마리라도 죽여봤능가? 나가 암시랑토 않은 맘으로 밀정놈덜 가심에 칼 꽂는지 아능가? 아니여, 시방도 가심이 방맹이질고, 팔다리가 후둘기린단 말이시. 근디 그놈 죽이겄다고 칼을 든 누나가 어쨌겄어. 단박에 죽게 찔르지 못헌 것이야 당연지사제. 어쨌그나 그놈 죽일라고 맘묵은 것이 간보 큰 것이고, 그놈 가심팍에 칼 박은 것으로 큰일 헌 것이로구만."

동생 대근이의 말이었다.

사실 그놈을 죽이자고 마음은 독하게 먹었지만 어떻게 찔렀는지는 기억이 혼미했다. 방에서 뛰쳐나와 골목을 벗어나면서도 뒤를 돌아볼 수가 없었던 것이다. 그러나 이제 와서 그놈을 몇 번이고 찔러 완전히 죽이지 못한 것이 그렇게 후회스러울 수가 없었다.

두 사내는 솜리댁이 갇힌 골방에서 솜리댁을 어르고 있었다.

"그 말만 하면 살려준다니까."

뱀눈의 사내가 말했다.

"저쪽 방 여자가 다 털어놨어. 어서 대란 말야."

주먹코의 사내가 윽박질렀다.

"야아? 수, 수국이가……."

잔뜩 겁 실린 솜리댁의 눈이 휘둥그레졌다.

"그래, 수국이가 다 말했으니까 너도 어서 말해."

주먹코가 담배연기를 훅 내뿜었다.

정말일까? 수국이가 정말 말했을까. 아니야, 이놈들이 날 속이는지도 몰라. 아니, 아니, 수국이가 살아날려고 말했는지도 몰라. 솜리댁은 혼란에 빠지고 있었다.

"수국이가 말혔으면 됐덜 않은감요."

솜리댁은 정신을 차리려고 애쓰며 간신히 이렇게 말했다.

"이년이 말이 많아. 저년이 거짓말한지도 모르니까 네 말을 들어봐얄 것 아니야."

뱀눈이 주먹을 치켜들었다.

"자아, 이 돈을 줄 테니까 어서 한마디만 하고 집으로 돌아가. 애들이 기다리잖아? 말 안 하고 저 칼에 찔려죽을 건 없잖겠어?"

주먹코가 손아귀 속의 동전들을 흔들었다. 뱀눈은 칼을 흔들고 있었다.

솜리댁의 눈앞에는 네 아이들의 모습이 어른거리고 있었다. 막내의 우는 소리도 들리고 있었다.

"어서 말해! 그놈 본명이 뭐야."

뱀눈이 느닷없이 칼을 들이댔다.

"아이고메, 소, 소, 송수익……."

솜리댁은 자신의 입을 얼른 막았다.

"그래, 송수익. 거짓말 안 했으니 바로 집에 보내주지." 주먹코가 싱그레 웃고는, "이봐, 바로 마차 태워서 보내줘." 뱀눈에게 턱짓하고 일어섰다.

"일어나, 가게."

뱀눈이 칼을 허리춤에 꽂으며 솜리댁의 팔을 낚아잡았다.

"수국이도 함께 보내주는 것이제라?"

솜리댁의 목소리는 떨리면서 들떠 있었다. 겁에 질렸던 얼굴에도 기쁨이 넘치고 있었다.

"그년이야 더 조사할 게 있으니까 너나 먼저 가."

뱀눈의 퉁명스러운 대꾸였다.

다음날 수국이는 주먹코에게 이끌려 마차를 탔다. 뱀눈과 솜리댁이 보이지 않아 너무 놀랐다.

"그 아줌니넌……."

"걱정 말어. 필요 없어서 보냈으니까."

수국이는 머리가 핑 울리는 충격에 부딪혔다. 그건 새빨간 거짓말이었다. 솜리댁이 돌아가면 하 서방이 끄나풀인 것이 금방 들통나는 것이었다.

솜리댁을 죽였구나!

그러나 수국이는 속마음을 내색하지 않으려고 애를 썼다. 어쨌든 살아나야 한다는 생각이 더 절박해졌다.

수국이는 예쁘게 보이자고 작정했다. 마차에서 내려 점심을 먹기 전에 변소를 갔다. 머리를 풀어 손가락으로 여러 번 빗질을 했다. 그리고 가리마 자리에서부터 양쪽으로 침을 발라나갔다. 뒷머리는 손바닥으로 꼭꼭 눌러 숨을 죽였다. 그런 다음 온 정성을 다해 낭자를 틀었다. 그리고 두 손바닥으로 얼굴을 고루고루 문질렀다. 얼굴에서 열기가 느껴질 때까지 세게 문질렀다. 그뿐만 아니라 위아랫입술에 번갈아 침을 발라가며 빨았다. 끝으로 옷매무새를 단정하게 고쳤다.

과연 변소를 나선 수국이는 아까와는 딴판으로 예뻐 보였다. 가리마가 보이지 않을 정도로 헝클어졌던 머리는 동백기름이라도 바른 것처럼 말끔하게 단아했고, 핏기 없이 근심 서려 핼쑥했던 얼굴은 발그레한 화색과 함께 사르르 웃는 듯 화사했고, 특히나 윤기도는 붉은 입술은 도드라진 색정마저 품고 있었다. 그뿐이 아니었다. 일부러 주먹코에게 눈길을 보낸 수국이는 눈길이 마주치자 부끄러운 듯 몸짓하며 눈길을 휘감아돌려 피했다. 그 야릇한 눈짓에서 색정이 지르르 흘러내렸다.

주먹코는 그만 어리둥절해졌다. 처음부터 쓸 만하게 생긴 줄은 알았지만 저리도 색정 뜨끈하게 예쁜 줄은 몰랐던 것이다.

저것이 저리 환장하게 생겼으니까 양치성이가 어서 잡아오라고 안달이었구나. 하, 인물 볼 줄 아네.

주먹코는 가슴이 찌르르 울리면서 입 안에 신침이 도는 것을 느꼈다.

중국음식점에서 주먹코와 마주 앉아 점심을 먹으면서도 수국이는 사르르 웃음기 도는 얼굴을 하고 있었다. 그러나 아까처럼 눈길을 맞추지는 않고 눈을 살포시 내려뜨고 있었다. 너무 표나게 했다가는 의심 살 수 있었던 것이다.

하, 저게 나이도 듬직한 게 볼수록 입맛 나게 생겼구먼. 저걸 분 발라서 비단옷 입혀놓으면 얼마나 더 예쁠까그래. 저게 아주 쫄깃쫄깃하게 생겼는데, 양치성이하고는 어떤 사이일까? 마누라일 리는 없고, 양치성이가 반해서 남의 여편네를 뺏는 것인가? 좌우간 기생들도 많이 봤다만 저리 단맛 나게 생긴 것은 첨인데. 아다라시야 좆기운 한물간 놈들이 좋아하는 것이고, 진짜 계집맛이야 사내맛 몇 년 본 조갑지가 최고지.

주먹코는 건성으로 빵을 우물거리며 잔뜩 부풀어오른 샅을 슬슬 쓸어대고 있었다.

마차를 타고 한동안 가다가 주먹코가 불쑥 말했다.

"양 형사하고 어떤 사이야?"

"양 형사라……?"

수국이는 양치성이라는 것을 직감했지만 전혀 모르는 척하며 고개를 저었다.

"양치성이 몰라, 양치성이."

"아이고메, 시방 나럴 그 사람헌트로 딜고 가시요?"

수국이는 화들짝 놀라는 시늉을 하며 울먹거렸다. 그러면서 양치성과 자신이 어떤 관계인지 모르는 것에 안도하고 있었다.

"어떤 사이냐니까!"

"그냥 넘넘이다…… 자꼬 함께 살자고……."

"네 서방이 있는데도?"

"……병들어 죽었구만요."

수국이는 주먹코가 안심하고 덤벼들 수 있도록 하는 데만 골몰하고 있었다.

흥, 김동수의 본명을 알아내라는 건 결국 이따위 사적인 일을 시키기 위한 눈가림이었다 이거지.

주먹코는 양치성에 대한 심사가 뒤틀리고 있었다.

날이 어둑어둑해서 마차는 멈추었다. 수국이는 주먹코를 따라 여관으로 들어갔다. 주먹코와 여관 주인이 말하는 것을 듣고 수국이는 깜짝 놀랐다. 겉보기로는 중국여관인데 주인은 조선사람이었던 것이다. 그 주인이 밀정들과 내통하고 있는 끄나풀이거나 붙박이 밀정일 거였다.

"먼지 많이 둘러썼는데 몸부터 씻어."

주먹코가 수국이의 등을 밀었다. 수국이는 큰 나무통들이 있는 욕실로 밀려 들어가며 어금니를 맞물었다.

헌계집, 한강에 배 지나가기지. 제년이 당했다고 말할 수도 없는 일이고.

주먹코는 성냥을 칙 그어댔다.

수국이는 마지못한 척 술을 따르고, 싫은 척 뿌리치다가 허벅지를 내주었고, 술잔을 비울 때마다 부지런히 잔을 채웠다.

술취한 주먹코가 마침내 덤벼들었다. 수국이는 또 어금니를 맞물며 그 일을 치러냈다.

주먹코는 곧 코를 골아댔다. 수국이는 잔뜩 웅크리고 누워 있었다. 아직 밤이 깊지 않았던 것이다. 그런데 얼마가 지났을까. 주먹코는 놀란 듯 벌떡 일어났다. 그러고는 또 수국이를 덮치고 들었다.

그려, 잘헌다 이놈아…….

수국이는 어금니를 더 세게 맞물며 무겁기만 한 사내의 몸을 받아냈다.

주먹코는 이내 잠에 곯아떨어졌다. 그런데 얼마가 지나자 또 잠이 깼다. 그리고 다시 수국이를 덮쳤다.

아이고메, 이놈이 밤새도록 이러다 날이 새면 어쩐댜…….

수국이는 덜컥 겁이 났다. 그러나 곧 생각을 고쳐먹었다.

그려, 많이 개지랄 쳐라. 니가 쇳덩어리가 아닌디 요분에야 팍 꼬꾸라지겠제.

수국이의 생각은 용케도 들어맞았다. 건드려보아도 밀어보아도 전혀 잠이 깰 기척이 느껴지지 않았다. 살금살금 기어가 사내의 등짐을 풀기 시작했다. 보자기를 풀자 바로 권총과 칼이 드러났다. 수국이는 잠시 머뭇거렸다. 당연히 칼을 써야 했다. 권총은 쏘아본 적이 없었고, 소리가 울리면 끝장이었던 것이다.

수국이는 알몸인 채 칼을 꼬나들었다. 그리고 알몸인 사내의 가슴을 내리찍었다. 한 번이 아니었다. 두 번, 세 번 내리찍었다. 수국이는 그 사내가 양치성으로 보이고 있었고, 나무에 묶여 늘어져 죽은 어머니의 모습도 생생하게 보이고 있었다.

수국이는 주먹코의 숨이 끊어진 것을 확인하고서야 몸에 묻은 피를 이불에 닦아냈다. 자신의 온몸이 부들부들 떨리고 있는 것을 수국이는 그때서야 알았다. 사내의 옷을 뒤져 돈을 찾아냈다.

여관은 깊은 적막에 잠겨 있었다. 수국이는 안간힘을 해가며 담을 넘었다.

23

삼형제

추수가 끝난 들녘에는 싸늘한 바람만 스산하게 차 있었다. 썰렁하게 비어 있는 들녘 여기저기에 짚검불 아닌 메마른 볏대들이 바람결에 흔들리고 있었다. 추수가 끝난 들판은 으레 쓸쓸하고 적막하면서도 말끔하고 정갈해 보이는 법이었다. 벼들을 다 베어내고 그루터기들만 남은 들판은 금방 비질 끝낸 절마당처럼 말끔하기 마련이었다. 그런데 추수가 끝났는데도 낫질을 당하지 않은 볏대들의 흔들림은 건성으로 쓸다가 만 마당의 지저분함 같았고, 이상스러운 불길함을 자아내고 있었다.

그 메마른 볏대들은 수해를 심하게 입어 알곡을 키워내지 못한 것들이었다. 아무 쓸모가 없게 버림받은 그 볏대들은 계속 설한풍에 시달리다가 보름날에나 아이들의 불놀이에 태워져 한 줌 거름이나 되어야 했다. 들녘에 낫질되지 않은 볏대들이 많은 것은 지난

7월의 홍수 피해가 얼마나 컸었나를 보여주고 있었다.

정상규는 그런 들길을 씩씩거리며 걷고 있었다. 그는 양반이고 지주답지 않게 여전히 갓 없는 망건에다 두루마기도 걸치지 않은 동저고릿바람이었다. 거친 숨소리만큼 걸음걸이도 빨랐다. 그의 오른손에는 보통 때와 달리 손잡이가 키높이로 긴 살포가 들려 있었다. 그의 뒤로는 대여섯 사람이 종종걸음을 치며 따라가고 있었다. 그런데 그들 손에도 몽둥이며 괭이 같은 것이 들려 있었다.

정상규 일행은 30여 채의 초가집들뿐인 마을로 들어섰다. 귀가 처져내린 검은 개 한 마리가 옆뒷걸음질을 치며 컹컹 짖어대다가 그들의 기세에 밀려 고샅으로 도망을 쳤다.

"앞뒤 사정 볼 것 없어. 집집마동 다 끌어내!"

정상규가 몸을 획 돌리며 뒤따르는 사람들에게 소리쳤다. 그의 눈과 얼굴은 무섭게 노기를 내뿜고 있었다.

"야아, 알겄구만이라우."

앞장선 남자를 따라 나머지 사람들이 첫 번째 집으로 우르르 몰려 들어갔다. 정상규는 그 뒤를 느릿하게 따랐다.

"이 서방, 이 서방 나와!"

앞장선 남자가 마당을 무지르며 외쳤다.

"누군디 그리 소리질르고 그러요?"

마뜩찮은 여자 소리와 함께 지게문이 열렸다.

"어찌 그려, 나여 나!"

앞에 선 남자가 몽둥이끝으로 자기를 가리켰다.

"아이고메 엄니!" 여자는 소스라치더니, "봇씨요, 난리 터졌소."
절박하게 소리치며 방문을 탁 닫았다.

"이 서방 있는겨, 없는겨."

그 남자가 또 외쳤다.

"이놈아, 이 서방 찾어서 꿔묵을래 삶아묵을래. 나락이나 당장
끌어내, 나락!"

뒤에서 터진 고함이었다. 정상규는 그 고함에 맞추어 살포로 마
당을 내리찍고 있었다.

정상규의 서슬에 놀란 남자들은 다투듯 토방으로 뛰어올랐다.
그때 방문이 열리며 한 남자가 뛰쳐나왔다.

"어째 이러시오."

집주인인 그 남자는 사람들을 막아내려는 몸짓으로 두 팔을 벌
렸다. 그러나 그의 목소리고 얼굴에는 두려움이 서려 있었다.

"잡소리 말어, 이놈아! 니 죄 니가 몰라서 물어? 요놈 쳐내뿌러."

앞장선 남자의 말이 떨어지기가 무섭게 나머지 남자들이 우르
르 달려들어 집주인을 잡아챘다. 집주인은 쪽마루에서 토방으로
곤두박였다. 그의 등을 한 남자가 짓밟았다. 다른 남자들은 재빠르
게 위아랫방의 문을 열어젖히고 있었다.

"아이고메에, 동네방네 다 듣소오! 나락 뺏으로 왔네에, 나락 뺏
으로 왔네에."

언제 밖으로 나왔는지 주인여자가 수챗구멍 옆에 있던 놋요강을
집어들어 방망이로 마구 두들겨대며 기를 쓰고 외치고 있었다.

"아니, 저년이 저거……."

정상규는 깜짝 놀라며 엉거주춤했다. 그러나 다음 순간 눈에서 불꽃이 일며 여자에게로 내달았다.

"동네사람들아 얼렁 오랑게에! 나락 뺏으로 왔당게, 나락 뺏으로……."

여자의 카랑카랑한 외침은 여기서 끝나고 말았다. 정상규가 휘두른 살폿자루가 여자의 등줄기를 여지없이 후려쳤던 것이다.

"잡것이 염병허고!"

정상규는 쓰러진 여자의 옆에다 침을 내뱉었다. 그리고 살폿자루를 한쪽 어깨에 기대놓고 손바닥을 터는 그의 얼굴에는 만족감이 느적이고 있었다.

그러나 정상규의 만족감은 금방 깨어지고 말았다. 무슨 외침과 함께 꽹과리소리가 요란하게 울리기 시작했다. 뒤이어 외침이 여러 갈래로 퍼지는가 싶더니 징소리까지 뒤엉키기 시작했다.

"어? 요, 요것이 먼 소리여?"

"글씨, 어쩨 요상시럽덜 안혀?"

윗방에서 가마니를 끌어내던 남자들이 어리둥절해졌다.

"멋덜 혀! 얼렁얼렁 끌어내."

정상규가 빽 소리질렀다.

그런데 사람들의 웅성거림과 뜀박질하는 소리가 점점 가까워지고 있었다. 제까짓 놈들이! 하면서도 정상규는 신경이 거슬리고 있었다.

곧 동네사람들이 밀어닥쳤다. 초가삼간의 넓지 않은 마당이 거의 찰 지경이 되었다. 남자들만 몰려온 것이 아니었다. 여자들도 뒤따르고 있었다. 동네사람들은 자기네 지주 정상규가 무슨 짓을 하고 있었는지 한눈에 알아보았다.

물론 정상규도 꽹과리소리와 징소리의 의미를 즉각 확인하고 있었다. 소작인들은 그 새로 생긴 말인 '소작료 불납동맹'만을 한 것이 아니었다. 자신의 강제징수까지 막기로 미리 짜고 있었던 것이다. 이때 단단히 버릇을 고쳐야 한다고 정상규는 마음을 다잡았다.

"이놈덜 마침 자알 왔다. 니놈덜도 이 꼬라지 당허기 전에 얼렁 가서 나락가마니 다 내놓고 기둘려!"

노기에 찬 정상규의 호령이었다.

그러나 동네사람들은 미동도 하지 않았다. 집주인 내외가 동네사람들 쪽으로 재빠르게 옮겨왔을 뿐이다.

"귀덜 먹었어! 존 말로 헐 적에 얼렁얼렁 들어."

정상규가 살포로 마당을 내리찍으며 다시 호령했다. 그의 명령이 떨어지기만 기다리듯 대여섯 명의 남자들은 몽둥이와 괭이들을 꼬나잡고 있었다.

"우리도 여러 말 씹히고 잡은 맘 없는디, 소작료럴 감해주면 당장 말 듣겄구만이라우."

누군가가 앞쪽에서 말했다.

"잡소리 말어. 또 그 소리여!"

정상규가 버럭 소리질렀다.

"7월 대홍수야 우리덜 잘못이 아니덜 안혀요."

다른 사람의 말이었다.

"글먼 나 잘못이냐! 그놈에 잡소리 자꼬 허덜 말고 하늘이나 원망혀."

정상규가 싸늘하게 내쳤다.

"농새럴 절반으로 망쳤는디 소작료 안 감해주면 우리 다 굶어죽으요."

어느 여자의 울먹이는 외침이었다.

"어허, 굶어죽기넌 어째 굶어죽어. 장리쌀 얻어묵으면 될 일 아니여."

정상규의 느긋한 대꾸였다.

"워메, 워메, 저놈 심뽀 보소."

"아이고 저런 오살육시헐 놈."

여자들이 수군거렸다.

"막둥이 되련님네넌 감해줬는디 어째 우리만 안 감해주고 그런다요. 한 성제간에 똑겉이 히야제라."

어느 여자의 또랑한 외침이었다.

"머시여! 도규 그놈이 그 지랄얼 혔어?" 정상규의 얼굴이 험악하게 구겨지는가 싶더니, "여봐라, 저것덜얼 싹 다 몰아치고 집집마동 끌어내그라! 얼렁 몰아쳐!" 그는 자기가 먼저 살포를 휘두르기 시작했다.

정상규의 명령이 떨어지자 대여섯 명은 일시에 몽둥이와 괭이

들을 휘두르며 동네사람들을 향해 내달았다. 그건 그저 위협적인
행동이 아니었다.

동네사람들이 와르르 사립 밖으로 몰려나갔다.

"여자덜언 뒤로 빠져, 뒤로!"

"이대로 당허먼 끝장이여!"

"겁묵지 말고 작정대로 허능겨!"

남자들이 길로 쏟아져 나오며 외치고 있었다. 그들의 뒤를 몽둥
이와 괭이 들이 쫓아오고 있었다.

"아이쿠메!"

"아이고, 나 죽네!"

남자들의 비명소리가 터졌다.

"다덜 돌아서, 돌아서!"

"저놈덜언 일곱뿐이다. 다 죽여라!"

"가자, 죽이자아!"

동네남자들이 뒤쫓아오는 사내들을 향해 돌아섰다. 그들의 얼굴
은 변해 있었다. 긴장된 얼굴마다 적개심이 드러나 있었다. 그들의
기세에 뒤쫓아오던 사내들이 엉거주춤 멈추어섰다.

"멋덜 혀! 싹 몰아쳐뿌러!"

뒤에 선 정상규가 외쳤다.

사내들이 다시 몽둥이와 괭이 들을 휘두르며 동네남자들을 향
해 덤벼들었다.

"저놈덜 죽여라아!"

"와아아ㅡ."

동네남자들이 한꺼번에 소리지르며 사내들을 향해 대들었다.

삽시간에 싸움판이 벌어졌다. 비명과 외침, 서로 패고 치는 소리가 살벌하게 뒤엉키고 있었다. 맨주먹들과 무기의 싸움이 한동안 어지럽게 이어졌다. 그러나 몽둥이와 괭이도 사람 수에는 못 당했다. 대여섯 명을 다 때려눕힌 동네남자들이 정상규를 향해 내달으며 소리쳤다.

"저놈 잡어라아!"

"저 악독헌 놈 죽여라아!"

정상규는 살포를 내던지며 마구 달아나기 시작했다.

"아서, 아서, 저놈얼 상허게 허면 안 돼야."

누군가가 사람들을 제지했다. 성난 사람들답지 않게 그들은 곧 발길을 멈추었다.

"순사 불러라아, 순사. 순사 다 워딨냐, 순사아."

정상규는 망건이 벗겨져 나가는 줄도 모르고 들판을 뛰면서 이렇게 외쳐대고 있었다.

정상규는 그 길로 동생 도규네 집으로 들이닥쳤다.

"도규 이놈 당장 나오니라."

정상규는 계수의 인사도 받지 않고 호령을 해댔다.

"집에 없구만요."

정도규의 아내 김씨가 대꾸했다.

"이놈 어디 끼대갔소."

"잘 몰르겄구만요. 낮에 집에 있간디요."

김씨의 태도는 공손했지만 말뜻은 곱지가 않았다.

"빌어묵을 놈이 또 공산당질 허로 싸돌아댕기겄제."

정상규는 침을 내뱉었다.

"무신 그리 숭헌 말씸얼……."

김씨는 깜짝 놀라며 고개를 들었다. 반년 전인 지난 5월에 생긴 치안유지법이라는 것은 공산주의 하는 사람들을 잡아들이는 엄하고 엄한 법이라고 했다. 그런데 둘째 시아주버니의 말은 바로 남편을 감옥에 보내자는 것과 다를 것이 없었다.

"으흠, 흠……." 정상규는 계수 앞에서 약간 멋쩍어 헛기침을 하고는, "도규 그놈이 소작료럴 감해줬다는디, 그것이 참말이오?" 그는 다시 언성을 높였다.

"예, 홍수로 농새가 많이 망쳐졌응게……."

"아아니, 요요요, 요런 팔푼이 겉은 놈! 요런 못난 놈 땜시 내 신세꺼정 다 망쳐진당게로. 요런 빙신 겉은 놈!"

정상규는 제 성질을 이기지 못해 동생도 없는 빈방 쪽에다 대고 마구 삿대질을 하고 있었다.

"아그덜 듣는디 자꼬 이놈 저놈 안 허셨으면 좋겠구만요."

김씨의 태도는 여전히 공손했지만 그 어조는 싸늘했다.

"흥, 지주 노릇 지대로 못해묵는 팔푼인디 이놈 저놈 안 허게 생겼소. 당장 우리 집에 오라고 허씨요."

정상규는 또 침을 내뱉으며 대문을 박차고 나갔다.

"참말로, 만석 욕심에 상놈이 따로 없네. 어찌 저러고도 양반잉고."

김씨는 정상규의 뒤에다 대고 눈을 희게 흘겼다.

정도규는 저녁에 아내의 말을 전해 듣고도 작은형 집에는 가지 않았다. 논욕심, 돈욕심에 관한 한 작은형을 사람 취급하지 않은 지가 오래였다. 작은형이 소작료를 깎아주지 않아 소작인들의 불납동맹에 부딪혀 있다는 것을 알고 있었지만 전혀 관심 쓰지도 않았다. 작은형이 그런 일을 당하는 건 너무 당연한 결과였던 것이다.

지난 7월의 홍수 피해는 엄청난 것이었다. 특히 중부지방이 심해 한성의 용산과 뚝섬 일대가 완전히 침수되었고, 경부선 열차가 열흘이나 불통될 지경이었다. 신문들은 전국적으로 사람들이 697명이나 죽었고, 1만여 채의 가옥들이 피해를 입었다고 보도하고 있었다. 그러니 농사 피해가 얼마나 막대했는지는 더 말할 것이 없었다.

그러나 농사 피해에 대해서 소작료를 깎아주지 않은 것은 작은형만이 아니었다. 거의 모든 지주들이 예년 그대로의 소작료를 내라고 했다. 심지어 개인이 아닌 동척까지도 천재지변에 대한 고려를 전혀 하지 않았다. 그건 곧 소작인들보고 굶어죽으라는 것이나 다름없었다. 모든 지주들이 그 사실을 빤히 알면서도 그렇게 몰아대는 것은 두 가지 욕심을 한꺼번에 채우자는 심보였다. 첫째는 자기네들의 예정된 수입에서 절대 손해를 안 보려는 것이었고, 둘째는 식량이 떨어진 소작인들에게 장리쌀을 풀어 재산을 늘리자는 속셈이었다. 그런데 지주들은 그 욕심을 쉽사리 채울 수 있는 무서운 무기들을 가지고 있었다. 그건 소작인들의 목숨을 담보 잡고 있는 소작권이었다. 소작료를 제대로 바치지 않으면 내년에 소작을 뺏긴다고 그들은 위협을 일삼았다. 그 위협 앞에 무릎을 꿇지 않을 소작인은 없었다.

그 마찰 사이에 부식시켜야 하는 것이 농민조직이었다. 소작인들이 공동으로 처한 위기는 바로 힘의 조직화로 연결될 수 있는 더없이 좋은 조건이었다. 그 노력의 결과가 소작료 불납동맹이었다.

"에이, 쯧쯧쯧쯧…… 사람덜이 짜잔허기넌 어찌 그리덜 짜잔혀. 각단지게 몽딩이고 괭이럴 들었음시롱도 맨주먹인 그놈덜헌티 요 꼬라지로 당혀! 나가 자네덜 믿고 어디 만석꾼 꿈꾸었어?"

정상규는 밤이 늦는 줄도 모르고 마름들을 타박해 대고 있었다. 여기저기 깨지고 터진 마름 셋은 고개를 떨군 채 기를 펴지 못하고 있었다.

"저어…… 쩌그 머시냐……."

마름 하나가 슬며시 고개를 들며 상전의 눈치를 살폈다.

"시방 된똥 싼가!"

정상규가 내쏘았다.

"야아, 긍게 머시냐, 그 다친 시 사람 약값이라도 잠……."

"머시여! 일 다 망쳐뿔고넌 무신 뻔뻔시런 소리여. 자네덜 마름 질 그만둘 챔이여, 시방!"

정상규는 손바닥으로 방바닥을 치며 천장이 흔들리게 고함을 질렀다. 그는 상대방의 돈 이야기를 일거에 몰아치기 위해 화난 것을 과장하고 있었다.

"아, 아, 아니구만이라우……."

"즈, 즈그가 알아서 허겄구만이라."

"하먼이라, 하먼이라."

마름 셋은 황급히 말을 다투었다. 일당을 주기로 하고 데려갔던 세 청년의 약값을 자기들이 물기로 한 것이다.

"다친 것 그대로 잘 보존히서 낼 아칙 일찍허니딜 와. 갈 디가 있응게."

정상규는 마름들에게 가라고 손을 내저었다.

다음날 아침 정상규는 다친 마름들을 데리고 주재소를 찾아갔다. 그래도 체면을 세우느라고 그는 갓을 쓰고 두루마기를 차려입었다.

"아이고, 말도 마시게라. 그놈에 소작쟁인지 불납동맹인지가 어디 한두 간디서 터져야 말이제라. 난리통에 봉화 올르디끼 허고, 가을산에 산불 나디끼 허는 판인디, 시방 동척이고 일본사람덜 농장서 일어나는 것도 다 못 막아내서 난리판굿이랑게요. 놉얼 사등가 어쩌등가 지 발등에 붙은 불 저저끔 알아서 끌 일이제 우리 바래덜 마씨요."

조선인 순사는 머리를 내두르며 그저 정상규를 밀어내려고만 했다.

"머시여? 세금 몽창몽창 받아갈 때넌 은제고 일 터진께넌 이리 냉대허기여? 좋다, 정 이리 나오면 나도 방책이 있다. 소작료 감해주고 세금 안 낼 것이여."

정상규는 납세자 보호를 주장하는 동시에 납세 거부로 경찰을 위협하려 하고 있었다.

"어허, 세금얼 안 내등가 띠묵등가 그것이야 그짝 맘대로 허씨요. 우리야 소관이 아닌 일잉게."

순사는 냉정하게 외면해 버렸다.

"어허 참, 저런 잡녀러 새끼덜얼 믿고 세금을 꼬박꼬박 바치다니. 요런 환장헐 일이 또 있능가."

정상규는 주재소에서 밀려나와 제 가슴을 쳤다. 그는 주재소를 찰떡같이 믿었던 것인데 이제 난감하기 이를 데가 없었다. 소작인들을 발밑에 밟히는 개미새끼들인 줄 알았는데 힘을 합치고 보니 그게 아니었다. 싸리회초리 50개면 몽둥이가 못 당하더라고 그것들이 뭉쳐지니 어찌할 도리가 없었다.

근디, 그것들이 어찌 그리 변했능고?

정상규의 눈앞에 문득 떠오르는 얼굴이 있었다. 동생 도규였다. 도규같이 신식공부한 놈들이 공산주의를 하고, 그런 놈들이 뒤에 숨어서 소작인들을 살살 꼬드긴다는 것이었다. 그건 불씨에 부채질해 주기고, 가려운 데 긁어주는 격이었다. 괘씸하기 짝이 없는 놈들이었다.

그런데 공산주의라는 것이 대체 무엇이고, 식자 든 놈들이 어쩌자고 소작인들 편을 드는 것인지 모를 일이었다. 논마지기나 지닌 부잣집 아들놈들이 기껏 신식공부라고 해서 집안 망칠 짓들만 하고 있었다.

도규 그놈보톰 경찰서에 팍 고해뿌러?

그러나 차마 그럴 수는 없었다. 미우나 고우나 그래도 형제간인데 감옥행을 시킬 수는 없었다. 정상규는 그 생각을 할수록 더욱 동생을 이해할 수가 없었다. 경찰에 들통이 나서 잡히게 되면 감옥살이까지 한다는데 왜 그놈의 짓을 하는지 모를 일이었다.

"즈그덜언 어찌헐게라우?"

뒤따라오는 마름들 중에 하나가 물었다.

"가서 어떤 놈덜이 소작인흰지 머신지로 일얼 꾸미고 돌아가는지 알아내란 말이여! 동네마동 그런 놈덜이 꼭 백혀 있응게."

정상규는 눈을 부라리며 내쏘았다.

군산으로 뻗은 신작로에는 볏가마니들을 가득가득 실은 우마차들이 줄지어 가고 있었다. 그것만 보면 농사가 망쳐진 것 같지도 않았고, 소작인들이 불납동맹을 일으키는 것 같지도 않았다. 정상규는 그 우마차들을 바라보며 또 부르르 떨었다. 어서 만석꾼이 되고 싶은 욕심이 뜨겁게 달아오르고 있었다.

"시상에 사람 한평상 사는 것이 머시다요. 지삿날 잘 묵자고 석달 열흘 굶을 것이오. 새끼덜 이리 잘못 믹여 골병들게 맹글어놓고 만석꾼 되면 머헐 것이오."

아내의 앙칼진 소리가 그 뜨거운 욕심에 찬물을 끼얹었다.

"느그만 반찬 없는 밥 묵고 사냐. 나도 매일반 아니여."

정상규는 아내의 면상에 내뱉듯 카악 가래를 돋우어 내뱉고는 상점들 쪽으로 걸음을 옮겨놓았다.

"아이고메, 의관얼 채리셨구만이라. 어디 군산 걸음 허실랑게라우?"

대서방(代書房)이 호들갑스럽게 정상규를 맞이했다.

"논 더 나온 것 없능가?"

정상규는 상대방의 인사를 무지르며 제 용건만 불쑥 내밀었다.

"참말로, 작은서방님도. 큰서방님이 아무리 미두(米豆)에 미쳐 돈이 딸린다고 히도 요새가 어떤 땐게라우? 새앙쥐도 배터지게 묵고 팔자 늘어지는 추수철 아닌감요. 여윳돈 있으시먼 우선 빚놀이 허시제라? 이자 톡톡허니 받을 디가 있는디요."

대서방이 눈웃음을 치며 간살스럽게 웃었다.

"논이나 나오면 기별혀."

정상규는 내치듯 하고 돌아섰다.

"참, 성제간에 자알덜 논다. 성놈언 미두에 미쳐서 쌀이야 논이야 꼬라박고, 동상놈언 깍쟁이 깍쟁이 돌깍쟁이질 히감서 성놈 논얼 사딜이고."

대서방은 멀어져 가는 정상규의 뒤에다 대고 사설 엮듯 입질을 하고 있었다.

정재규는 오늘도 군산 본정통 가운데서도 제일 중심지인 미두장 언저리에 진을 치고 있었다. 몇 년 동안 화투놀이에 미쳐서 해마다 만석 곡식을 탕진했던 정재규는 언제부터인가 미두놀이에 빠져들게 되었다. 그건 두 동생에게 재산분배를 해준 다음부터였다.

그는 재산이 줄어들어 못내 배아파하다가 미두장에 눈을 돌리게 되었다. 큰돈을 손쉽게 벌려면 미두만큼 좋은 게 없다는 말에 그는 귀가 솔깃해졌던 것이다. 그즈음 그는 화투놀이에도 차츰 싫증이 나고 있던 참이었다.

"화투는 백석지기 노름이요, 미두는 만석꾼 노름이다."

이 말은 군산바닥에서 돈깨나 기세 좋게 쓸 줄 안다는 한량들 사이에서 떠도는 말이었다. 정재규는 이래저래 미두장으로 자리바꿈을 하게끔 되어 있었다.

그러나 화투놀이에서도 그랬듯이 정재규는 미두놀이에서도 돈만 자꾸 잃어갔다. 그런데 문제는 한 해 곡식 처분한 돈만 잃는 것이 아니라 논까지 축나가고 있었다. 큰돈 손쉽게 벌어 만석 재산 채우려다가 오히려 재산이 줄어드는 판이었다. 역시 미두는 화투보다 큰 노름판이었던 것이다.

논까지 축나가기 시작하자 정재규는 본전이라도 채울 심산으로 더욱 미두에 혈안이 되었다. 그야말로 전형적인 노름꾼의 행태였다. 그러나 수렁에서 허우적거리면 허우적거릴수록 더 깊이 빠져 들어가는 법이었다. 정재규는 해마다 논을 처분하는 양이 늘어가고 있었다. 그럴 수밖에 없는 것이 논을 처분한 만큼 쌀 수확량이 줄어들어 노름밑천이 적어지니 또다시 논을 팔아 충당하는 것이었다.

정재규가 논을 처분한다는 소문을 듣고 무릎을 친 것은 동생 상규였다. 정상규는 형의 논을 몰래 사들이기로 작정했다. 그건 일종의 복수심의 발동이었다. 그래서 정상규는 대서방을 중간에 내세

왔다.

미두는 본격적인 투기놀이였고 규모가 큰 도박이었다. 규모가 크니까 그만큼 큰돈을 벌 가능성이 있었다. 그러나 그만큼 큰돈을 잃을 위험성도 컸다. 그래서 큰돈을 노리는 큰돈 가진 사람들이 끊임없이 몰려들었다. 그 사람들은 오로지 큰돈 벌 꿈에만 취해 있었지 큰돈 잃을 위험은 생각하지 않았다.

인천 미두와 함께 군산 미두는 전국적으로 유명했다. 미두란 이름 그대로 쌀 시세를 놓고 벌이는 투기였다. 다시 말하면 3개월 단위로 미리 쌀값을 예측해서 쌀을 팔고 사는 행위였다. 돈을 미리 내는 선불매매로 이루어지는 그 거래는 그야말로 덫 놓인 덤불 속을 걸어가야 하는 투기였다. 1만 석을 샀다가 석 달 후에 값이 폭락하면 그 차액만큼은 고스란히 손해였다.

제일 먼저 생긴 18은행에서부터 작년에 생긴 군산무진금융주식회사까지 여덟 개의 은행들이 몰려 있는 미두장 주변에 미두꾼들이 성시를 이루는 것은 대개 추수철 직후부터였다. 위로는 충청남도에서 아래로는 전라남도까지 재산깨나 지닌 사람들이 허리에 전대를 차고 몰려들었다. 그 돈들이 쌀을 처분한 것임은 더 말할 것이 없었다. 그 무리들 중에는 편히 놀고먹으면서 큰돈을 쉽게 벌고 싶어 마음이 들뜬 지주의 자식들이 거의 다였다.

그들은 겨울 서너 달 동안 전대의 돈을 풀어대며 미두장과 중매점(미두회사)을 뻔질나게 오가다가 거의 다 빈털터리가 되어 군산을 떠나갔다. 그러나 이듬해 추수철이 끝나면 그들은 또 철새처럼 군산으로 몰려드는 것이었다. 그들은 으레껏 작년에 손해 본 돈까지 벌충하고야 말겠다고 큰소리를 쳐댔다.

갈색 줄무늬 양복에 스틱까지 들고 한껏 멋을 부린 정재규는 미두장에 들어가지 않고 중매점들을 천천히 돌고 있었다. 군산미곡취인소라고 간판을 붙인 목조 2층 건물은 바로 미두의 거래가 이루어지는 시장이었고, 그 미두장을 중심으로 중매점들이 큼직큼직한 간판을 내걸고 있었다. 미두꾼들은 일단 그 중매점들 중에서 어느 하나를 거래원으로 삼아야만 그 2층 건물에 드나들 수 있는 자격이 생겼다. 그 미두꾼의 자격은 중매점에 보증금이라 하여 50원을 내는 것으로 얻어졌다.

그러니까 그 미두회사들은 미두꾼들의 관리소이면서 거래대행소였다. 미두거래는 쌀 100석(200가마니)을 단위로 했고, 거래가 성립되면 미두회사는 100석당 7원씩의 수수료를 받았다. 그리고 먼 지방에서 온 사람들은 미두거래가 서툴러 회사 직원들이 나서서 일을 보아주었다.

"아니 정 선생, 장이 섰는디 워째 요리 태평시러우시다요?"

역시 양복으로 멋을 부린 한 남자가 바삐 걸으며 알은체를 했다. 서로 구면인 나주 부잣집 아들이었다.

"오전 장이야 고수놀음이 아니오."

정재규의 말투는 거만스러웠다.

"그려라? 이 하수는 오전 장에서 고래 잡으요."

그 남자는 아니꼽다는 듯 받아치며 정재규 앞을 지나쳐갔다.

"미친놈, 썩은 고래 많이 잡아라."

정재규는 침을 내뱉었다. 그러나 마음 한쪽이 흔들렸다. 오전 10절(節:차례) 장에서 정말 고래가 걸리지 않으리란 법도 없었다. 그러나 정재규는 마음을 꾹 눌렀다. 오늘 일진에 똥칠한 아내의 악담이 귀에 쟁쟁했던 것이다. 오전 장을 고이 보내고 오후 장을 보아도 늦을 것이 없었다.

미두시장은 하루에 17절씩 열렸다. 오전에 10절이었고, 오후에 7절이었다. 그런데 그 시세는 일본 대판의 시세에 준하는 것이었다. 군산과 대판 사이에 전화연락이 정기적으로 이루어지고 있었다.

"멋이야 물 찬 제비다만, 저 물건도 인자 한물갔제?"

중매점 앞에서 한 사내가 정재규를 건너다보며 턱짓했다.

"더 말허면 잔소리제. 찌울기 시작헌 달잉게 낼모레 우리 꼴 날 것이여."

옆의 사내가 코웃음을 흘렸다.

그들은 절치기꾼이라고도 하는 하마꾼들이었다. 그들은 돈이 없어 미두장에는 반 발도 들여놓지 못하고 미두장이나 중매점들 앞을 배돌면서 저희들끼리 푼돈내기를 하는 부류들이었다. 미두장에서 절이 바뀔 때마다 그 시세를 알아맞히기 하면서 50전이고 1원씩을 걸었다. 그래서 절치기꾼이라고도 했다. 후줄그레한 입성에 게을러 보이기까지 하는 그들은 큰 잔칫집에 몰려든 거렁뱅이 같은 존재들이었다. 아니, 그 거렁뱅이들은 손님들의 상물림만 가지고도 배를 불릴 수가 있었다. 그러나 하마꾼들에게는 돈 많은 사람들이 흘려주는 것이라고는 아무것도 없었다. 그런데 그들 중에는 한때 기세 좋게 미두장을 드나들다가 그 꼴이 된 사람들도 더러 있었다.

"어디 몇 조금이나 더 가는가 봅시다. 달랑 쪽박 찰 날 코앞잉게."

정재규는 아내의 서릿발 선 이 말이 영 께름칙하게 달라붙어 활기를 낼 수가 없었다. 오전 장은 작파했으니까 어디 가서 기분전환을 하고 싶었다. 그는 카페 긴자를 생각해 냈다. 거기 가서 커피를 한잔 마시면서 기분을 말끔하게 씻고 싶었다. 그는 커피의 그윽한 향기와 함께 씁쓰레하면서도 달착지근한 맛에 어느덧 반해 있었다. 그 카페는 군산 최초의 극장인 군산좌가 금년에 생기면서 그 옆에 문을 열었다. 일본여자가 주인인 그 카페가 문을 열자마자 군산 멋쟁이들은 다 드나들었다. 커피맛을 모르고서는 신식 멋쟁이라고 할 수 없다는 말이 퍼지고 있었던 것이다.

정재규는 따끈한 커피 한 모금을 입에 담으며 눈을 지그시 감았다.

"남은 세 자석덜언 동냥아치 맨글라요. 둘도 아닌 외아덜 전정얼 어찌 맨글라고 이러시오."

아내의 말이 또 울려왔다.

정재규는 커피를 꿀꺽 삼키고는 신음을 씹었다. 아내는 오늘 아침에 나락 처분한 돈 절반을 내놓으라고 했던 것이다. 어머니가 돌아가신 다음부터 아내와 다툼은 잦아졌다. 그러나 아내가 그렇게 노골적으로 돈을 내놓으라고 덤빈 것은 처음이었다.

"아니, 인자 못허는 소리가 없네. 1년 묵고살 쌀 곳간에 쟁여놨으

먼 되았제 고것이 무신 버르장머리 없는 소리여."

그런 생각의 뿌리를 뽑아야 된다고 생각한 정재규는 무섭게 화를 냈다.

"인자 더는 안 되겠구만요. 다 알거지 되기 전에 절반얼 지가 간수혀야 되겠구만요."

양반의 법도가 몸에 밴 것인지 윤씨의 목소리는 싸늘하면서도 낮았다. 작은 편인 몸집에 동그란 얼굴이 영특하면서도 다부진 인상을 풍겼다.

"그런 걱정 말어. 나가 다 알아서 간수허고 있응게."

정재규는 마음이 켕기는 만큼 큰소리를 쳤다.

"간수 잘혀서 생짜로 논꺼정 팔아대는게라? 경상도 디딜방아럴 믿제 인자 당신언 안 믿으요."

윤씨의 얼굴은 더 차갑고 단단하게 굳어지고 있었다.

"암탉이 울먼 집안 망허는 것 몰라."

정재규는 그만 방문을 박차고 나섰다.

"어디 몇 조금이나 더 가는가 봅시다. 달랑 쪽박 찰 날이 코앞잉게."

윤씨는 이 말을 하면서도 목소리가 높아지지 않았다.

정재규는 그 악담이 서늘하게 목을 감는 것을 느꼈다. 불끈 화가 치솟았지만 뒤를 돌아볼 수가 없었다. 잘한 일이라곤 한 것이 없는 처지에 아내가 또 이것저것 들춰대면 입장만 난처해지는 것이었다. 어리숙한 데라고는 없이 눈치 빠르고 성미 꼿꼿한 아내 눈앞에서 어서 벗어나는 것이 상수였다.

정재규는 무심결에 한숨을 내쉬다가 멈칫 놀랐다. 그는 괜스레 헛기침을 하며 주위를 둘러보고는 커피잔을 들었다.

아내가 그러지 않았더라도 속을 앓아온 지가 벌써 오래되었다. 재작년부터 논을 조금씩 축내기 시작하면서 불안감도 차츰 커져 갔다. 그즈음부터 아내는 부쩍 손을 떼라고 성화를 부렸다. 그러나 손을 떼기에는 너무나 억울했다. 잃은 돈을 찾지 않고서는 물러설 수가 없었다. 그동안 줄창 돈을 잃기만 한 것이 아니었다. 큰돈을 몰아잡은 것도 한두 번이 아니었다. 화투든 미두든 노름이란 참 묘한 것이었다. 아슬아슬하고 될 듯 될 듯하면서도 빗나가고 엇나갔다. 그동안 재산을 많이 축내기는 했지만 후회하지는 않았다. 언젠가는 그것을 다 복구할 자신이 있었다. 그 정도 재산으로 지금까지 버티어온 것도 자신의 수가 짱짱하기 때문이었다. 하수로 만석 재산 거덜내기는 이삼 년이 걸리지 않았다. 언젠가 운이 붙는 날에는 잃은 것을 다 찾을 수 있었다. 그때까지 버티는 수밖에 없었다.

정재규는 반나마 남은 커피를 단숨에 마시며 다시 마음을 다지고 있었다.

윤씨는 며칠 동안 망설이며 생각하다가 막내 시동생을 찾아나섰다.

"예, 헌데 어떻게 소작료는 빨리 받으셨군요."

정도규는 의아스런 눈치를 보였다.

"긍게 돈 얼렁 쓸 욕심에 작인덜이 원허는 디서 절반으로 소작료 럴 감해줬구만요."

윤씨는 미간을 약간 찌푸렸다. 자제를 하려고 했지만 속상한 감정이 내비친 것이었다.

"예, 그리됐군요. 큰형님 마음이야 어찌 되었거나 그건 잘한 일이군요."

정도규는 이렇게 말을 해놓고 나서 큰형수가 달가워하지 않으리라는 생각을 했다.

"어쨌그나 이러다가넌 멫 조금 못 가 집안이 내래앉게 생겼는디, 서방님이 잠 나스셔야 되겠구만요."

"예에…… 제가 형님을 찾아뵙도록 하겠습니다."

정도규는 정중하게 대답했다. 그러나 그건 큰형수님에 대한 예의일 뿐이었다. 큰형의 주색잡기는 아버지 어머니도 막지 못한 것이었다. 그런데 그때에 비하면 지금은 너무 깊은 고질병이 되어 있었다.

"그리고 저어, 내년이먼 우현이가 상급핵교럴 가야 되는디, 어디로 가서 무신 공부럴 히야 될 것인지……."

윤씨는 이런 의논을 시동생한테 해야 하는 것에 비애를 느끼고 있었다.

"예, 우현이가 벌써 그리됐군요. 대학공부는 장본인의 의사가 중요한데, 우현이는 뭐라고 하지 않던가요?"

"지가 멀 알간디요. 인자 가가 애비 덕 보고 살기넌 틀렸응게 요 험헌 시상 지 심으로 살아갈 수 있는 공부럴 허게 골랐으면 좋겠구만요."

정도규는 큰형수의 말에서 가슴 아린 슬픔을 느꼈다. 그러나 큰형수가 그렇게 냉정하게 말하는 것이 퍽 마음에 들기도 했다.

"예, 왜놈들 밑에서 밥벌이하지 않고도 살아갈 수 있는 직업이 있습니다. 그런 쪽으로 생각해서 우현이하고 의논하도록 하지요."

"작은아부지도 바쁘신디 요런 부탁꺼정 혀서……."

윤씨는 진정 고마움을 느꼈다.

"아니, 제가 응당 해야 할 일이지요."

정도규는 큰조카가 벌써 그렇게 된 줄을 모르고 있었던 것에 민망함을 느끼고 있었다.

정도규는 큰형을 만나볼까 어쩔까 몇 번 생각하다가 결국 그만두기로 했다. 괜히 시간 낭비해 가며 서로 감정이 상할 필요가 없었던 것이다. 큰형수에게는 미안한 일이었지만 어쩔 수가 없었다. 그 대신 조카의 일에나 신경을 쓰기로 했다.

큰형 일을 마음에서 접어버린 정도규는 나날을 바삐 움직였다. 날마다 여러 곳의 조직책회의에 참석하는 동시에 조직 확대를 진행시키고 있었다. 동척농장들과 일본인들 농장에서 연쇄적인 소작쟁의를 일으키게 하기 위해서였다. 소작료 불납동맹을 강화하여 소작료 인하를 실현시키려는 것이었다.

그런데 11월 22일자 신문에 너무나 뜻밖의 사실이 보도되었다. 조선공산당 핵심간부들 다수가 검거된 것이었다. 그들은 다름 아닌 김약수 박헌영 임원근 등이었다. 정도규는 조선공산당이 무너져내리는 충격을 받았다.

그런데 신문보도만으로는 왜 그런 사태가 발생했는지 알 수가 없었다. 정도규는 모든 일을 고서완과 유승현에게 맡기고 한성으로 올라갔다. 사태도 파악할 겸 만일의 사태에 대비해서 피신할 필요도 있었던 것이다.

정도규는 기차에서 줄곧 생각해 보았지만 어찌해서 핵심간부들이 그렇게 검거되는 것인지 이해할 수가 없었다. 그건 조직의 비밀이 전부 노출되었다는 것이었다. 그렇다면 조직의 비밀을 알 수 있는 어느 누군가의 배신이거나, 경찰 끄나풀의 침투라고 볼 수밖에 없었다.

정도규는 몇 달 전에 조직을 통해서 연결되었던 송중원의 자취방에 머물렀다. 송중원은 말단세포라서 안전했고, 잡지사 기자라 정보를 신속히 알아낼 수 있는 이점이 있었다.

"신의주 어느 음식점에서 회식을 하던 당원들이 변호사까지 낀 사복형사들과 시비 끝에 싸움을 벌인 것이 사건의 발단이라고 합니다."

송중원의 말에 정도규는 멍하니 입을 벌리고만 있었다. 그 미숙하고 철없음이 너무 어이없고 기막혔던 것이다.

검거는 중간간부까지 100여 명에 이르렀다. 그건 조선공산당의 와해였다. 정도규는 1925년이 저물어가는 찬바람 속에 남행열차를 탔다. 그는 며칠 지난 신문을 펼쳐들었다. 11월 26일 나주의 동척농장 소작인 1만여 명이 소작료 불납동맹의 쟁의를 일으켜 경찰들과 충돌했다는 기사가 큼직했다. 그것이 꼭 김제·만경 평야에서 일어난 것처럼 뿌듯하고 기뻤다.

당은 다시 재건된다!

정도규는 숨을 들이켜며 어금니를 맞물었다.

24

회오리바람

2월 중순의 추위는 아직 매웠다. 그러나 이동만의 기와집 넓은 마당에는 차일이 높게 쳐져 있었다. 부침개질하는 고소한 기름냄새가 집 안을 넘쳐 온 동네에 퍼지고 있었다. 이미 죽거리도 바닥나 으레껏 점심을 굶어야 하는 가난한 집 아이들은 그 환장할 기름냄새에 군침을 삼키다 못해 이동만네 대문 앞에서 쭈뼛거렸다. 그러나 더배만 고플 뿐 아이들은 부침개 하나 얻어먹을 수가 없었다.

차일 네 귀퉁이에는 장작이 수북수북 쌓여 있었다. 잔치가 시작되면 모닥불을 지피기 위해서였다. 그리고 차일 아래에 반듯반듯하게 귀를 맞춰 깔아놓은 멍석들 위에도 화로가 여러 개 놓여 있었다. 머릿수건을 쓴 여자들과 소매를 걷어붙인 남자들이 자기네 일거리를 가지고 분주하게 오가고 있었다.

"어험, 험……."

안방에서 나온 이동만은 대청마루에 뒷짐을 지고 서며 헛기침을 했다. 한쪽 다리를 절름거리는 그는 선 자세도 약간 삐딱했다. 마당을 굽어보고 있는 그는 위아래 윤기 반드르르한 비단옷을 걸치고 있었다. 은행알만한 금단추 두 개가 달린 진자줏빛 마고자에 연회색 바지는 아주 그럴싸하게 잘 어울렸다.

이동만은 한량 없이 만족스럽고 그지없이 기분이 좋았다. 20여 년 전에 자신의 쉰다섯 살 생일을 이렇듯 거창하게 차릴 수 있으리라고는 상상도 못했던 것이다. 몇십 번이고 되씹고 곱씹어 생각해도 자신이 장하고 대단하지 않을 수가 없었다. 그 지긋지긋하던 가난을 면하고 이렇듯 거부가 된 것은 오로지 자신의 능력이고 힘이었다. 요시다의 비위를 거스르지 않으려고 아예 논은 거들떠보지 않았지만 빚놀이로 구르고 있는 돈이 자그마치 2만 5천여 원 아니냐. 그 2만 5천여 원이면 얼마냐. 논값이 오르지 않았더라면 바로 만석꾼이 될 액수다. 이제 논값이 좀 올랐지만 7천 석잡이는 넉넉했다. 이래저래 벌기도 많이 벌어들였지만, 돈이 돈을 낳는 그 빚놀이 돈장사야말로 신통술 중에 신통술이었다.

쉰다섯 살 생일이라고 해서 별날 것도 없는데 돈 아깝게 생일잔치를 벌일 생각은 전혀 없었다. 그런데 2월 들어 요시다가 갑자기 본사로 불려 들어가더니 그 길로 면직이 되고 말았다. 나이 60이 병통이었다. 요시다가 없어진 것은 그야말로 시원섭섭했다. 그는 은인이면서도 거북살스러운 상전이었다. 그가 없어지지 않는 한 발살의 때라도 핥을 듯 굽실거렸던 자신의 과거를 지울 수도 벗어날 수도 없었던 것이다. 또 돈 있는 표도 낼 수가 없었다. 그가 없어진 것에 소리 없이 만만세를 불렀다. 새로 오는 지배인이 누구든 그건 자신의 밥이었다. 속보인 것도 없고 책잡힌 것도 없겠다, 이쪽 실정에 어두울 것은 뻔하니 마음대로 휘어잡고 흔들며 돈을 긁어모을 수 있는 판이었다. 그런데 아내가 신년 신수점을 보아왔다. 쉰다섯이 길수이니 생일잔치를 환갑잔치처럼 걸게 차리고 풍악을 울려 이웃을 대접하면 평생운수 대통하여 부귀영화가 구름처럼 일고, 수명장수하여 구십수를 누리리라는 것이었다. 하, 요시다가 없어져 양쪽 겨드랑이에서 날개가 돋으려는 판인데 그 점괘 한번 신통방통하지 않을 수가 없었다. 더 많은 부귀영화에 아흔 살까지 수명장수라니 돈 아까울 것이 없었다.

이경욱은 사랑채에서 형 경재의 비꼬인 말투에 시달리고 있었다.

"니가 대학교복얼 떠억허니 입고 앉었응게 인물이 휘언헌 것이 나넌 영 똥덩어리다 잉. 니 집이서도 꼭 그리 교복얼 입어야 쓰겄냐?"

살이 찐 이경재는 이불더미에 반쯤 기대누워 동생 경욱이에게 턱을 까딱거렸다.

"다 아부지 뜻이여."

문 쪽으로 고개를 틀어돌린 이경욱의 대꾸는 퉁명스러웠다.

"헹, 대일본제국 대학상 아덜얼 여봐라 허고 귀경시키고 자랑허겄다 그것이제? 그려, 그려, 많이 귀경시키고 자랑히야제. 대학상도 그냥 대학상이냐. 장래 판검사감이신디. 하면, 나 겉은 칙량쟁이야 똥 친 작대긴께로."

이경욱은 그만 자리를 박차고 나가고 싶었다. 그러나 꾹 눌러 참았다. 대학공부를 하지 못한 형의 심사를 이해해야 한다고 자신을 일깨웠다.

"고등고시가 하늘에 별 따기로 에롭다든디, 니 합격헐 자신이 있냐?"

이경욱은 대답을 하지 말까 생각했다. 그러나 술을 한잔하고 트집을 잡자고 나오는 판에 꼬리를 잡혀서는 곤란했다. 싸움이라도 벌어지면 망쳐지는 것은 아버지 생일잔치였다. 형은 돈벌이 좋고, 술 많이 마시고, 계집질 마음대로 할 수 있는 측량기사에 만족했던 것이다. 그런데 자신이 대학에 진학하자 태도가 달라졌다. 그때는 집안형편이 일본유학을 시킬 수 없었는데도 꼭 아버지가 편애해서 대학을 안 보내준 것처럼 나오고 있었다.

"시험얼 쳐봐야 알제."

"그려, 니넌 공부가 이찌방잉게 아부지 말대로 찰푸닥 붙을 거이다. 근디 말이다, 니가 판검사 나으리 딱 되먼 우리 집안 꼬라지 참 볼 만허겄다 와. 왜놈농장 주임님 아부지에다가, 왜놈관청 칙량사 큰아덜에다가, 왜놈관청 판검사 작은아덜에다가, 줄줄이 친일파 아니여. 불령선인 독립투사덜헌티 육혈포 안 맞게 친일파 삼부자 조심히야 쓰겄다."

"아조 딱 맞는 말이구마."

이경욱은 쓴웃음을 지었다.

"큰서방님, 작은되련님, 나오시랑마요."

밖에서 들려온 늙은 목소리였다.

살았다 싶어 이경욱은 얼른 몸을 일으켰다.

"닌장맞을, 환갑도 아님스로 무신 놈에 생일잔치럴 동네잔치로 벌림서 사람얼 요리 붙들어놓고 이려. 왜놈농장에 붙어묵음서 돈 많이 돌라묵고 작인덜 피 많이 뽄 것 자랑허자는 것이여 머시여. 지기럴, 환갑도 되기 전에 노망이여, 노망이."

이경재는 뚱뚱한 몸을 뒤척거려 더디게 일어나며 투덜거리고 있었다.

차일 아래에는 사람들이 꽤나 많이 북적거리고 있었다. 그리고 대문 쪽에서는 연상 손님들이 들어오고 있었다. 언제 불을 붙였는지 차일의 네 귀퉁이에서는 모닥불들이 활활 타오르고 있었다. 한낮이라 추위가 많이 누그러진 데다가 그 너풀거리는 불길들은 사람들의 마음을 따뜻하게 녹여주고 있었다.

축하객들의 차림은 하나같이 말쑥하고 단정했다. 한눈에 행세깨나 하는 사람들로 보였고, 일본사람들도 적잖이 섞여 있었다. 그 일본사람들 중에 하시모토의 모습이 보였다. 다 요시다가 없어져서 벌어지고 있는 일이었다.

점괘는 분명 이웃을 대접하라는 것이었다. 그러나 손님들 중에 가난한 이웃사람들은 한 명도 눈에 띄지 않았다. 이동만은 처세에 필요한 사람들만을 신경써서 가려뽑았던 것이다. 앞으로도 친분을 돈독히 하는 동시에 자기를 과시하는 기회로 삼으려는 것이었다. 이동만이가 특히 모시려고 애를 쓴 사람이 군산경찰서 사찰과장이었다. 사찰과장이 자기 생일잔치에 오는 것이야말로 더없이 좋은 과시용이었던 것이다.

축하객은 모두 40여 명이었다. 그중에서 10여 명이 상좌인 대청에 비단방석을 깔고 자리잡았다. 그 상좌 중의 상좌에 하시모토와 사찰과장이 앉혀졌다. 그리고 기생을 차지한 사람은 다섯이었다. 기생들이라고 해서 온 것은 분명 여섯이었는데 남자들 옆에 자리잡은 것은 다섯뿐이었다. 나머지 한 여자는 기생이 아니라 소리꾼이라고 했다.

기생들의 권주가로 잔치가 시작되었다. 한바탕 권주가로 잔치흥이 돌았다. 그 흥을 타고 자식들이 절 올리는 순서가 이어졌다. 큰아들 이경재가 아버지 앞에 큰절을 올렸다. 그리고 하객들에게는 고개 숙여 인사했다.

"칙량기사 큰아덜 경재구만요."

이동만은 커다란 소리로 큰아들을 소개했다.

형이 물러나자 이경욱도 아버지 앞에 큰절을 올렸다. 그리고 하객들에게 인사했다.

"조도전대학 법학부에 댕기는 작은아덜 경욱이구만요."

이동만의 목소리가 분명 아까보다도 커지고 있었다.

사찰과장은 날카로운 눈길로 이경욱을 훑고 있었다. 그가 이동만의 간청을 묵살하지 못하고 이 자리에 온 것은 순전히 이경욱 때문이었다. 이동만을 농장의 농감으로 천대했다가 그의 둘째아들이 삼사 년 후에 판검사가 되는 날에는 그것처럼 고약한 일이 없을 거였다.

밥때에 맞춰 손님들은 모두 술을 곁들여가며 점심을 먹었다. 일꾼들은 바삐 오가며 모닥불에 새 장작을 넣고, 대청과 멍석의 화로에 이글거리는 불덩이들을 날랐다. 여자들은 술과 음식을 잇대느라고 종종걸음을 치고 있었다. 끼리끼리 나누는 이야기가 왁자한 속에 웃음소리가 터지고, 생일잔치는 흥겹게 어우러지고 있었다.

식사가 끝나고 여흥이 시작되었다. 차일 아래 한구석에서 딴 상을 받고 앉아 있던 한 쌍의 남녀가 걸어나와 대청을 마주 보며 섰다. 그들의 발밑에는 한 번도 쓰지 않은 새 멍석이 깔려 있었고, 두 개의 비단방석이 놓여 있었다. 그리고 방석 옆에는 불덩이 이글거리는 화로가 하나씩 딸려 있었다.

두 남녀는 나란히 서서 대청을 향해 인사를 올렸다. 여자는 빨간 댕기 드린 처녀였고, 남자는 얼굴에 굵은 주름이 잡히기 시작하는 사십객이었다. 처녀는 폭넓은 쑥색 치마에 유백색 저고리를 받쳐입었는데, 옷고름과 끝동을 쑥색으로 치장하고 있었다. 갓에 연옥색 두루마기를 입은 남자는 오른손에 북채와 북을 들고 있었다. 그 북이 소리꾼 일행이라는 것을 말해 주고 있었다.

처녀는 대청을 바라보고 멍석 가운데 단정히 섰고, 남자는 방석을 멍석끝으로 옮겨 자리잡고 앉았다.

퉁, 타닥!

북장단이 울렸다.

함평천지 늙은 몸이 광주 고향을 보려 허고
제주 어선 빌려타고 해남으로 건너갈 제…….

"어, 얼싸!"
"어허, 좋다!"
단가 첫 대목에서 추임새가 터지고 있었다. 그건 남도사람들이
면 누구나 즐겨 부르는 〈호남가〉라고 하는 단가였다. 단가는 소리
꾼들이 본소리에 들어가기 전에 목다듬이로 부르는 것이었다.

흥양에 돋은 해는 보성에 비쳐 있고
고산의 아침 안개 영암을 들러 있다

"얼싸 좋다!"
"어와, 잘헌다!"
추임새에서 흥이 터지고 있었다.
쉰 듯 우렁차고 구성진 듯 활달한 처녀의 소리는 대청이며 차일
을 흔들어대고 있었다.
그때까지 대청의 말석에 지루하게 앉아 있던 이경욱은 귀가 번
쩍 뜨였다. 어렸을 때부터 수없이 듣고 흉내도 낸 노래인데 그렇게
잘 부르는 소리는 처음 듣는 것이었다.
그런데 여자를 내려다보는 순간 이경욱은 눈앞이 번해지는 것을
느꼈다. 여자의 자태가 너무나 곱고도 우아했던 것이다. 그리고 그

얼굴도 자태 못지않게 단아하고 예뻤다. 이경욱은 가슴에서 회오리바람이 일어나는 것을 느꼈다. 그 휘도는 바람에 정신이 혼미해지는 것 같았다. 그리고 가슴이 화끈거리면서 벌떡벌떡 뛰고 있었다. 여자를 보고 그런 감정이 돌발한 것은 난생처음이었다.

여자는 〈춘향가〉 중에서 춘향이가 변 사또 앞에서 곤장 맞는 대목인 〈십장가〉를 부르기 시작했다. 전라도사람들치고 〈춘향가〉 안 좋아하는 사람들이 없었지만, 〈십장가〉 대목은 특히 남자들이 좋아했다. 춘향이가 곤장을 맞아가면서도 일편단심 정절을 지키겠노라 맹세하는 내용 때문인지도 몰랐다.

일짜로 아뢰리다. 일편단심 먹은 마음, 일부종사 하올지라. 일편서거(一鞭西去) 우리 낭군, 일각삼추(一刻三秋) 보고지고, 일호변개(一毫變改) 하오리까 가망없고 무가내지.

매우 쳐라앗…… 에에이이…… 딱! 둘째 낱을 딱 붙이니, 이짜로 아뢰리다. 이월요도(二月夭桃) 맺은 가약 이성지합(二姓之合) 분명하니, 이부불경(二夫不更) 이내 마음 이심(二心)을 두오리까. 이팔청춘 춘향 정곡(情曲) 이천명촉(二天明燭) 하옵소서. 셋째 낱을 딱 붙이니, 삼짜로 아뢰리다. 삼생구사(三生九死) 하드래도 삼강(三綱)을 잊으리까. 삼광(三光)같이 빛난 마음 삼종지의(三從之義) 품었으니 삼생가약(三生佳約) 중한 몸을 삼월화류(三月花柳) 알지 마오…….

"얼싸 잘헌다!"

"얼씨구나 잘 넘어간다!"

"옥비 명창이 질이다!"

흥에 겨운 청중들의 추임새가 저마다의 가락으로 흐드러지고 있었다.

아아……, 저 여자 이름이 옥비로구나! 옥비, 옥비, 무슨 뜻일까…….

이경욱은 소리에 열중하고 있는 여자를 넋놓고 바라보며 애타는 신음을 하고 있었다.

여자는 가락의 흐름에 따라 쥘부채를 쫙 펼쳤다가 반으로 접고, 다시 펼쳐 나부시 가슴께를 가리듯 하고, 다 접어 다소곳이 두 손으로 잡았다가 느닷없이 휘돌려 허공을 쳤다. 그 자태는 애절하고 구성지고 서럽고 한스러운 곡조와 어우러지며 나비인 듯 아름다웠고 학인 듯 청결하고 우아했다. 이경욱은 어질거리는 황홀감 속에서 여자에게 완전히 매료되고 있었다.

소리를 마친 여자가 두 손을 앞으로 모아잡으며 몸가짐을 다듬었다. 그리고 처음처럼 대청을 향해 인사를 했다.

"재청이요, 재청!"

"옥비 명창 재청이요!"

"사랑가 재청이요!"

차일 아래 사람들이 열렬하게 박수를 치며 외쳐댔다. 언제부터인지 열댓 명의 여자들이 부엌 쪽 마당가에 모여서 있었다.

"재청언 쬐깨 있다가 받고, 여그 올라와서 귀인덜헌티 술 한잔썩

올리그라."

박수소리를 가르며 대청에서 날아온 호령이었다. 그건 이동만의 목소리였다.

이경욱은 그만 가슴이 철렁했다.

옥비는 고개를 약간 숙이는 듯했다. 다음 순간 고개를 똑바로 들었다. 청중들의 뜨거운 환호에 피어났던 웃음이 싸늘하게 걷힌 얼굴이었다.

"죄송시럽구만요. 소인언 소리꾼이제 기생이 아니구만요."

또렷하고 카랑한 목소리였다.

아아…….

이경욱은 감탄하고 있었다. 그러나 이내 두려움에 사로잡혔다. 아버지가 어떻게 할지 몰랐던 것이다.

"아이 어르신, 소리꾼은 예인이옵니다. 어르신 같으신 분이 예인을 귀히 여겨주셔얍지요."

이동만 옆에 앉은 예쁘장한 기생이 서울말을 흉내 내며 날렵하게 말했다.

"예에, 고종 황제께오서도 소리꾼을 예인 대접했구만요. 술언 지가 이이쁘게 따라올리겠구만요."

하시모토 옆에 앉은 기생이 잽싸게 말을 받으며 눈웃음을 쳤다.

"허! 고종 황제께서? 그, 그…….'"

이동만은 혀끝까지 나온 금시초문이라는 말을 황급히 삼켰다. 무식을 탄로낼 수는 없었던 것이다. 그리고 그는 고종 황제라는 말에 그만 마음이 달라졌다.

"그려, 그려. 황제께서 허신 일얼 나가 범헐 수야 없제."

이동만은 호탕한 척 말했다. 그리고 그는 사찰과장에게 낮은 소리로 설명을 했다.

"소우데스까네(그렇다구요오)?"

아니꼽다는 듯 사찰과장의 얼굴이 떫게 변하고 있었다.

이경욱은 반쯤 내려뜬 눈으로 그런 사찰과장을 노려보고 있었다. 그는 비로소 술을 따르라는 것이 아버지의 뜻이 아니라 사찰과장의 뜻이라는 것을 알았다.

옥비는 고수와 눈길을 나누며 안도의 숨을 내쉬고 있었다. 환갑이든 생일이든 즐거운 잔치에다 소리 속을 아는 청중들의 열렬한 갈채가 있으면 흔쾌하게 술 한잔 못 따를 것이 없었다. 그런데 귀인이라고 말하는 상좌에 앉혀진 것들은 가당찮게도 왜놈들이 태반이었다. 그것들에게 술 한 방울이라도 따를 수는 없었다. 가슴에 총을 맞은 아버지의 부르짖음이 지금도 귓속에 쟁쟁했다. 그동안 왜놈들이 낀 술자리에서 소리를 한 것은 여러 번이었지만 왜놈들에게 술을 따른 일은 한 번도 없었다. 앞으로도 그런 일은 없을 것이었다.

옥비는 삼청까지 받고 물러섰다.

"아니!"

이경욱은 얼떨결에 이 소리를 흘리고 말았다. 그의 눈에 확대되어 오는 건 검은 머리채끝에 물려 있는 핏빛으로 붉은 빨간 댕기였다. 그의 가슴에서는 활활 불길이 일고 있었다. 정면으로만 보아서 그 여자가 처녀인 줄은 전혀 몰랐던 것이다. 이제 처녀인 것을 알게 되자 마음의 동요는 더 심해지고 그 얼굴이며 자태가 한층 더 아름답고 황홀하게 느껴지는 것이었다. 그리고 빨간 댕기의 강렬함과 함께 술 따르기를 거부한 그 당당한 모습이 강한 인상으로 새롭게 떠오르고 있었다.

옥비의 소리가 끝나면서 잔치는 새 판으로 바뀌었다. 사찰과장이며 하시모토가 바쁘다며 자리를 떴고, 사람들은 끼리끼리 술판을 벌였다. 대청에서도 기생들을 희롱하기 시작하자 이경욱은 슬그머니 댓돌로 내려섰다.

이경욱은 가슴이 화끈거리고 출렁거려도 일부러 옥비가 있는 쪽으로 발길을 옮겼다. 마당으로 내려서서 차일을 따라 왼쪽으로 돌았다. 그러면서 그는 옥비를 뚫어지게 응시하고 있었다. 옥비는 고수가 북을 보자기에 싸는 것을 보는지 마는지 함초롬하게 앉아 있었다. 거리가 차츰 가까워지면서 이경욱의 눈길은 더욱 강렬하게 옥비의 얼굴로 날아가고 있었다. 그런데 이경욱의 마음이 통한 것일까, 옥비가 갑자기 고개를 들었다. 그 순간 두 사람의 눈길이 마주쳤다. 이경욱은 흡! 숨이 막히는 것을 느꼈다. 옥비가 황망하게 눈길을 떨구었다. 이경욱은 요동치는 가슴을 주체하지 못하며 옥비를 지나쳤다. 그런데 그는 속 후련한 만족감으로 긴 숨을 토하고 있었다. 옥비에게 자신의 얼굴을 알게 한 것이고, 그리고 그 일을 성공시킨 자신이 그렇게 장해 보일 수가 없었다.

"그것 참 인명은 모를 것이여. 이완용 대감이 메칠 전에 죽었다 니 말이여."

"실답잖기년. 시상에 워디 안 죽는 목심이 있간디? 송병준이야 발써 작년 1월에 죽었고, 거 일진회장 이용구는 10년이 훨 넘덜 안 혀? 고것이 다 생자필멸인 것이여."

"어허 참, 문자 몰르는 사람 서러와서 어디 살겄다고? 나가 허는 말언 생자필멸이 아니라 인생무상이시, 인생무상! 그리 다 허망허 니 가는디 너무 욕 많이 묵게 살 것도 아니다 그런 말이여."

"그야 그렇기도 허제. 당자년 가도 잘못헌 욕언 남는 법잉게."

"체에, 사람언 다 지 똥 쿠린지 몰르는 법이여. 시방 여그 앉은 사 람치고 손꾸락질 안 당허고 욕 안 묵는 사람 어디 있어?"

"저런, 저런 입방정허고년. 그렇게 욕덜 덜 묵게 살잔 것 아니겄어."

"와따메, 부처님 환생이시."

"기왕에 똥 묻친 제겐덜이 무신 실답잖은 소리덜이여. 지난달에 총독부 청사가 완공되야 이사럴 혔당게 날 더 풀리면 살살 귀경이 나 나스드라고. 신식으로 아조 크담허니 잘 지었다등마."

"잉, 순전히 돌로 백년묵기로 잘 지었담스로?"

"순전허니 돌인디 백년만 가겄어."

"글씨 말이여. 그 속뜻이 멋일랑고?"

"딱 보면 몰러? 해뜨니 동쪽이고, 어사또라 허니 이 도령이제."

"고것이 존 것이여 나쁜 것이여?"

"아따 걱정도 팔자시. 우리야 그냥저냥 살다 죽으먼 그만이제."

차일 아래서 오가는 술기 젖은 이야기들이었다. 대청에서도 남자들과 여자들의 웃음소리가 낭자하게 얼크러지고 있었다.

이경욱은 이튿날까지도 가슴의 불길을 끄지 못하고 옥비 생각에 사로잡혀 있었다. 간밤에는 온통 옥비의 꿈으로 황홀하기만 했다. 자신이 옥비를 찾아가 사랑을 고백하고, 옥비도 기다리고 있었노라고 반겼고, 서로 한동안 사랑을 나누었고, 그리고 결혼을 했다. 그러나 그건 너무 순조로운 꿈이었고, 자신의 일방적인 생각일 뿐이었다. 밤을 지내놓고 보니 첫 매듭부터가 풀리지 않았다.

이경욱은 옥비를 어떻게 다시 대면할 수 있을 것인지부터 난감했다. 전주 기방으로 찾아가야 하는가, 집을 알아내야 하는가…….이 문제로 엎치락뒤치락 고심하고 있다가 이경욱은 전화를 받았다.

"아, 날세. 학교에 나와 일 좀 거들어주지 않겠나."

고서완 선생이었다. 그 말은 아지트로 나오라는 암호였다.

이경욱은 정신이 번쩍 들어 옥비의 생각에서 벗어났다.

"일을 시작하기 전에 자네도 내용을 알아둬야겠네. 동경 조직을 통해서 서로 연결이 됐는지 모르겠는데, 자네 혹시 선배 되는 송중원이라고 아나?"

언제나 차분한 목소리로 고서완이 물었다.

"예, 알고 있습니다."

이경욱의 뇌리에는 지성적이고 사색적인 송중원의 모습이 금방 떠올랐다.

"음, 그 집안이 지금 곤궁에 처했네. 다시 말하자면 송 동지 춘부

장께서는 이 근동에서 이름 높았던 의병장 수 자 익 자 어른이신데, 그분은 당시에 세상을 뜨신 것으로 되었네. 나도 그리 알았고. 헌데 그분은 돌아가신 게 아니라 만주로 밀행하시어 여지껏 독립투쟁을 전개하신 거네. 그 사실이 얼마 전 만주에서 탐지되어 이쪽 경찰서로 연락이 왔고, 그 사실을 숨겨왔던 가족들이 다 체포되었다네. 그 일로 자네 전주 좀 급히 다녀와야겠네."

"예, 알겠습니다. 헌데 저어, 송 선배 어르신께서는……?"

이경욱은 뒤늦은 충격으로 가슴이 떨리고 있었다. 송중원의 아버지가 지금까지 만주에서 투쟁을 하고 있었다니! 이경욱은 자기와 너무 다른 가정환경에 또 심한 열등감과 죄의식을 느끼고 있었다.

"확실히는 모르겠는데, 그분을 체포했다고 경찰에서 떠들지 않는 것을 보니까 무사하신 것 같군. 자아, 이 편지를 이태준 변호사께 전해드리게. 주소 잘 보고."

고서완이 반으로 접은 편지봉투를 내밀었다.

"예, 다녀오겠습니다."

이경욱은 무언가 할 말이 많은 것 같은 감정을 누르며 지체없이 일어섰다.

"이 변호사와 안면을 익히자는 뜻도 있네. 우리 전도를 위해서 말야."

고서완이 이경욱의 어깨를 잡으며 덧붙인 말이었다.

가택수색과 함께 송수익의 아내 안씨가 잡혀 들어간 것은 벌써 5일 전이었다. 안씨는 남편이 만주에 살아 있다는 것을 꼼짝없이 시인할 수밖에 없었다. 남편이 보내준 편지가 농 속에서 나왔던 것이다.

그리고 송중원은 한성의 자취방에서 체포되었다. 안씨가 매에 못 견딘 것이 아니었다. 어머니가 아들의 주소를 모른다는 것은 말이 안 되었던 것이다. 그리고 며느리한테까지 화가 미치는 것을 막아야 했던 것이다. 며느리마저 잡혀 들어오면 그 피해는 곧바로 어린 손자에게로 뻗치는 것이었다. 그런데 송중원은 혼자만 체포당한 것이 아니었다. 밤중에 급습을 당하여 사상학습을 시키고 있던 세포조직원 다섯까지 체포되고 말았다. 학습용 책자들이 결정적 물증이었다. 그 돌출사태로 송중원은 군산경찰서로 이송되지 않고 종로경찰서에 묶이게 되었다. 종로경찰서에서는 자기들이 발견한 범죄의 중대성을 내세워 이송을 거부했던 것이다.

체포는 거기서 끝나지 않았다. 송수익의 사돈인 신세호가 쇠고랑을 찼고, 고등보통학교 졸업반인 송중원의 동생 가원이까지 끌려갔다.

그 사건은 양치성이가 출장을 와서 터뜨린 것이다. 그는 수사를 지켜보면서 초반에 벌써 만족감을 느끼고 있었다. 그는 자신의 공적으로 두 가지를 노렸던 것이다. 물론 송수익의 생존 사실 확인이 첫째였고, 둘째는 송수익과 내통해 왔던 조직을 일망타진하는 것이었다. 그런데 송수익의 큰아들을 체포하는 과정에서 뜻밖의 수확을 얻게 된 것이었다. 송수익의 큰아들 수사에서 공산당 하부조직이 줄줄이 드러나게 된다면 그것처럼 큰 공적이 없었던 것이다.

양치성은 그 모든 것을 자신의 공적으로 챙기기 위해 출장보고서를 치밀하게 짤 계획을 세우고 있었다.

양치성은 원산을 떠나오기 전에 이미 처리한 일이 있었다. 송수익과 수국이의 살해 명령을 내린 것이었다. 수국이를 잡아오게 했던 것은 그년한테 자기가 살아 있다는 것을 똑똑히 보여주고, 마지막으로 그년을 실컷 맛보고, 그리고 자기가 찔린 바로 그 자리를 찔러 그년을 죽이려 했던 것이다. 그런데 그년은 이번에 또 정보원을 난자해 놓고 도망간 것이었다. 예쁜 꽃에 가시가 있더라고 그년은 예사로 독한 년이 아니었다. 여자 악담에는 오뉴월에도 서릿발이 치고, 여자 독기에는 무쇠도 녹아내린다고 했다. 그런 재수 없는 년은 다시 보고 싶지 않았다. 그러나 그대로 살려둘 수는 없었다.

그리고 송수익이란 자도 생포할 수 없을 바에는 쥐도 새도 모르게 죽여없애는 것이 상책이었다. 대종교 시교당을 맡고 있는 김동수가 자신이 그 옛날 정보학교 시절부터 찾고 있었던 송수익이라는 것을 알았더라면 진작 죽여없앴을 거였다. 대종교 시교당을 맡은 자들이 모두 독립운동 단체에 속해 있다는 것은 알았지만 의병장 송수익이 그렇게 위장해 있으리라고는 상상도 못했던 것이다. 그놈은 그렇게 위장을 한 채 부하들도 농민으로 위장시키고 그동안 우리 정보원들을 얼마나 많이 죽였을 것인가. 경력으로나 지금까지 건재해 있는 것으로나 그놈은 독립운동 단체의 거물이 틀림없었다. 그런 놈을 정보원 한둘의 힘으로 생포하기란 불가능이었다. 그렇다고 신원이 확인된 이상 그대로 살려둘 수도 없는 일이었다. 정보원 몇 명이 희생되더라도 반드시 죽여없애야 했다.

양치성은 이번에야 비로소 군산이 자기 고향이라는 아늑함과 편안함을 느끼고 있었다. 정년을 앞둔 우체국장 하야가와가 2년 전에 본국으로 돌아갔기 때문이었다. 하야가와가 버티고 있을 때는 왠지 불편하고 거북했던 것이다. 그의 은혜가 고마운 것과는 또다른 감정이었다. 하야가와가 떠나버려 거칠 것이 없게 된 군산으로서 전근해 오고 싶었다. 이번 사건을 공적으로 잘 이용하면 가능할 수도 있었다. 어머니는 자신이 군산으로 옮겨오기를 간절히 바라고 있었다. 자신의 마음도 평생 고생만 하고 살아온 늙은 어머니를 편히 모시고 싶었다. 그리고 고향땅에서 멋들어지게 행세를 해보고 싶었다. 거지 노릇을 하며 헤맸던 군산바닥을 칼 찬 경찰제복을 입고 활보하고 싶었다.

"그놈덜 뿌랑구가 짚어도 엄청시리 짚을 것이요 잉. 무신 수럴 써서라도 줄기줄기 고구마 캐디끼 그 뿌랑구럴 확 파뒤집어야 헐 것이오."

양치성은 수사에 압력을 가해대며 원산으로 돌아갈 채비를 서서히 하고 있었다. 가는 길에 종로경찰서도 들러야 했던 것이다.

"니 장개도 들고 혔는디 어쩔라고 정미소넌 나와부렀냐?"

밥상머리에서 양치성은 동생 효남이를 건너다보았다.

"일만 부래묵고 월급언 쥐꼬랑댕이맨치 주고, 미꼬미가 없단 말이시."

잔뜩 주눅든 양효남이는 형의 눈치를 보며 뚱하니 말했다. 그의 말에도 일본말이 예사로 섞이고 있었다.

"그려, 나도 못 댕기게 히부렀다."

양치성의 어머니가 얼른 끼어들었다. 어머니는 동생을 위해 반대로 말하고 있는 것을 양치성은 알고 있었다.

"글먼, 인자 머 해묵고 살라냐?"

양치성의 어머니 눈길이 큰아들과 작은아들 사이를 빠르게 오갔다.

"긍게 머시냐…… 나가 배운 것도 없고 헝게 점방이나 한나 열었으면……."

"장사럴 허겄다는 것이여?"

양치성의 어조가 달라졌다.

"이, 야아가 전보톰 그것이 원이고 한이단다. 야아가 비우도 좋고 계산속도 빨르고 헝게 잘 안 허겄냐."

양치성의 어머니가 또 끼어들었다.

양치성은 꼬이려는 성질을 다독이며 묵묵히 밥을 씹었다. 생각하면 동생도 불쌍한 놈이었다. 어렸을 때부터 배곯고 살았고, 배운 것이라고는 없이 나이를 먹은 것이었다. 자신이 닦달을 해서 겨우 글을 깨치고 구구법을 욀 수 있는 것이 배운 것의 전부였다. 자신이 고정수입을 갖게 되면서 막내동생 상근이는 제대로 공부를 시키기 시작했다. 그러니 효남이의 앞길이 문제이기는 했다.

"무신 점방얼 헐라는지 맘묵은 것언 있냐?"

마침내 양치성이 입을 열었다.

"이, 자전거포 겉은 것이야 돈이 많이 든게 안 되고, 목 존 디서 잡화상얼 열면 망헐 걱정 없이 재미가 쏠쏠헐 것잉마."

양효남은 거침없이 털어놓았다.

잡화상……. 양치성의 뇌리에 문득 떠오르는 얼굴이 있었다. 장덕풍이었다. 그도 보잘것없는 잡화상이었다. 그런데 이제 거부가 되어 있었다.

"그려, 잡화상 허는 것이야 존디, 나가 시키는 대로 혀. 그렇게, 장사라는 것도 기술잉게 나가 취직시켜 주는 상점에 들어가서 반년만 기술을 배우는겨. 그럼서 어디가 목이 존지도 찾아보고. 어째, 그리허겠냐?"

"하면, 그래야제. 그러고말고."

양치성의 어머니는 다급하게 응답하며 작은아들에게 빠른 눈짓을 하고 있었다.

"야아, 그리허겄구만이라."

"그려, 그간에 나가 돈얼 장만허제."

"하이고, 아즘찮이 아즘찮이 또 아즘찮이다 와. 장자가 부모 맞잽이란 말언 니럴 두고 헌 말이여."

양치성의 어머니는 눈물이 그렁그렁해진 눈으로 큰아들의 등을 쓸고 또 쓸었다.

"상근이 니 공부 잘히야 혀. 공부만 잘허면 큰성이 대학꺼정 보내줄 것잉게."

양치성은 가슴 먹먹해지는 감정을 밀어내며 막내동생에게 눈길을 보냈다.

"야아, 큰성 고상허는 것 생각험서 열성으로 허능구만이라우."

당황한 상근이는 눈이 똥그레져 대답했다.

"우리 상근이야 늘 일이등얼 다툰게로." 양치성의 어머니는 자신 있게 말하고는, "근디 큰아야, 니 장개년 어쩔라고 그러냐?" 주름진 얼굴에 수심이 어렸다.

"야아, 인자 자리도 잽히고 혔응게 곧 장개럴 들어야겠구만요."

"하면, 그래야제. 이 에미가 장손지럴 보듬아보고 죽어야제."

양치성의 어머니 얼굴에는 더없이 흐뭇한 웃음이 넘쳐흐르고 있었다.

한편, 송수익의 아내 안씨는 며칠 동안 고문을 당해 거의 실신상 태에 빠져 있었다. 얼굴은 피멍투성이였고, 구겨지고 더러워진 치마저고리에도 피얼룩이 범벅이었다.

"대라니께, 얼렁 대!"

"몰르요, 나넌 몰르요."

며칠 동안 이 말의 끝없는 반복이었다. 그때마다 사정없는 고문이 가해졌다. 싸리회초리와 대껍질회초리로 매질을 당했고, 코로 물을 부어대는 고춧가루물 고문을 당했고, 구둣발로 정강이를 수없이 차였고, 얼굴이 통통 부어오르도록 따귀를 맞았다.

남편이 조직해 놓은 단체를 대라고 했다. 남편과 내통하고 있는 자들을 대라고 했다. 남편이 지시한 것들을 대라고 했다. 남편에게 보낸 자금을 대라고 했다. 안씨는 그 어느 것 하나 아는 것이 없었다. 그러나 경찰은 전혀 믿어주지 않았다.

"뻘뻘허니 살아 있는 놈얼 그리 오래 죽었다고 거짓말해 온 년이 또 무신 거짓말얼 안 허겄어. 징헌 년, 대, 얼렁 대!"

날마다 심해지는 고문을 견딜 수가 없었다. 아는 것이 있으면 무엇이든 대고 싶었다. 그러나 아는 것이 아무것도 없었다. 안씨는 남편이 원망스러웠다. 자기는 아무것도 모르게 한 남편이 원망스러웠다. 아무것도 대는 것이 없으니 더 의심을 받는 것이었다. 날이 갈수록 안씨는 차라리 죽고 싶다는 생각을 자주 했다. 그러나 그때마다 떠오르는 얼굴이 있었다. 남편이 아니었다. 그건 손자 준혁이의 얼굴이었다. 솜털 보송송한 얼굴이 방싯 웃고 있었다. 안씨는 이를 맞물며 부르르 떨었다. 그 어린것을 두고 죽을 수는 없었다.

신세호는 안씨보다 훨씬 더 심하게 당하고 있었다. 송수익과 사돈이고, 남자이기 때문이 아니었다.

"고놈이 아조 숭헌 놈이오. 고놈만 잘 비틀어대면 고구마넌 줄줄이 나올 것이오. 근디 조심혀얄 것이오. 거짓말얼 찰떡 묵디끼 잘 허는 놈잉게."

양치성이가 특별히 못을 박은 것이었다. 그는 자기가 옛날에 속아 넘어간 것을 잊지 않고 있었다.

신세호도 안씨와 똑같은 추궁을 당하고 있었다. 그러나 신세호 역시 실토할 것이 아무것도 없었다. 며칠째 계속된 혹독한 고문으로 신세호도 초주검이 되어 있었다.

"어이, 자네 안사둔 말이 서로 사둔 맺을 적에 송수익이허고 합의했담시로?"

형사가 그저 지나치는 말처럼 물었다.

"예에……."

상처투성이인 몸을 제대로 가누지 못하는 신세호의 대답은 들 릴락 말락 했다.

"되았어, 그놈이 누구여!"

형사가 책상을 내려치며 환성을 터뜨렸다.

신세호는 정신이 번쩍 들었다. 그러나 이미 엎질러진 물이었다. 꼼짝없이 유도심문에 걸려든 것이었다. 공허 스님의 얼굴이 크게 확대되어 왔다.

"얼렁 대! 니놈허고 송수익이놈허고 새럴 왔다갔다헌 놈이 누 구여!"

더는 피할 수 없는 길이었다. 그러나 자기 입으로 공허 스님 이 름을 대다니. 신세호는 덮쳐오는 죄의식을 느꼈다. 스님, 이 못난 것 이…… 신세호는 신음을 씹었다. 그러면서 자신이 이름을 대더라 도 공허 스님은 잡히지 않으리라는 것을 믿었다.

"못 대겠어!"

형사가 몽둥이를 치켜들었다.

"공허 스님이라고……."

"머시여? 공허 시님? 중놈 아니여? 아니, 중놈이면 그것이……."

이렇게 되어 신세호는 더욱 궁지로 몰리게 되었다. 그동안 경찰 에서 노리고 노려왔으면서도 잡지 못했던 바로 그 승려와 연결된 것이니 경찰의 의심은 더욱 증폭될 수밖에 없었다.

"지가…… 지가 헌 일언 조선통사라는 책얼 한 번 필사혀 준 것뿐이구만요. 그 시님언…… 밤에만 왔다가 홀쩍 뜨고 혔응게 어디서 오는지 어디로 가는지 통 몰르는구만요. 다른 일언 나헌티 더 시키지도 안혔고……."

이 사실까지 실토한 신세호는 기절하고 말았다.

"머시요? 우리 아부지가 살아 기신다고라! 거그가 만주 어디요?"

송수익의 작은아들 가원이가 부르짖듯 한 말이었다. 그의 얼굴에는 의아스러움과 반가움이 엇갈리고 있었다.

"이놈 보소. 만주 어디면 어쩔 끼여?"

형사가 어이없어했다.

"어쩌기넌 어째라. 찾어가야지라."

송가원의 거침없는 말이었다.

"이놈이 미쳤능가. 가서 멀헐라고?"

"미치기넌 머시가 미쳐라. 돌아가신지 알었든 아부지가 살아 기신다는디 자석이 찾어가는 것이야 당연지사 아니오."

송중원과 달리 어글어글한 생김에 건장한 몸집인 가원의 태도는 당당하기만 했다.

"이놈아, 느그 애비넌 불령선인인디도 찾어가!"

"그것이야 일본사람덜이 볼 때 그렇고 나헌티야 한나뿐인 아부지요."

"하 이놈, 똑똑헌 것인지 팔푼인지 몰르겄네."

이렇게 되어 송가원은 따귀 서너 대 맞고 이튿날 바로 풀려났다.

지하실에 갇힌 송중원은 얼이 거의 다 빠져 있었다. 속반바지만 입혀진 그의 온몸은 청보랏빛 칠을 해놓은 것처럼 피멍으로 뒤덮인 채 퉁퉁 부어 있었다. 그는 몽둥이질에, 고춧가루물 고문에, 전기 고문까지 당하면서 잠 안 재우는 고문까지 겹쳐 당하고 있었던 것이다.

흰 눈동자가 보이지 않을 정도로 시뻘겋게 핏발이 선 눈은 게게 풀린 채 눈곱이 잔뜩 끼여 있었다. 그리고 헤벌어진 입에서는 느적거리는 침이 질질 흘러내리고 있었다.

"이놈아, 한 놈만 대, 한 놈만. 그럼 당장 재워줄 테니까."

"……."

송중원의 눈꺼풀이 어느 사이엔가 내려앉아 있었다.

"이새끼, 눈떠!"

세 줄기 싸리회초리가 송중원의 피멍든 목을 후려쳤다.

"으으응응……."

송중원이 가는 신음을 흘리며 눈을 떴다. 매의 강도에 비해 신음소리는 너무 가늘었다.

"빨리 한 놈만 대. 그럼 당장 재워준단 말야."

"아니오, 나…… 나 혼자……."

송중원의 입에서 간신히 흘러나온 가늘고 쉰 소리였다.

"이 미련한 놈아, 비밀을 지켜주겠다잖아. 어서 한 놈만 대고 자라니까."

형사는 싸리회초리로 송중원의 볼을 착착착착 때리며 소리쳤다.

송중원의 혼탁한 의식 속에서는 허탁의 얼굴이 커졌다 작아졌다, 가까워졌다 멀어졌다 하고 있었다.

안 돼, 안 돼, 안 돼…… 아부지, 아부지, 아부지…….

송중원은 허탁의 얼굴을 떠밀어내며 아버지를 붙들려고 안간힘했다. 그러나 아버지의 얼굴은 떠오르지 않고 허탁의 얼굴만 더 커지고 있었다.

"아니, 이새끼 눈떠!"

형사가 또 회초리로 목줄기를 갈겼다. 송중원의 몸이 기우뚱하더니 시멘트바닥으로 나뒹굴어졌다. 몸이 완전히 퍼져버린 송중원은 죽은 것 같았다.

"이새끼 또 기절이야, 이거. 이게 보기보다 독종일세. 이만하면 불 고비가 훨씬 넘었는데. 이놈 말대로 혼자 좋아서 그 짓을 한 것인가? 아닌데, 그럴 리가 없어. 어디 누가 이기나 보자."

형사는 양동이의 물을 송중원의 머리에다 퍼부었다.

물을 뒤집어쓴 송중원의 눈꺼풀이 더디게 뜨여졌다.

"이새끼야, 빨리 일어나!"

형사가 송중원의 복부를 걷어찼다. 송중원의 몸이 심한 경련을 일으키며 오그라들었다.

"이새끼, 너 안 불면 여기서 죽어나가. 여기서 죽어나간 놈들이 한둘인 줄 아냐. 일어나 어서!"

형사가 송중원의 손가락을 짓밟았다.

송중원은 부들부들 떨며 몸을 일으키고 있었다. 그는 연상 아버지를 부르고 있었다. 고문을 당하기 시작하면서부터 아버지를 얼마나 많이 불렀는지 몰랐다. 그건 도와달라는 뜻이 아니었다. 스스로에게 아버지를 생각하라는 일깨움이었다. 굴복하고 말면 어찌 아버지의 아들이라고 할 수 있는가……!

송중원은 하루를 더 고문당해 1주일을 채우고서야 지하실을 벗어나 유치장에 갇히게 되었다. 가누지 못하는 몸으로 깊은 잠에 빠져들며 그는 비로소 웃고 있었다. 그러나 상처와 피멍으로 팅팅 부어오른 그의 얼굴은 웃는지 우는지 분간이 되지 않았다.

25

아리랑

 단성사 앞은 엄청나게 몰려든 사람들로 수라장을 이루고 있었다. 사람들은 서로 밀고 당기며 소리치고 다투었고, 기마경찰들이 여기저기서 호루라기를 불어대며 무턱대고 극장 쪽으로 밀려오는 사람들을 차단시키고 있었다. 사람들은 종로의 양쪽과 비원 쪽에서 꾸역꾸역 밀려들고 있었다. 그런데 그 소란을 부추기기라도 하는 듯 극장의 악대는 뺨빠라 뺨빠 뺨빠라뺨 뺨빠빠라뺨빠 신바람나게 울려대고 있었다. 구경꾼들이 줄을 서지 않고 앞다투며 난장판을 이루는 것은 그럴 만한 까닭이 있었다. 극장에 지정 좌석이 있는 것이 아니었고, 인원 제한도 없었다. 그리고 활동사진을 토요일과 일요일에는 두 차례 돌렸지만 평일에는 한 차례밖에 돌리지 않았다. 그러니 구경꾼들은 누구나 남보다 먼저 들어가 좋은 자리를 차지하려고 욕심부렸고, 극장 앞에서 멀찍하게 떨어져 있는 사람들은 걸상 차지는 고사하고 맨바닥 구경도 못하고 헛걸음칠까 봐서 기를 쓰는 것이었다.

장안의 모든 극장은 1주일 간격으로 새 활동사진 간판을 바꿔 달았다. 그걸 사람들은 '사진이 바뀐다'고 말했다. 그런데 단성사에서는 이번 활동사진에 구경꾼들이 너무나 몰리는 바람에 1주일을 넘기고도 10일이나 더 연장하게 되었다. 돈벌이의 호기를 잡기도 해서였지만, 장안의 사람들이 '사진을 바꾸지 말라'고 성화가 대단했던 것이다.

활동사진 돌리기를 열흘이나 연장했는데도 구경꾼들은 날마다 북새통을 이루고 있었다. 단성사 이마에 높이 나붙은 활동사진의 간판은 〈아리랑〉이었다.

10월 1일부터 상영된 〈아리랑〉은 이제 16일째를 맞고 있었다. 허탁과 박정애 일행은 체면이고 염치고 없이 앞으로만 밀고 나갔다. 그러지 않고 점잔을 피우다가는 뒤로 밀려날 수밖에 없었다. 가까스로 매표구 앞에 다다른 허탁은 미리 준비하고 있던 1원 20전을 작은 구멍으로 디밀며 소리쳤다.

"넉 장이오."

"허탁 씨, 돈 여깄어요!"

박정애가 사람들 속에 파묻힌 채 저만치에서 외쳤다.

허탁은 들은 척도 않고 표를 받아가지고 입구 쪽으로 돌아섰다.

"어머, 뭐예요. 제가 초대했잖아요."

일행을 기다리고 있는 허탁 가까이 온 박정애가 뽀로통하게 말했다.

"그럼 결사적으로 앞서가서 표를 샀어야지요."

홍명준의 말이 불퉁스러웠다.

"어머, 여자 힘으로 그게 가능해요?"

박정애가 파르르 눈꼬리를 세웠다.

"이런 땐 남녀평등이 아닌가요?"

"어허, 이 판국에서도 언쟁이신가. 어서 앞서세요."

허탁이 박정애와 김정하에게 손짓했다.

홍명준은 허탁에게 마땅찮은 기색으로 눈을 흘겼다. 허탁이 진득하게 웃음지으며 눈을 꿈적거렸다.

"저거 아주 돼먹잖았어. 어디다 대고 양반 행세야, 양반 행세가."

앞서 극장으로 들어가며 박정애가 거침없이 내쏘았다.

"어머 얘, 다 듣겠다."

뒤따라가던 김정하가 질색을 하며 박정애의 등을 쳤다.

극장 안에는 이미 빈자리가 없었다. 흔히 '호떡집 걸상'이라고 부르는 등받이 없는 걸상들에는 빈틈없이 사람들이 다 붙어앉아 있었다. 그리고 통로도 벌써 절반이 넘게 사람들 차지가 되어 있었다.

"자아, 빨리 저 가운데 통로에 가 앉읍시다. 어물거리다간 저 자리도 뺏기고 화면 뒤에 가서 봐야 되니까."

허탁이 박정애와 김정하에게 신문지를 한 장씩 내밀며 서둘렀다.

"어디서 났어요, 이건?"

신문지를 받아들며 박정애가 반색했다.

"미리 준비한 거 아니오."

"역시 멋져. 남자가 이 정도는 돼야지."

김정하가 또 박정애의 옆구리를 찔렀다.

사람들은 왁자지껄 소란을 피워가며 곧 통로까지 다 채웠다. 그
런데 통로마저 차지하지 못한 사람들은 무대로 올라가 영사막 뒤
에까지 자리잡고 있었다. 영사막 뒤에서는 영상의 좌우가 바뀌어
보이지만 사람들은 그런 것쯤 아랑곳하지 않는 것이었다. 말뜻을
있는 그대로 풀자면 '만원이 넘쳤다'는 말인 '초만원'이란 바로 그런
것이었다.

뺨빠라 빰 빰빠…….

무대 아래서 악대소리가 울리며 전등이 일시에 꺼졌다. 그때까
지 와글거리고 바글거리던 소란이 뚝 그쳤다. 한 줄기 불빛이 어둠
을 뚫고 무대로 뻗쳤다. 활동사진의 시작이었다.

농촌풍경을 담은 화면을 따라 악대의 연주가 느릿하면서도 구슬
픈 가락으로 바뀌어 있었다. 그리고 화면에 '아리랑 아리랑 아라리
오'라는 글씨가 찍혀 나오면서 악사석에서 여가수가 노래를 부르
기 시작했다.

아리랑 아리랑 아라리오

아리랑 고개로 넘어간다

나를 버리고 가시는 님은

십 리도 못 가서 발병난다

눈물겹고 서러운 가락으로 노래가 끝나면서 변사의 해설이 시작되었다.

"……평화를 노래하고 있던 백성들이 오랜 세월에 쌓이고 쌓인 슬픔의 시를 읊으려고 합니다. ……서울에서 철학공부를 하다가 3·1운동의 충격으로 미쳐났다는 김영진이라는 청년은……."

미치광이 김영진은 낫을 휘두르며 오기호를 쫓아간다. 오기호는 이 마을의 악덕지주 천가네의 머슴이면서 일본경찰의 앞잡이인 것이다. 온 마을 사람들이 눈엣가시로 미워하는 오기호를 미치광이인 김영진도 그처럼 증오한다. 그리고 김영진은 일본경찰과 마주쳐도 곧 찔러죽일 듯이 낫을 휘두른다.

한편, 김영진에게는 영희라는 여동생이 있는데, 그는 광인 특유의 애정으로 여동생을 아끼고 감싼다. 어느 날 서울에서 김영진의 대학동창생 윤현구가 친구를 찾아 이 마을로 온다. 그러나 김영진은 친구 윤현구를 알아보지 못하고, 영희가 오빠를 대신해서 그를 맞이한다. 영희와 윤현구는 김영진의 불행과 앞날을 함께 걱정한다. 그러다가 그들 사이에 사랑이 싹트게 된다.

그런데 마을에서 풍년 농악제가 열린 날 또 무엇인가를 염탐하려는 듯 이 집 저 집 기웃거리고 다니던 머슴 오기호가 혼자서 집안일을 하고 있는 영희를 발견하고는 겁탈하려고 덤벼든다. 두 사람 사이에 실랑이가 벌어지고, 힘 약한 영희가 위기에 몰리고 있을 때 윤현구가 집으로 돌아온다. 윤현구와 오기호는 마침내 격투를 벌이게 된다. 그런데 김영진도 그 자리에 있었지만 정신이상인 그

의 눈에는 두 남자의 격투가 무슨 재미있는 구경거리로 보이는 것
인지 그저 히죽히죽 웃기만 하고 있었다.

그러다가 김영진은 문득 환상을 본다. 사막에 쓰러진 한 쌍의 연
인이 지나가는 대상(隊商)에게 물을 달라고 애원한다. 그런데 상인
은 물 한 모금 대신 여자를 끌어안는다. 그 순간 김영진이 낫을 번
쩍 들어 후려친다. 대상은 간데없이 사라지고 김영진의 낫에 찔려
쓰러진 것은 오기호였다. 이때 김영진은 오기호가 흘린 피를 본 충
격으로 맑은 정신을 되찾는다. 그 자리에 김영진의 아버지, 교장 선
생, 지주 천가, 그리고 일본경찰과 마을사람들이 모여든다. 그런데
김영진의 손에는 포승이 묶여진다. 김영진은 자기를 바라보고 오열
하는 마을사람들에게 말한다.

"여러분, 울지 마십시오. 이 몸이 삼천리 강산에 태어났기에 미쳤
고, 사람을 죽였습니다. 지금 이곳을 떠나는, 떠나려는 이 영진은
죽음의 길을 가는 것이 아니라 갱생의 길을 가는 것이오니 여러분
눈물을 거두어주십시오……."

김영진이 일본경찰에게 끌려가면서 악대가 연주하는 〈아리랑〉의
선율이 흐르기 시작한다.

아리랑 아리랑 아라리요오……

그 연주에 맞추어 앞쪽에서 합창이 시작되었다.

아리랑 고개로 넘어간다아……

그 합창은 마치 물결치듯이 뒤로 뒤로 번져나가고 있었다.

나를 버리고 가시는 님은
십 리도 못 가서 발병난다아

마침내 모든 사람들이 합창의 물결에 휩쓸렸다.

합창은 한 번으로 끝나지 않았다. 화면은 사라지고 극장 안에 불
이 켜졌는데도 관객들은 나가지 않고 모두 일어나 다시 〈아리랑〉을
합창하기 시작했다. 노래를 부르는 사람들의 얼굴 얼굴은 숙연하고
도 비감했으며, 그 합창은 서러우면서도 장중하게 이어지고 있었
다. 손수건으로 눈물을 닦아내는 여자들이 있는가 하면 소리내 흐
느끼는 여자들도 있었다.

합창이 막 끝났을 때였다.

"대한독립 만세에!"

어느 남자의 부르짖음이었다.

"대한독립 만세에!"

화답하듯 여기저기서 터진 외침이었다.

그때 호루라기소리가 날카롭게 울려댔다. 극장 안이 금방 싸늘
해졌다. 만세소리는 더 울리지 않았다.

극장을 나오는 사람들의 얼굴은 하나같이 침울하고도 숙연했다.

기마경찰들이 니뽄도를 빼들고 살벌한 기세로 줄지어 서 있었다.

허탁 일행은 묵묵히 종각 쪽으로 걸었다. 박정애와 김정하의 눈자위에는 운 흔적이 그대로 남아 있었다.

"어디 가서 차나 한잔합시다."

파고다공원 앞에 이르러 허탁이 말을 꺼냈다.

"네, 조금 더 가면 괜찮은 까페가 있어요."

박정애가 말을 받았다.

그들은 길을 건너 카페로 들어갔다. 일본사람들에 의해 명동 일대와 황금정에서 생겨나기 시작했던 카페는 언제부턴가 새로운 유행업종으로 조선사람들도 종로통에 많이 차려놓고 있었다.

"그것 참 이상해……."

홍명준이 담뱃갑을 꺼내며 고개를 갸웃거렸다.

"뭐가?"

허탁이 담배를 뽑으며 쳐다보았다.

"대체 그런 영화가 어떻게 총독부 검열을 통과했지?"

"어쩜, 아직 그것도 모르고 있어요? 나운규는 그걸 미리 피하느라고 일본사람을 감독으로 내세우고 자기 이름을 뺀 거예요."

박정애는 아까의 분풀이라도 하듯이 한달음에 쏟아놓았다.

"아, 그러신가요. 아시는 게 많으시군요."

박정애의 노골적인 공격을 맞받아치듯 홍명준의 어투는 비아냥조였다.

총독부에서는 3개월 전인 지난 7월에 활동사진필름 검열규칙을 공포했다.

"활동사진이란 게 참 묘하군. 그게 눈물 짜는 연애 얘기나 엮어 대는 줄 알았는데 그게 아니라니까. 그 많은 사람들 가슴을 그렇게 흔들어놓고, 마음을 한덩어리로 뭉치게 하다니. 그것 참 대단한 힘이야."

허탁이 담배를 깊이 피우며 중얼거리듯이 말했다.

"나도 동감이네. 이 살벌한 세상에서 어찌 그런 활동사진을 만들어낼 생각을 했는지 원. 젊던데 몇 살인지 몰라."

홍명준은 고개를 갸웃거렸다.

"한 스물대여섯 살 됐을까? 홍범도 장군 부대에서 독립투쟁을 했다는 소문이 있는데, 그래서 그런 영화를 만들어냈는지도 모르지."

"얘 정하야, 너 뭘 하고 있는 거니? 이런 때 실력발휘를 하잖고."

박정애가 커피를 마시려다 말고 김정하에게 눈짓하고는, "정하가 가사과 출신이지만 사실은 배우 지망생이에요. 그래 나운규에 관해서는 박사니까 알고 싶은 건 다 물어보세요." 그녀는 허탁에게만 눈길을 보냈다.

"아이, 넌 애가⋯⋯."

갸름한 얼굴에 눈매가 곱상하게 생긴 김정하가 부끄러워하며 박정애의 팔을 꼬집는 시늉을 했다.

"아, 그렇지요 참. 사람은 서로 배우고 가르치는 거니까 어서 아는 대로 말씀 좀 해주시죠. 나운규 같은 사람은 이 시대의 젊은 층을 대표할 수 있는 새로 등장한 인물 아닙니까. 우리 젊은이들이 알아야 될 필요가 있습니다."

허탁이 진지하게 말했다.

"봐라, 어서 얘기해 봐."

박정애가 김정하에게 정다운 눈길을 보냈다.

"네에, 별로 아는 건 없는데요, 그분은 올해 스물네 살이시고, 북간도 명동중학을 다니시다 왜놈들의 강압으로 학교가 폐교되자 독립운동에 뜻을 두고 만주의 독립군을 찾아나서신 모양입니다. 그래서 어떤 독립군 단체에 속해 독립투쟁을 하시다가 청회선터널 폭파미수 사건의 용의자로 체포되어 1년 6개월의 감옥살이를 끝내고 23년에 출감하셨습니다. 그런데 그 독립군 단체가 홍범도 장군 부대인지는 확실하지가 않습니다. 왜냐하면 그분이 체포되었을 당시에 홍범도 장군 부대는 만주에 있지 않고 러시아땅 연해주로 이동했었거든요. 그분은 출감하신 다음 뜻을 바꾸어 24년에 부산에서 조선키네마주식회사가 설립되자 부산으로 내려가 연구생이 되셨습니다. 그래서 조선키네마가 제작한 운영전(雲英傳)에 단역인 가마꾼으로 첫 출연해 연기력을 인정받으신 결과 25년 백남프로덕션의 제1회 작품인 심청전에서 주역인 심봉사 역을 맡아 큰 배우로 인정받으셨습니다. 그리고 다음해 조선키네마프로덕션의 농중조(籠中鳥)에 출연하여 절찬을 받으면서 마침내 명배우가 되신 것입니다. 허나 그분은 배우로 만족하지 않으시고 직접 활동사진을 만들기로 결심하신 것입니다. 그래서 원작 각본을 직접 쓰고 감독도 주연도 직접 맡아 만드신 영화가 바로 아리랑입니다. 그러니까 아리랑은 그분이 씨나리오 작가로, 감독으로 데뷔하신 첫 작품인 것입니다."

김정하는 차분하면서도 막힘없이 이야기를 해나갔다.

"과연 나운규에 관해선 박사시군요. 헌데, 무척 존경하는 모양이지요?"

홍명준은 김정하가 말끝마다 최대 존칭을 붙인 것을 의식하고 있었다.

"존경이 뭐예요? 우상이지요."

박정애가 톡 쏘았다.

"스물넷에 그런 큰일을 해내다니……."

허탁이 중얼거리며 커피잔을 들었다. 그 말에서 묻어나는 자괴감과 함께 그의 얼굴은 어두워져 있었다.

"배우 지망생은 나운규를 우상으로 삼고 있으면 제대로 된 건데, 성악가 지망생은 오늘 가슴 찔리게 느낀 게 뭐 없소?"

홍명준이 박정애를 향해 말을 튕겼다.

"아니, 가슴 찔리다니요?"

박정애가 금방 눈꼬리를 세웠다.

"이거야 원, 뜻도 제대로 모르고 싼타루치아나 불러대고, 김우진이하고 윤심덕이하고 현해탄에 투신정사한 것이나 멋지다고 수선을 떨어대니 무슨 느낌이 있을 게 뭐요."

"말조심하세요!"

박정애가 앙칼지게 내쏘았다.

"내 말 다 안 끝났소. 고추장 된장 먹고 사는 처지에 이태리유학이니 뭐니 어설프게 헛바람 잡지 말고 아까 그 여가수처럼 우리 노래나 잘 부르도록 정신 차리는 게 어떻겠소?"

"흥! 그리 말하고 앉았는 홍명준 씨는 뭐죠? 왜놈들 주구로 독립운동가들 물어뜯자는 것 아닌가요?"

"아니, 뭐요?"

홍명준의 짙은 눈썹이 꿈틀했다.

"내 말 다 안 끝났어요." 박정애는 홍명준이가 했던 똑같은 말로 내지르고는, "그 잘난 양반들이 나라 팔아먹은 것도 모자라서 이제 양반 자제께서는 왜놈들 법 달달 외워 판검사라는 똥개 노릇을 나설 참인데, 사나이로 태어나서 정 할 짓이 없으면 아편이나 피우는 게 어떠시올지?" 그녀는 거침없이 공박해 댔다.

"그래요?" 홍명준은 피식 웃고는, "내가 미리 말할 이유가 없어서 말을 안 했던 건데, 말이 나온 김이니 한마디 해두겠소. 난 판검사가 되려고 고등고시를 보는 게 아니오. 변호사가 되려고 그러는 것이오. 더구나 오늘 활동사진을 보고 느낀 게 많으니까 하루빨리 변호사가 되도록 해야겠소. 이래도 아편이나 피우리까?" 그는 박정애를 빤히 쳐다보고 있었다. 그 눈빛은, 넌 어떻게 할 거냐고 묻고 있는 것 같았다.

"흥, 잘났군요. 난 악착같이 이태리유학을 갈 거예요."

박정애는 오기를 부렸다. 그러나 의식 속에서는 아까 들은 노랫소리가 쟁쟁하게 울리고 있었다. 그 새로운 가락의 〈아리랑〉은 벌써 장안에 일대 유행의 물결을 이루고 있었다. 자기가 그 여가수 만큼 부를 수 있을지 의문이었고, 한번 노래를 불러 그렇게 유행시킬 수 있다는 것은 너무 부러운 일이 아닐 수 없었다. 그리고, 두 달 전에 극작가 김우진과 성악가 윤심덕이가 이루어질 수 없는 사랑을 비관하고 현해탄에 투신정사한 것을 놓고 희대의 낭만적이고 멋진 사랑이라고 들떴던 분위기에 별다른 생각 없이 휩쓸렸던 것이 못내 부끄럽기도 했다. 그때 나운규라는 젊은 사나이는 조선사람들 전부의 가슴을 뒤흔들고 눈물 흘리게 할 활동사진을 만들고 있었던 것이다.

"괜한 억지소리 마시오. 박정애 씨도 아까 울던걸." 그때까지 말 없이 듣고만 있던 허탁이 담뱃불을 끄고는, "박정애 씨, 혹시 아는지 모르겠는데 말이오, 아까 그 아리랑 노래가 전에 듣던 것하고 좀 다르지 않아요? 소문에는 신판 아리랑이란 말도 있던데." 그는 박정애를 음악 전문가로 인정하는 태도를 보였다.

"네, 귀가 아주 밝으시네요. 그건 이번에 새로 편곡된 거예요. 그러니까 뭐랄까, 그전에 있던 가락을 바탕으로 해서 활동사진의 분위기에 맞게 약간씩 변곡을 한 거지요."

박정애가 밝아진 얼굴로 대답했다.

"그럼 아리랑이 지방에 따라 여러 가지가 있는데 이번에 또 한 가지가 생긴 셈이로군요."

"네, 그런 거예요."

"그리고 저어…… 또 한 가지 달라진 게 있어요. 가사 중에서 십

리도 못 가서 발병난다 하는 건 이번에 새로 지으신 거예요. 나 선생님께서……"

김정하는 수줍은 듯 낯꽃 좋게 미소지었다.

"아, 그게 그렇습니까?"

홍명준이 놀라는 반응을 보였고, 허탁은 또 무슨 생각인가를 하는 얼굴로 고개를 끄덕이고 있었다.

"어디 가서 저녁이나 하실까요? 아까 표를 제가 못 샀으니까요."

박정애가 허탁에게 말을 건넸다.

"아닙니다, 우린 또다른 약속이 있어서 가봐야 합니다."

홍명준은 재빨리 대답을 가로챘다. 그는 박정애가 뒤넘스럽게 구는 꼴을 더 보고 싶지 않았던 것이다.

"정말이세요?"

박정애는 다그치듯 물었다.

"송형 집안일로 만날 사람이 있소."

허탁은 엉겁결에 꾸며댔다.

"저도 가면 안 되나요?"

"우리 또 만납시다."

허탁이 쓰다듬듯 박정애를 바라보았다. 박정애는 또 무슨 말을 하려다가 그 눈길을 받고 고개를 돌렸다. 그러나 그 얼굴에는 불쾌한 기색이 역연했다.

그들은 카페를 나와서 헤어졌다. 박정애는 홍명준에게 인사도 제대로 하지 않고 가버렸다.

"자넨 어쩌자고 박정애한테 그리 관대하나? 자네가 그러니까 저게 꼭 첩처럼 나대잖나. 자넨 사람을 너무 안 가리는 게 큰탈이야."

홍명준이 낙원동 쪽으로 발길을 돌리며 불쾌해했다.

"이사람아, 내가 탈이 아니라 자네가 탈이야. 자네도 그 사람 차별하는 습관 좀 없애. 박정애가 겉멋이 좀 들긴 했어도 본심은 순박하고 정이 많아. 이번에 보게, 박정애가 아니었으면 누가 송중원이 면회를 그리 열성으로 다녔겠나. 박정애가 나한테 첩처럼 나대는 게 아니라 자기가 송중원의 일에서 제외되는 게 서운해서 그런 태도를 보인 거 아닌가. 궂은 심부름만 시켜놓고 다른 일에서는 빼버리니 누가 기분 좋아하겠어."

"그러게 둘러대도 왜 하필 송중원이 일이라고 하나그래."

"이사람 보게, 느닷없는 거짓말로 사람 궁지에 몰아놓고는 되레 큰소리야."

"좌우간 중인 딸년들 일본물 먹고 신여성이라고 꺼들대는 꼴 비위 틀려 못 봐주겠어. 어떻게 된 게 여자들 일본유학이야 하면 태반이 중인 딸년들인가그래."

"원 새삼스럽긴. 점잖고 고매하신 양반님네들이야 금가고 깨질까봐 귀한 따님들을 어찌 밖으로 내돌릴 수 있어야 말이지. 중인들이야 생각이 양반들보다 활달하겠다, 재력이 든든하겠다, 세상이 달라진 걸 보고 딸자식까지 다 신식공부를 시키는 거 아닌가. 두고 보게, 앞으로 세상 판도가 달라질 거네. 여성제위께서 세상 진출이 많아질 것이고, 그 여자세상을 중인 따님들이 장악할 테니까. 그때

가서 당황하지 말고 사람 차별하는 자네 생각을 어서 바꾸게."

"자꾸 차별 차별 하지 말게. 그것들이 제 할 일이나 하면 누가 뭐래나. 자꾸 우리와 맞먹으려구 나대니까 그리되는 거지."

"글쎄, 그게 시대에 안 맞는 고리타분한 양반의식이란 말일세. 지금은 임금이 다스리던 시대가 아니잖나. 상해임정이 공화주의를 채택한 게 벌써 몇 년 전인가? 공화주의의 근본 정신이 뭔가? 만인평등에 주권재민 아닌가. 자네도 변호사님 제대로 되려면 그놈의 차별의식 어서 버리고 모두 우리 동포거니 하고 큰맘으로 대하도록 하게."

"모르겠네. 오랜만인데 저기 가서 술이나 한잔하세."

"그러지. 여기 탑골에 걸음한 지도 참 오랜만이군."

"빌어먹을, 탑골이라는 말 들으니까 어째 기분이 이상하군. 왜놈들 참 못된 놈들이야. 왜 동네 이름들까지 제멋대로 바꾸나그래. 낙원동이 뭐야, 낙원동이."

"흐흐흐흐…… 그러지 말게, 총독님 치하가 좀 좋은 낙원인가. 술이나 마시자구."

허탁의 흐흐거리는 웃음이 소슬한 저녁바람 속에 흩어지고 있었다.

낙원동은 골목골목 술집 많기로 유명했다. 기생들을 둔 고급술집에서부터 싸구려 선술집까지 그 종류도 다양했다. 진고개가 일본사람들의 유흥가라면 낙원동은 조선사람들의 유흥가였다.

홍명준이 앞장서는 대로 허탁은 술집으로 따라 들어갔다. 어차피 술값은 홍명준이가 내게 되어 있어서 허탁은 어떤 술집이든 관심이 없었다.

그들은 ㄱ 자로 된 아담한 한옥의 끝방에 자리잡았다. 좁장한 방이 술마시며 이야기 나누기는 안성맞춤이었지만 술집 분위기가 허술하지 않아 허탁은 술값에 좀 신경이 쓰였다. 그러나 번거로운 빈말을 하기 싫어 그저 잠자코 있었다.

"이제 자넨 위험을 완전히 면하게 된 건가?"

홍명준이 담배를 권하며 물었다.

"글쎄, 1차 위기는 모면했는데 아직도 송중원이 면회도 못 갈 형편이니 원."

허탁이 담배를 뽑으며 씁쓰름하게 웃었다.

"6·10만세운동 같은 걸 어찌 생각하나?"

"무슨 뜻인가?"

"그러니까 말이야, 그게 사전에 탄로되지 않고 성공했더라도 말이야, 자네 생각엔 무슨 효과가 있었을 것 같은가?"

"자넨 아무 효과가 없다고 생각하는 모양이군."

"그렇잖은가. 그게 3·1운동처럼 거족적으로 일어나지 못할 바에야 무슨 효과가 있겠나. 3·1운동도 결국은 무수한 희생만 치르고 실패했는데."

"글쎄, 그거야말로 시각의 차이고, 생각의 차이가 아닌가 싶네. 3·1운동을 독립 성취로만 직결시켜서 따진다면 분명 실패지. 그러나 그걸 그렇게 단순화시켜서 보아서는 곤란하지. 3·1운동의 가장 큰 성과는 우리 민족 전체에게 일본과는 투쟁해야 한다는 것을 각성시켰고, 또한 우리가 뭉치면 얼마나 큰 힘을 낼 수 있는지를 우리 스스로에게 확인시켰다는 점이네. 그리고 3·1운동을 계기로 해외의 독립투쟁이 얼마나 치열해졌던가. 문제는, 식민지 지배를 받으면서 운동은 끊임없이 일어나야 하네. 그게 당장 독립을 성취하지 못하더라도 실의에 빠진 대중들에게 희망을 주고, 고통당하고 있는 인민들에게 위안을 주고, 체념에 빠져드는 전 민족에게 새롭게 각성하는 계기를 만들게 되거든. 그런 의미에서 6·10만세운동도 손실만 있었던 건 아닐세."

"허지만 실패가 주는 대중의 좌절감도 있고, 운동이 일어날 때마다 압박이 강화되는 건 안 생각하나?"

"저어, 술상 딜여갑니다아."

밖에서 들린 소리였다.

술상이 들어오는 동안 허탁은 변소를 다녀왔다. 그는 자꾸 떠오르는 송중원의 모습을 지우려고 애썼다.

걸직하게 차려진 술상 옆에는 한 여자가 앉아 있었다. 허탁은 얼굴이 찌푸려지며 홍명준에게 눈총을 쏘았다.

"아무 걱정 말게. 이 사람도 3·1운동 때 만세를 부르다가 반년 옥고를 치른 절개 푸르른 투살세. 우리보다 나은 경력을 지녔으니까 자네도 알고 지내는 게 나을걸."

홍명준이 비죽비죽 웃었다.

"앉으시지요. 퇴기 설죽이옵니다."

여자가 상긋 웃으며 허탁을 올려다보았다. 서른대여섯 살쯤 되었을까. 살이 포동하게 오른 여자의 흰 얼굴에는 화류계의 풍상을 겪어온 완숙미가 어려 있었다.

"예, 허탁이라고 합니다."

허탁은 그 경력에 인상까지 마음에 들어 빙긋 웃으며 주저앉았다.

"아이구 황송하게시리, 말씀 낮추시지요."

설죽이 고개를 약간 숙이며 잔잔하게 웃었다.

"저 친구는 인간 차별을 없애려고 하는 막스보이일세."

홍명준이 쏟아낸 말에 허탁은 소스라치게 놀랐다. '막스보이'란 공산주의자를 지칭하는 유행어였다.

"그리 놀라지 않으셔도 됩니다. 저도 소책자 몇 권은 읽어보았으니까요."

설죽이 허탁을 바라보며 그윽하게 웃었다.

"허, 설죽이란 이름값을 하는 겁니까?"

허탁은 멋쩍은 듯 웃음을 흘렸다. 그때서야 그는 홍명준이가 왜 군이 이 술집을 택했는지 깨달았다.

"첫 잔은 제가 따라올릴 테니 그 다음부턴 두 분께서 편히 드십시오."

설죽은 앉음새를 고치며 꽃무늬 고운 사기주전자를 들었다.

"자네 달리 봐야겠군. 이런 술집을 다 알고."

설죽이 나가고 나자 허탁은 술잔을 들며 씨익 웃었다.

"흥, 그 웃음 묘하네. 술이나 많이 들게. 피해다니느라고 술맛이

나 어디 봤겠어.”

홍명준이 술잔을 비웠다.

“피해다니다 보니까 세상이 어찌 그리 좁은지 원. 그동안 운동해 온 분들이 새삼스럽게 우러러보이더군.”

“거 자넬 불어버린 그자는 풀려났나? 어떻게 그런 인간이 다 있어?”

“고문을 못 이긴 거겠지.”

“이런, 송중원이는 끝까지 버텨서 아무한테도 피해를 안 입히지 않았나. 혹시 그자가 얼치기 막스보이 아냐?”

“그럴 수도 있지.”

허탁은 연거푸 술잔을 비우며 말을 아끼고 있었다.

“여보게, 난 국외자로 바라보고만 있는 입장이지만 말야, 이번에도 공산당 간부 등이 135명이나 구속되지 않았나. 난 그걸 이해할 수가 없어. 그게 다 행세꾼인 얼치기 막스보이들 때문이 아니겠나?”

행세꾼 막스보이나 얼치기 막스보이란 신사상의 풍조에 편승해 사회주의자나 공산주의자 냄새를 풍기는 신지식인들을 말하는 것이었다. 사회주의 사상이 동경유학생들을 중심으로 확산되면서 진보적이고 선진적인 의식을 갖추는 것이 지식인의 조건처럼 되어 있었다. 그런데 사회주의 사상은 새로운 독립운동의 길이라는 의미까지 덧붙여져 막스보이 행세꾼들은 자꾸 불어나고 있었다.

“글쎄, 그게 다는 아니고 다른 이유들이 또 있겠지.”

"그게 뭔가?"

"뭐랄까, 먼저 내부적 문젠데, 조직관리가 철저하지 못한 점이고, 아직 조직원들의 의지나 투지가 강하게 단련되지 못했지. 그리고 왜놈들의 고문이 살인적으로 혹독한 거지."

허탁의 말은 침울했다.

"그렇게 많이들 잡혀 들어갔으니 공산당은 재건하자마자 또 무너진 것 아닌가."

"그런 셈이지."

"실패한 6·10만세가 공산당까지 잡아먹었군."

허탁은 묵묵히 술잔을 기울였다.

조선공산당은 1월에 2차로 조직되었다. 재건된 공산당에서는 순종의 국장일인 6월 10일을 기하여 대규모 만세운동을 일으킬 계획을 추진했다. 고종의 국장일을 택한 3·1운동과 똑같은 방법이었다. 그런데 천도교회관에 감추어둔 인쇄 격문을 호기심에 찬 여직원이 두 장을 빼내 집으로 가져갔다. 그걸 몇 사람이 돌려보는 과정에서 경찰의 끄나풀 손에 들어가고 말았다. 결국 6·10만세는 서울 시내에서 청년 학생 들이 독립만세를 외친 소규모 집회로 끝날 수밖에 없었다. 허탁은 학생조직을 지도하고 있다가 체포의 위험이 닥치자 황급히 피신했던 것이다.

"공산당은 이번으로 끝난 것 아닌가?"

"그런 소리 말게. 또 재건되네."

허탁의 목소리는 단호했다.

"얼치기 행세꾼들은 겁나서 다 흩어지고, 내부 파벌싸움은 심하고, 그게 가능할까?"

"행세꾼들은 빨리 없어질수록 좋고, 파벌싸움은 조직의 통일을 위해 필수적으로 거쳐야 하는 과정이네. 강철은 두들길수록 강해지고 공산당은 시련을 겪을수록 강해진다는 걸 알아두게."

"흠, 레닌의 유명한 말이로군. 자네한테 그런 소리 하는 내가 잘못이지. 자아, 잔이나 받게."

홍명준은 허탁의 잔이 넘치도록 술을 따랐다. 밖에서는 가야금 뜯는 소리가 은은하게 울리고 있었다.

"1년 6개월이면 송중원이 얼굴 볼 날도 아직 멀었군."

홍명준이 말머리를 돌렸다.

"형기가 문제가 아닐세. 박정애 말을 들으니까 건강이 아주 형편없는 모양이더군."

허탁이 짙은 한숨을 토했다.

"고문당한 게 회복이 안 되는 건가?"

"그런 거지."

"나도 당장 면회를 가봐야 되겠군. 헌데, 그 사람이 부친에 대해선 자네한테도 한마디 없었던가?"

"음, 나도 전혀 몰랐어."

"참 지독한 친구야."

"그야 그래야지. 그게 얼마나 중한 문제라구."

"그 집안도 편치 못할 것 아닌가."

"말해 뭘 하겠나. 모친에 장인어른까지 고초가 이만저만이 아니었다네."

"실형 받았나?"

"아니, 송수익 선생의 생존을 숨겨온 것 말고는 다른 혐의가 없어서 무죄로 풀려났네. 허나 두 분 다 고문으로 몸을 상해 운신을 못하는 형편이네. 특히 중원이 모친은 왼쪽 팔다리가 마비된 중병을 얻으셨네."

"저런 놈의 일이 있나!"

홍명준이 술상을 쳤다.

허탁이 또 깊은 한숨을 내쉬었다.

"송중원이는 그 소식을 아나?"

"아니, 알리지 못하게 했네."

"그거 잘했네. 알면 병이니까. 그나저나 집안이 불시에 쑥밭이 됐으니 그런 우환이 없지 않은가."

"……."

허탁은 술잔을 비우고 손수 술을 따라 또 잔을 비웠다. 홍명준은 멍하니 앉아 담배연기만 내뿜고 있었다.

새 손님이 들었는지 밖에서는 남녀의 목소리들이 왁자하게 울리다가 가라앉았다. 홍명준이가 방문을 열고 술을 더 시켰다.

"자아, 잔 받게. 무슨 생각을 하나."

홍명준이 잔을 내밀었다.

벽에 등을 기댄 채 눈길을 위쪽으로 보내고 있던 허탁이 더디게 바로 앉으며 술잔을 받았다.

"무슨 생각 하느냐고? 아리랑을 생각하고 있었지. 아리랑, 아리랑, 그 마지막 장면을 생각하고 있었어. 그리고 관중들의 합창을 생각하고 있었어. 아리랑에서 팔을 묶여 끌려가던 그 사나이가 누군지 아나? 그게 주인공 김영진이라고? 아니야, 아니야. 그건 바로 송중원이야. 송중원이고, 또다른 송중원이고, 또다른 송중원이고……. 그리고 그 열렬한 관중들의 합창은 수많은 송중원에게 보내는 지지고 기대고 열망이야. 나는 이번에 놀랐어. 아리랑에 그렇게 많은 사람들이 몰려들어 인산인해를 이루고, 아리랑 노래가 그렇게 선풍적으로 유행하는 것을 보고 정말 놀랐어. 나는 도망다니면서 사람들이 독립을 다 잊어버린 것이 아닐까, 다 왜놈들의 종으로 살기로 독립을 포기해 버린 것이 아닐까 하고 의심하고 회의했었어. 허나 그건 외로움과 두려움에 몰리고 있는 내가 잘못 생각한 것이었어. 아리랑을 보고 내 잘못을 깨달은 거지. 활동사진에 그 많은 사람들이 몰려들고, 노래가 그렇게 퍼져나가는 건 뭘 말하는 것인가. 그건 바로 조선사람들이 가슴 가슴마다 독립의 염원을 뜨겁게 품고 있다는 증거 아닌가. 평소에는 다만 표를 내지 않았을 뿐이야. 그 뜨거운 염원이 있는 한 송중원은 외롭지 않고, 고통스럽지 않고, 좌절하지 않고, 끝없는 용기를 발휘하게 되는 거야. 어때, 내 말이."

"드디어 술이 제값을 하는군. 과연 허탁다워."

허탁은 술을 단숨에 비우고 잔을 내밀었다. 그는 술을 따르며 그 누구에게도 아닌 바로 자기 자신에게 한 말을 다시 생각하고 있었다.

"자네도 피해다니면서 외롭기도 하고 두렵기도 했던 모양이지?"

홍명준이 빙긋이 웃으며 허탁을 빤히 쳐다보았다.

"이사람아, 관우 장비도 무서움을 느낄 때가 있고, 나폴레옹도 눈물을 흘린 적이 있어. 쓸데없는 소리 하지 말고 말야, 내가 도망 다니면서 외운 시가 한 편 있는데 들어보겠나? 아리랑만큼 감동적인 명편일세."

"어디 읊어보게. 누가 지은 건데?"

"이상화 시인이 지은 빼앗긴 들에도 봄은 오는가라는 시지. 자아, 잘 들어보게.

지금은 남의 땅— 빼앗긴 들에도 봄은 오는가?

나는 온몸에 햇살을 받고
푸른 하늘 푸른 들이 맞붙은 곳으로
가리마 같은 논길을 따라 꿈속을 가듯 걸어만 간다

입술을 다문 하늘아 들아
내 맘에는 나 혼자 온 것 같지를 않구나
네가 끌었느냐 누가 부르더냐 답답해라 말을 해다오

바람은 내 귀에 속삭이며
한자욱도 섰지 마라 옷자락을 흔들고
종다리는 울타리 너머 아가씨같이 구름 뒤에서 반갑다 웃네

고맙게 잘 자란 보리밭아
간밤 자정이 넘어 나리던 곱은 비로
너는 삼단 같은 머리털을 감았구나 내 머리조차 가뿐하다

혼자라도 가쁘게 나가자
마른논을 안고 도는 착한 도랑이
젖먹이 달래는 노래를 하고 제 혼자 어깨춤만 추고 가네

나비 제비야 깝치지 마라
맨드라미들 마을에도 인사를 해야지
아주까리 기름을 바른 이가 지심 매던 그 들이라도 보고 싶다

내 손에 호미를 쥐어 다오
살찐 젖가슴과 같은 부드러운 이 흙을
발목이 시도록 밟아도 보고 좋은 땀조차 흘리고 싶다

강가에 나온 아이와 같이
짬도 모르고 끝도 없이 닫는 내 혼아

무엇을 찾느냐 어디로 가느냐 우서웁다 답을 하려무나

나는 온몸에 풋내를 띠고
푸른 웃음 푸른 설움이 어우러진 사이로
다리를 절며 하루를 걷는다 아마도 봄신령이 접혔나 보다
그러나 지금은― 들을 빼앗겨 봄조차 빼앗기겠네
봄조차 빼앗기겠네……
봄조차 빼앗기겠네…….

"봄조차 빼앗기겠네!"

홍명준의 목소리가 합창을 이루었다.

"그렇지, 그래. 이 시 어떤가?"

술기운 돋은 허탁의 눈이 홍명준을 응시했다.

"가슴 저리게 절창이로군."

홍명준의 얼굴이 숙연해져 있었다.

"끝에 되풀이한 구절은 내 멋대로 그리한 거네."

"응, 나도 그런 줄 알고 따라한 거지. 어쨌든 자네가 도망다니면서 외울 만한 시로군그래. 자네 심정 그대로였을 테니."

"그렇지, 아주 큰 힘이 됐어. 문학이 독립투쟁의 무기가 될 수 있다는 걸 처음 깨달았네. 송중원이가 왜 문학을 하려고 하는지도 확실하게 이해하게 됐고."

"어디 문학뿐인가. 아리랑을 보게. 활동사진이고 문학이고 다 독

립운동에 매진하고 있다는 생각이 들어. 그나저나 자넨 앞으로 어떻게 할 작정인가?"

"글쎄……." 허탁은 느린 동작으로 담배에 불을 붙이고는, "중국으로 가야 할지 어쩔지를 생각하고 있네." 그의 목소리는 얼굴만큼 무거웠다.

"중국이라니? 여기선 그리 견디기 어렵겠나?"

"아니, 그런 게 아니고…… 중국공산당을 돕는 지원대가 구성되고 있어서."

"아니, 그건 무슨 소린가? 우리 발등에 떨어진 불 끄려고 중국의 지원을 받아도 시원찮을 판에 이쪽에서 중국을 돕다니?"

홍명준은 어이없는 표정이었다

"얼핏 생각하기엔 그럴 수도 있네. 허나 전체적인 상황을 종합하면 그렇지가 않네. 무슨 말인고 하니, 결론부터 말하자면 국제공산주의 정신에 입각해서 우리가 중국공산당을 먼저 돕고, 중국혁명이 성취되면 그때 우리도 도움을 받자는 거지. 왜냐하면 지금 중국은 국내문제로 아주 복잡한데, 봉건군벌·국민당 정부·공산당으로 갈라져 있고, 국민당과 공산당은 군벌들을 타도하기 위해서 서로 힘을 합쳐 '국공합작'을 한 상태네. 그런데 중국공산당은 군벌들을 타도하는 싸움을 전개하는 동시에 공산혁명을 추진할 계획을 세우고 있네. 그러자면 자력이 부족해 국제적인 협조가 필요한 형편이지. 그 일을 우리가 도와 중국대륙에서 공산주의 혁명이 달성되면 어떻게 되겠는가. 그 힘이야말로 상상할 수 없을 정도로 어마

어마한 거지. 그 힘으로 우리의 독립을 돕는 건 너무 쉬운 일인 거야. 어찌, 이해가 되나?"

"음, 그럴 법하긴 한데…… 허나 중국에서 혁명이 성취될까?"

"그야 러시아를 보게."

허탁의 말은 신념에 차 있었다.

두 사람은 밤이 깊어 술집을 나섰다. 그들은 비틀거리며 서로 어깨동무를 하고 있었다. 서로 몸을 의지하자는 것이었다.

큰길로 나서면서 누가 노래를 시작했다.

아리랑 아리랑 아라리요
아리랑 고개로 넘어간다

두 사람의 목소리는 곧 합쳐졌다.

나를 버리고 가시는 님은…….

그들의 합창은 밤거리를 울려대고 있었다. 인적 드문 거리에 인력거들이 빠르게 굴러가고 있었다.

26

한곳으로 모아지는 힘

"이놈아, 니가 시방 정신이 있냐 없냐. 우에서 금허는 공산주의에 물든 죄도 어디 헌디 집꺼정 떠나겄다는 것이 정신 나간 놈 짓거리가 아니고 머시냐. 엄니도 없는 집구석에 동상덜만 저리 오르르 남은 것이 안 뵈냐."

늙은 그늘이 서리기 시작한 천수동의 얼굴에 노기가 드러나 있었다. 그는 아내 솜리댁을 잃은 뒤로 웃는 일이라곤 없이 너무 표나게 늙어가고 있었다. 며칠 만에 살아 돌아온 수국이의 말을 듣고 동네사람들은 솜리댁이 밀정의 손에 죽었다는 것을 알았다. 그러나 시체조차 찾으러 나설 수가 없었다. 수국이도 솜리댁과 떨어지게 된 곳이 어디인지 어림짐작만 할 뿐 꼭 찍어서 알지를 못했다.

"아부지도 참. 공산주의도 나라 찾자고 허능 것인디 죄넌 무신 죄당게라. 심진 나라덜이 우리나라 독립얼 도와주겄다고 허먼 손

잡고 나스는 것이 옳제 쇠고집만 부린다고 이문이 머시당게라? 글
고, 지야 진작에 총 들고 나슨 몸인디 엄니 안 기신다고 집안일에
한눈폴고 그럴게라?"

무릎을 꿇고 앉은 천상길은 차분하면서도 또렷한 목소리로 말
했다. 독립군복을 단정하게 입은 그의 몸집은 약간 작은 듯하면서
얼굴은 차돌 같은 인상이었다. 몸집은 천수동이고 얼굴은 솜리댁
을 닮은 그는 말씨까지 부모를 그대로 빼박고 있었다. 만주에서도
고향의 생활풍습을 그대로 지켜오고 있는 것과 똑같았다.

"옳은 것이 말대답이라고 니 애비 앞이서 따곡따곡 말대답 다
헐라냐? 이 애비 무식허다고 깐보능거?"

아들의 말이 빈 구석이 없어서 천수동은 억지소리로 밀어붙이
고자 했다. 특히 아내를 끌어대 아들의 발목을 잡으려고 했던 것은
처음부터 억지를 부린 것이었다.

"아이고메 아부지, 그 무신 말씸이신게라. 지가 효자넌 못 되야
도 어칙게 아부지럴…… 아부지, 그것이 아니고요 잉, 저그 쏘련허
고 동무럴 헌 공산주의 나라덜언 우리나라겉이 심 약헌 나라덜얼
돕기로 나섰는디, 우리가 먼첨 중국공산당얼 도와주고 그 담에 쏘
련허고 중국이 우리럴 도와주먼……."

"아 시끄러. 여러 잔말 말고 딱 짤라서 답혀. 갈 것이여, 안 갈 것
이여?"

"저어…… 백분 생각히도 그것이 옳은 길잉게 가야 쓰겄구만요."

"니 안 되겠다, 가자!"

천수동은 아들의 팔을 잡으며 일어섰다.

"어, 어디럴……."

천상길은 어리둥절해졌다.

"어디넌 어디여. 송 선상님헌티제."

천수동은 스스로 판단할 수가 없었고, 천상길은 차라리 잘되었다고 생각하고 있었다. 송수익 선생은 자신의 의도를 충분히 이해할 분이었던 것이다.

천상길의 말을 다 듣고도 송수익은 눈을 내려뜬 채 담배 한 대를 다 피우는 동안 말이 없었다. 천상길은 담배가 타 들어감에 따라 점점 불안이 커져가고 있었다.

"그래, 어디로 가나?"

송수익이 눈을 들어 천상길을 바라보았다.

"예, 광동이구만요."

"얼마나 됐나, 공산주의를 접한 게?"

"한 3년 되았구만요."

"중국이 혁명되리라고 믿나?"

"예에……."

"어째서?"

"저어, 군벌덜언 전부 부패혀서 백성덜얼 착취허고, 백성덜언 새 시상이 오기럴 바래고 있구만요."

"중국공산당에 입당했나?"

"아니구만요."

"왜?"

"지년 조선사람이제 중국사람이 아니구만이라."

"여기 만주 삼부(정의부·참의부·신민부)에서는 공산주의를 인정하지 않는데 앞으로 어찌하려나?"

"저어…… 간부딜이 생각얼 바꽈 공산주의허고 손얼 잡어야 헐 것이구만요. 상해임시정부가 초기에 연합혔든 것맨치로……."

"이놈 시건방구지게 주딩이 놀리는 것 잠 보소."

천수동이 눈을 부라리며 주먹을 치켜들었다. 송수익이 진득하게 웃으며 천수동이에게 가만있으라는 손짓을 했다.

"그것이 안 되면?"

"우리럴 배척혈 것잉게 천상 따로……."

"얼마나 떠나나?"

"한 삼사백……."

"그래, 떠나게."

"아니, 서, 선상님……."

천수동이 놀라서 엉덩방아를 찧었다.

"가서 몸조심하고. 오늘 일은 없었던 걸로 해두게."

"예, 뜨기 전에 또 뵙겠구만요."

"그러세. 가서 일봐."

천상길은 공손히 인사를 하고 밖으로 나갔다.

"아니 선상님, 말기시라고 딜고 왔등마……."

천수동은 멀거니 송수익을 바라보았다.

"아니오, 무작정 막는다고 될 일이 아니오. 세상이 또 한고비 변하고 있소."

송수익은 그저 담담했다.

"아무리 시상이 변해도 저 에린것덜이 머럴 안다고……."

"천 동지, 아들이 젊은 거지 어리덜 않소. 천 동지가 의병에 나섰을 때하고 지금 아들하고 몇 살 차이나 나지요? 그때 천 동지가 철이 없어서 의병에 나섰소? 그렇지 않지요? 다른 사람들보다 철이 더 빨리 들고 용맹이 있어서 의병에 나선 것이오. 헌데 그때하고 지금하고 총을 견주어보시오. 얼마나 많이 변했소. 그게 다 세상이 달라져서 그런 것이오. 사람 생각도 그리 변하는 것이니 너무 걱정하지 마시오."

"근디 어찌서 우에서넌 금허능게라?"

"그건 나이든 사람들하고 젊은 사람들하고 차이요. 허나 양쪽 다 나라를 찾자는 생각은 같으니까 과히 염려할 건 없을 것이오. 가다 보면 서로 손을 잡을 날도 있지 않을까 싶소."

"얼렁 그리되먼 좋겠구만요."

천수동은 자기와 아들이 갈라지는 것 같아 이렇게 말했다.

송수익은 며칠이 지나 회의를 소집했다. 지삼출을 중심으로 예닐곱 사람이 둘러앉았다. 송수익은 무심한 듯 그들의 얼굴을 훑어보았다. 나이는 속일 수 없어 그 얼굴마다 주름이 잡혀 있었다. 그 주름살마다 만주의 고단하고 험한 세월이 담겨 있었다. 농사를 지으며 싸워온 세월이었다. 물론 농사보다는 싸우는 것이 먼저였지만 부대를 위장하고 동포들의 짐을 조금이라도 덜기 위해 농사도 게을리하지 않았다. 그러나 논일을 하다 말고 밀정을 쫓아 수십 리를 헤쳐야 했고, 큰 작전이 벌어지면 며칠씩 집을 비우게 되었다. 그럴 때면 농사 뒷감당은 으레껏 집안식구들이 해내야 했다. 여인네들은 상일꾼이었고, 사내아이들도 열 살이면 벌써 학교 다니는 틈틈이 지게질을 했다. 모두가 말 못할 고초를 이겨내며 살아온 세월이었다. 새삼스럽게 그런 회상을 하지 않을 수 없게 된 송수익의 가슴은 축축히 젖고 있었다.

"오늘 전하게 된 소식이 좋은 소식인지 어쩐지 모르겠소. 몇 달 전부터 물색해 왔던 땅이 길림 가까이에 구해졌다는 전갈이 어저께 왔소."

송수익은 여기서 말을 끊고 사람들을 둘러보았다. 순간적으로 그들의 얼굴에 긴장의 빛이 스치고 지나갔다. 송수익이 짐작했던 대로였다.

"땅은 60만 평이 넘으니 그만하면 될 것 같고, 시기가 한두 달 빨랐더라면 아주 제격이었을 텐데, 추위가 시작되었으니 어찌하면 좋을지 의논을 좀 해보도록 합시다."

송수익은 그들의 감정을 짐짓 모르는 척하며 사무적인 말을 내놓았다.

"아이고, 인자 참말로 퇴물이 되는갑구만이라 잉!"

지삼출이 어깨가 축 늘어지도록 한숨을 토해냈다.

그것이 신호이기라도 한 것처럼 여기저기서 한숨에 잇달아 한마디썩 하기 시작했다.

"허! 우리 신세가 발써 그리되았능가."

"기운 펄펄허니 만주땅에 온 것이 꼭 엊그저게 겉은디."

"나가 마흔다섯 넘을지넌 꿈에도 몰랐는디."

"세월이 무정탄 말 인자 알겄네."

"지기럴, 중늙은이넌 따로 있는지 알었등마."

송수익은 그들의 탄식을 다 새겨듣고 있었다. 그들의 한마디, 한마디가 모두 자신의 감정 그대로였다. 그들은 이미 땅을 구한다는 것을 알고 있었다. 그들의 나이가 더는 총을 들고 나서기는 어려운 처지라서 새로운 일을 꾸리기로 합의했던 것이다. 그런데도 막상 땅이 구해졌다고 하니까 그들의 감정은 새롭게 사무치고 있었다.

"근디, 우리 새끼덜얼 보면 세월이 꼭 허망헌 것만언 아니여."

지삼출이 마음을 추스르듯이 말했다.

"허기사 그렇제. 우리 늙어가는 세월 자석덜이 받아묵고 컸응게."

"그려, 세월보고 무정타고 타박허능 것언 사람 욕심이기도 허겄제."

"새끼덜이 커서 총 들고 앞으로 나스고 있응게 우리가 뒤로 물러스는 것이야 순리 중에 순린디, 맴언 그렇덜 않으닝게 탈 아니여."

"금메 말이시, 물러슨다고 생각헝게 무신 중헌 것얼 뺏기는 것맨치로 맴이 서운헌 것이 영 지랄 같구마."

"그려, 그런 맴이야 다 똑겉은게 인자 앞일이나 의논해 보드라고."

지삼출이 말막음을 하고 나섰다.

그때까지 송수익은 잠잠히 담배만 피우고 앉아 있었다.

"삼동이 닥치는디 무신 일얼 허겄어?"

양승일이가 뚱하니 말했다.

"글씨, 총 드는 일임사 얼음장 타고 압록강 넘나들기 딱 좋은 시절이제만 농새일이라 논께 헐 일이 멋일랑고?"

겨울철이면 활동이 맹렬해졌던 지난날을 회상하듯 김판술이 고개를 끄덕였다.

"어허, 그리 앞짜른 소리덜 말드라고. 농새일이야 내년 봄보톰 헌다드라도 비바람 막을 잠자리덜언 어쩔 심판인디? 솥단지 안 걸고 밥 입에 들어가는 법은 있고?"

말재주 승한 강기주가 집 짓는 문제를 이렇게 꼬아돌리고 있었다.

"그려, 당장 집보톰 얽어야 쓰겄구마. 식구덜이야 여그서 삼동 나고 차차로 오드라도."

천수동이가 말을 받았다.

"그 말 옳구마. 저어, 그리히야 안 되겄능게라우?"

지삼출이 송수익에게 눈길을 돌렸다.

"글쎄요, 그게 좋기는 하겠는데 날이 추워지기 시작하니……."

송수익이 옹색스럽게 말끝을 흐렸다.

"그것이야 암시랑토 않구만요. 총 들고 싸우든 것에 비허면 신선 놀음이제라. 낭구 흔허겄다, 불 피워놓고 허는 일잉게 아무 걱정 없구만요."

지삼출이는 다른 말들을 막으려는 듯 힘주어 말했다.

"글먼 하로라도 얼렁 시작혀야 쓰겄구마."

김판술이 말을 거들고 나섰다.

"하면, 낼이라도 당장 떠야제."

강기주가 결정 내리듯이 말했다. 다른 사람들이 다 고개를 끄덕여 동의했다.

"그럼 다 뜻이 모아졌으니 내일 하루 채비해서 모레 떠나도록 합시다."

송수익이가 최종적으로 말했다.

"저어, 땅언 쓸 만헐랑게라?"

양승일이 조심스럽게 말을 꺼냈다.

"길림 쪽은 여기와 달라서 수백 리가 허허벌판이오. 만주벌판이란 말은 바로 그쪽을 두고 하는 말이오. 물길도 그리 멀지 않고 논을 풀기에 합당한 땅이오."

"근디 60만 평이 넘으면 우리가 아무리 욕심대로 논얼 차지혀도 남는 땅이 더 많을 것 겉은디요?"

강기주가 벌써 배가 부르다는 듯 묘하게 웃었다.

"우선 여러분들이 농사를 지을 만큼 논을 풀고, 나머지는 믿을 만한 사람들을 받아들이기로 합시다. 거기엔 밀정놈들이 얼씬도 못하게 해야 하니까."

송수익은 지난번 사건에 너무 충격을 받아 굳이 밀정 이야기를 덧붙였다. 만약 수국이가 살아 돌아오지 않았더라면 밀정의 끄나풀은 지금까지도 찾아내지 못했을 거였다. 옆동네에 밀정의 끄나풀이 박혀 있어서 그런 불상사가 일어나리라고는 상상도 못했던 것이다.

그러나 송수익은 전혀 상상 못하고 있는 일이 또 하나 있었다. 그 사건으로 자신의 신분이 노출되고, 그 결과 자신의 집안이 절단 나고 있다는 것을 캄캄하게 모르고 있었다. 공허의 발길이 오래 끊어져 있으니 그럴 수밖에 없는 일이었다.

지삼출 일행이 떠나는 날 아침 짐을 챙겨들고 따라나선 여자가 있었다. 수국이었다. 남자들도 그렇고 여자들도 다 놀랐다. 미리 그런 낌새를 전혀 보이지 않았던 것이다.

"거그년 집도 절도 없이 여자가 살 만헌 디가 아니여."

김판술이가 혀를 찼다.

"잉, 거그 가서 우리 밥해 줄라고 허능 것이야 아즘찮인디, 고상이 심헐 것잉게 그냥 여그서 따땃허니 삼동 나도록 혀."

강기주가 농조로 말재주를 부렸다. 그러나 수국이는 물러설 기미가 전혀 보이지 않았다.

"아재……!"

수국이가 누군가를 부르며 고개를 돌렸다. 그 사람은 다름아닌 지삼출이었다.

지삼출을 쳐다보고 있는 수국이의 눈에는 두려움과 애원이 엇갈리고 있었다. 지삼출은 그런 수국이의 마음을 알아차렸다. 남자들이 몇 남지 않은 마을에 있기를 무서워하는 것이었다. 지삼출은 아내가 조심스럽게 알려줬던 말을 떠올렸다. 수국이는 그 일을 겪고 난 다음부터 치마 속에 칼을 차고 다닌다는 것이었다. 밀정이 또 자기를 잡으러 올 거라고 믿고 있다는 거였다. 수국이는 그것만 변한 것이 아니었다. 전에도 별로 말이 없는 편이었는데 더욱 말을 하지 않았고, 얼굴에서는 화색이 바래면서 찬 기운 도는 그늘이 끼게 되었다. 그리고 잠꼬대하지 않는 밤이 드물고, 빨간색을 보면 진저리를 친다고 했다.

"그려, 함께 가자."

지삼출은 고개를 끄덕였다.

그런 수국이를 송수익은 딱하고 안쓰러운 얼굴로 바라보고 있었다.

그런데 수국이보다 먼저 따라나서려고 했던 여자가 있었다. 그건 필녀였다. 그러나 송수익만은 곧 돌아온다는 말을 듣고 물러나 앉았던 것이다.

송수익은 길림 쪽으로 길을 잡으며 마음이 홀가분하면서도 뿌듯했다. 땅을 소작료가 아닌 저렴한 사용료를 내면서 장기간 빌리게 된 것은 두 가지 문제를 동시에 해결하게 된 것이었다. 나이든 대원들의 안정된 삶의 터전을 마련하는 것이었고, 경제적으로나 위치로나 안전한 운동기지를 확보하는 것이었다. 길림 근방은 만주의 중앙이면서 조선국경으로부터 후방이었다. 투쟁의 일선에서 물러난 대원들을 중심으로 독립마을을 건설하고 그곳을 새로운 투쟁 사업의 거점으로 삼을 작정이었다. 그 땅을 좋은 조건으로 빌리는

데 전적인 도움을 준 사람은 대종교의 한법린이었다. 그는 중국인 율사(변호사)까지 내세워 일을 완벽하게 처리해 주었다. 그러나 무엇보다도 그런 넓은 땅을 확보할 수 있었던 것은 길림 쪽의 광활한 벌판에 비해 아직 사람들이 적었기 때문이었다. 중국사람들은 만주의 행정 중심지인 봉천 근방에 밀집해 있었고, 조선사람들은 한사코 국경이 가까운 지역에 발을 붙이려고 했던 것이다. 그래서 중국인 지주들도 지역에 따라 태도가 다를 수밖에 없었다. 길림 쪽 지주의 경우 못쓰는 땅으로 버려둔 넓은 습지를 논으로 바꾸는 데 개간비를 들이기는커녕 세까지 받게 되었으니 만족스러워한 것이었다.

윤선숙은 조강섭의 편지를 또 한 번 읽었다. 절절히 사랑을 호소하고 있었다. 중간을 넘어가면서는 어서 결혼해 행복한 가정을 꾸미자고 쓰고 있었다. 함께 아동들을 가르치는 부부교사로 일하면 얼마나 보람되고 행복하겠느냐는 것이었다. 사회가 안정됨에 따라 동포들의 생활도 나아져 봉급이 올랐으니 결혼생활에 아무런 어려움이 없다고도 했다.

윤선숙은 조강섭의 얼굴을 떠올려보았다. 그런데 그의 얼굴에 겹쳐지는 얼굴이 있었다. 이광민의 얼굴이었다. 겹쳐진 두 얼굴은 오래가지 않았다. 이광민의 얼굴에 밀려 조강섭의 얼굴은 희미하게 사라져갔다. 윤선숙은 자신도 모르게 편지를 구겨버리다가 깜짝 놀랐다.

윤선숙은 아래를 내려다보았다. 편지는 두 손아귀 안에서 무참하게 구겨져 있었다.

내가 왜 이럴까. 강섭이 오빠한테 이래서는 안 되는데…….

윤선숙은 자신을 꾸짖으며 편지를 다시 펴야 한다고 생각했다. 철훈이 오빠를 생각해서라도 조강섭의 편지를 그렇게 해서는 안 되었다. 그러나 또다른 마음이 조강섭의 편지를 다시 펴는 것을 원하지 않았다. 그 편지를 다시 펴게 되면 이광민을 잃을 것만 같았다. 윤선숙은 그 편지를 더 세게 짓구기고 말았다.

철훈이 오빠의 절친한 동무인 조강섭을 오빠라고 부른 것은 오래되었다. 조강섭도 누이동생을 대하듯 흉허물이 없었다. 그런데 조강섭이 부상을 당해 하바로프스크의 소학교 선생으로 가면서 편지를 보내오기 시작했다. 한 달에 한 번쯤 오던 편지는 차츰 자주 오게 되었다. 그러면서 편지 색깔도 달라지고 있었다. 사랑의 냄새를 풍기는 그 색깔이 싫지 않았다. 그런데 그즈음에 이광민을 만나게 되었다. 이광민이 마음을 차지하는 면적이 넓어져 가면서 조강섭에게 답장 보내는 일이 소홀해졌다. 그런 마음도 모르고 조강섭의 편지는 갈수록 열도를 더해 이제 결혼을 독촉하기에 이르러 있었다.

윤선숙은 짓구긴 조강섭의 편지를 떨어뜨리며 두 손으로 얼굴을 감쌌다. 윤선숙은 그만 울고 싶었다. 조강섭의 편지를 구겨버린 것만큼 이광민과 무슨 일이 이루어지고 있는 것이 아니었던 것이다. 자신이 아무리 마음을 내비쳐도 이광민은 언제나 저만치 떨어져 있었다. 그렇다고 싫은 기색을 하는 것도 아니었다. 철훈이 오빠의 말로는 그게 러시아남자들하고는 다른 조선남자들의 점잖음이라는 것이었다.

그런데 이광민은 마음만 저만치 떨어져 있는 것이 아니었다. 몸은 더 멀리 수백 리를 넘어 천 리 밖에 떨어져 있었다. 그는 철훈이 오빠와 함께 국경을 넘어다니며 만주에서 공산당운동을 하고 있었다. 3개월에 한 번 정도 와서 며칠 머물다가 훌쩍 떠나고는 했다. 그 며칠 동안도 사업보고니 뭐니 해서 바삐 나돌아 차분하게 얼굴 맞대기가 어려웠다. 그런데 어머니는 남의 속도 모르고 어서 시집을 가라고 성화였다. 여자 나이 몇 살인데 선생질에 미쳐서 그 모양이냐며 중매쟁이가 가져온 이 남자 저 남자를 들이댔다. 러시아에 귀화한 양반이 촌스럽게 조선식으로 이게 뭐냐며 사정없이 면박을 주었고, 자신은 러시아식으로 애인을 골라 곧 결혼할 테니 걱정 말라고 큰소리를 치곤 했다.

한번은 철훈이 오빠에게 숨김없이 속마음을 털어놓았다.

"오빠, 저를 위해 중매쟁이 노릇 좀 해주세요. 너무 답답하고 지루해요."

"이런, 선숙이한테 실망인걸. 기술이 그렇게도 없어?"

"너무 점잖은 조선남자라 기술을 써볼 수도 없다니까요."

"허허허…… 사랑한다는 말도 못해봤단 말이냐."

"아니, 사랑한다는 말이 다 뭐예요. 손도 한번 못 잡아봤는걸요."

"저런, 저런, 네가 기술을 부리는 게 아니라 오히려 이광민이 기술에 말려들고 있구나."

"어머, 그러나 봐요. 그 사람은 이상하게 사람을 긴장하게 만들어요. 그 사람 앞에만 서면 사랑한다는 말 같은 게 나오질 않게 돼요."

"그게 바로 사랑의 마력이라는 거다. 우리 똑똑한 선숙이도 별수 없이 홀딱 반했구나. 그리 반했으면 결혼하자고 직접 덤벼야지 중매가 뭐냐 중매가."

"오빠아, 농담할 게 아니라니까요. 여자가 그런 식으로 나가면 그 남자는 어떻게 하겠어요. 질겁을 하고 도망갈 거 아니에요. 점잖은 조선남자가."

"글쎄, 그렇기도 하겠는데. 어디 내가 한번 말해 보지."

"혹시 그 사람도 오빠처럼 혁명독신주의 아니에요? 어찌 보면 그런 것도 같아요."

"글쎄, 그건 잘 모르겠는데, 그 사람이 조국의 해방운동에 몰두해 있고 고향을 무척 그리워하고 있는 거야 사실이지."

"저도 그건 알아요. 그게 지나치면 혁명독신주의가 되니까요. 그 것부터 좀 확인해 보세요."

"알겠다, 살다 보니 중매쟁이가 다 되고. 허허허허……."

"농담이 아니에요. 알았죠?"

그러나 철훈이 오빠가 그 다음에 던진 한마디는 너무 실망스러운 것이었다.

"동지끼리 중매쟁이 노릇 하기 곤란하더라. 그쪽에서 조선식으로 답답하게 나오면 넌 러시아식으로 시원시원하게 밀어붙여라."

윤선숙은 손등으로 눈물을 닦았다. 자기도 모르게 흐른 눈물이었다. 이광민이 그리웠다. 심한 목마름처럼 그가 보고 싶었다. 조강섭의 편지를 받고 나자 그가 더 간절한 그리움이 되었다. 자신도 이해할 수 없는 심사였다. 철훈이 오빠가 이런 자신을 알면 못내 서운해하고 기분 나빠할지도 몰랐다. 오빠와 조강섭과의 우정은 혈연이나 진배없었던 것이다. 그러나 조강섭에게 죄의식 같은 것은 없었다. 편지에 답장을 보내기는 했지만 사랑을 고백하지는 않았던 것이다. 그렇다고 조강섭이 딱히 싫은 것도 아니었다. 그는 남자다운 용모를 지녔고, 용기 있는 투사였고, 선생을 할 만큼 지식도 갖추고 있었다. 만약 이광민이 나타나지 않았더라면 그에게 사랑을 고백했을지도 몰랐다. 그와 이광민은 이런저런 조건들이 거의 엇비슷했다. 그런데도 어찌 된 일인지 마음은 한사코 이광민에게 쏠리고 말았다.

윤선숙은 이광민이 떠난 날을 헤아려보았다. 손가락을 꼽아나가던 윤선숙은 얼굴이 밝아졌다. 어느덧 석 달이 다 되어 있었다.

윤선숙은 조강섭에게 편지를 쓸까 말까 며칠을 망설였다. 자신은 애인이 생겼으니 더 이상 그런 편지 보내지 말라는 내용이었다. 그러나 차마 그런 편지를 쓸 수가 없었다. 편지를 쓰려고 하면 조강섭의 절름거리는 모습이 어른거리는 것이었다. 불구가 된 그에게 그런 편지까지 보내는 것은 너무 모진 짓 같았다. 혁명을 위한 빨치산투쟁을 하다가 총을 맞은 그의 불구는 분명 남성적이고 영웅적이었다. 그런데도 왜 그것이 마음에 걸리는지 모를 일이었다.

그런데 그 고민을 이광민이가 해결해 주었다. 이광민이가 돌아오자 윤선숙은 그 일을 깨끗이 잊어버렸던 것이다. 윤선숙은 몸단장을 하기에 바빴고, 이광민을 단둘이 만날 기회를 엿보느라고 여념이 없었다. 그러나 이삼 일이 지나도 단둘이 만날 틈은 생기지 않았다. 윤철훈과 이광민은 다른 때보다도 훨씬 더 분주하게 돌아다녔고, 밤에도 술이 취해 늦게 돌아오고는 했다.

"오빠, 정말 그러기예요!"

윤선숙은 참다못해 윤철훈에게 정면으로 들이댔다.

"뭘 말이냐?"

밥을 먹던 윤철훈은 어리둥절해졌다.

"꼭 말로 해야 되겠어요? 그럼 그러죠. 이광민 씨 좀 그만 끌고 다니고 해방시켜 주세요."

"해방? 내가 억압하고 구속한 적 없는데. 먼 길 떠날 준비로 서로 바빠서 그러는 거지."

"먼 길 떠나요?"

윤선숙의 눈이 커졌다.

"웅, 아직 말 안 했던가? 중국 광동으로 떠난다."

"중국 광동? 거기가 어딘데요?"

"저어 중국 남쪽이지."

블라디보스토크에서 광동까지의 먼 거리를 나타내듯 윤철훈은 턱끝을 들어 오른쪽에서부터 왼쪽으로 반 바퀴를 돌렸다.

"거기까지 얼마나 멀어요?"

윤선숙은 눈을 빛내며 마른침을 삼켰다.

"글쎄, 정확하게는 모르겠는데 아마 만 리는 될걸."

"어머 만 리요?" 윤선숙은 눈이 휘둥그레지며, "그 먼 데까지 뭘 할려고 가지요?" 목소리에는 날이 서 있었다.

"뭘 하긴. 산천유람 가겠냐?"

윤철훈은 퉁을 놓듯 하고는 한입 가득 밥을 떠넣었다.

"조선혁명 하러 간단 말이에요?"

윤선숙의 목소리가 더 날카로워졌다.

"혁명은 혁명인데 중국혁명이다."

"아니, 중국혁명인데 왜 조선사람들이 가요?"

"이런, 인텔리겐챠가 공산주의 국제연대도 모르시나?"

"그래서 또 싸우러 간다 그거예요?"

윤선숙의 목소리에 물기가 묻어났다.

"싸워야지, 조선이 해방될 때까지는."

"……."

윤선숙은 오빠를 멍하니 쳐다볼 뿐이었다. 오빠의 그 단호한 말에 대응할 말은 아무것도 없었다.

"그러게 혁명가를 사랑하는 게 아니야. 정 혁명가를 사랑하겠으면 혁명듯 사랑을 실천하든지. 혁명가들이 왜 스스로 사랑을 단념하는지 아나? 여자들이 어리석게도 평화시의 모든 것을 원하기 때문이야."

윤철훈은 사촌여동생을 안쓰러운 듯 가여운 듯 바라보고 있었다.

윤선숙은 오빠의 말이 가슴을 치는 것을 느끼며 고개를 떨구었다.

"이삼 일 있다가 송별회를 하자."

윤선숙은 말없이 자리를 떴다.

정 혁명가를 사랑하겠으면 혁명하듯 사랑을 실천하든지.

윤선숙은 이틀 동안 이 말에서 놓여나지 못하고 있었다. 혁명하듯 실천하는 사랑……. 그것은 자신의 몫이었다. 그 사랑이 어떤 것인지는 오빠의 말 끝부분에 밝혀져 있었다. 평화시의 모든 것을 원하지 않는 것이었다.

내가 이광민에게 그 모든 것을 원했던 것인가?

윤선숙은 스스로에게 물어보았다. 그런데 그렇지 않았다고 대답할 자신이 없었다. 혁명가의 아내가 되어야 한다는 각오를 하는 한편으로 남들과 다름없는 결혼생활을 꿈꾸었던 것이 사실이었다.

아무것도 원하지 않는 사랑. 그것이 혁명가와 사랑을 나눌 수 있는 자격이었다. 오빠의 말대로 하자면, 그동안 이광민이 저만치 떨어진 채 거리감을 좁히지 않았던 것은 자신을 그런 자격이 없는 어리석은 여자로 취급했기 때문이었다.

송별회는 부두 앞의 번화가에 있는 아담한 카페에서 열었다. 2층 창밖으로는 항구와 기차역이 한눈에 내다보였다. 배들이 정박해 있는 저편 멀리로는 짙푸른 바다가 금속성 질감으로 무겁게 펼쳐져 있었고, 시베리아를 거쳐 모스크바까지 대륙을 횡단하는 철도의 시발점인 기차역은 초록빛 돔과 함께 중세식 건물의 중후한 품위를 지니고 바다와 아름다운 조화를 이루고 있었다.

윤선숙은 창밖의 풍경을 하염없이 바라보고 있었다. 정박한 배에 달린 울긋불긋한 작은 깃발들이 바람에 나부끼고 있었고, 날개를 펼친 갈매기들이 연처럼 바람을 타며 여유롭게 노닐고 있었다. 아담한 항구의 평화로운 풍경이었다. 그러나 윤선숙은 그 눈에 익은 풍경을 보고 있는 것이 아니었다.

"선숙아, 너 무슨 생각을 그리하고 있냐? 딴사람 생각은 하지도 않고."

윤철훈은 담뱃불을 끄며 여동생을 일깨웠다.

"네에, 맞혀보세요."

윤선숙은 순간적으로 감정을 바꾸며 방긋 웃음지었다. 그녀는 평소보다 진한 화장에 러시아풍의 흑자색 드레스를 화사하게 입고 있었다.

"난 자신 없어. 또 엉뚱한 소리 할 거 아닌가."

윤철훈이 웃으며 고개를 저었다.

"그럼 광민 씨가 맞혀보세요."

윤선숙이 이광민을 보며 생긋 웃었다. 그동안 이광민에 대한 호칭이 달라져 있었다. 전에는 '이 선생님'이었는데 이제 '광민 씨'로 변해 있었다.

"나도 미리 백기를 들겠소. 선숙 씨 재치를 한 번도 당해본 적이 없으니까."

이광민이 웃으며 윤선숙에게 눈길을 주었다. 양복 차림이 어울리지 않을 정도로 그을은 그의 얼굴은 나이가 들직해 보였다.

"피이, 혁명가들이 뭘 그리 소심해요. 무슨 생각을 했느냐면 말이에요, 나도 따라가기로 했어요."

"하하하하…… 그렇게 엉뚱할 줄 알았다니까."

윤철훈이 거침없이 웃어댔다.

"그거 잘됐군요. 마침 한 사람이 모자라던 참이었어요."

이광민의 태연한 대꾸였다.

"놀리지 마세요, 나 정말 갈 거예요."

윤선숙이 정색을 하며 이광민을 빤히 쳐다보았다.

"예에, 가요. 누가 거짓말이라고 합니까."

흐트러지지 않는 이광민의 응수였다.

"안 되겠는데, 선숙이가 졌다."

윤철훈이가 판정을 내리듯 말했다.

그때 식사와 술이 옮겨져 왔다.

말을 해놓고 보니 윤선숙은 불현듯 따라가고 싶은 마음이 일어났다. 조선여자들 중에서도 군복을 입고 싸운 빨치산들이 있었다. 그러나 윤선숙은 기가 꺾이고 말았다. 예나 지금이나 도저히 그런 용기는 없었다.

"자아, 우리 한 잔씩 하지."

윤철훈이 보드카잔을 들었다. 이광민과 윤선숙도 잔을 들었다. 셋이는 잔을 부딪쳤다.

"조선혁명과 두 사람의 사랑을 위하여."

윤철훈이 이광민과 윤선숙을 빠른 눈놀림으로 쳐다보았다.

"조선해방을 위하여."

"오빠, 고마워요."

이광민과 윤선숙의 말이 겹쳐졌다.

죽으나 사나 조선해방밖에 모르는군.

윤선숙은 이 말을 해버리고 싶은 충동을 간지럼처럼 느끼고 있었다.

입장 곤란하게 왜 이래.

이광민은 거북함을 면하려고 독한 보드카를 단숨에 들이켰다.

"좋아, 오늘 맘껏 마십시다. 모레부터는 보드카하고도 한참 이별일 테니까."

윤철훈이 이광민의 잔에 술을 따르며 말했다.

"너도 술 좀 마셔라. 러시아 멋을 즐기는 것보다는 러시아 술맛을 익히는 게 더 실속 있다. 또 날씨가 추워지기 시작하니까 말야."

윤철훈이 여동생에게 눈을 찡긋하며 웃었다. 그리고 술을 단숨에 비우고 잔을 이광민에게 내밀었다.

"아니, 저어……."

이광민이 주저했다.

"괜찮소. 우리 조선사람끼리 있으니까 조선식으로 합시다. 술은 권커니 잣거니 해야 술맛 나는 것 아니오." 윤철훈은 그렇지 않느냐는 듯 씨익 웃고는, "이젠 선숙이 네가 술 좀 따라라. 거 우리 조선말에 근사한 말이 있지. 거 뭐라더라……? 그래, 술은 장모가 따라도 여자가 따라야 술맛 난다고 말이야. 역시 조선사람들은 사람 사는 멋을 안다니까. 어서 따라." 그는 키득키득 어깨웃음을 웃었다.

윤선숙은 오빠가 좀 이상하다고 생각했다. 그러나 이광민에게 술을 따라주는 것이 좀 쑥스럽기는 했지만 정답고 즐거운 일이라서 얼른 술병을 들었다.

창밖은 어느새 어두워져 있었다. 모든 풍경을 지워버린 어둠이 작은 불빛들만 남겨놓고 있었다. 밤기차의 기적소리가 멀게 들려왔다.

"그 상투 튼 한약방 영감 있잖아요. 얼마 전에 밤새 도망을 갔어요. 근데 방마다 웃목이 파헤쳐져 있었어요. 그게 뭔지 아세요? 금덩어리 감춰놨다가 파간 거래요."

윤선숙의 이야기였다.

"그놈, 불쌍한 조선사람들 돈 다 긁어갔군. 또 하나의 부라의 탈출자라. 그놈은 어디로 도망갔나. 그놈도 하얼빈으로 갔나?"

잔을 채우기가 바쁘게 술을 마셔대는 윤철훈이가 술기운 거나 해서 말했다. 부라의 탈출자란 일본군이 물러가고 백군이 궤멸되면서 혁명의 물결이 시베리아까지 완전히 휩쓸게 되자 블라디보스토크의 부자들은 보석류만 챙겨가지고 밤을 틈타 줄행랑을 쳤던 것이다. 그런 탈출극은 큰 도시마다 벌어졌다. 그들이 도망간 곳은 대개 중국의 국경도시인 하얼빈이었다.

"근데 말이에요, 그 영감이 없어지자 우는 여자들이 한둘이 아니래요."

"뭐? 그게 다 정을 통한 여자들이라는 건가?"

"네에, 흉칙하게."

"아하하하…… 그 영감 그거 그 대목은 쓸 만하군. 안 그렇소, 이 동지? 자아, 술잔 받으시오."

윤철훈을 따라 이광민도 쿡쿡거리고 웃었다.

"연추령 포시에트에서 있었던 일인데 말야, 한 영감이 독하고 고집 세기가 어느 정도냐면, 동상 걸려 썩어 들어오는 왼손을 도끼로 직접 자르고, 아무리 추운 겨울에도 중국국경까지 마차 한 번 타지 않고 10년 넘게 걸어다닌 사람이야. 독립운동가들이 걸어다니는데 자기도 걸어야 한다는 고집이지. 그런데 그 사람이 부리는 고집 중에 또 하나가 상투를 죽어도 안 자르는 거야. 그걸 자르면 조선사람의 혼백이 없어진다는 거지. 그런데 혁명 문화사업으로 청년회에서 봉건잔재 일소운동을 시작했단 말야. 조선사람들의 상투도 거기에 해당되는 거 아니겠어. 그런데 그 황소고집이 말을 들어야 말이지. 차라리 자기 목을 치라고 대드는데. 청년회에서는 하다못해 그 집 아들에게 특별 명령을 내렸어. 자기 집부터 정화하지 않고 어떻게 사회를 정화하겠다는 것이냐. 네가 책임지고 아버지 상투를 잘라라. 그 청년은 어쩔 수 없이 기회를 노리게 되었지. 그런데 어느 날 잔칫집에서 술을 마신 아버지가 취해 낮잠을 자는 것이 아닌가. 그 절호의 기회를 놓치지 않고 아들은 가위로 아버지의 상투를 싹뚝 잘랐지. 헌데, 한잠 늘어지게 자고 난 영감이 일어나 앉자마자 온 머리카락이 와르르 쏟아져 내리는 것 아닌가. 아이크,

이게 뭐냐! 놀란 영감이 정수리를 만져보니 상투가 온데간데없는 거라. 영감이 방 안을 허둥지둥 돌며 '아이고, 내 상투! 아이고, 내 상투!' 외쳐대는 소리가 꼭 통곡하는 것처럼 집 안을 울려댔어."

"호호호호……."

윤선숙이 하얀 이를 드러내며 웃었다.

이광민의 눈에는 그 모습이 너무 청순하고 예쁘게 보였다. 문득 또 하나의 모습이 떠올랐다. 해삼잡이를 할 때 바다와 하늘을 반 반씩 배경으로 하고 웃고 있던 모습이었다. 하야말간 종아리를 물에 담근 그 모습은 꿈에서도 더러 보였다. 그런데 어느 때는 윤선숙이가 알몸으로 서 있기도 했다. 이광민은 그 생각을 들키기라도한 것처럼 얼른 술잔을 비웠다.

"이거 속편하게 웃을 일이 아니야. 그 다음에 난리판이 벌어졌는데……."

"아들을 죽였나요?"

윤선숙의 재치가 비약하고 있었다.

"들어봐. 아들놈이 그 짓을 한 줄 알게 된 영감이 도끼를 들고 나섰지. 아들은 그럴 줄 알고 미리 도망가 버렸고. 영감은 며칠 동안 사방을 돌아다녔지만 아들을 못 찾았지. 그러던 어느 날 자기 아내가 밥을 숨겨가지고 나가는 걸 보았어. 뒤를 밟아보니 아들은 산속 토굴에 숨어 있었는데 그 꼴이 형편없이 수척했지. 그런데 영 감은 다음날부터 아들이 있는 반대쪽 동네로만 아들을 찾아다니며 한다는 말이 '그놈을 용서할래도 낯짝을 봐야 할 것 아닌가' 하는 거였어.”

“어머머, 그럼 어떻게 된 거예요?”

“어떻게 되긴 뭘 어떻게 돼. 자식 이기는 부모 없더라고 자기 체면 세우면서 동네사람들의 권에 못 이기는 척 아들을 용서한 거지. 그게 조선식이야.”

그들은 이런 이야기를 나누며 술이 취해갔고, 밤이 깊어갔다.

“어어, 취하는군, 나 잠깐……”

윤철훈이 비틀거리며 자리를 비웠다.

이광민도 많이 취해 있었고, 윤선숙도 웃어가며 한 모금씩 넘긴 술이 꽤나 취해 있었다.

한참이 지나도 윤철훈은 돌아오지 않았다. 변소에 가보겠다며 이광민이 일어났다. 그의 걸음걸이는 윤철훈보다 더 비틀거리고 있었다.

“알고 보니 의리 없는 사람인걸. 술값까지 내고 먼저 가버렸소.”

혀 꼬부라지는 소리를 하며 이광민이 두 팔로 탁자를 짚었다. 그는 술기운을 이기지 못해 고개를 푹 떨구고 있었다.

윤선숙은 머리에 퍼뜩 떠오르는 것이 있었다. 처음부터 이광민에게 술을 많이 먹인 것이며, 오빠는 오늘 밤 기회를 만들어준 것이었다.

그래, 혁명하듯 사랑을 실천하고 말 거야!

윤선숙은 술을 단숨에 들이켜고는 부르르 진저리를 쳤다. 독한 술이 흘러 내려가며 속이 화끈거렸다.

그래, 조국을 위해서 목숨을 바치는 사람도 있는데 사랑을 아껴서 뭘 해.

윤선숙은 벌떡 몸을 일으켰다.

"우리도 나가요, 광민 씨."

윤선숙은 눈앞에 어릿거리는 술기운을 느끼며 이광민의 팔짱을 끼었다.

"이, 이봐요, 윤, 윤철훈이 찾아…… 나, 날 두고…… 이거 말야……"

잠에 취한 듯 눈이 풀린 이광민은 몸을 제대로 가누지 못했다.

윤선숙은 이광민을 부축하고 밖으로 나왔다. 짙은 어둠 속에 밤바람이 싸늘했다. 부두 쪽 저 멀리 작은 불빛 몇 개가 반짝이고 있었다. 밤배가 떠가고 있는 모양이었다.

"나하고 바다에 빠져 죽을래요?"

윤선숙이 불쑥 말했다.

"뭐라고요? 바다에……? 그, 그거 꽤 낭만적이긴 한데 사, 사양하겠소이다. 할 일 많은 청춘을 그리, 그리 끝낼 수야 없잖소. 재수없게 그런 말을……"

이광민이 팔을 뿌리쳤다.

"아니에요, 아니에요. 농담이에요."

윤선숙은 다시 팔짱을 끼며 이광민을 붙들었다. 몸을 못 가누게 취했으면서도 나라 위하는 정신은 멀쩡한 데 윤선숙은 놀라고 있었다.

조금 걷다가 이광민은 주저앉으려고 했다. 속이 괴로운지 않는 소리를 냈다.

"광민 씨, 어디 아파요? 네, 광민 씨."

"아니……, 아니……."

"됐어요, 조금만 더 걸어요. 저기……."

윤선숙은 호텔이 있다는 말은 차마 못하고 삼켜버렸다.

"여, 여기가 어디요?"

호텔방에 들어선 이광민이 비틀거리며 눈을 껌벅거렸다.

"내가 누군지 아시겠어요?"

윤선숙이 이광민 앞에 다가섰다. 이광민이 술취한 눈으로 이윽이 처다보았다.

"알지, 윤철훈의 여동생 윤선숙!"

"그리고 또요?"

"또오?"

"당신의 뭐지요?"

"나아……?"

이광민이 비틀거렸다.

"당신을 사랑해요."

윤선숙이 이광민을 와락 끌어안았다.

그 순간 이광민은 정신이 번쩍 들었다. 아내의 얼굴이 떠올랐다. 자신이 떠나올 때 눈물 젖었던 그 모습이었다.

"난, 난……."

"괜찮아요, 말 안 해도 괜찮아요."

윤선숙의 입술이 이광민의 입을 막았다. 윤선숙의 입맞춤은 뜨겁고 질겼다. 아내가 있다는 말을 중지당한 이광민은 윤선숙의 뜨겁고 질긴 입맞춤에 휘감겨들고 있었다. 그는 윤선숙을 끌어안으며 온몸이 불붙어 오르고 있었다.

그들은 침대로 무너졌다. 이광민은 윤선숙의 옷을 헤집기 시작했다. 그는 바다와 하늘을 반반씩 배경으로 하여 웃고 있는 알몸의 윤선숙을 향해 덤비고 있었다.

27

흉계와 유린

"그놈이 어쨌다는 거요?"

사찰과장 고마다는 빈 밥상 앞에 앉자마자 냉정하고 거만하게 내뱉었다.

"과장님도 참. 샘물이 마릅니까, 그년이 도망을 갑니까. 자아, 담배부터 한 대."

이동만은 그 특유의 간살스런 눈웃음을 치며 담뱃갑을 두 손으로 받쳐 내밀었다. 고마다를 만나는 자리라 일부러 평소에 피우는 마코보다 세 배나 비싼 15전짜리 해태를 산 것이었다.

"어허, 급한 내 성질 몰라서 그러시오."

고마다는 손바닥을 착 세워 담배를 거절하며 눈초리가 고약해졌다.

"아, 예에…… 말씀드리지요." 이동만은 머쓱해져 담뱃갑을 밥상 아래로 내리며 말을 어물거리는 몸에 붙은 버릇을 하고는, "제 말이 적중했습니다. 그놈 꼬리를 잡았어요, 꼬리." 낮고 빠르게 말을 해치웠다.

"뭐요, 꼬리? 그게 뭐요?"

놀라면서 반색을 하는 고마다는 상체까지 앞으로 굽혔다.

"뱀 중에서도 능구렁이꼬리고, 짐승 중에서도 호랑이, 아니 그건 너무 크고, 늑대꼬리는 되지요."

"어허, 또, 또!"

고마다는 밥상을 치려다가 멈추었다.

"예에, 그놈이 바로 공산주의잡니다."

이동만은 어떠냐는 듯 허리를 곧추세우며 입꼬리 처지게 입을 다물었다.

"아니, 뭐라고?" 고마다는 소스라치게 놀라며, "그, 그럼, 그놈이 능구렁이고 늑대면 그냥 공산주의에 물든 놈이 아니고 간부란 말인가!" 그는 다급한 김에 범인 취조하는 말버릇을 내뱉고 있었다.

"과장님, 제가 범인이 아닙니다."

무엇 주고 뺨 맞는 격이라서 이동만은 그따위 말버릇을 그냥 지나칠 수 없었다.

"그건 또 무슨 소리요?"

"과장님 말투가 저를 범인 다루듯 해서······."

"아하, 그것 참. 버릇 아니오, 버릇. 좀 이해를 해야지."

고마다가 떫은 입맛을 다셨다.

"예, 그러니까 그놈이 그냥 공산주의에 물든 소작인 실뱀이나 쥐새끼가 아니고 그 동네 소작인들로 짠 농우회 오야붕이구만요, 오야붕."

이동만은 엄지손가락을 세워 보였다.

"농우회 오야붕! 그걸 어떻게 알아냈소?"

고마다는 얼굴이 환해지며 또 상체를 굽혔다.

"그야 세상에 이것 써서 안 될 일이 어디 있습니까."

이동만은 손가락으로 동그라미를 그려 보이며 키들대고 웃었다.

"이거 이상이 나 때문에 돈까지 쓰고……, 나 그 은혜 잊지 않으리다."

"아닙니다, 무슨 말씀을 그리……, 그게 다 세상 사는 우의 아닙니까."

이동만의 말은 자못 호남아처럼 흔쾌했다. 그러나 속으로는 다 주판알을 튕기고 있었다. 고마다 정도는 자기의 울타리로서 필요했고, 아들놈들의 출세를 위해서도 투자할 만한 이용가치가 충분히 있었던 것이다.

"그럼 어떻게 하면 좋겠소?"

"어떻게 하긴요. 처음 계획대로 그놈을 잡아넣고 그년을 불러내리면 되는 거지요."

"그 고집 센 년이 오빠 잡혀 들어갔다고 말을 듣겠소?"

"아하, 아무 염려 마세요. 이번에 그놈 뒤를 캐면서 자세하게 알아보았더니 남매간에 정이 이만저만 깊은 게 아니었어요. 아 글쎄,

그놈이 지닌 재산 전부가 동생년이 기방에서 노래해 벌어다 준 돈이란 말입니다. 그것들이 조실부모하고 남매뿐이라 서로 끔찍하게 위한다는 것 아닙니까. 그래도 못 믿겠어요?"

"됐소, 그만하면 됐소." 고마다는 만족스럽게 고개를 끄덕끄덕하고는, "어쨌든 이상이 머리 돌리는 데 탄복했소. 어떻게 그놈 흠집을 잡아 덫을 놓을 생각을 해냈고, 그게 어찌 이렇게 딱 들어맞느냔 말이오. 이상이 경찰에 근무했더라면 크게 출세했을 것이오." 그는 껄껄거리며 푸짐하게 말인심을 쓰고 있었다.

"그 무슨 과분한 말씀을. 다 아시겠지만, 세상에 털어서 먼지 안 나는 놈 없는 것 아닙니까. 더구나 요새 같은 세상에는 더 그런 법이지요."

이동만은 겸손한 척 부릴 거만은 다 부리고 있었다.

"이번에 이상은 내 일만 해결한 게 아니라 큰 공까지 세웠으니 내가 탄복 안 할 수 있겠소. 그놈이 부락 농우회 회장이라면, 그놈을 닦달하면 그 윗줄기를 잡아챌 수 있단 말이오. 이게 바로 일거양득이라는 것 아니겠소. 호호호호……."

"그놈을 너무 심하게 다루진 마십시오. 괜히 그놈 골병들여 놓고 단물 빠지기 전에 그년 놓치면 곤란하니까요. 그놈이 앞으론 처남 아닙니까, 처남."

이동만은 고마다를 마주 보며 키득거렸다.

"자알 알겠소. 배고픈데 그만 점심 먹읍시다."

"예, 시장하군요."

이동만은 짝짝짝 손바닥을 맞때려 종업원을 불렀다.

고마다는 소리꾼 옥비를 이동만의 생일잔치에서 본 다음에 탐내기 시작했다. 그는 이동만에게 노골적으로 자기의 속뜻을 털어놓았다. 그렇지 않아도 고마다 같은 사람과 깊은 연관이 맺어지기를 바라는 이동만으로서는 그런 부탁이 오히려 너무 반갑지 않을 수 없었다. 이동만은 곧 사람을 가운데 놓아 일을 시작했다. 그런데 뜻밖에도 퇴짜였다. 이동만은 어처구니가 없었다. 천한 소리꾼 주제에 하룻밤 50원의 거금을 퇴해버린 것이었다. 그것도 자칭 예인이라고 술 따르는 것을 거부한 당돌함과 빨간 댕기의 값을 감안해서 후하게 친 금액이었다. 기생 하룻밤의 화대가 쌀 한 가마에 장작이 한 평인 것에 비하면 자그마치 세 배가 넘는 액수였다. 그러나 거기서 일을 끝낼 수는 없었다. 일단 고마다에게 큰소리를 친 이상 무슨 수를 써서든 그 소리꾼을 고마다의 품에 안겨주지 않고서는 안 될 일이었다.

이동만은 아까운 것을 무릅쓰며 값을 70원으로 올렸다. 그런데 또 퇴짜였다. 이동만은 기가 막혀 입을 다물지 못했다. 그러는 판에 고마다한테서 전화가 걸려왔다. 이동만은 과장해 가며 경위설명을 겸한 변명을 해놓고는 속이 쓰린 것을 억누르며 돈을 100원으로 올렸다. 그러나 또 퇴짜였다. 이동만은 벌컥 화가 솟기는 대로 욕을 퍼부어댔다. 그러나 상대방이 듣지 않는 욕은 고스란히 자기에게 떨어질 뿐이었다. 돈을 더 올릴 마음은 없고, 그렇다고 손을 뗄 수도 없고, 엉거주춤 며칠을 보내다가 또 고마다의 전화를 받았다. 고마다는 화가 난 기색이 역연했다. 그 기세에 쫓겨 돈을 150원으로 올렸다. 그러나 역시 퇴짜였다.

"아아니, 지년 보지가 용궁 대문이여 극락 초입이여. 요런 느자구 반푼어치도 없는 년이 사람 환장허게 맹그네."

이동만은 서류철을 책상에 떡을 치며 부르르 떨었다. 그러나 그것으로 해결될 일이 아니었다. 감정을 억누르고 다시 생각해 보았다. 기생으로 팔리면 200원이라고 했다. 그리고 동기(童妓)가 머리를 올리면 상급이 작으나마 기와집 한 채를 받는다는 것이었다. 소리꾼에 처녀…… 에라, 큰 인심 썼다. 이동만은 200원을 던졌다. 그런데 또 퇴짜였다. 그리고 말이 따라붙어 왔다. 천만금을 준다 해도 소용없는 일이니 헛고생하지 말라는 것이었다. 이동만은 무릎이 꺾이며 한숨을 토해냈다. 꿈에도 이럴 줄 모르고 큰소리치며 나선 일이었다.

"이거 사람 놀리는 거요, 뭐요!"

마침내 고마다가 전화통 속에서 고함을 질렀다. 어느덧 한 달이 넘어 있었다. 색정 난 몸으로 많이 기다리긴 기다린 것이었다. 이동만은 변명하기에 급급하지 않을 수 없었다. 긁어 부스럼 정도가 아니라 잘못하면 큰 화를 입을 판이었다. 사찰과장이 앙심을 먹었다 하면 무슨 해코지든 할 수 있는 일이었다.

"에라이 떡 칠 년아! 니년 구녕이 큰지 내 뱃보가 큰지 어디 보자."

이동만은 한껏 오기를 부려 200원의 두 배 400원을 불렀다. 그런데 이번에는 퇴짜가 아니라 헛걸음이었다. 지리산으로 소리 독공을 들어갔다는 것이었다.

그건 사실이었다. 옥녀는 피할 수 없었던 기생방의 소리생활을 끝내고는 짐을 챙겼다. 그동안 소리에 낀 때를 빼고, 소리를 더 갈고 다듬기 위해 독공의 길을 떠난 것이었다. 그건 선생님에 대한 죄스러움을 씻는 길이면서, 새로운 득음을 위한 길이었다. 옥녀는 평소부터 먼발치에서 바라보았던 지리산으로 들어갔다.

"요런 독허고 고집 씬 년얼 봤능가. 그년이 예인언 예인인 것잉가……."

이동만은 털썩 주저앉아 중얼거렸다. 그러다가 번쩍 정신이 나서 심부름꾼을 데리고 고마다를 찾아갔다. 고마다 앞에 심부름꾼을 증인으로 내세워 자신이 최선을 다했음을 역설했다.

"이제 어쩔 판이오. 괜히 이상이 큰소리치다가 일만 망쳐놓지 않았냔 말이오."

고마다의 가차없는 책임추궁이었다.

"아 예, 예, 그년이 하늘로 솟은 것도 아니고 땅으로 꺼진 것도 아니니 조금만 여유를 주십시오. 제가 곧 좋은 방책을 생각해 내서 그년을 꼭 과장님 품에 안겨드리겠습니다. 그 일을 못 해내면 제가 이 열 손가락에 장을 지지겠습니다."

이동만은 고마다 앞에 손가락 열 개를 쫙 펴 보였다.

"그년을 강제로 잡아넣을 수도 없고……."

고마다가 중얼거리며 침을 내뱉었다.

그 순간 이동만의 머리를 스치는 생각이 있었다.

가만있자, 그년 오빠를 미끼로 쓰면 어떨까……?

집에 돌아와 곰곰이 생각해 본 이동만은 그렇게 하기로 마음을 정했다. 그보다 더 좋은 묘안이 떠오르지 않았던 것이다. 그년 아버지나 어머니가 있었으면 더 좋겠지만 남매 단둘뿐이니 오빠로 덫을 놓을 수밖에 없었다. 다음날로 사람을 놓아 그년 오빠의 흠집을 찾아내게 했다. 세상에 트집 잡아 안 잡힐 놈이 없었고, 술취해 일본 욕만 해도 얼마든지 잡아들여 욕을 보일 수 있는 세상이었다. 그러나 잡아넣을 만한 잘못을 찾기도 쉽지가 않았다. 동네 할멈 하나를 매수해 놓고 열 달 가까이 되어서야 뜻을 이룬 것이었다.

"그놈 언제 잡아들일 건가요?"

정종을 홀짝 마신 이동만이 물었다.

"언제긴 언제겠소. 오늘 당장이지."

고마다가 입꼬리 돌아가게 웃었다.

차득보가 잡혀가자 그의 아내 연희네는 젖먹이딸 연희를 업고 어쩔 줄을 모르고 허둥거리며 연상 눈물만 닦아냈다. 작달막한 몸집에 순하게 생긴 연희네는 홍씨 집에서 일하던 처녀였다. 공허가 중매쟁이였다. 그리고 첫딸 이름도 '연꽃같이 예쁜 계집아이'란 뜻으로 공허가 지어준 것이었다.

모여들었던 동네사람들도 어스름이 내리면서 하나둘씩 돌아가기 시작해 이제 남은 사람은 없었다. 연희네는 어둑어둑해진 마당을 서성이며 훌쩍거리고 있었다. 그런데 할머니 하나가 조심스럽게 사립으로 들어서며 낮은 인기척을 냈다.

"연희 아범이 승헌 꼴 당했담서? 늦게사 알고 인자 왔구마."

"아이고메 선돌이 할메, 어둔디 멀라고 요리 오신당게라."

연희네는 눈물을 추스르며 그 할머니를 맞았다.

"근디 연희네넌 으쩌고 있능가?"

"통 몰르겠구만이라, 멀 어찌야 좋을란지……."

연희네는 눈물을 훔치며 울먹거렸다.

"이사람아, 이리 울기만 허면 으쩌, 사람이 잽혀 들어가면 뒷손얼 제까닥 써야 매타작 덜 당허고 골병 면허는 것이여. 눈물만 찔찔 짜덜 말고 얼렁 자네 시누헌티 알리소."

"시누……."

"지리산 어디 있는지 몰릉가?"

"천축사에 가면 아는디요. 근디 독공얼 간 것인디……."

"이사람, 새 날아가는 소리 허는 것 잠 보소. 사람 목심이 중혀 깐눔에 독공이 중혀. 당장 안 알리면 자네가 시누헌티 베락 맞을 것이네. 그 남매 정이야 시상에 뜨르르헌 정인디."

"야아, 지가 미처 그 생각얼 못혔구만이라. 낼 아칙에 당장 뜰랑마요."

"하면, 하면, 그래야제."

그 할머니는 고샅을 걸어가며 키득키득 웃고 있었다. 그 늙은이는 다름 아닌 이동만에게 돈을 받아먹은 할멈이었다.

사흘 만에 집에 돌아온 옥녀는 고무신도 벗지 않고 선걸음으로 군산경찰서를 찾아갔다. 그러나 경찰서에서는 면회를 시켜주지 않았다. 중죄인이라 조사할 게 많아 안 된다는 것이었다.

옥녀는 그만 미칠 것만 같았다. 오빠가 얼마나 고문을 당하고 있을까 싶었고, 돈을 쓰려고 해도 아는 사람이 없었다. 그동안 기방에서 만났던 권세 지닌 사람들을 생각해 보았다. 그러나 그 사람들은 하나같이 자신의 몸만 탐했지 일을 보아줄 위인들이 아니었다.

공허 스님을 생각해 보았다. 그러나 공허 스님도 쫓겨다니는 몸이었다. 신세호 선생이 잡혀 들어간 사건으로 공허 스님을 못 보게 된 것이 벌써 1년이 다 되어가고 있었다. 그 사건으로 경찰서에서는 공허 스님을 잡으려고 혈안이 되어 있다고 했었다.

옥녀는 경찰서에서 가까운 여관에 머물며 날마다 경찰서를 찾아갔다. 면회가 안 된다고 해도 물러나지 않고 해가 질 때까지 경찰서에서 버티었다. 나흘째 되는 날 오후에 마침내 면회가 되었다.

"아니 오빠, 워째 이리되았소!"

옥녀는 오빠를 보자마자 울부짖었다. 핏기 없이 바랜 반쪽이 된 얼굴에 오빠는 멍청하니 넋이 나간 사람이었다. 특히 시뻘겋게 핏발이 서고 눈곱이 잔뜩 낀 눈은 아무것도 보는 것 같지 않았다.

"오빠, 나 옥녀요, 옥녀. 나 알아보겠소! 나 옥녀란 말이요."

옥녀는 안타깝게 소리쳤다.

"그려…… 옥녀야아…… 나 자고 잡다아…… 이적지 한숨도…… 한숨도 안 재운다……. 나, 나, 미쳐불겄다…… 차라리 패고…… 패고, 재우면 살겄다와……."

파인 목소리로 차득보가 기를 써가며 한 말이었다.

"오빠, 오빠, 오빠……."

옥녀는 솟구치는 분함과 서러움을 걷잡을 수 없어 오빠를 불러대며 울음을 터뜨렸다.

면회는 그것으로 끝났다. 어깨가 늘어진 옥녀는 휘청거리며 경찰서를 나서고 있었다. 옥녀는 오빠가 죽을지도 모른다는 공포에 사로잡혀 있었다. 어떻게 해서든 오빠를 구해내야 했다. 그런데 앞이 캄캄하기만 했다.

"아니, 이 시악씨가 누구랑가? 잉, 명창 옥비 아니라고!"

옥녀는 소스라쳤다. 눈앞에서 헤벌쭉하게 웃고 있는 거무튀튀한 얼굴의 사내는 바로 이동만의 심부름꾼이었다.

그 순간 옥녀의 머리를 스치는 생각이 있었다. 그 사찰과장의 말을 들어주면 오빠를 구해낼 수 있지 않을까! 불현듯 옥녀는 그렇게라도 하고 싶었다. 정절이고 무엇이고 오빠의 목숨보다 더 중할 수는 없었다. 그놈하고 하룻밤 자고 나서 평생 시집을 안 가버리면 말썽 될 게 없는 일이었다. 그러나…… 옥녀는 이를 맞물며 그 사내를 지나치려고 했다.

"이, 오빠 땜세 왔구만그랴. 공산주의에다 농우회 오야붕질 헌 죄로 치안유지법에 걸린 것잉게 15년언 콩밥 묵어야 헌다는 소문이 등마. 치안유지법언 여차 없이 지독시런 법잉게로."

사내가 지껄여댄 말이었다.

15년……! 옥녀는 머리가 핑 울리며 심한 현기증을 느꼈다. 15년이면 오빠의 평생이었다. 하룻밤 몸 더럽히는 것하고 15년하고……

오빠를 구해낼 수만 있다면 그렇게 하고 싶었다. 아니, 사정을 해서라도 그렇게 해야 했다.

"저그 머시냐, 사찰과장 말 들어주면 우리 오빠럴 풀어줄랑게라?"

옥녀는 한달음에 말을 해치웠다.

"그야 나 겉은 놈이 어찌 알겠소. 이 주임님헌티 여쭤봐야제. 어째, 여쭤봐 디릴게라?"

옥녀는 떨군 고개를 끄덕였다.

"글먼 낼 아칙에 여그서 다시 봅시다."

옥녀는 또 고개를 끄덕였다.

옥녀는 이동만이가 쳐놓은 그물에 완전히 걸려들고 만 것이었다. 면회를 안 시켜주고 잔뜩 몸달게 해서 나흘 만에 시켜준 것도, 그 사내를 경찰서 앞에 배치한 것도 이동만이가 사찰과장하고 다 짜고 한 짓이었다. 다만 옥녀는 오빠를 구해내야 되겠다는 생각에 휘말려 그런 눈치를 전혀 채지 못하고 있었다.

옥녀는 오빠가 하고 있는 일이 죄가 된다는 것을 처음부터 알고 있었다. 그러나 그게 왜놈들과 싸워 나라를 찾는 일이라는 것도 잘 알고 있었다. 왜놈들과 싸우는 일, 그건 바로 아버지 어머니의 원수를 갚는 일이었다. 아버지가 총 맞어 죽고 어머니가 미쳐서 죽은 다음부터 오빠와 굳게굳게 마음 다진 것은 후제 커서 아버지 어머니의 원수를 갚자는 것이었다. 그래서 공허 스님이 오빠를 공산주의 하는 사람에게 연통시켰을 적에 두렵기는커녕 고마웠던 것이다. 그건 부모님 원수 갚을 길을 열어준 때문이었다.

"따라오씨요."

다음날 아침 그 사내가 나타나서 말했다.

"어디로 가는디라?"

갑자기 옥녀의 가슴은 뛰기 시작했다.

"이 주임님이 기둘리시요."

이동만이 기다리고 있는 곳은 극장 군산좌 옆의 카페였다. 옥녀는 그곳이 낯설어 쭈뼛거렸다.

"그려, 인자 말 듣겄다고?"

옥녀가 의자에 엉거주춤 앉자마자 이동만이 담배연기를 훅 내뿜으며 한 말이었다.

"야아……."

고개를 떨군 옥녀의 목소리는 들릴락 말락 했다.

"힝, 핏줄이 중허기넌 중허구만. 그려, 그 맴이 가상히서 나가 일 잘되게 말혀 났응게 자네넌 목간이나 깨끔허니 허고 기둘려."

묘한 웃음을 입에 물고 옥녀를 눈 아래로 깔아보며 이동만은, 저것 입맛 다시면 쌈빡허겄다, 하고 생각하고 있었다.

"오빠럴 당장 풀어줘야제라."

옥녀는 고개를 치켜들었다.

"어허, 급허기넌. 급허니 묵는 밥이 체혀. 넘덜 눈도 있는디."

옥녀는 그러리라고 생각했다.

"글먼 오빠 당장 잠재우라고 헛씨요."

"허어, 생김새대로 영판 야물시 잉. 글안히도 시방 푸지게 자고 있을 것잉마. 매제가 처남 안 위허먼 누가 위허겄어.”

이동만은 흐흐거리고 웃었다.

옥녀는 소름이 끼쳐 몸을 부르르 떨었다.

“이따가 저녁참에 사람이 딜로 갈 것잉게 기둘려. 목간 잘허고.”

이동만이 일어섰다. 그는 밖으로 나가면서, 아까운 돈 안 들이고 일이 풀려 아주 잘되었다고 생각하고 있었다.

옥녀는 안심이 안 되어 또 면회를 하러 갔다. 면회는 안 되었다. 며칠 만에 잠을 자니까 깨울 수가 없다는 것이었다.

“아부지……”

옥녀는 불현듯 아버지를 불렀다. 눈에서는 눈물이 주르르 흘러내렸다.

옥녀는 저녁때 여관으로 찾아온 그 사내를 따라나섰다. 그 사내가 들어간 곳은 일본식 고급요정이었다. 사찰과장과 이동만은 별채에서 술을 마시고 있었다.

“자아, 예럴 갖춰야제. 과장님 앞에 큰절얼 올리그라.”

이동만이 엄한 소리로 호령했다.

어찌할 수 없는 일이었다. 옥녀는 어금니를 맞물며 두 손을 이마에 올렸다. 무릎을 굽혀가는데 총소리 비명소리와 함께 가슴에 피범벅 된 아버지의 모습이 생생하게 떠올랐다.

“되았다. 인자 술 따라올리고.”

이동만이 다시 호령했다.

옥녀는 더 이를 맞물며 주전자를 집어들었다.

"내가 일단 점찍은 계집을 1년이 다 되게 기다린 건 이번이 처음이오."

술이 넘실거리는 술잔을 든 고마다의 말이었다.

"꺾기 힘든 꽃일수록 맛이 나는 것 아닙니까."

이동만이 눈웃음을 쳤다.

"어허허허…… 그야 그렇지. 명언이야."

광대뼈 불거진 고마다가 목젖이 보이도록 입을 딱 벌리고 웃어제쳤다.

"이만 물러갑니다."

이동만이 서둘러 자리를 떴다.

"멀리 안 나가겠소."

고마다가 앉은 채 손을 흔들었다.

한쪽 무릎을 세운 옥녀는 목이 안 보이도록 잔뜩 웅크리고 앉아 있었다. 그 몸피가 무척 작아 보였다.

빈 술잔을 놓은 고마다가 옥녀의 손목을 와락 잡아끌었다. 옥녀는 질겁을 하며 그 손을 뿌리치려 했다. 그러나 남자의 힘에 끌려 다다미장 위에 쓰러지고 말았다. 고마다는 잽싼 동작으로 옷고름을 풀었다.

"저, 저, 불……."

옥녀는 당황해서 천장을 올려다보았다. 천장 가운데 늘어진 전구는 방 안을 대낮처럼 밝히고 있었다.

"잔소리 말고 가만히 있어."

고마다가 내뱉었다. 그건 너무 분명한 조선말이었다.

옥녀는 뛰쳐나가고 싶은 충동에 사로잡혔다. 그러나 금방 오빠의 그 가엾은 모습이 떠올랐다. 옥녀는 몸을 오그리며 속입술을 깨물었다.

고마다의 빠른 손놀림에 따라 옥녀의 옷은 하나씩 벗겨져 나갔다. 옥녀의 윗몸이 드러났고, 고마다는 속곳을 벗기려고 했다.

"지발 저 불……."

옥녀는 울먹이며 속곳말기를 틀어잡았다.

"잔소리 말라니까. 일 망치고 싶어!"

고마다는 싸늘하게 내쏘며 옥녀의 손을 쳐냈다. 옥녀의 눈에서는 눈물이 흘러내렸다.

옥녀는 완전히 알몸이 된 채 다다미장 위에 바짝 오그리고 누워 있었다. 그 도르르 말리듯 한 모습은 영락없이 인체해부도 속의 태아 같았다.

술기운으로 얼굴이 불콰한 고마다는 어느새 일어서서 옥녀의 알몸을 내려다보며 유유하게 옷을 벗어던지고 있었다. 옷을 홀랑 벗어버린 고마다는 두 팔을 서너 번 휘둘러댔다. 그리고 불뚝 일어서 있는 자기 물건을 내려다보며 한 손으로 잡고 서너 번 흔들었다. 그런 그의 얼굴에는 만족에 찬 웃음이 느글거리고 있었다.

고마다는 옥녀를 잡아일으켰다. 고개를 한쪽으로 돌린 옥녀의 한 팔은 젖가슴을 가리고 있었고, 다른 손은 불두덩을 가리고 있었다. 그러나 젖무덤은 두 개라서 가리나마나 거의 다 드러나고 있었다. 옥녀의 알몸은 얼굴보다 더 하야말쑥한 것이 군살 없이 매끈했다.

"호호호호……."

옥녀의 탄력 넘치는 싱싱한 알몸을 바라보며 더없이 흡족하게 웃던 고마다는 느닷없이 달겨들어 옥녀를 번쩍 안았다. 그리고 함께 나뒹굴어졌다.

고마다가 옥녀를 덮쳤다. 큰 개가 닭을 덮치는 것처럼 난폭했다.

"아으으…… 아부지이……."

옥녀가 몸을 뒤틀며 신음을 물었다. 옥녀는 아버지의 비명소리와 함께 피범벅 된 모습을 보고 있었다. 네놈 원수를 꼭 갚고 말겠다며 옥녀는 속살 찢어지는 고통에 휘말리고 있었다.

양복에 중절모자를 쓰고 여덟 팔 자(字) 콧수염까지 기른 건장한 남자가 포교당으로 들어섰다. 스틱까지 들었더라면 그야말로 하이칼라 개명 멋쟁이 치장이었을 것이다. 그런 치장은 돈푼깨나 있고 행세깨나 한다는 사람들 층에서 일대 유행을 이루고 있었다. 일반 서민들은 그런 사람들을 친일파라고 싸잡아서 손가락질을 하고 눈을 흘겼다.

"시님 기시요오, 시님."

그 남자가 요사채 앞에서 발길을 멈추었다.

방문이 열리며 얼굴을 내밀던 승려가 깜짝 놀랐다.

"아니, 공, 공……."

"퇴깽이괴기럴 묵었냐. 사람 보고 놀래기넌⋯⋯."

그 남자가 승려를 밀어붙이듯이 방 안으로 들어갔다.

"아니, 어쩔라고 대낮에 댕기고 이러신게라."

승려가 얼른 방문을 닫았다.

"미친놈. 밤꽹이질 안 헐라고 이 꼬라지 헌 것 아니여."

그 남자는 중절모자를 벗으며 주저앉았다. 그는 다름 아닌 공허였다. 가리마 탄 긴 머리에 기름까지 바른 그는 전혀 딴사람이었다.

"허기넌 그 왜놈수염꺼정 붙고 봉게 영판 딴사람이구만이라." 젊은 승려는 킥 웃고는, "그 수염은 어찌 된 것이다요?" 장난스런 눈길로 공허를 쳐다보았다.

"어찌 되기넌. 이 질로 아조 파계해 뿔라고 질렀다. 으쩌냐, 잘 어울리지야?"

공허가 콧수염을 쓰다듬어 보였다.

젊은 승려는 얼굴을 돌리며 더 키들대고 웃었다.

"아니, 과부 속곳 밑얼 봤냐, 개 흘레붙는 것얼 봤냐. 어째 그리 자발머리없이 웃고 그려."

공허는 자못 근엄한 척 눈총을 쏘았다.

"주지시님이 시님 내놔분 지가 언제라고 또 파계허고 말고 그려라?"

"저놈 주딩이 놀리는 것 잠 보소. 본시 개눈에넌 똥밖에 안 뵈는 법이고, 주지시님언 나럴 땡초로 내놔분 것이 아니고 득도헌 생불로 중생구제허라고 그리 대접허신 거이다."

공허는 느물느물하게 능청을 떨고 있었다.

"야아, 알겠구만요." 젊은 승려도 능청스레 정색을 하고는, "시방 금강산서 오시는 걸음잉게라?" 궁금증을 나타냈다.

"아이고 이놈 운봉아, 굼벵이가 궁굴러와도 반년 전에 왔겄다. 금강산이 지아무리 춘하추동 풍광이 지각각 절경이라 혀도 거그서 1년썩이나 처백혀 멀헐 것이냐."

그 젊은 승려는 아기중이었던 운봉이었다.

"도림 시님언 만내셨능게라?"

"파계혀 부렀드라."

"야아……?"

눈이 휘둥그레진 운봉이 공허를 멍하니 쳐다보았다.

"그리 놀랠 것 없다. 과부헌티 반해 삭신 녹아내리는 것이 아니고 공산주의자 돼서 중국땅으로 갔응게."

"중이 공산주의자가 돼라?"

운봉은 또 놀라고 있었다.

"금강산 중덜이 공산주의바람얼 탄다는 소문얼 거년에 설핏 듣고 말었는디, 이분참에 가봉게 그 바람이 생각보담 심혔든갑드라."

"근디 중국에넌 멀라고 갔당가요?"

"이놈 똑똑헌지 알었등마 영 벽창호시. 중국 허먼 독립운동 아니여."

"아이고, 도림 시님도!" 운봉은 반색을 하고는, "혼자 가셨능게라?" 눈이 빛나며 관심을 나타냈다.

"아까 그 바람이 심혔다고 안 혔어. 대여섯이 함께 떴다드라."

"참 요상시러우네요 이. 공산주의로 나섰으면 파계년 진짜배기 파곈디, 공산주의란 것이 부처님 말씸얼 등질 맨치 그리 웃질인게라?"

운봉의 얼굴에는 진지한 의문이 차 있었다.

"나도 책얼 멫 권 읽어보기넌 혔는디, 나가 보기로넌 벨로 신통헌 것도 아니여. 긍게 거 머시냐……, 그 많은 부처님 말씸얼 탈탈 털어 한마디로 허자면 '자비'인 것이고, 동학이야 '인내천'이고, 야소교넌 '박애' 아니겠냐. 근디 공산주의넌 '혁명'이여. 이 말덜이 서로 달름스로도 한 가지 공통점얼 지니고 있제. 그것이 머시냐. 사람찌리 차등얼 없애서 서로 공평허게 살기 좋은 시상얼 맨글자는 것이제. 헌디 또 다른 점도 있단 말이여. 그것이 먼고 허니, 살기 좋은 시상얼 맨그는 방도가 다른 것이제. 불교허고 야소교넌 자비럴 베풀고 박애럴 실행허면 내세에 극락 가고 천당 간다 허는 것이고, 동학허고 공산주의넌 인내천 시상이나 혁명 시상얼 가난허고 천대받는 사람덜이 한덩어리로 뭉쳐서 현생에서 이룩허자 허는 것이제. 불교허고 야소교 이얘기넌 막연허고 아리숭헌 것인디, 동학허고 공산주의 이얘기넌 확실허고 가능헌 느낌얼 주는 것이제. 그려서 동학언 농민들에 심으로 갑오년에 일어난 것이고, 공산주의넌 노동자 농민 들에 심으로 10여 년 전에 아라사서 일어난 것 아니겠냐. 동학언 실패험서 그 기가 점차로 사그라지고 있고, 공산주의넌 성공히서 그 기세가 세계만방으로 뻗치고 있는 참이제. 근디 이

땅이서 공산주의가 기세럴 떨치는 것언 두 가지 뜻이 합쳐진 까닭이여. 차등 없는 공평헌 시상 맨드는 디다가, 아라사럴 중심으로 헌 세계 공산주의 세력이 우리겉이 약헌 민족덜얼 도와 독립시키겄다는 것 아니겄냐. 그리된게 그것이 금상첨화 격이라 이 나라 앞날을 걱정허는 젊은 사람덜허고 궁합이 잘 맞아떨어진 것이고, 중놈 도림이꺼정 먹물옷얼 벗어부치게 맨근 것이제. 불교허고 공산주의넌 애초에 근본이 달릉게 어떤 것이 더 웃질이다 허고 비교혀서는 안 되는 것이고, 도림이겉이 요런 시상얼 조선사람으로 바르게 사는 방도를 찾을라고 번뇌해 온 중덜이 공산주의럴 접허게 되면 결국 법복얼 벗는 것이 당연지사일 거이다. 무(無)야, 공(空)이야 허는 불교로넌 해결책이 없응게. 무신 말인지 채가 잽히기나 허냐?"

공허는 운봉에게 무술을 가르쳐주었던 그때의 성심으로 이야기를 엮어나갔다. 운봉은 중으로서 유일하게 자신이 걷는 길을 따라나서기를 바라는 제자 아닌 제자였다.

"야아, 그냥 땅짐만 허겄는디, 시님언 으째서 공산주의럴 안 허시능게라?"

운봉의 태도 또한 진지했다.

"글씨, 나가 보기로넌 동학보담 벨로 나슬 것도 없고, 이대로도 일해 나가기 아무 불편이 없응게로. 근디 나가 헌 생각이 옳았니라. 니도 소문 들었는지 몰르겄는디, 달포 전 1월에 한성서 신간회라는 단체가 맨글어졌다. 그것이 먼고 허니, 공산주의 단체덜허고 전보톰 일해 온 단체덜허고 한나로 뭉쳐 독립운동얼 허기로 헌 거이다."

"글먼 심이 아조 커지겄구만이라."

운봉이 앉음새를 단단히 짜며 침을 삼켰다.

"하면, 지방마동 읍·면꺼정 조직얼 짤 것잉게. 일이 잘만 됨사 그 심이 엄청시리 커지고 효과도 클 거이다. 니가 헐 일도 많애질 것잉게 맘 강단지게 묵어야 혀."

공허가 운봉을 응시했다.

"야아, 알겄구만이라우."

"그간에 무신 일 없고?"

공허가 벽에 등을 기대며 두 다리를 쭉 뻗었다.

"저어, 쬐깨 고약헌 일이 벌어졌구만이라. 차득보 뒤가 탈나 잽혀 들어가고……."

"머시여! 이놈아, 그것언 쬐깨 고약헌 것이 아니고 큰탈이여, 큰 탈. 그리고 그 연줄로 상헌 것이 누구여?"

공허의 몸이 튕겨지듯 곧바른 자세가 되었다.

"유승현 선생님허고 멫 사람이……."

"어허, 참말로 큰탈이시. 까마구 날자 배 떨어지네, 신간회 일이 한시가 급헌 판에. 근디 어찌서 꼬타리가 잽힌 것이여?"

"사방으로 수소문히도 잘 알 수가 없드만이라."

"차암…… 득보가 고문얼 못 전뎠구나……."

공허가 일그러진 얼굴로 중얼거렸다. 공허는 유승현에게 죄스러우면서 자신의 책임감을 느끼고 있었다. 차득보를 유승현에게 선을 대준 것이 자기였던 것이다. 왜놈경찰들의 고문이 살인적으로 혹독한 것을 알면서도 차득보가 비밀을 지켜내지 못한 것은 아쉽고 안타까웠다.

"또 딴 일언?"

"더 벨일 없구만이라."

공허는 더 말이 없이 중절모자를 집어들고 일어섰다.

"어디 가실라고라?"

공허는 고개만 끄덕이며 방을 나섰다. 운봉은 주눅든 듯이 뒤를 따랐다.

"안씨부인언 어찌 되시고?"

공허는 대문 앞에 이르러 송수익 아내의 안부를 물었다. 안씨와 신세호가 반죽음 상태로 풀려난 것까지 확인하고는 더 버티기가 어려워 금강산으로 줄달음쳤던 것이다.

"중병이 되야 꼼짝얼 못허싱마요."

"머시여! 무신 병인디?"

공허가 고개를 홱 돌렸다. 그 눈에서 불길이 일고 있었다.

"중풍에다 정신도 온전치럴 못허시고…… 글고 또 우환이…….'

"아, 뜸딜이덜 말어!"

공허가 토해낸 것은 말이 아니라 분노의 덩어리였다.

"야아, 작은아덜 가원이가 퇴학당했구만이라."

운봉은 빠르게 말했다.

"고것언 또 무신 일이여?"

"야아, 작년 7월에 전주고보생덜이 동맹휴학얼 히서 왜놈 교장얼 몰아냈는디, 그 일얼 주동헌 학상덜 쉰넷도 퇴학처분얼 당했구만요."

"그야 우환이 아니고 경사시." 공허는 불쑥 말하고는, "글먼 가원이넌 멀허는 것이여?" 하며 얼굴에 그늘이 서렸다.

"집이서 공부험서 모친 병수발허고, 서울 성님 면회 댕기고……."

"그려……, 신 선상님언?"

"서너 달 전보톰 기동허셨구만요."

"잉, 다행이구만."

공허는 대문을 나섰다.

운봉은 멀어지는 공허의 모습을 지켜보고 있었다. 양복을 입은 공허의 넓고 완강한 어깨에 그는 또 압도당하고 있었다. 나이를 먹으면서도 늙지 않는 사람, 세상에 무서운 것이 없는 쇳덩어리 같은 사람. 이것이 그가 공허에 대해 가지고 있는 생각이었다.

어렸을 때 겪었던 의병전쟁을 운봉은 커가면서도 잊을 수가 없었다. 그 잊을 수 없는 기억 속에 붉은 인장처럼 찍혀 있는 사람들이 공허 스님과 송 장수님과 홍 보살님이었다. 면벽참선을 하면서도 불경을 읽으면서도 그분들의 모습은 얼핏얼핏 떠올랐다. 절에 있어도 세상이 갈수록 살기 어려워진다는 소식은 다 들려왔다. 세상 소식이 나쁠수록 공허 스님과 송 장수님은 면벽참선을 망치고 독경을 방해했다. 그리고 오래 소식이 끊긴 홍 보살님은 얼굴도 모르는 어머니처럼 그리움의 끈이 이어져 있었다.

나이가 들어갈수록 사나이 젊은 육신으로 잡히지도 보이지도 않는 득도 해탈을 하겠다고 세월을 보내는 것이 옳은 것인가를 깊이 생각하게 되었다. 그 생각이 잦아질수록 공허 스님과 송 장수님은 더 넓게 마음을 차지해 가고 있었다. 스무 살이 넘으면서 자신도 공허 스님처럼 사는 것이 옳다고 마음을 정하게 되었다.

"그리 맘묵은 것이 장허다. 근디, 중놀이가 극락이라면 그 질언 지옥이다."

공허 스님의 첫마디였다.

"아는구만이라."

"지명대로 못사는 질이다."

공허 스님의 두 번째 말이었다.

"아는구만이라."

"니넌 가심에 맺힌 한이 없다."

"무신 말씸이신지……."

공허 스님은 자기가 어렸을 때 당했던 이야기를 했다. 그때서야 그 뜻을 알게 되었다.

"죽기 한허기로 허겼구만이라."

이 말밖에 할 것이 없었다.

"목심언 둘이 아니라 한나여!"

공허 스님이 다짐했다.

"야아, 죽기 한허기로 허겼구만이라."

"그려? 그러면 되았어."

그래서 꼬박 3년 동안 기운을 기르고 무술을 익혔다. 공허 스님과 겨루어 이기지 못하고 비길 때까지 계속된 일이었다. 그 과정이 끝나고 포교당으로 자리를 옮긴 것이 3년 전이었다.

"참, 양복얼 입은게 또 그대로 멋지시. 뱃보도 좋게 어디럴 저리 가시능고."

까마득하게 멀어진 공허를 바라보며 운봉은 중얼거리고 있었다. 건장하게 딱 벌어진 체구에 어울리지 않을 정도로 그의 얼굴은 준수하고 차분한 인상이었다. 어글어글하고 뚝심 좋게 생긴 공허와는 대조적이었다.

공허는 최유강을 찾아갔다. 그는 신간회의 취지를 설명하고 용지면을 책임 맡아 회원들을 물색해 줄 것을 부탁했다.

"그 취지가 참 존디, 시님도 아시데끼 지가 왜놈덜 단체에 억지로 적얼 두고 있는 것이 어쩔란지……."

최유강이 찻잔을 들었다.

"그것이야 아무 상관이 없구만요. 강제로 당헌 일이고 그 단체가 활동이 없응게요."

"그러먼 으당 그리혀야겠지요."

최유강의 입언저리에 힘이 모아지고 있었다.

최유강의 집을 나선 공허는 안재한의 집을 향해 빨리 걷기 시작했다.

28

피내림은 그렇게

타원형의 손잡이 달린 거울을 손잡이가 위로 가게 거꾸로 세워 벽에 기대놓고 보름이는 낭자의 비녀를 뽑았다. 머리를 빗을 때마다 손거울을 그렇게 물구나무세우지 않고는 위쪽이 무거워 쓰러지는 것이었다. 이제 양은주전자나 석유등잔처럼 거울도 흔해져 값이 많이 헐해졌다. 그러나 크고 작은 여러 가지 모양의 벽걸이거울 중에서 작은 것으로나마 장만하지 못했다. 손거울은 낡을 대로 낡은 지가 이미 오래였다. 나무틀은 칠이 다 벗겨지고, 긁히고 찍힌 상처가 무수했다. 그뿐만 아니라 거울판 여기저기도 물얼룩이 진 것처럼 들떠서 얼굴이 제대로 비쳐지지 않았다. 떡장사를 하면서 세 아이를 키우고, 아들 삼봉이를 학교 보내고 하면서 거울 같은 것에는 한 번도 마음쓴 일이 없었다. 얼굴 치장이라고는 하는 일 없이 민낯으로 살고, 머리 빗어 쪽찌는 일도 손에 익을 대로 익어서 얼비치는 거울이라고 불편할 것은 없었다.

그런데 거울만 그렇게 낡아 있는 것이 아니었다. 속옷이라는 속옷은 모두가 깁고 기워서 그 모양이 수도에만 정진한 고승의 넝마옷처럼 되어 있었다. 떡장사에서 손바닥만하나마 점방을 차리기까지 무명베는 고사하고 삼베속곳 한 벌 해입을 마음을 먹지 않았다. 오로지 아들 삼봉이를 남부럽지 않게 가르칠 수 있는 바탕을 마련할 일념으로 살아온 세월이었다.

보름이는 천천히 빗질을 시작했다. 얼레빗도 참빗도 빗살들이 모지라지고 부러지고 해서 머리가 잘 빗겨지지 않았다. 그러나 보름이는 빗살이 성한 쪽을 골라 빗질을 하면서 그지없이 가슴 벅차고 뿌듯한 행복감을 느끼고 있었다. 삼봉이가 보통학교를 졸업하고 마침내 고보에 입학하게 된 것이었다. 보름이는 그 기쁨을 무어라고 형용할 수가 없었다. 그야말로 천하를 다 얻은 것 같고 그동안의 모진 고생이 오히려 달게만 느껴졌다. 점심은 단 한 번도 먹어본 적이 없었고, 겨울이면 발가락에 얼음이 박이고, 여름이면 온 가슴팍에 땀띠가 잦아들 날이 없었다. 째보선창의 겨울 통바람은 어찌 그리 맵고, 그늘 없는 여름은 어찌 그리 더웠는지 모른다. 그러나 그런 고통은 삼봉이를 생각하면 얼마든지 이겨낼 수 있었다. 그리고 다른 떡장수들도 다 당하는 고생이었다.

참빗질까지 끝내고 머리를 단정하게 쪽찐 보름이는 다시 왼쪽 머리카락을 조심스럽게 끌어내리기 시작했다. 왼쪽 이마의 흉을 가리려는 것이었다. 그건 흉을 가려 남들의 눈에 예쁘게 보이려는 것이 아니었다. 흉 때문에 남들의 눈길이 자신에게 쏠리고, 그 연유를 묻고 하는 것이 싫었던 것이다.

머리카락들을 끌어내려 흉터를 가리고 나니 낭자머리의 단정한 맵시는 깨어지고 말았다. 낭자머리의 맵시는 세 가지가 어우러져야 했다. 자로 그어놓은 것같이 똑바른 가리마, 머리카락 한 올 일어서거나 흘러내리지 않은 참빗질, 돌덩어리처럼 단단하게 조여진 쪽이라야 그 태가 살아났다. 그런데 일삼아 머리카락들을 이마로 끌어내렸으니 맵시가 날 리 없었다. 그러나 보름이는 그때 쫓기는 학생을 숨겨주려고 했던 것을 한 번도 후회하지는 않았다. 오히려 그 흉터를 볼 때면 가끔 자신도 그때 만세를 부른 것이나 마찬가지라는 은근한 자부심을 느끼기도 했다.

"삼봉아, 니도 인자 옷 갈아입그라."

보름이는 얼레빗과 참빗에 낀 머리카락들을 훑어내며 말했다.

"야아."

두 여동생과 배를 깔고 엎드려 있던 삼봉이가 얼른 대답했다. 그는 큰 여동생에게 글을 가르치고 있었고, 작은여동생은 턱을 괴고 엎드려 구경을 하고 있었다.

"오빠가 댕게올 때꺼정 다 쓸 지 알어야 허능겨."

삼봉이가 상체를 일으키며 말했다.

"잉······."

계집아이도 몸을 일으키며 고개를 끄덕였다. 삼봉이와는 나이 차이가 많이 났다.

"글씨 연습은 종이에다 허지 말고 막대기로 땅바닥에다 허고."

"음마, 오빠넌 걱정도 팔자시."

계집아이가 눈을 흘기며 입을 삐쭉했다.

"아이고, 요것이 주딩이만 살아서."

삼봉이가 귀엽다는 듯 큰여동생에게 군밤 먹이는 시늉을 했다.

보름이는 저고리의 옷고름을 매며 그런 아들과 큰딸을 물끄러미 바라보고 있었다. 보름이의 얼굴에 스산한 그늘이 스치고 지나갔다. 서로 씨가 다른 아이들……, 그 깊은 우수가 또 마음에 파문을 일구는 것이었다.

그러나 보름이는 아들 삼봉이에게 큰 위안을 얻고 있었다. 삼봉이는 어려서부터 그 어느 때 한번 두 여동생을 미워하거나 눈치한 적이 없었다. 저희들이 서로 아버지가 다르다는 것을 삼봉이가 모를 리 없었다. 자신이 나이 많아진 지금도 삼봉이 나이 적에 겪었던 큰일들은 말할 것도 없고 봉선화 물들이던 것이며, 풋감 먹고 체했던 것이며, 명절날 지짐이의 기름냄새 같은 사소한 것들까지 총총히 기억하고 있었다. 그런데 한창 총기 좋은 나이인 삼봉이가 세키야를 잊었을 리가 없었다. 그런데도 삼봉이는 세키야도 다 잊어버린 것처럼 입에 올린 적이 없었다. 자신은 큰딸에게 글을 가르쳐주라고 한 일이 없었다. 하지만 삼봉이는 제가 공부하는 틈틈이 여동생에게 글을 깨우쳐주려고 애썼다. 그런 삼봉이가 너무 대견하고도 고마웠다. 만약 소견 좁고 심성이 꼬여 여동생들을 구박하고 공부를 안 하고 엇지게 나갔더라면 어찌했을 것인가. 그 속 깊고

듬직한 것이 다 할아버지와 아버지의 피내림이라고 보름이는 생각
했다.

"엄니, 가시제라."

교복을 갈아입은 삼봉이가 모자를 쓰며 말했다.

"화아, 우리 삼봉이……!"

보름이는 두 손을 가슴에 포개며 나지막하게 탄성을 토했다. 그
얼굴에는 환한 웃음이 넘치고 있었고, 눈이 부신 듯 아들을 올려
다보고 있었다. 열일곱 살인 삼봉이의 키는 어머니보다 한결 컸다.
그런데 교복에 모자까지 쓰자 보름이의 눈에는 아들이 더 실하고
커 보였던 것이다.

"엄니넌……, 멀 그리 보시오."

삼봉이는 모자챙을 잡으며 쑥스럽게 웃었다.

그 순간 보름이의 눈앞에는 남편의 모습이 선하게 떠올랐다. 세
월이 가면서 자꾸 흐려지는 것 같았던 남편의 얼굴이었다. 아들의
그 웃음은 영락없이 남편이었고, 실한 체구도 남편을 그대로 빼박
은 것이었다. 교복을 입은 아들은 어제까지의 아들이 아니라 전혀
딴판이었다. 아들은 어제 교복하고 모자를 받아가지고 왔지만 입
어보는 것을 오늘로 미루었던 것이다. 길 떠나기 전에는 입지 않겠
다는 아들의 그 마음씀이 다 어른이 되어 있었다.

"그려, 질이 먼디 얼렁 가자."

보름이는 목이 메며 아들의 등을 두들겼다. 그런 보름이의 눈 가
장자리에는 실주름이 잡혀 있었고, 처녀시절의 그 싱그럽고도 윤

기 흐르던 아름다움은 거의 다 사그라지고 없었다.

"어엄니이, 나도 따라가고 잡은디……."

작은딸이 칭얼거리며 어깨를 내둘렀다.

"가시네덜언 산소에 못 간단 말 또 까묵었냐!"

보름이는 고개를 홱 돌리며 표독스럽다 싶게 내쏘았다. 작은딸
의 그 투정으로 무슨 액이 끼는 것 같았던 것이다.

"금님아, 금예 딜고 잘 놀고, 끄니때 안 늦게 아짐씨 집에 가서 밥
찾아묵어. 불르로 올 때꺼정 있지 말고 잉."

보름이는 매운 눈길로 두 딸을 꼬느었다.

"야아, 댕게오시게라우."

어머니의 서슬에 질려 큰딸 금님이는 평소와 다르게 존대를 쓰
며 인사까지 했고, 작은딸 금예는 울음 가득 담긴 입을 씰룩거리
며 제 언니 뒤로 숨고 있었다. 삼봉이는 그런 여동생들을 안쓰러
운 마음으로 힐끔거렸다. 아무것도 모르고 따라나서려는 여동생
들이 가엾었고, 두 딸을 매정하게 떼치는 어머니가 더없이 슬프게
느껴졌다.

밖에는 아직 안개도 걷히지 않은 이른 아침이었다. 그런데도 보
름이는 마음이 바빠 아들 앞서 걸음을 서두르고 있었다.

"아이고메, 저 총각이 누구다냐! 워메 시상에나, 우리 삼봉이 훤
언헌 인물에 군산 가시네덜 가심 다 녹아내리겄다. 참말로 기맥히
게 근사허고 멋떨어지다 이."

마루에서 떡함지를 손질하고 있던 오월이가 보름이 모자를 맞이

하며 탄성을 지르고 있었다.

"나 댕게올라네. 두 가시네헌티 밥때에 늦지 말라고 일러놨네."

보름이는 오월이의 탄성을 흘려듣는 듯 그저 담담하게 말했다. 그러나 감정을 안 나타내는 것뿐 가슴은 벅차고 아들이 한없이 자랑스러웠다.

"그야 은실이가 다 알아 헐 일이고." 오월이는 보름이의 말을 내치듯 하고는, "하이고 야, 느그 엄니가 기연시 소원풀이혔고나. 요리 잘나고 실헌 아덜이 있시니 느그 엄니넌 얼매나 좋겄냐. 그려, 느그 엄니가 고상고상헌 뒤끝이 이리 오지구나." 삼봉이를 바라보고 있는 그녀의 얼굴에는 부러움과 쓸쓸함이 뒤섞이고 있었다.

"음마, 하룻밤 새에 하이칼라가 되야부렀네. 이, 요것 가다가 묵어."

부엌에서 나온 은실이가 삼봉이를 보고 놀라며 작은 보자기쌈을 내밀었다. 그런 은실이의 귓불이 붉어지고 있었다.

"요것이 머시여?"

삼봉이가 그것을 받으며 물었다.

"이, 떡 쬐께 쌌다. 그나저나 삼봉이 사우 삼는 사람언 얼매나 좋을끄나 와."

오월이가 불쑥 내놓은 말이었다.

"아이고 참, 아줌니도……."

삼봉이가 쑥스러워하며 고개를 돌렸다.

"갈 질이 먼디 어여 가자. 판석이 아재헌티 인사도 가야 헝게."

보름이가 앞장섰다.

"은제 오능겨?"

은실이가 물었다.

"이, 한 사날 걸리겄제."

삼봉이가 돌아서며 대답했다.

보름이는 앞서 사립을 나가며 은실이와 삼봉이가 그렇게 다정하게 이야기 나누는 것이 싫었다. 그러면서 스스로의 감정에 놀라고 있었다. 은실이와 삼봉이가 오누이처럼 다정하게 지낸 것은 하루이틀의 일이 아니었다. 그런데 그것이 싫은 것은 무슨 까닭인가? 오월이의 갑작스러운 말 때문이었다. 오월이는 말을 막연하게 하는 척했지만 삼봉이를 사위 삼고 싶어하는 욕심을 드러낸 것이었다. 자신이 싫어한 것은 오월이의 그 욕심이라는 것을 보름이는 확인하고 있었다. 그건 은실이를 며느릿감으로 탐탁하게 여기지 않는 것만이 아니었다. 오월이하고도 사돈을 맺는 것을 달갑게 여기지 않는 감정이었다. 내가 왜 이런 생각이 드는 것일까. 우리 아들이 잘났다고 내가 시건방을 떠는 것인가. 오월이네가 보잘것없다고 무시하는 것인가. 친동기간처럼 지내온 오월이가 아닌가. 그러나 감정은 복잡하기만 할 뿐 자신의 마음을 스스로도 알 수가 없었다.

"아이고메, 요것이 누구다냐! 우리 삼봉이가 벌써 고보 학상이되얏구나."

밥을 하고 있던 부안댁이 부엌에서 뛰어나오며 반색했다.

"지대로 댕겠드라면 고보럴 진작에 졸업 맡았을 나인디요."

보름이의 나지막한 대꾸였다. 세키야가 학교에 보내줄 생각도 하지 않았고, 떡장사를 시작하고는 엄두를 낼 수가 없어서 사오 년 뒤처지게 된 것이 보름이의 가슴에는 씻을 수 없는 안타까움으로 남아 있었다.

"에이, 어디가. 열다섯 넘은 총각덜에다가 상투 튼 애아범덜이 보통핵교에 수두룩헌 판인디 그에 비허면 삼봉이야 하나또 늦은 것이 아니제. 어째, 아재 볼라고?"

"야아, 인사덜이고 댕게올라고……."

그때 헛기침을 하며 손판석이 방문을 열고 나왔다.

보름이와 삼봉이가 인사를 했다.

"그려, 무주에 성묘 간담서?"

"야아, 삼봉이가 개학허기 전에 뵙고 올라능마요."

"잘 생각혔구만, 그래야제. 시아부님도 넘편도 크게 기꺼워허실 것이여. 자네가 참 장허시."

손판석이 감개무량한 얼굴로 보름이와 삼봉이를 번갈아 보며 고개를 끄덕였다.

"여자 혼자 심으로 저리 고보꺼정 보내는디, 새끼덜만 그냥 줄줄이 까갖고넌 우리 일남이넌 보통핵교……."

"어허, 또 그놈으 소리!"

손판석이 내쏘는 바람에 부안댁은 구시렁거리던 소리를 뚝 멈추었다.

"글먼 댕게오겄구만이라."

보름이는 서둘러 인사했다. 자기네 때문에 아침부터 남의 집에 분란 일어나는 것이 열적었던 것이다.

보름이는 부안댁의 볼멘소리를 이해할 만도 했다. 판석이 아재가 의병 나가기 전에 벌써 아이들이 셋이었고, 그 뒤로도 넷을 더 낳았으니 아홉 식구가 먹고 살기도 힘겨울 지경이었다. 그래서 큰아들 일남이는 늦게나마 보통학교를 졸업시켜 양복점에 들여보냈던 것이다. 배운 것도 없고 땅뙈기도 없으니 기술을 배워야 살 수 있는 세상이라는 것이었다. 그건 살림 궁한 사람들 사이에서 새롭게 일기 시작한 풍조이기도 했다. 그런데 그 새 기술이라는 것도 한두 가지가 아닌 모양이었다. 양복점뿐만이 아니라 양화점 철공소 성냥공장 사탕공장 같은 곳으로 자식들을 들여보냈고, 미장기술이나 운전기술을 배운다고 젊은이들이 집을 떠나기도 했다. 자신도 한동안 삼봉이 때문에 그 문제를 골똘히 생각해 보기도 했었다. 그런데 그 기술이라는 것도 배우기가 그리 뜻 같지 않은 모양이었다. 일본기술자 밑에서 겨우 세끼 밥 얻어먹고 온갖 궂은일을 해야 하는데, 일본기술자들은 천대와 구박을 일삼으며 정작 기술은 잘 가르쳐주지 않는다는 것이었다. 부안댁은 아들 이야기만 나오면 그저 애들만 많이 낳은 남편을 타박하고 들었다.

보름이는 그런 부안댁이나 아직도 떡장사를 면하지 못한 오월이 앞에서 괜히 무슨 죄라도 지은 것처럼 미안함을 느끼고는 했다. 자신이 작은 점방이나마 차려 좀 편해졌고, 삼봉이까지 상급학교에 보내게 된 때문이었다. 사실 내놓고 이야기할 수는 없지만 떡장사 7년 만에 세 아이들을 키우며 점방을 차리게 된 것은 자신의 고생만으로 이루어진 일이 아니었다. 그동안 표내지 않은 서무룡의 도움이 적지 않았던 것이다. 다른 떡장수들이나 나무장수들이 내야 하는 자릿세를 자신에게는 한 번도 받아간 적이 없었다. 그리고 주먹패들의 잔치가 벌어질 때면 으레껏 자신에게 떡을 해오게 해서 떡값을 후하게 쳐주었던 것이다. 세키야에 비하면 서무룡이는 너무 고마운 사람이었다.

무주는 역시 산 깊은 고을이었다. 들녘에서는 진달래며 개나리가 지고 있는데 무주 산골에서는 이제 꽃망울들이 벙그러지고 있었다.

"엄니, 다리 아프시제라?"

삼봉이는 또 같은 말을 하며 어머니를 돌아보았다.

"아니여, 옛적에 많이 댕기든 길인디."

보름이는 웃음 머금은 흐뭇한 얼굴로 아들에게 손을 저었다. 이 산길을 업고 떠났던 삼봉이를 이제 고보의 교복까지 입혀 앞세우고 가는 것이 꿈만 같았다. 이만하면 동네사람들에게 그동안 한 번도 찾아오지 못했던 변명이 될 것 같았다. 그리고 시아버지도 남편도 용서할 것 같았다.

"요런 산골서넌 살기가 영판 에롭겄는디요."

삼봉이가 양쪽의 산을 둘러보며 말했다.

"하면, 평상 살아도 가난얼 못 면허제."

보름이는 아들의 소견이 어른이 다 되었음을 느끼며 응답하고 있었다.

보름이가 왔다는 말이 퍼지자 동네사람들은 삽시간에 다 모여들었다.

"아이고메, 요것이 누구여. 안 죽고 오래 산게 만내지기도 허네 잉."

"야아가 삼봉이여? 하이고, 엄니 탁해 인물 좋고, 아부지 탁해 체신 좋고. 거그다가 고보 학상 아니라고?"

"아이고, 자네가 장사시. 혼자 몸으로 자석얼 높은 핵교꺼정 보내고."

"어째 시집이고 머시고 다 잊어부렀능갑다 혔등마 요리 떡 벌어지게 올라고 그간에 무소식이었구만그랴."

"대처가 좋기넌 존갑다. 홀몸으로 자석얼 이리 다 갤치고."

"장허시, 참말로 장허시. 자네 시아부님이고 냄편이고 얼매나 좋아라 허겄능가."

동네여자들은 한바탕 말잔치를 하고 돌아갔다.

무주를 떠나면서 집을 넘겨주었던 김 서방이 산소로 앞장섰다. 산소는 잡초 하나 없이 잘 모셔져 있었다. 김 서방이 어김없이 약속을 지킨 것이었다. 보름이는 시아버지와 남편 앞에 또 한 가지 면목이 서는 것을 느끼고 있었다.

미리 마련해 온 마른 제물을 차리고 술을 따랐다. 아들이 두 번 절을 하는 동안 보름이는 시아버지 앞에 소리 없는 사죄를 했다.

아부님, 요리 늦어진 것 용서해 주시써요. 아부님이 다 아시데끼 사니라고 그리되았구만이라우. 아부님, 서운허시드라도 삼봉이 보시고 서운헌 맘 풀어주시써요. 인자 한숨 돌렸응게 자주 찾아뵙도록 허겄구만요.

보름이는 아들 다음에 절을 올렸다. 시아버지가 변을 당했던 그 때의 정황이 어제 일처럼 생생히 떠오르며 울음이 복받쳐올랐다. 그러나 보름이는 울음을 억눌렀다. 아들에게 약한 에미로 보이고 싶지 않았던 것이다. 그렇지만 울음소리는 억누를 수 있었지만 눈물은 막을 도리가 없었다.

남편의 묘는 시아버지 산소 아래로 약간 떨어져 있었다. 아들이 절을 올리는 동안 보름이는 또 속말을 하고 있었다.

저것이 당신 아덜이오. 똑똑허니 잘 봇씨요. 당신 탁헌 디가 많덜 않으요. 공부도 그만허면 상질로 잘허고, 맴이 짚으요. 저것 앞 날이 잘 풀려가게 당신이 항시 굽어살펴야 허요 잉.

보름이는 남편 앞에 엎드렸다. 그 살갑게 대해주었던 체온이며 목소리며 몸짓이 되살아나고 있었다. 시아버지 앞에서 복받쳤던 울음과는 다른 울음이 솟구쳤다. 그러나 보름이는 또 울음을 억눌렀다. 아들을 위해 걸음한 것이지 자기 설움을 풀자고 온 것이 아니었던 것이다.

보름이는 남편의 묘 앞에 아들과 마주 앉았다. 아들에게 술과 제물을 음복시키며 앞을 가리켰다.

"삼봉아, 쩌그 저 앞에 산봉우리가 세 개 쪼로록 뵈지야?"

"야아……."

"저그서 따서 할아부지께서 니 이름얼 삼봉이라고 지신 것이여. 저 삼봉산에 요 근방 산줄기덜 정기가 다 뫼인 것이고, 니넌 그 정기럴 타고났다고 허셨니라."

"……."

삼봉이는 저 멀리 솟은 세 개의 봉우리를 강한 눈길로 바라보고 있었다. 그 얼굴에는 긴장의 빛이 서리고 있었다. 세 개의 봉우리는 마치 손이라도 잡고 있는 것처럼 솟아 있었는데, 나무가 별로 없이 급경사로 치솟은 그 봉우리들에서는 기묘한 힘이 뻗치고 있는 것 같은 느낌이 들게 했다.

"아부지넌 의병덜헌티 연락얼 취해주는 일얼 혔다고 왜놈덜이 저 뒷산 골짝에서 총질얼 했니라. 나넌 아부지가 그런 일얼 허시는지 통 몰랐는디, 아부지넌 나도 몰르게 그런 일얼 허신 것이제. 아부지가 돌아가시고 삼사 년이 지내 토지조사사업이라는 것이 벌어졌는디, 그 난리가 여그 산골꺼정 몰아닥치덜 안혔겄냐. 어느 날 느닷없이 면사무소 직원이 일꾼덜얼 몰고 와서 농토에다 말뚝얼 박기 시작헌 것이여. 토지신고서럴 기한 안에 안 냈응게 규정대로 땅얼 다 뺏는다는 것이었제. 근디 관청서넌 토지조사가 먼지, 토지신고럴 어찌허는 것인지 미리 갤차준 일이 없응게 산골사람덜언 앉어서 날베락 맞은 것 아니겄냐. 헌디 말이여, 그냥 날베락 맞덜 않고 심지게 나슨 사람이 있다. 그 사람이 바로 할아부지여. 할아부지넌 말뚝 박으라고 시키는 면서기럴 괭이로 찍어불지 안혔겄냐. 그래서 왜놈덜헌티 총살당허신 것이다. 아부지도 할아부지도 다 왜놈덜 손에 돌아가시고, 땅도 뺏게부렀시니 의지헐 디도 없고 여그서 더 살 방도가 있어야제. 한나 남은 니럴 갤치고 살자먼 대처로 나가는 질밖에 없었느니라. 그려서 니럴 업고 여그럴 뜬 것이여. 그간에 이런 이얘기 세세허니 안 헌 것은 에린 니가 알아서 벨로 존 내력이 아니라 그런 것이고, 인자 니도 다 장성혔응게 맘놓고 허능 거이다."

보름이의 눈에서는 눈물이 흘러내리고 있었다.

"……"

삼봉이는 입을 꾹 다문 채 삼봉산에 눈길을 박고 있었다. 그는 심한 충격과 함께 지난날의 기억들에 휘말리고 있었다. 그 기억들 중에서 가장 또렷하게 떠오르는 것이 세키야였다. 세키야가 무서워 미리미리 피했고, 나는 왜 아버지가 없느냐고 하면 어머니는 자신을 붙들고 울기만 했었다. 어머니를 울리는 것이 싫어서 그 말을 꺼내지 않게 되었다. 어머니가 어째서 왜놈순사와 사는지는 그때 가졌던 제일 큰 의문이었다. 그 이유는 지금도 물을 수가 없었다. 그러나 이제 확실해진 것은 어머니가 강제로 살았다는 것이었다. 남편과 시아버지를 죽인 왜놈들에게 어머니는 얼마나 원한이 사무쳤을 것인가. 그런데 왜놈순사에게 붙들려 살아야 했으니, 어머니의 고통이 얼마나 컸을 것인가.

삼봉이는 자꾸 쏟아지려는 눈물을 삼키고 또 삼켰다. 어머니가 만세 부른 학생을 왜 숨겨주려 했었는지도 이제야 확연해졌다. 어머니는 아버지와 할아버지의 원수를 갚는 마음이었을 것이다. 삼봉이는 이제 어머니의 원한을 자신이 짊어져야 한다고 생각했다. 아니, 아버지와 할아버지의 원수를 갚을 사람은 자기밖에 없었다.

어머니가 아버지의 산소 앞에서 지난 이야기를 하는 이유가 그 때
문이 아니고 무엇인가.

"엄니……."

삼봉이는 어머니의 손을 꼭 잡았다.

"삼봉아……."

보름이는 다른 손으로 아들의 손을 감쌌다. 그러면서 보름이는
가슴이 후련하게 풀리는 것을 느끼고 있었다.

갓에 두루마기를 품위 있게 차려입은 신세호는 마을 어귀로 들
어서고 있었다. 그의 손에는 흰 보자기로 싼 작은 보퉁이가 들려
있었다. 그런데 평소에도 살이 붙지 않은 그의 체구는 더 가늘어진
것 같았고, 걸음걸이도 힘이 없이 어딘가 불안스러워 보였다.

아리랑 아리랑 아라리요
아리랑 고개로 넘어간다
나를 버리고 가시는 님은
십 리도 못 가서 발병난다

당산나무 아래서 대여섯 명의 아이들이 구슬픈 가락으로 아리
랑을 부르고 있었다. 아이들은 아주 오래전부터 그 노래를 불러온
것처럼 부드러운 듯 감기고 애절하게 풀리며 넘어가는 그 곡조를
잘도 맞추고 있었다. 그러나 그 아리랑은 전부터 불러왔던 아리랑

이 아니라 활동사진 〈아리랑〉이 군산을 거쳐 전주에서 돌아간 뒤로 그야말로 남녀노소를 가리지 않고 유행하기 시작했던 것이다.

신세호는 자신도 모르게 그 가락을 콧소리로 따라하다가 자신의 흥얼거림을 의식하고는 그만 뚝 멈추었다. 의관을 차리고 할 짓이 아니었던 것이다.

참, 한이 서리서리 맺혔구나. 저 어린것들 가슴에도 나라 잃은 한스러움이 서린 것인가…….

신세호는 새 아리랑이 들불 붙듯 그렇게 유행하는 것이 우연이 아니라고 생각했다. 서울에서 시작된 3·1만세가 지방으로 퍼질수록 격렬한 불길이 되었던 것은 토지조사사업으로 억울한 꼴을 당한 농민들의 분노가 폭발한 때문이었다. 그러나 그 저항은 숱한 희생과 상처만 남기고 결국 좌절할 수밖에 없었다. 그 좌절로 모든 사람들이 안게 된 것은 실의와 한이었다. 그런데 활동사진 〈아리랑〉은 바로 그 3·1운동으로부터 이야기를 풀어나가 사람들의 가슴을 흔들고 울린 것이었다. 3·1운동이 행동적 저항이라면 활동사진 〈아리랑〉은 정신적 저항을 공감시킨 것이었다.

신세호는 〈아리랑〉을 꼭 보리라 생각했었다. 그런데 고문으로 상한 몸을 가눌 수가 없어서 군산은 물론 전주에서 돌리는 것도 놓치고 말았다. 그렇지만 그 줄거리는 너무나 잘 알려져 있어서 활동사진을 본 것이나 다름없었다. 이제 〈아리랑〉은 어느 도회지에서 돌리고 있는지 알 수가 없었다.

네놈들이 땅은 빼앗아먹었으나 조선사람 혼백까지야 빼앗아먹을 수야 있겠느냐. 네놈들이 가면 얼마나 가랴. 이 백성들이 이 땅에서 살아온 것이 반만년의 세월이다. 그간에 온갖 고초 온갖 풍상 다 겪고 이겨내며 살아온 백성들이다. 어디 보자, 네놈들이 얼마나 가는지.

신세호는 먼 하늘을 응시했다. 그건 그저 막연하게 하는 생각이 아니었다. 이대로 꺾여서는 안 된다는 스스로에 대한 일깨움이고 경고였다.

신세호는 송수익의 집 대문을 두들겼다. 대문도 집도 많이 퇴락해 있는 것이 또 마음이 쓰였다.

"거그 뉘신게라?"

딸의 목소리였다.

"어멈이냐? 나다."

신세호는 헛기침을 했다.

"아이고, 아부님이⋯⋯."

다급하게 대문이 열리며 하엽이가 신세호에게 인사를 했다.

"사둔 어런언 잠 어뼈시냐."

신세호가 들고 있던 작은 보퉁이를 딸에게 내밀며 물었다.

"저분참이나 벨 차도가⋯⋯."

하엽이는 보퉁이를 받아들며 말끝을 흐렸다. 그 손에는 때 이른 부채가 들려 있었다. 약을 달이느라고 풍로의 불을 부치다가 나온 것이었다.

신세호는 더 말이 없이 마당으로 들어섰다. 집 안에는 약 달이는 냄새가 자욱하게 퍼져 있었다.

"침언 어쩌고 있냐?"

느리게 걸음을 옮겨놓고 있는 신세호의 목소리는 무거웠다.

"의원이 날마동 오기넌 허는디……."

"의원얼 빠봐봐야 헐랑가……." 신세호는 중얼거리고는, "그것이 지리산 쪽에 명의가 있다고 혀서 지어온 거이다. 생강 두 쪽 넣고 잘 대래라." 딸에게 일렀다.

"야아…… 친정살림도……."

고개 숙여 예를 갖추는 하엽이의 목소리는 실낱 같았다.

신세호는 딸의 말을 못 들은 척했다. 딸은 출가외인이라고 시집의 일로 친정에 폐가 되는 것을 옹색해하고 있었던 것이다.

신세호는 딸을 따라 안방으로 들어갔다. 방 안에서는 대소변을 받아내는 중환자의 냄새가 끼쳐왔다. 신세호는 심정이 착잡해졌다.

사돈댁 안씨의 병세는 전혀 차도가 보이지 않았다. 맥없이 처져 버린 몸이며 말을 못하고 굳어져 버린 입, 휑하니 허공에 뜬 눈이 지난번과 하나도 달라진 것이 없었다. 핏기 없이 누르끄레하게 바래고 주름살이 잡힌 메마른 얼굴에는 오히려 병색이 더 진하게 드러나 있는 것 같았다.

신세호는 안씨를 물끄러미 바라보고 앉아 있었다. 안씨가 몸이 약해서 저리된 것이 아니었다. 자기보다 더 심하게 고문을 당한 탓이라고 생각했다. 한 발 건너인 자신을 그리도 혹독하게 고문을 해 댔으니 당자나 마찬가지인 안씨를 얼마나 심하게 다루었을지는 보나마나였다.

신세호는 조용히 방을 나왔다. 송수익의 집안 한쪽이 무너진 느낌을 지울 수가 없었다. 어쩌면 한쪽이 아니라 대들보가 내려앉은 것인지도 몰랐다. 그동안 안씨는 송수익이 없는 집안을 아무 탈 없이 건사해 왔던 것이다.

신세호는 사랑채 마루에 걸터앉으며 곰방대를 꺼냈다. 그 옆에 하엽이가 손을 모아잡고 섰다. 단정하고 예의 바른 몸놀림이었다.

"시동상언 어디 갔나?"

"예, 한성에 성님 면회 갔구만요."

"으음, 학교넌 어디로 정했냐?"

"어무님도 성님도 그렇게 안직……."

"그려, 그러기도 허겄제. 집안에 우환이 중첩이니 원. 병구완에 옥바라지에 돈이 많이 들지야?"

"아니구만요."

그러나 그건 거짓말이었다. 옥바라지보다는 병구완에 돈이 너무 들어 시동생과 의논해 논을 처분하기 시작한 것이 벌써 오래였다. 그러나 괜히 아버지의 마음을 무겁게 해드리지 않으려고 하엽이는 그런 내색을 전혀 하지 않았다. 아버지가 다 짐작하리라는 것을 알면서도.

"니가 맘 강단지게 묵고 집안 채릴 잡어야 헌다. 농사철도 닥쳤 응게."

신세호는 시어머니가 가망이 없을지도 모른다는 말을 그렇게 했다.

"예에⋯⋯."

하엽이도 아무 동요를 보이지 않았다.

"준혁이넌 학교 갔을 것이고, 이화넌 어디 있냐?"

"예, 점순이가 업고 심바람 갔구만요."

"그려, 집안에 우환이 들수록 자석덜 간수 잘히야 혀. 한 집안 자손 잘 건사허는 것이 여자가 헐 일 중에 기중 큰일인 거이다."

"예에⋯⋯."

"나도 곧 송 서방 면회럴 가볼란다."

신세호는 곰방대를 털고 몸을 일으켰다.

"저어⋯⋯ 아부님언 몸이 잠⋯⋯."

처음으로 말을 꺼내던 하엽이는 아버지와 눈길이 마주치자 고개를 떨구며 말끝을 얼버무렸다.

"나야 이만허먼 괜찮허다. 차차로 더 좋아질 것이고."

신세호는 일부러 기운 실린 어투로 말했다. 그러나 몸은 영 좋지 않았다. 전보다 표나게 맥이 떨어졌고, 결리고 쑤시는 데가 많았다. 그리고 전혀 입맛이 돌지 않는 것이 문제였다.

"아부님, 살펴가씨요."

하엽이가 허리를 깊이 굽혔다.

"그려, 요런 우환 우리만 당허는 것이 아닝게 맘 강건허니 묵어야 허니라."

"예에⋯⋯."

하엽이의 목소리에 물기가 젖어 있었다.

들길을 걸어도 걸어도 신세호의 눈앞에는 하엽이의 모습이 밟히고 있었다. 아직 그럴 나이가 아닌데 고운 태라고는 다 바래버린 하엽이의 얼굴에는 근심이 가득 서려 있었다. 시집가서 지금까지의 세월이 그만큼 고적하고 고단했었던 것이다. 고보 때부터 집을 떠나 있어야 했던 사위는 일본유학을 다녀와서도 혼자 서울에 머물러 있었다. 아직 직장이 부실해 가족을 데려갈 수 없다는 것이었다. 그러니 자식은 둘이었지만 정작 함께 산 기간은 얼마 되지 않았다. 남편과 떨어져 혼자서 시어머니를 모셔야 하는 시집살이가 고단하지 않을 리 없었다. 아내는 그것을 늘 안쓰러워하고 안타까워했다. 그런데 그리 큰 우환까지 겹쳤으니 딸애의 얼굴에 그늘이 짙지 않을 수 없었다.

그러나 신세호는 안사돈 안씨가 그랬던 것처럼 하엽이가 마음을 굳게 먹고 그 집안을 잘 떠받치기를 바라고 있었다. 그건 하엽이가 마땅히 져야 하는 짐이었다. 신세호는 자신이 하는 말을 딸애가 잘 새겨듣고 있으리라고 믿었다. 하엽이는 심약한 편인 반면에 총명한 데가 있었던 것이다. 하엽이는 제가 어떤 세상에 살고 있는지를 다 알고 있을 터였다.

한편, 송가원은 형을 면회하고 있었다.

"돈만 자꼬 없애는디 멀라고 또 왔냐."

얼굴이 못쓰게 상한 송중원이 쇠창살 저쪽에서 내놓은 첫마디였다.

"돈이 대수요?"

송가원이 뿌루퉁하게 대꾸했다.

"그 돈으로 엄니 약 더 존 것으로 구허고, 엄니 옆얼 뜨지 말란 것 아니여. 엄니넌 잠 어떠시냐?"

송중원은 장남답게 말하고 있었다.

"차도가 벨로 없소."

"머시여······?"

송중원의 초췌한 얼굴이 일그러지며 기침을 했다.

"침에 약에 애럴 써도 안 되는디, 참말로 깝깝허기만 허요."

"그것 참 큰일이다. 사둔 어런헌티 의논디려 봤냐?"

"그 어런도 애만 쓰시제 벨 신통헌 수가 없소."

"안 되는디, 그려서넌 안 되는디······."

송중원은 또 기침을 해댔다. 기침이 심해지면서 핏기 없던 그의 얼굴이 붉어지고 있었다.

아랫입술을 문 송가원은 형을 유심히 지켜보고 있었다. 송중원은 힘겨웁게 기침을 잡았다.

"무신 병든 것 아니오?"

송가원이 형을 똑바로 쳐다보며 물었다.

"아니여, 그냥 감기여."

"무신 감기가 그리 오래가요?"

"걱정 말어. 나가 몸이 잠 약해지고 여그가 추워서 그런 것잉게."

송중원이 어설프게 웃었다. 다시 핏기가 없어진 그의 얼굴은 삭막하기 그지없었다. 움푹 꺼진 눈 가장자리는 거무스름하게 변해 있었고, 입술에도 푸른빛이 돌고 있었다.

"성님꺼정 아프먼 되겠소. 여그 밥이라도 꼭꼭 씹어서 다 묵고, 운동도 열성으로 허시오. 몸 회복되고 병 예방허는 디넌 운동이 질 잉게."

"그려." 송중원은 대견하다는 듯 동생을 바라보며 고개를 끄덕이고는, "니넌 어쩔 것이냐? 대학얼 가야제." 그는 동생의 일을 끄집어냈다.

"벨로 생각 없소."

송가원은 지체없이 대꾸했다.

"무신 소리여? 그것언 아부님이 바래시는 것이 아니여!"

송중원은 뚝심만큼이나 성질이 강한 동생의 생각을 꺾으려고 아버지를 들이댔다. 아버지의 신분이 노출되어 버려 이제 거리낄 것이 없었다.

"치이, 공부허면 무신 공부럴 헐 것이오."

화가 난 듯 송가원의 말은 불퉁스러웠다. 송중원은 그 말뜻을 금방 알아들었다. 왜놈들 밑에 들어가지 않고는 써먹을 공부가 없다는 뜻이었다.

"니 일얼 나가 곰곰이 생각혀 봤는디, 의학부에 진학허는 것이 좋겄다. 작년에 경성제대에 의학부가 개설되았응게."

"나가 의사 돼갖고 엄니 병 고치라는 것이오?"

송가원은 어이없다는 듯 코웃음을 흘렸다.

"그리 엇지게 듣지 말고 잘 생각혀 봐. 의사가 되면 우선 자유시 럽고, 또 존 일도 해감서 살 수 있다."

송중원은 동생을 응시했다.

송가원은 형의 눈에 든 말이 무엇인지를 감지해 내고 있었다.

"글씨, 더 생각혀 봐야겄소."

"날도 풀리고 나도 나갈 날이 얼매 안 남었응게 참말로 인자 더 오지 말어라."

"근디…… 논얼 서 마지기 더 처분히야 되겄구만요. 약값이……."

송가원이 침울하게 말했다.

"하면, 그래야제."

송중원은 가볍게 대답하며 웃어 보였다. 그러면서 속으로는, 동 생이 대학공부를 하지 않으려는 것이 학비문제도 개재되어 있을지 모른다고 생각했다.

"준혁이넌 공부 잘허고 이화도……."

"시간 만료!"

간수가 일본말로 외쳤다.

"그려, 조심혀서 가고, 엄니……."

돌아서는 송중원의 회색빛 얼굴이 쇠창살 저쪽에서 씰그러지고 있었다.

"성님……."

쇠창살을 붙드는 송가원의 목이 메었다.

29

대륙의 좌절

장개석이 4월 12일(1927년)에 남경국민정부를 조직했다는 소식이 북벌군들 사이에 급하게 퍼져나가고 있었다. 그건 다름 아닌 장개석이 일으킨 쿠데타를 말하는 것이었다. 그것은 바로 국공(국민당과 공산당)분열인 동시에 중국 대혁명의 좌절이었다.

그 소식에 잇따라 퍼지고 있는 소문이 있었다. 장개석이 상해의 공장노동자들을 학살하라는 명령을 내렸다는 것이었다. 그것은 바로 공산주의자들을 완전히 적으로 돌리고 숙청을 시작한 것이었다.

그 두 가지 소식은 북벌군을 발칵 뒤집어놓고 말았다. 특히 북벌군에 가담하고 있는 외국사람들에게는 이만저만한 충격이 아니었다. 왜냐하면 거의가 공산주의자인 그들은 중국의 혁명을 위해 싸우다가 하루아침에 혁명이 좌절되는 실망과 함께 생명까지 위험해진 상황에 처한 것이었다.

봉건중국을 타도하고 공화주의 중국을 건설하려는 정치운동의 거듭된 실패로 손문은 두 차례나 세계 여러 나라를 떠도는 망명생활을 하지 않을 수가 없었다. 손문은 그 과정에서 실패의 원인을 깨닫게 되었다. 봉건군벌들이 부패하고 타락했으면서도 무너지지 않는 것은 이미 중국에 침투해 온갖 잇속을 차리고 있는 제국주의 열강들이 뒷받침을 해주고 있기 때문이었다. 중국대륙을 분할통치 하듯 하고 있는 군벌들은 각 열강의 지원 속에 권력을 유지하고 있었고, 열강들은 군벌들을 존속시키면서 더 많은 실속을 채워나가는 것이었다. 그 유착관계를 끊지 못하는 한 공화주의 중국 건설이란 요원한 망상이었고, 중국대륙은 속을 다 파먹히고 껍데기만 남게 되어 있었다.

손문은 마침내 그 해결책을 찾아냈다. 어느 열강의 지원을 얻어 중국혁명을 하려고 했던 그전의 방법과 정반대되는 방법이었다. 인민들을 대대적으로 결속시켜 혁명세력으로 삼자는 것이었다. 그건 바로 러시아혁명을 그대로 본받는 것이었다. 손문은 과감하게 소련에 접근했다. 그리고 소련공산당의 지침에 따라 국민당의 조직을 재편시키고 소련과 협약을 맺었다. 그 결과 국공합작은 자연스럽게 이루어졌다. 그런데 손문은 다음해인 1925년에 북경에서 객사하고 말았다.

그러나 광동을 중심으로 소련과의 협약은 차질 없이 진행되어 나갔다. 국제공산주의 조직이 가동되면서 세계 여러 나라의 공산주의자들이 광동으로 집결하기 시작했다. 영국 프랑스 독일은 물론이고 미국에서도 모여들었다. 그러나 그들은 군사고문이나 정치고문으로 소수에 지나지 않았다. 그리고 아시아에서도 조선을 필두로 하여 대만 인도지나 심지어 일본에서까지도 광동을 찾아왔다. 그런데 대만이나 일본사람들이 일이십 명인 데 비해 조선사람들은 800여 명으로 단연 압도적이었다. 그 여러 나라 사람들은 그야말로 공산주의 국제연대를 실증하고 있었고, 그 현장을 서로서로 확인하고 있었다.

그런 현장에 특히 감격하는 것은 각지에서 모여든 조선사람들이었다. 조선사람들은 모두가 다 공산주의자가 아니었다. 중국의 국공합작에 따라 상해와 만주에서 100여 명의 민족주의자들도 온 것이었다. 그러나 조선사람들은 좌익과 우익의 구분 없이 뜨거운 중국혁명의 분위기에 흥분과 기쁨을 감추지 못했다. 국제연대에 의한 중국혁명의 성공은 곧바로 조국해방으로 이어진다고 생각하기 때문이었다. 그러므로 그들은 국제조직의 일원으로서 먼저 중국혁명에 참여하여 공적을 세우고, 그 국제적인 힘을 조선으로 돌려 조국해방을 달성하자는 확고한 생각을 가지고 있었다.

봉건군벌들을 무찌르는 북벌은 작년 7월부터 개시되었다. 그런데 조선인 의용병들은 북벌전쟁이 시작되기 전부터 인기가 대단했다. 중국의 장군들이 조선의용병들을 서로 자기네 부대로 끌어가려고 다투었다. 거기엔 그럴 만한 이유가 있었다. 조선의용병의 대다수는 전투경험이 풍부하면서도 용맹성을 발휘할 수 있는 청년들이었고 또 지식인이기도 했던 것이다. 다시 말해 의열단원이든 만주와 시베리아에서 온 독립군이든 바로 지휘관으로 써도 아무 손색이 없는 인물들이었던 것이다.

그런데 조선의용병들은 대부분 중국군에서 용감하기로 가장 이름이 높은 장발규 장군의 철기군에 가담하였다. 나머지 사람들은 다른 주력부대에 배치되었다. 북벌전쟁은 계속되는 승리를 화려하게 장식하며 북쪽으로 치올라가고 있었다. 전쟁의 승리와 함께 조선의용병들의 용맹성과 활약상은 소문이 자자해지고 있었다. 북벌전쟁은 화력전이기에 앞서서 민심확보전이었다. 중국말을 할 줄 아는 조선의용병들은 그 정치공작을 앞장서서 적극적으로 해나갔다.

"우리는 조선사람이다. 그런데 왜 중국의 싸움에 나섰겠는가. 그건 전체 아시아사람들의 자유를 찾기 위해서다. 전 아시아사람들이 억압에서 벗어나 자유롭고 차별 없이 잘살려면 중국에서는 군벌들을 타도해야 하고, 조선에서는 일본 제국주의자들을 무찔러야 한다. 지금 2천만 조선사람들은 우리가 중국군벌을 타도하고 조선으로 오기를 기다리며 싸울 준비를 하고 있다. 자아, 당신들은 어째야 하겠는가. 군벌들은 당신들의 재산과 곡식을 빼앗아갔고, 탄압하고 괴롭힌다. 이제 우리는 당신들의 원수인 군벌들을 없애려고 총을 들고 나섰다. 당신들은 아무것도 무서워하지 말고 우리를 도와야 한다. 우리는 영원히 당신들의 편이다."

조선의용병들은 이런 식으로 정치공작을 전개해 나갔다.

북벌은 승리를 거듭하면서 6개월이 못 되어 양자강 유역까지 진격하게 되었다. 민심을 잃은 군벌들은 허약하게 무너져갔다. 거침 없는 진격의 대열 속에서 국제혁명가들은 중국의 대혁명을 목전에 두고 환호하고 열광했다. 특히 조선의용병들은 울렁거리는 가슴을 주체하지 못하고 목청껏 외쳐댔다.

"가자, 만주로!"

"가자, 조선으로!"

그러나 장개석의 쿠데타로 그런 환희와 열망은 순식간에 산산조각이 나고 말았다.

상해에서뿐만 아니라 광동에서도 공산주의자들의 체포와 공개처형이 단행되고 있다는 소식이 또 북벌군에 전해져 왔다. 그것은 중국 대혁명의 좌절만이 아니었다. 혁명의 국제적 유대까지도 파괴하는 것이었다.

각 나라의 의용대들이 그렇듯이 조선의용대들도 연락이 닿는 한한자리에 모이게 되었다. 거기서 논의된 것은 간단했다. 국공분열은 돌이킬 수 없는 일이라는 것을 확인했고, 앞으로의 행동방향은 각 조직별로 선택하기로 했다. 그 방향은 두 가지뿐이었다. 하나는 각자의 지역으로 돌아가는 것이었고, 다른 하나는 장래의 공산혁명을 위해 좌익정권인 무한정부를 지원하는 것이었다. 무한정부는 장개석의 남경정부와 필연적으로 대결해야 하는 상황에 봉착해 있었다.

조선의용대들은 멀고 먼 길을 왔던 만큼 기대가 컸었고, 기대가 컸던 만큼 실망과 실의도 컸던 것이다. 국제유대가 깨져버린 마당에 무한정부와 남경정부의 대결은 중국 국내문제일 뿐이었다. 연해주의 독립군들이 돌아가기로 결정을 내렸다. 그들은 100여 명이었다. 만주의 독립군 400여 명도 돌아가기로 결정을 내렸다. 국내에서 온 100여 명도 돌아가기로 결정을 내렸다. 그러나 그 결정은 강압적인 것이 아니고 개인의 자유로운 선택을 허용하고 있었다. 그런 결정이 필요 없는 것은 의열단뿐이었다.

이광민은 밤새껏 고민했다. 다시 돌아가야 할 것인가, 어쩔 것인가……. 새벽이 다 되도록 여러 가지 생각이 뒤엉킬 뿐 결정을 내릴 수가 없었다. 그러나 날이 밝으면 더 생각할 시간 여유가 없었다. 이제 러시아가 아닌 소련땅은 혁명체제로 사회가 급격하게 변하고 있었다. 그것이 독립운동에 어떤 영향을 미칠지 궁금했다. 그리고 연해주에서는 이상하게도 외톨이로 떨어져 있는 것 같은 기분을 문득문득 느꼈던 것이다. 러시아인들 때문에 딴 나라라는 느낌이 더 컸는지도 몰랐다. 또 조선사람들이라 하더라도 전혀 친숙해지지 않는 함경도말뿐이었다. 그런데 이곳에서 생활을 하면서 차츰 마음의 동요가 일어나게 되었다. 그 이유는 꼭 집어서 말할 수가 없었다. 그런데 이상한 것은 연해주에서 느꼈던 낯선 소외감이 없어지면서 마음이 편안해지고 아늑함을 느낀 것이었다. 상해에서 임정 파견원이었던 김명훈을 만나고, 의열단원들을 알게 되고, 국내에서 온 동지들을 만나서 그러는지도 몰랐다. 상해에서 조선까지는 엄연히 바다가 가로놓여 있는데도 고향이 가까워졌다는 생각이 들기도 했다. 그리고 독립운동도 연해주보다는 만주와 중국 쪽이 한결 치열한 데가 있었다.

그런데 돌아가지 않는 쪽으로 마음이 기울다가도 문득 걸리는 것이 있었다. 마음 저쪽 한구석에서 얼굴을 삐쭉 내미는 여자, 윤선숙이었다. 그 여자가 마음에 걸리는 것은 하룻밤 하룻낮을 내밀하게 함께 보낸 때문만이 아니었다. 윤선숙은 윤철훈의 사촌동생이었다. 동생과의 관계를 환히 알고 있는 윤철훈에게 돌아가지 않겠다는 말을 차마 꺼낼 수가 없을 것 같았다. 어쩌다가 동침을 하게 되었는지 후회스럽기만 했다. 그러나 윤선숙이란 여자를 혼자 떼어놓고 생각하면 또 그렇지가 않았다. 지식이 들고 재치가 있으면서도 처녀다운 발랄함과 부끄러움을 지닌 것이 윤선숙이었다. 아침에 잠이 깨어서야 그녀와 동침한 것에 놀랐고, 다시 그녀와 살을 섞은 다음에야 그녀를 마침내 손아귀에 움켜잡은 안도감과 만족감을 느낄 수 있었다. 그러나 또 한 가지 엄습해 오는 생각이 있었다. 자신이 그녀에게 붙들려 영영 고향에 돌아가지 못하게 되는 건 아닌가 하는 두려움이었다. 그 정반대로 엇갈리는 두 가지 생각은, 자신이 그녀의 매력에 이끌리면서도 그동안 왜 피하듯 소극적으로 대해왔는지를 분명하게 확인시켜 주었다.

이광민은 끝내 마음을 확정하지 못한 채 아침을 맞았다. 각자의 진로를 표명해야 할 날이었다. 아침밥을 먹으면서도 줄곧 생각해 보았지만 괴로움만 커질 뿐 결론이 나지 않았다. 무슨 죄진 기분이어서 윤철훈을 멀찍하게 피했다.

"이 동지, 담배 있소?"

윤철훈이 뚜벅뚜벅 걸어오며 웃었다.

"예에……."

이광민은 서둘러 담뱃갑을 꺼냈다.

"이 동지, 어떻게 하기로 했소?"

윤철훈이 담배를 뽑으며 물었다.

"예에……?"

이광민은 깜짝 놀랐다. 어떻게 하기로 하다니? 그건 연해주로 돌아가지 않을지도 모른다는 것을 전제로 한 물음이었다. 윤철훈은 자신이 고민하는 눈치를 챈 것인지도 몰랐다.

"이 동지, 어렵게 생각할 것 없소."

윤철훈이 담배연기를 내뿜었다.

"아니, 저어……."

"이 동지, 어디서 싸우나 다 조국을 위한 것이오. 난 어쩔 수 없이 돌아가지만, 사람이 필요한 곳은 여기요."

윤철훈은 이광민의 어깨를 잡으며 조용히 웃었다.

이광민은 말문이 막히고 말았다. 윤철훈은 여기에 머물러야 할 명분까지 만들어주고 있었던 것이다.

"우리 동지들도 몇 사람 여기 남을 거요. 이따가 또 봅시다."

윤철훈이 돌아섰다.

"무사히 다녀오세요."

윤선숙의 목소리와 함께 큰 눈에 눈물 그렁그렁했던 얼굴이 떠올랐다.

큰일 앞에서 여자문제는 아무것도 아니라는 듯 윤철훈은 여동생의 문제는 아예 묵살해 버렸다. 그게 자신의 입장을 난처하게 하지 않으려는 것임을 이광민은 잘 알고 있었다.

이광민은 윤철훈에게 강한 죄의식을 느꼈다. 윤철훈은 자신에게 배신감을 느끼고 있을지도 몰랐다. 그리고 윤철훈은 엉뚱한 짐을 지게 된 것이었다. 혼자 돌아가서 여동생에게 뭐라고 할 것인가.

다음날 연해주 독립군들은 떠났다.

"또 만날 날을 기약합시다."

윤철훈이 환하게 웃으며 손을 내밀었다.

"예, 편안히 가십시오."

이광민은 윤철훈의 손을 잡으면서도 마주 웃을 수가 없었다.

한편, 국내에서 온 청년들도 떠날 준비를 다 끝내가고 있었다. 허탁은 어떻게 해야 좋을지 갈피를 못 잡고 있었다. 다시 돌아가자니 너무 허망했고, 그냥 머무르자니 앞에 닥친 상황이 너무 혼란스러웠다. 일단 귀국한다는 원칙은 정해졌지만 방향을 못 잡고 있는 동지들은 한둘이 아니었다. 누군가는 만주의 독립군을 따라가자고 했고, 또 누군가는 조선공산당 만주총국을 찾아가자고 했고, 어느 사람은 의열단에 가입하자고 하는가 하면, 또다른 사람은 상해의 공산당조직인 여운형 아래로 들어가자고도 했다. 여운형은 작년 6월에 광동에서 한인혁명당을 조직하고 북벌에 가담했던 것이다. 그런 분분한 의견들 속에서 허탁이 마음을 정하지 못하는 것은 두 가지 이유 때문이었다. 첫째는, 그 방법들이 본래의 목적에 어긋나는 것이었다. 그 모든 것이 독립투쟁이라는 공통점을 가지고 있었지만 일단 본래의 목적이 수포로 돌아간 이상 조직의 원점으로 돌아가는 것이 순서가 아닐까 싶었다. 둘째는, 상해를 통해서 들어온 소식에 의하면 국내에 신간회란 단체가 발족되었다는 것이었다. 사회주의자들과 변질되지 않은 비타협 민족주의자들과의 대연합. 그건 국내투쟁의 일대 전기고 새 활기가 될 수 있었다. 국외투쟁에 못지않게 중요한 것이 국내투쟁이었다.

허탁은 결국 돌아가기로 마음을 정리했다. 중국땅은 필요한 때에 언제든지 다시 올 수 있는 곳이었다.

올 때 그랬던 것처럼 돌아갈 때도 똑같은 방법을 쓰기로 했다. 안동까지는 단체로 가고, 안동에서 개인적으로 압록강을 건너가는 것이었다. 중국으로 올 때는 그 순서를 반대로 했었다.

그런데 허탁의 뇌리에 불현듯 떠오른 사람이 있었다. 송중원의 아버지 송수익이었다. 어차피 만주를 경유하게 되니까 그분을 찾아 만나뵙고 싶었다. 지난번에 만주를 지나오면서도 얼핏 그 생각을 했었던 것이다. 그러나 그때는 광동에 하루라도 빨리 도착해야 했으므로 그 생각은 곧 지워지고 말았다.

그분을 의외로 쉽게 찾을 수도 있을 것 같았다. 만주에서 온 독립군들이 400여 명이었다. 그들은 만주 도처에서 모인 사람들이라고 했다. 허탁은 허겁지겁 만주의 독립군들이 있는 곳을 찾아갔다.

"저, 혹시 송수익이란 분을 아는 동지가 있는지 좀 알아봐 주십시오. 전라북도 분이신데 의병대장을 하시다가 만주로 월강하신 분입니다. 제 친구 부친이신데 작년에 살아 계신다는 걸 확인했습니다."

허탁은 소대장들을 찾아다니며 이렇게 부탁했다.

네 번째, 다섯 번째 소대에도 아는 사람이 없었다. 허탁은 기운이 빠져가고 있었다. 그런데 여섯 번째 소대에서 일이 풀리게 되었다.

"댁언 누구시다요?"

소대장이 광고를 하고 나자 한 대원이 허탁에게 다가서며 물었다. 퉁명스러운 전라도말만큼 강하게 그 눈초리에는 경계의 빛이 서려 있었다.

"예에, 저는 그분 아드님 송중원과 대학 동창으로 절친한 사입니다."

"대학 도옹창? 요상허시, 그 어런 아덜이 아부지가 만주서 독립운동 허신다고 자랑허고 그럽디여?"

고개를 갸웃하는 그 대원의 얼굴에는 의혹의 빛이 드러났다. 그 단단하게 생긴 사내는 천수동의 아들 천상길이었다.

"아, 아닙니다. 저도 전혀 몰랐었는데 작년에 그분 아들 송중원이가 잡혀 들어가고 나서야 알았습니다."

"아덜이 잽혀 들어가라?"

천상길의 반응이 민감했다.

"예, 경찰에서 어떻게 그분이 만주에서 활동하시는 걸 알아내 가지고 송중원이 모친과 송중원이를 잡아들인 겁니다. 그래 이번 돌아가는 길에 한번 찾아뵐까 하는 생각을 했습니다."

"차암, 그런 일이 있었구만요……." 천상길은 얼굴을 잔뜩 찌푸린 채 중얼거리고는, "알겠소. 나허고 함께 갑시다." 비로소 의심 풀린 얼굴로 말했다.

한편, 윤철훈을 떠나보낸 이광민은 의열단의 방대근을 찾아갔다. 그를 알게 된 것은 윤철훈을 통해서였다. 윤철훈은 광동에 도착하자마자 의열단을 찾아나섰다. 의열단이 광동으로 이동해 있다는 것을 상해에서 알았던 것이다.

"의열단원들은 꼭 만나봐야 하오. 대종교의 투쟁과 의열단의 투쟁은 당에서도 높이 평가하고 있소."

윤철훈이 한 말이었다. 그가 말한 당이란 소련공산당을 가리키는 것이었다.

"홍범도부대의 투쟁은 어떻고요?"

이광민은 즉각적인 반발심으로 말했다.

"하하하하…… 참, 이 동지가 홍범도부대였지요? 그런 각 부대들의 투쟁을 다 대종교의 투쟁에 포함시켜 보는 겁니다. 대개 그 부대들의 투쟁이 대종교의 기반과 지원으로 이루어진 거니까 말이오."

"아, 예…… 그렇기도 하군요."

이광민은 그 말을 수긍하면서 저으기 놀라지 않을 수 없었다. 소련공산당은 그런 것까지 면밀하게 파악하고 있었던 것이다.

의열단을 찾아간 윤철훈은 낯모르는 사람들을 상대로 자기 소개를 하고 어쩌고 하다가 어떤 대원과 느닷없이 얼싸안았다.

"이 동지, 인사하시오. 기억하는지 모르겠는데, 내가 언젠가 아느냐고 물었던 방대근 동지 있잖소. 이분이 바로 그 방대근 동지시오."

윤철훈은 반가움으로 격앙된 감정을 감추지 않은 채 방대근을 인사시켰다.

"첨 뵙겠습니다. 이광민이라 합니다."

"반갑구만이라. 방대근이라 헙니다."

"아니, 고향이 전라도십니까?"

이광민은 그 전라도말이 너무 반가워 활짝 반색을 했다.

"예, 전북 김제구만이라."

"아, 그러시군요. 저는 전줍니다."

"아이고메, 까마구도 지 땅 까마구넌 반갑다는디 요것이 워쩐 일이여!"

방대근은 이광민을 곧 얼싸안을 것처럼 반가워했다.

"내가 여기 오긴 잘 온 것 같소. 두 분이 또 이렇게 연관될 줄은 몰랐소."

윤철훈도 흔쾌하게 웃었다.

그러나 그 뒤로 사적인 시간을 갖기가 어려웠다. 모두가 북벌전쟁에 휘말려 가끔씩 얼굴을 대할 수밖에 없었다. 방대근이가 신흥무관학교 출신이라는 것도 윤철훈에게 들어서 알았다.

"잘 생각허셨구만요. 연해주보담이야 여그서 헐 일이 더 많은게라."

이광민의 말을 듣고 방대근이가 대뜸 한 말이었다.

"근디, 윤 동지가 영판 서운해혔겠는디요?"

방대근이가 이광민을 보며 이별이 어려웠을 것이란 뜻으로 웃었다.

"속마음은 어떤지 모르지만 겉으로는 그런 내색을 전혀 하지 않더군요. 오히려 방 동지가 한 것과 똑같은 말을 했습니다. 여기가 할 일이 더 많다고……."

"과시 윤 동지가 사나이 중에 사나이구만요."

방대근은 고개를 주억거렸다.

"저는 앞으로 어떻게 했으면 좋을지……."

이광민은 신중하게 말을 꺼냈다.

"이 동지만 좋다면 우리허고 함께 일혀도 되겠는디요."

"아 예, 고맙습니다. 헌데 제가 의열단원이 될 자격이 있는지……."

이광민은 자신이 바라던 바라 반가움을 표하면서도 일단 겸손을 보였다.

"저어, 머시냐…… 우리 의열단도 인자 옛날 의열단이 아니구만요. 무신 소린고 허니, 이삼 년 전보톰 의열단 활동얼 놓고 내부적으로 많은 토론얼 히서 인자 그 활동방법얼 바꾸기로 헌 단계에와 있구만요. 어찌서 그리되았능고 허니, 우리 단원덜언 200얼 넘어 300 가차이 죽어가고 있고, 새 바람으로 일어난 공산주의넌 무산계급 속으로 파고듬서 날로 번창허고 있고, 그래서 우리 투쟁방법얼 놓고 토론이 시작되았구만요. 그간에 단원덜이 죽어간 만치 투쟁효과가 있었느냐. 우리으 테러투쟁언 분명 충격적 효과를 거두었지만 인민대중허고넌 동떨어진 것이 아니냐. 조선에 독립언 전체 인민덜으 투쟁으로 달성되는 것이제 소수에 육탄테러로 되는 것이 아니덜 않느냐. 시상이 달라지고 있응게 우리 투쟁방법도 재고해야 되덜 않느냐. 요런 토론덜이 되야갖고 작년 12월에 나석주 동지가 식산은행허고 동척에 투탄허고 자결헌 뒤로 테러투쟁을 중단허고 새 방도럴 찾기로 혔구만요."

방대근은 아주 진지하게 설명했다.

"그러면 혹시 의열단투쟁이 공산주의식으로 바뀌는 것 아닙니까?"

이광민은 의열단원들이 북벌에 가담한 것을 염두에 두고 물었다.

"꼭 그렇다고 단언얼 허지넌 못허겄구만요. 단원덜 생각이 안직 다 통합되덜 안혔응게라. 민족주의자 무정부주의자 사회주의자, 구구각색잉게요."

"그래도 많은 쪽이 있을 것 아닙니까?"

"그야 사회주의제라."

"저어, 실례지만…… 방 동지께선 어떤 주의신지요?"

"지넌 머 무정부주의도 아니고 사회주의도 아니고 엉거주춤허구만요. 최종 결정이야 선생님헌티 여쭤보고……."

방대근은 뒷말을 중얼거리듯이 얼버무렸다.

"선생님이라니요?"

"이, 만주에 그럴 분이 기시요."

방대근은 더 묻지 말라는 듯 차가운 기색을 내비치며 고개를 돌렸다.

비밀이 많은 생활들이라 이광민은 더 묻지 않기로 했다. 한 고향

사람인 방대근이가 꼭 윤철훈처럼 몇 살 손위면서 남자답게 활달하고 인상이 좋은 것에 이광민은 우선 마음이 놓였다.

　망망한 바다와 같은 벌판이었다. 그 어디에 야산 하나도 없이 무한정 펼쳐져 있는 벌판이었다. 아득하고 감감하게 뻗어나간 벌판의 끝 거기가 그대로 하늘의 끝이었다. 사방 그 어디고 벌판은 하늘과 맞닿아 있었다. 야산 하나 없는 넓고 넓은 벌판에 높은 곳이래야 유연한 곡선을 그리며 느린 물결치듯 하고 있는 구릉들이었다. 그러나 그 구릉들도 어찌나 경사가 완만한지 평지나 거의 다름이 없었다.

　사방의 끝이 아시무락하고 까마득한 벌판의 넓이도 광막하기 그지없었지만 하늘의 넓이는 그보다 훨씬 더 넓은 것 같았다. 벌판은 평평하기나 했지만 하늘은 높고 둥글어 한결 더 넓게 보였다. 아득한 벌판끝을 보고 있으면 눈이 시고 숨이 막히는 것 같았고, 벌판의 양쪽 끝을 보려고 고개를 돌리면 어지러웠고, 하늘의 끝과 끝을 보려고 젖힌 고개를 돌리면 현기증이 일어났다.

　"참말로, 징허게도 넓은 땅뎅이여……."

　지삼출은 그 넓은 벌판에 서서 또 탄식처럼 한숨처럼 중얼거렸다. 그는 또 고향 김제들판을 생각하고 있었다. 길림벌판으로 옮겨온 다음부터 고향 생각이 습관이 되다시피 했다. 고향이 그리워서가 아니었다. 눈만 뜨면 보게 되는 벌판 속에 고향이 들어앉아 있었다.

징게 맹갱 외에밋들이 넓다 넓다 했지만 길림벌판에는 델 것도 아니었다. 지삼출은 이쪽으로 옮겨와서야 비로소 말로만 들었던 만주벌판을 실감하고 있었다. 김제·만경 평야가 넓다고 했지만 사 방팔방이 하늘과 맞닿아 있지 않았고, 해도 땅끝에서 떠서 땅끝으 로 지지 않았다. 물이 잘 빠져 침수피해를 입지 않을 구릉지대만 골라 밀농사를 주로 하고 있는 중국사람들의 밭고랑 길이는 대개 20리에서 25리였다. 소나 말 두 마리씩이 끄는 쟁기로 이쪽에서 쟁 기질을 시작해 저쪽에 도착하는 것이 점심 무렵이었다. 거기서 농 부도 점심을 먹고 마소들에게도 배를 채우게 해서 다시 이쪽으로 도착하면 해거름이 되었다. 한나절에 밭고랑 하나를 쟁기질한 것이 고, 그 길이가 20리나 25리였다. 아마 낮이 두 배로 길었다면 밭고 랑 길이는 40리나 50리가 되었을 것이다. 땅은 얼마든지 질펀하게 펼쳐져 있었으니까. 김제·만경 평야에서는 상상도 할 수 없는 일이 었다.

"요것이 옛날옛적에넌 다 우리 땅이었다는디······."

지삼출은 끝 간 데 없는 벌판을 둘러보며 중얼거렸다.

"낙지 잡는 놈맨치로 혼자서 무신 소리럴 군시렁기리고 있능고."

천수동이가 가까이 오며 말을 걸었다.

"그려, 어지께 잘 있든 낙지가 밤새 어디로 가부렀다고 군시렁기 리는 그놈이 바로 나시."

지삼출이 떫은 얼굴로 헛웃음을 쳤다.

"비싼 밥 묵고 무신 새 날아가는 생각했간디?"

"옛날옛적에넌 여그가 다 우리 땅이었다는 생각."

"아이고, 낙지 잡는 놈보담 못허시. 낙지야 또 집얼 찾아들겄지만 이 만주땅얼 우릿것으로 맨글기야 영영 글른 것 아니여. 죽은 자석 붕알 맨지고 있는 미런이제."

"얼라, 밤새 공자님 되야분졌네!"

지삼출이 혀를 내밀며 놀라는 시늉을 했다.

"그나저나 금년보톰언 농새가 지대로 돼묵어야 헐 것인디……."

천수동이 개간한 논 쪽으로 눈길을 돌리며 딴전을 피웠다.

"저그 광동인지 상해서 자네 아덜이 왔담서?"

"이, 왔다는 말만 들었제 집구석에넌 안직 안 왔구마. 그놈으 새끼가 애비헌티 먼첨 인사럴 안 오고……."

천수동은 혀를 차댔다. 그러나 그는 화를 내는 척하고 있을 뿐 자기는 독립군 아들을 둔 아버지라는 것을 은근히 과시하고 있었다. 그건 지삼출의 아들이 독립군이 못 되었을 뿐만 아니라 자기 자신이 줄곧 지삼출보다 지위가 낮았던 것을 의식하고 하는 언행이었다.

"시방 여그서 열고 있는 삼부(三府)회의란 것이 어찌 돌아가고 있는지 몰르겄네."

지삼출은 천수동의 그런 심사를 빤히 들여다보면서도 짐짓 모르는 척하며 말머리를 슬쩍 돌렸다.

"아니, 그보담도 국민당허고 공산당이 서로 갈라져분 것이 더 중허덜 안혀?"

천수동은 눈치 없이 자기 아들이 연관된 일을 붙들고 있었다.

"어허, 자다가 봉창 뚜딜기고 있능가! 넘 엠벵이 내 고뿔만 못허단 소리 몰라서 그런 말 허고 앉었능겨."

지삼출이 우악스럽게 내쏘았다.

"아니 저어…… 그런 것이 아니고……."

천수동은 머쓱해지면서 어물거렸다. 지삼출의 서슬도 서슬이었지만 그 말이 틀리는 데가 없었던 것이다.

"우리가 총 놓고 뒤로 물러섰다고 아조 농새꾼 되야분 것이 아니덜 안혀. 시상 판세 돌아가는 것얼 똑바라지게 알아야 뒷일이라도 지대로 헐 것 아니여."

지삼출의 말은 지난날 작전지시를 할 때처럼 냉기를 띠고 있었다. 그의 말은 자신들의 감추어진 임무를 강조하는 동시에 아들을 앞세우고 나서는 천수동의 기를 은근슬쩍 누르는 것이기도 했다.

지삼출의 말대로 그들은 그저 농사꾼이 아니었다. 정의부의 비밀연락원들이었고, 다른 독립운동가들에게 숙식을 제공하는 비밀거점을 형성하고 있었다. 그전과 달라진 것은 직접 총을 들고 나서서 싸우지 않는다는 것뿐이었다.

"누가 그것얼 몰르간디. 근디, 삼부회의란 것이 잘 풀릴랑가?"

천수동이 쪼그리고 앉으며 담배쌈지를 꺼냈다.

"글씨, 방구가 잦아지면 똥 나오고, 태기가 질어지면 난산이라고 안 혀. 회의가 시작된 지 발쩌 보름이 넘어 5월 초순이 다 지내가고 있덜 안허다고……."

지삼출의 반응은 어딘가 뜨악했다.

삼부회의란 만주의 동포사회를 지역적으로 3등분해서 자치정부를 형성하고 있는 정의부·참의부·신민부의 통합을 위한 회의를 말하는 것이었다. 그들 삼부는 1924년과 1925년 사이에 세워진 것이었다. 정의부는 남만주의 통화를 중심으로 길림 일대까지 장악하고 있었고, 참의부는 남만주의 집안현을 거점으로 압록강변 일대의 현들을 포괄하고 있었으며, 신민부는 일본세력 아래 장악된 용정이나 국자가 일대를 피해 북만주에 세력을 형성하고 있었다. 그 삼부는 지역이 서로 다르면서도 부(府)라는 명칭을 단 것이 공통점이었다. 그건 어떻게 보면 상해임시정부를 부인하는 것이기도 했다. 3·1운동을 계기로 만주에서는 수많은 독립운동 단체들이 생겨나게 되었다. 그때 부라는 명칭을 가진 단체도 있었다. 그런데 같은 시기에 발족된 한성과 연해주의 임시정부가 상해임시정부로 그 명칭과 기능을 통합하게 되자 만주의 단체도 부라는 명칭을 취소했던 것이다. 그로써 상해임시정부는 '대한임시정부'라는 유일성의 법통을 확보하게 되었던 것이다. 그러나 상해임정은 기호파와 관서파의 내분으로 정부 기능을 제대로 수행할 수 없게 되어 그 수습을 위해 국민대표회를 연 것이 1923년 1월 3일이었다. 그 회의에서는 임정의 조직을 개편 보완하자는 개조파와 임정을 완전히 새롭게 탄생시키자는 창조파의 팽팽한 대립으로 회의는 결국 결렬되고 말았다. 그 회의의 결과 상해임정은 그전의 문제점들을 그대로 안은 채 더 침체의 국면으로 빠져들었고, 만주에서는 삼부가 생겨나게 되었다. 국민대표회에 만주지역의 단체대표나 독립군대표들이 단연 많이 참석했고, 그들이 창조파였음은 더 말할 것이 없었다. 그들의 입장에서는 적과 멀리 떨어져서 내분이나 일삼고 있는 임정과 그 간부들을 인정할 수 없었던 것이다.

그들 삼부는 모두 공화주의적 정부 형태를 갖추고 있었다. 우선 모든 임원들을 동포들의 의사로 선출했고, 행정부·입법부·사법부를 독립적으로 구성해서 운영했다. 그리고 그 기구들은 동포들이 내는 세금으로 운영되었고, 또 자치대며 경호대 같은 독립군도 양성했다. 그러니까 상해의 임시정부가 어떤 의미에서 국민과 영토가 없는 정부라고 한다면 정의부·참의부·신민부는 국민과 영토와 주권 그리고 군사력까지 갖춘 실제적인 자치정부였던 것이다.

그런데 그 삼부가 좀더 효과적인 독립투쟁을 하기 위해 통합을 꾀하는 비밀회의를 열고 있었다. 그런 움직임이 일게 된 것은 국내에서 발족된 신간회의 영향이었다.

"아니, 쩌, 쩌것이 머시여?"

쪼그리고 앉아 담배를 뻐끔거리고 있던 천수동이가 깜짝 놀라며 앞을 손가락질했다.

"어허, 이 사람이 퇴깽이간얼 삶아묵었능가, 점잖찮기넌……."

지삼출은 꾸짖는 눈길을 흘리며 느릿하게 고개를 돌렸다.

"쩌것이 마적떼 아니라고?"

천수동이 벌떡 몸을 일으키며 토해낸 말이었다.

"글씨…… 말얼 타기넌 탔는디, 수가 저리 쬐깐헌 마적떼도 있을

랑가?"

몸을 일으키고 있는 지삼출의 어조는 부정적이었다. 마적은 적으면 200여 명, 많으면 500여 명까지 떼를 이루며 말을 달렸다.

"어허, 본대넌 따로 있고 멫 놈썩 갈라져 한 동네썩 훑어댈라고 나섰는지도 몰르덜 안혀?"

천수동의 목소리는 계속 다급했다.

"글씨, 그런 일이 더러 있기넌 헌디…… 근디, 저놈덜이 대관절 멫이여? 넷이여, 다섯이여?"

목을 늘여뺀 지삼출은 눈을 가늘게 뜨고 흙먼지를 일으키며 이쪽으로 달려오고 있는 자들의 수를 헤아리려고 했다.

"어허, 그놈에 눈도 인자 다 되았구만그려. 넷이시, 넷!"

"그려, 눈도 인자 침침혀지고, 세월이 무정허시. 근디, 나 생각으로넌 마적떼가 아니라 중국순사덜 겉은디."

"얼랴, 심봉사 다 된 눈으로 그것얼 어찌 알어?"

"우리 농새가 안직 마적떼 붙을 맨치 성허덜 안혔고, 중국순사 놈덜이 지멋대로 갈기고 댕김서 우리 조선사람덜 패고 잡아딜이고 난리판굿 아니여."

"잉, 그렇기도 허겄는디. 근디, 저것덜이 순사놈덜이면 무신 냄새 맡고 여그로 오는고?"

"냄새넌 무신 냄새여. 즈그 맘대로 공산당으로 몰아 돈 뜯어묵자는 것이제."

"참, 만주땅도 인자 조선사람덜 살기 팍팍헌 진구렁탕이 되았네.

잡새끼덜이 왜놈덜허고 배때지 맞춰 불령선인이라고 되나캐나 잡아덜이등마 그것도 모지래서 공산당으로 몰아대니 원."

"어이, 새살 그만 까고 똑똑허니 보소."

말 탄 네 사람의 모습은 한결 가까워져 있었다.

"아이고메, 귀신이시! 중국순사놈덜이 맞네. 우리 으째야 쓰까? 집으로 들어가야 되덜 안컸어?"

천수동이 당황하고 있었다.

"아니여, 그러면 더 꼬타리 잽히제."

지삼출이 잘라 말했다.

"이러고 있다가 큰탈당허면 어쩔라고? 우리넌 총도 없는디."

"실답잖은 소리 허덜 말어. 총이 있음사 중국순사덜헌티 쏠 수나 있간디."

지삼출이 싸늘하게 핀잔했다.

말발굽소리가 먼 울림으로 들리기 시작했다. 지삼출은 곰방대에다 담배를 재어 불을 붙였다. 흙먼지를 뽀얗게 일으키며 네 마리의 말은 점점 가까워지고 있었다. 저쪽 논에서 쟁기질을 하고 있던 사람들도 일손을 멈추고 거칠게 달려오는 말들을 바라보고 있었다.

히이힝…… 히힝!

말들이 코를 불며 멈추었다.

"다들 손들엇!"

중국경찰들이 말에서 뛰어내리며 총을 겨누었다. 그들의 기세는 살벌했다.

지삼출은 천수동에게 눈짓하며 두 팔을 들어올렸다.

"이 동네에 조선놈 공산주의자 하나가 숨었지?"

그 중국말을 알아들으면서도 지삼출은 재빨리 귀를 가리키고 입을 가리키고 하며 중국말을 모른다는 시늉을 해 보였다. 그저 맹 무식한 조선농사꾼으로 보이자는 것이었다. 괜히 별로 잘하지도 못하는 중국말을 아는 척했다가 긁어 부스럼을 만들어서는 안 되었다. 중국경찰은 중국말을 할 줄 아는 조선사람들을 무조건 유식한 독립운동가로 몰아서 체포한다는 것은 이미 소문이 나 있었다. 2년 전의 삼시협정 다음부터 벌어진 현상이었다.

"가자, 앞장서라!"

경찰 하나가 소리치며 동네 쪽을 턱짓했다. 그리고 돌아서 걸어가라고 손짓을 하고 총을 내저었다.

"거기 있는 사람들, 전부 이쪽으로 와!"

다른 경찰이 논 쪽에다 대고 소리치며 손짓했다.

동네에 다다른 경찰들은 집을 뒤지기 시작했다. 두 경찰은 동네 양쪽으로 갈라져 총을 겨누고 있었고, 나머지 둘이 집들을 수색해 나갔다.

"참말로 공산주의자가 이짝으로 도망 오기나 헌 것일랑가?"

강기주가 낮고 빠르게 말했다.

"무신 소리여, 우리가 못 봤는디. 저놈덜이 돈 뜯어낼라고 의뭉 떠는 것이제."

양승일도 속삭이듯이 말했다.

"그려, 필경 그럴 것이여. 어쨌그나 저놈덜만 살판난 시상이여. 애 맨 사람덜 잡어다가 왜놈덜헌티 넘게서 돈 받아내고, 글안허면 애 가 탄 이짝 돈 받아묵고 풀어주고. 왜놈덜보담 왜놈덜 돈에 놀아 나는 저놈덜이 더 밉당게."

"다 쉬어터진 소리 허덜 말어. 저놈덜도 인자 왜놈돈에만 놀아나 는 것이 아닝게. 만주땅 임금님 장작림이가 공산당 소탕령얼 내렸 단 말 듣지도 못혔어."

"공산당 소탕령이고 지랄이고 저놈덜이 돈 뜯어묵을라는 심뽀야 똑겉은 것잉게. 중국관헌이란 것덜도 푹푹 썩은 똥통에 구데기여."

"그렇게 공산당이 승허는 것 아니여. 옛적에 조선서 동학당이 승 허디끼."

두 경찰은 집들을 다 뒤졌지만 여자와 아이들 말고는 숨어 있는 남자를 찾아내지 못했다. 화가 난 그들은 마구 욕을 해대며 남자 들을 한쪽으로 몰았다. 그리고 포승을 꺼내 묶으려고 들었다.

"요것이 머허는 짓거리덜이여!"

지삼출이 눈을 치뜨며 버럭 고함을 질렀다.

"이새끼, 건방지게!"

대장 노릇을 하는 경찰이 재빠르게 개머리판을 휘둘렀다.

"어이쿠메!"

지삼출이 비명을 토하며 허리가 반으로 꺾어졌다. 개머리판이 한쪽 어깻죽지를 후려쳤던 것이다.

지삼출이 그렇게 되자 다른 사람들은 모두 굳어지고 말았다. 열댓 명의 남자들은 총이 겨누어진 속에서 빠짐없이 포승에 묶여나갔다. 여자들과 아이들은 두려움에 떨고 있었다.

그들은 네 편으로 나뉘어 다시 앞뒤로 줄줄이 묶여졌다. 네 경찰은 각기 포승끝을 하나씩 잡고 말에 올랐다. 말이 움직이기 시작하자 여자들의 울부짖음과 탄식이 터져나왔다.

"아이고메, 요 일얼 어쩐다!"

"기엉코 우리도 당혔네."

"뙤놈덜도 인자 웬수시."

"시상이 갈수록 어찌 이려."

뚜벅뚜벅 걷던 말이 껑충껑충 뛰기 시작했다. 그 힘에 끌려 줄줄이 묶인 사람들도 뛰지 않을 수 없었다.

"얼라, 얼라, 저놈덜이 사람 잡네."

"저, 저런 숭악헌 놈덜이 있능가."

여자들의 목소리가 절박해졌다.

"아부지이—."

"아부지이—."

아이들이 아버지를 외쳐부르며 쫓아가고 있었다.

만주를 지배하는 봉건군벌 장작림은 조선총독부와 2년 전에 삼시협정을 체결하고 만주의 조선사람들을 공개적으로 탄압하기 시작했다. 그리고 작년 4월에는 혼란한 정국을 틈타 중앙권력을 장악하려고 대병력을 이끌고 북경을 치고 들어갔다. 뒤이어 국공합작으로 북벌전쟁이 시작되자 장작림은 공산당에 대한 적개심을 드러냈다. 그는 자기의 세력권 안에서 공산주의자들을 없애라는 소탕령을 내렸다. 그 명령에 따라 만주에서는 폭력과 체포의 회오리바람이 일어나기 시작했다. 특히 조선사람들은 그 거친 바람에 심하게 휘말렸다. 조선사람들 중에 공산주의자들이 많다는 소문 때문이었다. 중국경찰들은 조선사람들을 걸핏하면 잡아가고 닥치는 대로 폭력을 휘둘렀다. 조선독립을 놓고 한동안 우호적이었던 관계가 깨져나가고 있었다. 특히 부패한 중국관헌들은 공산당 일소를 빌미로 무고한 조선사람들을 마구잡이로 잡아들이며 박해를 가했다. 그리고 돈을 받아먹고는 풀어주었다. 타락한 관헌들에게 공산주의자 소탕령은 더없이 좋은 치부의 기회였다. 그런데 중국관헌들의 그런 횡포에 대해 독립운동 단체들이나 독립군들은 속수무책이었다. 그들과 맞서 싸울 수 없었기 때문이다. 그들의 땅에 머무는 처지에서 총질을 했다간 그나마 발붙일 곳이 없어지는 것이었다. 그저 할 수 있는 일이 신속하게 뒷손을 써서 잡혀간 사람들을 빼내는 정도였다.

만주의 그런 소문은 국내에 퍼지기 시작했다. 결국 12월에 중국관헌들의 부당한 처사에 항의하며 이리 시민들이 들고일어났다. 그들은 중국인 상품 불매운동을 벌였다. 그 운동이 계기가 되어 항의시위와 불매운동은 전국에 확산되어 나갔다. 그리고 서울에서는 안재홍이 중심이 되어 재만동포옹호동맹을 결성하게 되었다.

30

사무치는 그리움

"이놈아, 니가 이 애비 한얼 풀어줘얄 것 아니여!"

벽에 등을 기대고 있던 이경욱은 깜짝 놀라며 똑바로 앉았다. 그 순간 옥비의 그 청초하면서도 고아한 모습이 산산이 부서지며 노여움 가득한 아버지의 얼굴이 쑥 밀려들었다.

"체, 한은 무슨 한이야. 남들 가슴에 한 맺히게 한 죄만 지독하게 졌지."

이경욱은 혼잣말을 하며 담배를 뽑았다. 성냥을 그어대는 손끝에서 신경질이 파르르 타올랐다. 좁은 방 안에는 담배연기가 자욱했다. 한쪽 벽에는 두툼한 책들이 앉은키 높이로 쌓여 있었고, 그 옆에 앉은뱅이책상이 놓여 있었다. 밖에서는 가벼운 풍경소리가 잘그랑거리며 울리고, 맑은 새소리가 스쳐가고 있었다.

이경욱은 잔뜩 찡등그린 얼굴로 담배를 뻑뻑 빨아댔다. 아버지를 생각할수록 화가 치밀어 견딜 수가 없었다. 그렇다고 아버지를 마음에서 아예 지우려고 해도 허사였다. 강제로 이 절간에 갇히고 보니 아버지에 대한 분노는 커지기만 했다. 아버지가 바랐던 것은 자신이 대학 재학 중에 고등고시에 합격하는 것이었다. 그러나 그 건 어림도 없는 일이었다. 그 시험이 어려워서가 아니었다. 그까짓 법조문 달달 외우는 것쯤 마음만 작정되면 못할 것이 없었다. 그 러나 마음이 전혀 잡히지 않았다. 시간이 갈수록 사회주의에 깊이 빠져들었고, 3학년 말에 대면하게 된 소리꾼 옥비에게 마음 한 자 락을 빼앗기고 말았다. 졸업을 하고 나서 아버지의 성화에 못 이겨 고등고시에 응시했지만 결과는 보나마나였다. 그런데 엎친 데 덮치 는 격으로 아버지가 농장 주임자리에서 쫓겨나고 말았다. 새로 부 임해 온 지배인이 1년 6개월에 걸쳐 업무파악을 완전히 끝낸 다음 아버지를 몰아낸 것이었다. 그 지배인은 꽤나 똑똑한 편이었다. 그 가 내세운 파면 이유는, 소작인들의 원성이 너무 자자하고, 그동안 치부를 너무 많이 했으며, 불편한 몸에 너무 고령이어서 업무수행 에 지장이 많다는 것이었다.

그런데 이유마다 '너무'가 붙은 그 수치스러운 파면을 받아들이 지 않으려고 아버지는 몸부림쳤다. 그건 분명 추한 몸부림이었다. 아버지는 그 자리에 연연해 다리를 절룩거리며 이 사람 저 사람 을 찾아 뛰어다녔던 것이다. 아버지가 붙들려는 사람들 중에 경찰 서 사찰과장도 들어 있었다. 그러나 아무도 아버지를 도와주지 않 았다.

"일본놈덜언 아조 숭악허고 숭악헌 놈덜이다. 다리가 이리 평상 빙신이 되게 공얼 세웠는디도 그 공얼 몰라주는 악독헌 놈덜이다. 아이고메, 분허고 원통히서 못살겄다. 경욱아, 니 멀허고 자빠졌냐! 얼렁얼렁 고등고시에 합격허덜 안허고. 이놈아, 니가 이 애비 한얼 풀어줘얄 것 아니여!"

아버지는 일본사람들에게 최초로 욕을 했던 것이다. 그리고 자신을 이 절간으로 몰아댔다. 금년에는 세상 없어도 고등고시에 합격해야 한다는 것이었다.

"그래, 자네의 고민은 진실하고 진지해서 좋아. 그건 조선사람이라면 마땅히 해야 할 고민이지. 단순히 자기 혼자의 출세와 영달을 위해서 고등고시에 응시하는 자들이야말로 제2, 제3의 이완용이고 송병준인 것은 재론할 여지도 없는 일 아닌가. 허나 자네는 그런 자들과는 달라. 이미 사회주의 운동을 통해 인민대중의 편에 서 있지 않나. 바로 그것이 고민 해결의 길이네. 고등고시에 합격해 검사든 판사든 되는 것이네. 그런 다음 인민대중을 위해 판검사 노릇을 하는 거란 말일세. 그럼 자넨, 일본놈들 틈바구니에서 그게 가능한 일이냐고 물을지도 모르지. 그야 물론 쉬운 일이 아니겠지. 허나 최선의 노력을 하면 불가능한 것도 아닌 일이지. 지금 우리는 백에 백 가지가 일본놈들 멋대로 하는 세상에 살고 있지 않은가. 그중에서 하나만이라도, 아니 반만이라도 우리 뜻대로 할 수 있는 노력을 각 분야에서 경주하지 않으면 안 되네. 그런 의미에서 앞으로의 사회주의 운동가들은 모든 분야에 침투하지 않으면 안 되겠지. 자네도 그런 각오로 판검사가 되게. 그래서 100명의 조선사람들이 억울한 재판을 받게 되는 것을 자네 힘으로 한 명이라도 구해내는 거야. 그걸 하찮은 일이라고 생각하지 말게. 티끌 모아 태산이고, 천릿길도 한 걸음부터네. 그리고 그건 조선사람들을 치려는 일본놈들의 무기로 일본놈들을 되치는 거니까. 그리되면 자네 부친의 소원도 풀어드리고 일거양득 아닌가."

고서완 선생의 말이었다.

이경욱은 한숨을 쉬며 꽁초를 짓이기듯 불을 껐다. 고 선생님의 말은 언제나 그렇듯 논리적이고 설득력이 강했다. 그러나 마음은 쉽사리 정리되지 않았다. 대학을 다니면서 느꼈던 법학부의 분위기가 앞을 가로막고 있었다. 일본학생들이 둘러친 그 완강한 벽, 그리고 그 경멸적인 조소……. 일본학생들은 저희들끼리 뭉쳐져 사사건건 조선학생들을 견제하고 방해했다. 그건 그럴 수도 있는 일이었다. 그런데 법학부깨나 다닌다는 괜찮은 머리를 굴려 자존심을 무참히 짓밟아버리는 데는 도무지 살맛이 나지 않았다.

"조선청년이면 거 무슨 할 일이 따로 있을 텐데 말야."

"이보게 황국신민, 반역자에 대한 대일본제국의 형량이 얼만지 아시나?"

이런 식의 야유와 조롱 앞에서 처절하게 확인해야 하는 건 조국 상실의 비애였다. 그래서 더욱 사회주의에 집착하고 몰입했는지도 모른다.

학생들이 그 정도일 때 정작 법조계에 들어가면 그 배척과 멸시가 얼마나 더 심해질 것인가. 정말 그 틈바구니에서 견뎌내며 고 선생이 말하는 목적을 이루어낼 수 있을 것인가. 그럴 자신감이 확고해지지 않았다. 일본법관이라는 예속과 굴욕 속에서 실오라기 같은 일을 해내려고 애쓰느니보다는 차라리 위험을 무릅쓰더라도 사회주의 실천으로 나서는 게 나을 것 같았다. 그 저울질이 양쪽으로 오르락내리락하고 있는 한편에 옥비라는 여자는 또 한편에서 마음을 흔들어대는 바람이었다.

그런 첫 만남 후로 일본에 건너가서도 옥비는 지워지지 않았다. 지워지기는커녕 점점 더 마음이 간절해지면서 거처를 알아두지 않은 것이 자꾸 후회가 되었다. 여름방학으로 집에 돌아오자마자 옥비의 거처를 수소문했다. 전주의 항월관에서 소리를 한다는 것을 알아내 가지고 고보시절의 동무 둘을 데리고 술을 마시러 갔다. 그러나 술상을 받고 보니 옥비는 계약기간이 끝나 떠났다는 것이었다. 거기서 겨우 알아낸 것이 옥비의 집이 있는 동네 이름이었다. 그러나 술집이 아닌 집으로 혼자 찾아갈 엄두가 나지 않았다. 술집에서는 자연스럽게 만나질 수 있었지만 집으로 불쑥 찾아가서 어쩌자는 것인가. 몸이 달다가 생각해 낸 것이 머슴을 심부름 보내는 것이었다. 머슴에게 소리를 청할 수 있는지 알아보고 오게 했다. 그런데 지리산으로 독공을 들어갔고, 언제 올지도 모른다는 것이었다.

개학이 되어 다시 관부연락선을 탔지만 옥비는 더 진한 그리움으로 마음속에서 자라나고 있었다. 지리산 구경 겸 독공하는 데를 찾아가 보지 않은 것이 또 후회스러웠다. 소리를 할 때의 그 날렵하면서도 우아한 자태와 함께 예인이라서 술을 따를 수 없다고 하던 그 꼿꼿한 태도가 책 위에 선하니 떠오르고는 했다.

겨울방학에 돌아오자마자 또 머슴을 보냈다. 그러나 아직도 돌아오지 않았다는 것이었다. 독공하는 데를 알아오라고 다시 보냈다. 사람 피해 독공을 떠났는데 무슨 소리냐고 하더라는 것이었다. 대개 독공을 얼마씩이나 하는지 알아보니 2년도 걸리고 3년도 걸린다고 했다. 어찌할 수 없는 일이었다.

졸업을 하고 돌아와서는 거의 날마다 아버지에게 시달렸다. 고등고시 볼 공부를 하라는 것이었다. 그러나 옥비네집에 머슴을 보낼 틈은 있었다. 옥비는 여전히 안 돌아왔다는 것이었다. 그런데 머슴은 엉뚱한 것을 알아가지고 왔다. 옥비의 오빠가 공산주의에 물들어 동네 소작회를 조직한 죄로 잡혀 들어갔다가 풀려나 앓아누워 있더라는 것이었다. 그 뜻밖의 소식에 마음이 환해지는 것을 느꼈다. 그 오빠와 사상적으로 통하게 되면 일이 한결 수월하게 되리라는 생각이었다.

그러나 옥비의 오빠를 찾아갈 여유는 생기지 않았다. 주임자리에서 쫓겨난 아버지가 그 분풀이를 자신의 고등고시 합격에다 걸어놓고 날이 날마다 공부를 감시하듯 했던 것이다.

이경욱은 지금 더 마음에 끌리는 것이 고등고시 공부보다 판소리를 깊이 있게 알고 싶은 것이었다. 옥비가 그리도 열성으로 독공을 하는 태도에 더욱더 마음이 쏠렸고, 반면에 자신이 판소리를 잘 모르는 것이 큰 흠으로 느껴졌던 것이다. 뒤늦게 깨달은 것이지만, 그동안 신식창가나 서양노래에 익숙해져 있었지 판소리에는 별 관심이 없었던 것이다. 솔직히 말해서 판소리는 노인네들이나 즐기는 촌스럽고 구질스러운 것으로 업신여겼던 것이다. 그리고 또 한 가지 문제가 있었다. 이제 심부름시킬 사람이 없었던 것이다.

어쨌거나 고서완 선생의 말에 수긍했고, 아버지의 성화를 피할 길이 없으니 천상 고등고시 공부는 하지 않을 수가 없었다. 그러나 옥비의 모습이 어른거려 도무지 책을 잡을 수가 없었다. 그 처녀를 만나보지 않고는 안 될 것 같았다. 마치도 배고픔처럼, 목마름처럼 그 처녀가 그리웠다. 그저 먼발치에서라도 한번 보고 싶었다.

이경욱은 옥비의 그 청아한 모습에 휘둘리며 몸을 벌떡 일으켰다. 그리고 말코지에서 윗도리를 벗겨내렸다.

"이놈아, 니가 이 애비 한얼 풀어줘얄 것 아니여!"

아버지의 외침이 뒷덜미를 잡았다.

이경욱은 아버지를 뿌리치듯 방문을 박찼다. 다급하게 구두를 신다가 그는 문득 동작을 멈추었다. 저 맞은바래기의 산줄기가 앞을 가로막듯 한 것이 눈에 잡혔던 것이다.

사나이가 이래도 되는 것인가…….

이경욱은 언뜻 떠오른 이 자문에 눈을 꾹 감으며 신음을 씹었다.

"조선의 남아 된 자들이…….'"

고서완 선생의 말이 울려오고 있었다.

그러나 할 일을 안 하겠다는 것이 아니었다. 임무를 포기하는 것이 아니었다. 할 일을 제대로 하기 위해서 옥비를 만나야 했다. 어차피 내친걸음이라 싶었다. 이경욱은 고개를 떨군 채 뚜벅뚜벅 걷기 시작했다.

절을 에워싼 산에는 유록색 봄기운이 자욱하게 물들어 있었다. 고색 짙은 절도 그 싱그러운 빛깔들에 물들며 봄에 취해 있었다.

"어디 가시능게라우?"

엉성한 나뭇짐을 지고 오던 아기중이 이경욱에게 물었다.

"아, 스님! 혹시 우리 집에서 누가 오면 책을 구하러 갔다고 해주시오."

이경욱은 얼떨결에 둘러붙였다.

"야아, 오래 걸리시능게라?"

"아니오, 한 이삼 일이면 올 거요."

아기중을 만난 것이 당황스럽기도 하고, 잘된 것 같기도 하고, 어찌 종잡을 수 없는 기분으로 이경욱은 절을 뒤로 했다.

이경욱은 쉴새없이 꼬박 한나절을 걸어 옥비네 동네에 당도했다. 동네 어귀의 돌무더기 위에 솟대가 높이 솟아 있었다. 으레 그렇듯 솟대 꼭대기에는 나무로 깎은 새가 앉아 있었다. 솟대는 그 꼭대기의 새 형상에 볍씨를 매달아두고 마을사람들이 풍년을 비는 것이었다. 그러나 당산나무에 온갖 소원을 빌 듯 사람들은 솟대를 향해서도 바라는 것을 다 빌었다.

이경욱은 그 솟대 앞을 그냥 지나칠 수가 없었다. 그런 것들을 대상으로 기원을 하는 것이 얼마나 부질없는 짓인지 번히 알면서도 그냥 지나치자니 무언가 께름칙했다. 그는 발밑을 두리번거렸다. 들녘이라 그 흔한 돌도 얼른 눈에 띄지 않았다. 밤톨만한 돌 하나를 파릇하게 돋아나는 풀섶에서 찾아 솟대가 꽂힌 돌무더기에 던지며 빌었다.

옥비와 인연을 맺게 해주십시오…….

그러면서 그는 얼굴이 화끈해질 정도로 쑥스러워졌다. 철이 들고 나서 처음으로 한 짓이었다. 그러나 사람들이 왜 아무 부끄러움 없이 그런 데다 합장을 하고 절을 하는지 이해할 것 같았다.

어렸을 때는 어른들의 흉내를 내며 장난삼아 많이 빌기도 했었다.

수돌이 자지보다 더 커지게 해주십소사.

만길이보다 힘이 더 세지게 해주십소사.

돌이 떨어지지 않게 던지는 재미와 함께 그런 것들을 빌며 키들키들 웃고는 했다.

소리꾼 옥비의 집을 묻자 한 할머니가 금방 손가락질을 해주었다.

이경욱은 흔한 초가집 사립 안으로 조심스럽게 들어섰다. 가슴은 심하게 두근거리고 있었다.

"저어, 실례합니다."

머릿수건을 쓰고 텃밭에서 일을 하고 있던 여자가 고개를 돌렸다. 차득보의 아내 연희네였다. 그런데 연희네는 한복이 아닌 신식 옷을 입은 남자를 보고 그만 가슴이 철렁해졌다. 또 경찰서에서 나온 것이 아닌가 싶었던 것이다.

"누, 누구신게라……."

엉거주춤 일어선 연희네는 낯모르는 남자를 보고 더듬거렸다.

"예, 여기가 옥비라는 소리꾼 집이 맞습니까?"

여자의 경계하는 기색을 의식하며 이경욱은 부드럽고 정중하게 물었다.

"독공 가고 시방 집이 없는디라."

연희네는 길게 이야기 끌기 싫다는 듯 이렇게 대꾸했다.

"예에, 아직 안 왔군요. 저어…… 오빠 되시는 분은 안 계신가요?"

"논에 일 나갔제라."

연희네는 긴장이 풀리려다 말고 다시 가슴이 철렁 울렸다.

"예에, 농사철이 됐으니까…… 몸 아픈 건 다 나았습니까?"

"누구신디 그리……."

연희네의 얼굴에는 경계의 빛이 더 짙어졌다.

"아 예, 저는 군산 쪽에 사는 이경욱이라고 합니다. 다름이 아니라 연전에 옥비 명창이 우리 아버님 생신 때 집에 와서 소리를 했는데, 그 소리를 잊을 수가 없어서 다시 청해 들을까 하고……."

연희네는 그만 가슴이 섬찟해졌다. 이 사람이 그놈 아들이 아닐까 싶었던 것이다. '군산 쪽' '이씨' '생일잔치'가 너무 똑같았던 것이다. 그 이동만이라는 놈이 모든 흉계를 다 꾸몄다는 것을 남편과 시누이가 말을 맞춰보고, 지난 일을 따져보고 해서 밝혀냈던 것이다. 그러나 연희네는 설마 하는 마음으로 입을 열었다.

"댁에 아부님 존함이 어찌 되능게라?"

"예, 동 자, 만 자지요."

이동만! 연희네의 가슴에서는 가을 태풍에 지붕 위 박 굴러떨어지는 소리가 쿵 울렸다. 바로 원수놈의 자식이 찾아든 것이다.

그런데 이상한 것이 있었다. 저 젊은 사람은 정말 시누이를 보고 싶어하는 기색이 역연한 것이었다. 그리고 그동안 벌어진 일들을 아무것도 모르는 것 같은 눈치이기도 했다.

"그간에 멀허고 인자 와서 소리럴 청허겄단 말이다요?"

연희네는 가슴이 떨리는 것을 참아내며 이렇게 떠보았다.

"예, 일본서 학교를 다니는 처지라 방학 때 집에 와서 소리를 청하려고 했지만 독공이 너무 길어서 그만……."

연희네는 자기 짐작이 맞았다는 것을 알았다. 듬직한 인물, 예절 바른 언행, 하늘 같은 학벌……. 연희네는 풀어지려는 마음을 잡아챘다. 시누이는 이미 몸을 망친 처지였고, 그렇지 않더라도 저런 남자와 시누이가 짝이 될 리 없었다. 괜히 부잣집 자식이 바람기를 일으키는 것일 게 틀림없었다.

"우리 시누 소리 들을 생각허지 마씨요. 중이 될란지도 몰릉게."

연희네는 싸늘하게 내쏘았다.

"아니, 중이 되다니요? 무슨 일이 생겼나요?"

이경욱은 너무 놀라 서너 발짝 앞으로 다가섰다.

"댁에…… 아니, 암것도 아니오."

연희네는 그 말을 해야 좋을지 어쩔지 몰라 입을 다물었다. 남들에게 흥거리만 될 그 이야기를 입 밖에 내지 않기로 남편하고 약속했던 것이다.

"무슨 안 좋은 일이 생겼군요?"

이경욱은 그 일이 무엇에 관한 것인지 직감하며 다그치고 들었다.

"아니구만요. 그리 알고 인자 가시씨요."

연희네는 더 냉정하게 말하며 돌아서 버렸다.

이경욱은 옥비가 어디서 독공을 하는지를 물어볼까 했다. 그러나 곧 마음을 접었다. 무슨 일이 생겼는지 감추는 사람이 그곳을 가르쳐줄 리가 없었던 것이다.

맥이 빠진 이경욱은 터덕터덕 걸음을 옮겨놓고 있었다. 그 자태 고운 처녀 명창이, 스스로 예인이라고 자부하며 술 따르기를 거부하는 명창이 명창의 길을 포기하고 중이 될지도 모르는 무슨 일을 당했다……. 그런 충격을 준 사건은 처음의 직감대로 정조문제밖에 없을 것 같았다. 누구에겐가 강제로 몸을 망친 것이 틀림없었다.

이경욱의 눈앞에는 옥비의 검은 머리채끝에 드리워져 있는 핏빛으로 붉던 빨간 댕기가 선연하게 떠올랐다. 애석하고 안타까워 견딜 수가 없었다. 무슨 일로 어떤 놈한테 그런 일을 당했는지 알아내야 했다. 그리고 중이 되지 않게 막고 싶었다.

마을을 벗어난 이경욱은 들판 가운데 망연하게 서 있었다. 어디로 가야 할지 알 수가 없었다. 그냥 절로 돌아갈 수는 없었고, 그 일을 알아낼 사람을 구해야 했다. 천상 머슴에게 맡기는 수밖에 없었다. 이경욱은 집으로 가기로 작정했다.

"어쩐 일이다냐! 작파했냐!"

어둠을 밟으며 집으로 들어서는 아들을 보자마자 이동만은 눈을 치떴다.

"책 가지러 왔구만요."

이경욱은 미리 준비한 대답을 했다.

"어허, 그렇게 잘 챙게갔어야제. 몸이 얼매나 곤허겄냐. 얼렁 밥 묵어라, 밥."

이동만은 금방 얼굴이 풀어졌다.

이경욱은 아무도 모르게 머슴을 불러 차근차근 일렀다. 독공을 어디서 하고 있는 것까지 알아내라고 했다. 그리고 돈을 쥐여주었다.

"아니구만이라, 아니구만이라."

"돈이 있어야 일이 빨라지는 거요. 이 사람 저 사람 술도 사주고 해야 이야기를 쉽게 얻어들을 것 아니오."

아버지는 머슴에게 존대를 쓴다고 질색이었다. 대학에 들어가서 사상을 접하게 되면서 이경욱은 나이 많은 머슴에게 하대를 해서는 안 된다는 것을 깨달았던 것이다. 머슴은 그걸 황감해하며 이경욱의 일이라면 망설이는 것이 없었다.

"야아, 글면 그리 쓰겄구만이라."

머슴은 닷새가 지나도 절에 나타나지 않았다. 이경욱은 날짜만 꼽으며 건성으로 책장을 넘기고 있었다.

머슴은 여드레 만에 나타났다.

"그것이 긍게…… 잽혀 들어간 오래비럴 풀려나게 헐라고 사찰 과장헌티 몸얼……"

머슴은 주인 이동만이가 중간에 끼였다는 것을 차마 입에 올릴 수가 없어서 슬그머니 감추고 있었다.

"왜놈한테······!"

이경욱은 그때서야 지나간 머슴의 이야기를 떠올렸다. 사회주의 영향으로 소작회를 조직한 사람이 어떻게 감옥살이를 하지 않고 그냥 풀려나게 되었는지 이제 확실해졌던 것이다.

"작은되련님, 그 시악씨럴 어쩔라고 이러시능게라?"

머슴이 걱정스럽게 이경욱을 바라보았다.

"독공하는 데는 어디요?"

이경욱은 머슴의 말을 묵살했다.

"그것언 아무도 몰르드만이라우."

"어서 그걸 알아내시오."

"근디 요런 일얼 어러신이 아시면 생난리가 날 것인디요 이."

머슴의 얼굴에 두려움이 드러났다.

"그야 하 서방이 하기에 달린 것 아니오. 아무 걱정 말고, 누구 여자를 시켜 그 집 안주인한테 알아보도록 하시오."

이경욱은 다시 돈을 쥐여주었다.

들녘은 윤기 흐르는 푸르름으로 넘실거리고 있었다. 제비들이 그 푸르름에 몸을 적실 듯 낮게 날고 있었다. 푸르름이 짙어진 만큼 햇살도 눈부시고 따가웠다. 여름이 치렁치렁 무성해지고 있었다.

말 위에 올라앉은 하시모토는 그 초록빛 풍만한 들녘을 거만스러운 표정으로 둘러보고 있었다. 말이 뚜벅뚜벅 걸음을 옮겨놓을 때마다 그의 몸은 가벼운 율동으로 흔들리고 있었다. 말 옆으로는 잠방이를 걸친 한 사내가 종종걸음을 치며 따라가고 있었다. 그 사내는 보퉁이를 두 손으로 받쳐들고 있었다. 그 모양새가 마치 무슨 보물단지라도 받쳐든 것 같았다.

푸르른 들녘을 둘러보며 하시모토는 기분 느긋한 포만감을 느끼고 있었다. 그 싱싱한 색깔이 그대로 돈이었던 것이다. 서너 달만 지나 들녘이 황금빛으로 변하면 그건 바로 황금덩어리였다. 캐도 캐도 폐광이 되지 않는 금광, 그것이 바로 농토였다. 그는 자신의 속빠른 판단력에 또 그지없는 만족을 느끼고 있었다. 20년이 넘는 세월 동안 그 생각은 수백 번도 더 했다. 그러나 전혀 지루함이 없이 언제나 새롭게 만족감을 느낄 수 있었다. 그 새로움은 해마다 재산이 눈덩이 커지듯 불어나기 때문에 옹골차게 맛볼 수 있는 즐거움이었다.

남보다 먼저 농토에 투자한 것은 현명하고도 현명한 판단이었다. 해마다 쌀을 수확해 재산이 두 배에서 네 배, 네 배에서 여덟 배로 불어나는 것은 말할 것도 없었고, 그동안 논값이 또 두 배 가까이 뛰어올라 있었다. 세상에 이런 장사가 어디 또 있을 것인가. 사업깨나 한다는 자들은 농장 경영을 1년에 1회전밖에 못하고, 보리까지 심어봐야 기껏 2회전이라고 답답해했다. 그 자본으로 생산공장을 차리면 다회전 이익을 확보할 수 있다는 것이었다. 그러나 그런 자들은 하나만 알고 둘은 모르는 단순한 위인들이었다. 사업이 잘

되는 경우에나 다회전 이익이고, 곱에 곱쟁이 이익인 것이지 사업이 잘못되는 날에는 하루아침에 거덜나 거지 신세가 되는 것이 공장사업이었다. 그러나 농장경영은 그렇지가 않았다. 아무리 가뭄이 들고 수해가 난다고 해도 소작인들이 굶어죽지 않으려고 먼저 발버둥치니까 대개 수확의 반은 건질 수가 있었고, 만약 농사를 완전히 망친다 해도 별로 손해날 것이 없었다. 왜냐하면 땅은 타 없어지거나 떠내려간 것이 아니라 그대로 건재했고, 소작인들이 장리쌀을 타내려고 줄을 서는 판이니 그 이자로 손해를 벌충할 수 있었던 것이다. 그뿐만 아니라 이미 모아놓은 돈도 그저 움켜쥐고 있는 것이 아니었다. 농감들을 통해서 쉴새없이 고리대금을 하면서 불려나가고 있었다. 주로 볼품없는 자작농들을 상대로 하는 고리대금은 그 맛이 그렇게 고소할 수가 없었다. 논을 담보로 잡으니 돈을 떼일 염려가 없었고, 기한을 하루라도 어기면 논을 빼앗아버리니 그보다 더 손쉬운 땅늘리기는 없었던 것이다. 사업을 한다는 자들은 농장경영의 이런 묘리를 모르고 자본이윤의 단순회수니 자본의 비효율이니 지껄이는 것이었다.

그러나 들녘을 조망하고 있는 하시모토의 마음은 전적으로 만족스러운 것이 아니었다. 아직까지도 죽산면을 다 차지하지 못한 것이 만족만큼 불만으로 가슴에 차 있었다. 절반 가까이 차지하기에는 별로 어려움이 없었는데 그 이상은 일이 잘 풀려나가지 않았다. 나머지 절반은 동척과 김 참봉이 차지하고 있었다. 동척은 접어두더라도 김 참봉이 눈엣가시였다. 땅욕심 많은 그 영감은 적치고는 아주 큰 적이었다. 그러나 그 영감도 죽을 날이 이제 얼마 남아 있지 않았다. 중병으로 자리에 누운 지 벌써 1년이었다. 그 영감만 없어지면 썩 괜찮은 기회를 잡을 수 있을 것 같았다. 일본에서 대학을 나왔다는 그 아들이 영감에 비해서는 꽤나 보들보들했던 것이다.

"저그 다 왔구만요."

말 옆에서 종종걸음을 치고 있는 남자가 턱으로 앞을 가리켰다.

두 집을 지나쳐 세 번째 집 앞에서 하시모토는 말고삐를 잡았다. 그 집 사립에는 금줄이 쳐져 있었다. 그런데 금줄의 높이며, 금줄을 묶은 양쪽의 기둥이며가 퍽 요란스러웠다. 사립이 워낙 낮아 그 기둥을 이용할 수가 없어서 그랬는지 금줄을 묶은 양쪽 기둥은 새로 쳐다가 꽂은 긴 대나무 두 그루였다. 실히 사람키의 세 배 높이는 될 대나무 꼭대기에만 실가지 몇 개가 새파란 잎들을 달고 있었다. 금줄은 그 대나무 중간쯤에 높직하게 묶인 채 넉넉한 곡선을 그리며 늘어져 있었다. 새 짚으로 굵게 꼰 새끼줄에는 빨간 고추가 가운데를 차지하고 그 양쪽으로는 숯과 솔잎이 쌍을 이루며 꽂혀 있었다. 아들을 낳았으니 타인들의 출입을 금한다는 표시였다. 물론 딸을 낳아도 금줄을 쳤지만, 고추가 꽂히지 않았다.

그런데 대나무 꼭대기에 달린 새파란 댓잎들은 집주인이 아들을 낳았다고 두 팔을 벌려 하늘에 고하고 있는 것 같았고, 사립보다 턱없이 높게 묶은 금줄은 오가는 사람들에게 아들 낳은 것을 자랑하고 있는 것 같기도 했다.

"이리 오너라아, 하시모토 어러신 납시셨다아."

보퉁이를 받쳐든 남자가 집 안에다 대고 양반호령을 해댔다.

"거그 누구다요?"

잠시 후에 들린 기운 없는 여자의 목소리였다.

"아, 얼렁 안 나오고 멀혀. 하시모토 어러신 납시셨당게로."

남자는 거침없이 소리질렀다.

"아이고메, 나가요, 나가!"

갑자기 다급하고 커진 여자의 목소리였다

무식한 것들이 미신만 좋아해가지고…….

말에 올라앉아 금줄과 대나무를 바라보며 하시모토는 상을 찡
그리고 있었다.

"단나사마 곤니찌와(어르신 안녕하세요)."

짚신을 끌며 달려나온 여자가 하시모토를 향해 허리를 깊이 굽
혔다. 하시모토의 소작인들은 남녀노소를 가리지 않고 반드시 하
시모토 앞에서 해야 하는 인사말이었다.

허리를 편 여자의 얼굴은 부숙부숙했고, 머리는 헝클어져 있었
다. 누워 있다가 급히 나온 산모의 모습이 역연했다. 여자는 그런
자신의 모습이 부끄러운지 한 손으로 얼굴을 반쯤 가리듯 하고 다
른 손으로는 머리를 만지작거리며 옹색스럽게 서 있었다.

"하시모토 어러신이 득남혔다고 미역얼 내리시는 것이여. 큰절
올리고 얼렁 받어."

남자의 불퉁스러운 말이었다.

"야아……."

여자가 두 손을 이마에 올렸다. 그리고 하시모토를 향해 큰절을 하며 땅바닥에 이마가 닿도록 허리를 굽혔다. 말 위에 올라앉은 하시모토는 실눈을 뜨고 그런 여자를 내려다보고 있었다.

절을 끝낸 여자가 몸을 일으키자 금줄 밖에 선 남자가 그때까지 받쳐들고 있던 미역보퉁이를 내밀었다.

"고맙구만이라우."

여자가 보퉁이를 받아들며 다시 머리를 숙였다.

저따위 미신을 못 지키게 막아버릴 수도 없고 말이야……, 무식한 것들.

하시모토는 말고삐를 돌리며 또 조선 미신이 거슬려 얼굴을 찌푸렸다. 그러나 자기 뜻대로 그런 짓들을 금지시킬 수는 없었다. 괜히 집단적인 반발과 말썽이 일어날 소지가 컸던 것이다.

그러나 정작 무식한 것은 하시모토였다. 그 금줄은 터무니없는 미신이 아니었다. 숯은 병균이나 오물의 여과기능이 강했다. 더러운 물을 여과시킬 때 모래와 숯을 여러 층으로 쌓아 통과시키는 것이 그 때문이었다. 조선사람들이 간장을 담글 때 간장독에 숯덩이들을 띄우는 것도 같은 이치였다. 금줄에 숯을 끼우는 것은 아직 병에 약한 갓난아이와 산모에게 병균이 접근하지 못하도록 식구들이 들어올 때 미리 문간에서 소독을 하는 것이었다. 그리고 솔가지도 미신만이 아니었다. 조선사람들은 가시가 매서운 탱자나무 대추나무와 함께 소나무 가지도 온갖 잡귀들을 물리친다고 믿었다. 소나무의 그 사철 푸르른 바늘잎을 가시와 똑같이 생각한 것이다. 그것이 미신적 요소였다. 그러나 실제로 소나무의 향과 송진은 여러 가지 해충이나 독충을 죽이고 쫓는 효력을 가지고 있었다. 소나무에 잡벌레가 슬지 못하는 것이 그 까닭이었다. 특히 송진은 인체 내의 기생충을 제거하는 약으로 쓰이고 있었고, 가벼운 외상의 지혈과 치료에 특효였다. 그리고 삼칠일 동안 금줄을 드리워 외부인들의 출입을 막는 것도 지극히 과학적이었다. 세상의 여러 가지 유행병에 무방비상태인 갓난아이가 그 21일 동안에 엄마의 젖을 빨며 차츰 병에 대항할 수 있는 힘을 갖추는 것이었다. 산모의 몸에 이미 형성되어 있는 여러 가지 면역성이 젖을 통해서 갓난아이의 몸에 고스란히 들어가 정상기능을 발휘할 수 있게 되는 기간이 바로 21일 동안이었다. 그리고 산고를 치른 산모의 몸이 정상으로 회복되는 기간도 21일 정도였다.

하시모토의 그 선심쓰기는 이삼 년 전부터 시작된 꼼수였다. 농장을 군대식으로 조직해서 외부세력의 침투로 발생하는 소작쟁의의 근절책을 강력하게 추진시켜 나갔다. 그 방법은 예상대로 효과를 발휘했다. 그러나 억압을 당하는 소작인들의 불만이 커지고 있다는 것이 문제였다. 그 불만의 해소책으로 궁리해 낸 묘안이 미역 선물이었다.

그러나 미역을 아이 낳는 모든 소작인들에게 주는 것이 아니었다. 하시모토는 한 가지 기준을 세웠다. 그건 사내아이를 낳은 집만을 대상으로 삼았다. 사내아이는 장차의 노동력이었기 때문이다. 그리고 계집아이를 낳은 집을 무시해 버려도 계집아이 낳은 것을 죄로 생각하는 조선사람들의 습성상 하등의 불만요인이 되지 않았다.

하시모토는 그 선심쓰기의 효과에 무척 만족하고 있었다. 미역을 받은 소작인들이 감사해하는 것은 물론이고 다른 지주들의 소작인들 사이에서도 계속 화젯거리가 되고 있었던 것이다. 외부까지 퍼져나간 그 선전효과는 전혀 예상하지 못했던 것이었다.

적은 돈으로 큰 효과를 보는 데 맛들린 하시모토는 그것으로 그치지 않았다. 또 하나의 묘책을 생각해 냈다. 자기의 생일이 든 달에 태어난 사내아이의 집에는 쌀 한 말을 더 얹어주도록 한 것이었다. 그 효과 또한 컸다. 농감들이 다투어 물어오는 소식에 의하면, 인정 많은 지주라고 칭송이 자자하다는 것이었다.

"정에 약한 조센징들의 기질을 찔렀더니 역시 효과가 만점이군. 역시 조센징들은 단순하고 어리석다니까. 흐흐흐흐……."

하시모토는 혼자 어깨를 들썩거리며 웃어댔다.

하시모토는 사무실로 돌아오며 또 요시다를 생각하고 있었다. 아니, 정확하게 말하자면 요시다가 앉아 있었던 농장조합의 회장 자리를 생각하고 있었다. 요시다가 늙어빠져 모든 현직에서 밀려난 것은 속시원한 일이었고, 그 뒤를 이어 바로 회장자리를 차지하지 못한 것이 그렇게 아쉬울 수가 없었다. 요시다만 밀려난 것이 아니었다. 쓰지무라도 정년퇴임을 해서 본국으로 돌아갔다. 그 당당하던 쓰지무라도 퇴임 앞에서는 형편없이 허약해져 버렸다.

"내가 벌써 이렇게 되다니, 참 세월이 허망하고 무상하군. 어찌 보면 하시모토 자네가 부럽군. 일찌감치 이 조선땅에 퇴직도 해임도 없는 천년성을 쌓았으니 말야. 떠난다고 생각하니 내가 조선땅에 정이 너무 든 모양이야. 조선땅, 이거 참 쓸 만하지. 풍광 좋겠다, 기후 좋겠다, 먹을 것 가지가지로 많이 나겠다, 아니, 지진 위험이 없는 한 가지만으로도 본토보다 얼마나 더 좋은가 말이야. 하나 못쓸 게 있다면 조센징이란 인종들이지. 허나 그것도 별건 아니지. 총칼로 다스려서 안 될 게 없으니까. 이 땅을 천년만년 잘 보존해야지. 어쨌거나 우리 세대는 다 퇴물이 되고 이 좋은 곡창지대가 자네 세상이 될 날도 머지않았군. 그러고 보니 자네도 나이가 꽤 됐군그래."

송별회 자리에서 술이 거나하게 취한 쓰지무라가 한 말이었다.

그러나 회장자리는 차지할 수가 없었다. 나이도 나이였지만 그 자리를 차지하기에는 아직 농장이 적었던 것이다.

무슨 수를 써서 김 참봉네 농토를 손아귀에 넣을 수 있을까…….

하시모토는 또 그 생각을 골똘히 하고 있었다.

사무실로 들어선 하시모토는 자리에 앉지도 않고 전화기를 들었다.

"주재소 장 차석!"

군대식 명령을 하듯 그는 교환수에게 내질렀다.

"네에 알겠습니다, 하시모토 상."

전화 가설자가 얼마 되지 않아 누가 누군지 그 말투를 환히 알고 있는 교환수가 굽실거리는 어투로 대꾸했다.

"예, 하시모토 상, 장 차석입니다."

"사무실로 빨리 좀 오게."

"예, 알겠습니다."

장칠문의 목소리가 어찌나 큰지 하시모토는 얼굴을 구기며 귀에서 뗀 수화기를 꼬나보았다.

하시모토가 두 다리를 책상에 걸치고 담배를 반쯤 태우고 있는데 장칠문이가 헐레벌떡 사무실로 들어섰다.

"이리 가까이 와."

하시모토는 두 다리를 책상에 걸친 채 검지손가락을 까딱거렸다.

장칠문은 상체를 굽히며 급히 다가왔다.

"자네, 김 참봉네 큰아들 알지?"

"네, 압니다."

"그놈 속도 아나?"

"무슨 말씀이신지요. 혹……."

장칠문은 가슴이 철렁해지며, 혹시 그놈도 공산주의 하더냐는 말을 꿀떡 삼켰다. 백여우 같은 하시모토가 또 무슨 정보를 자기보다 먼저 알고 치고 드는 것인지 불안하기 짝이 없었다.

"혹이라니, 뭐야?"

"아, 아닙니다. 그냥……."

"정신 똑바로 차려. 그러니까 그놈 성격이나 취미 같은 것을 아느냔 말야."

"그런 것은 잘 모르겠는데요."

"그럴 줄 알았어. 지금부터 하는 말 똑똑히 들어. 그놈의 성격이 어떤지, 급한지 차분한지 배짱이 있는지 소심한지, 그리고 술친구는 누군지, 술집은 어디를 잘 가는지, 투전놀이 같은 것은 하는지 안 하는지, 하면 어떤 종류를 좋아하는지, 하여튼 그놈에 관해서 알아낼 것은 뭐든지 하나도 빼놓지 말고 샅샅이 알아내. 앞으로 열흘 안으로!"

"옛, 알겠습니다."

"이번 일만 잘하면 내가 틀림없이 손을 써주지."

"옛, 명심하겠습니다."

이틀이 지나 하시모토는 장칠문의 전화를 받았다.

"벌써 다 알아냈나?"

하시모토의 목소리는 들떠 있었다.

"아, 아닙니다. 그게 아니라 김 참봉네 작인들이 소작쟁의를 일으켰습니다."

"자네 정신 있나 없나. 추수철도 아니고 한창 농사철에 무슨 놈의 소작쟁의를 일으켰다는 거야?"

"아 예, 수리조합비를 핑계로 소작료를 올린다고 해서 들고일어난 겁니다."

"그럼, 지주가 물어야 할 수리조합비를 작인들한테 떠넘겼단 말인가?"

"예, 바로 그겁니다."

"알겠네. 내가 구경 나가보지."

하시모토는 말에 오르며, 그것 참 맹랑한 방법이라고 생각하고 있었다. 그게 김 참봉이 생각해 낸 것인지, 그 아들놈이 생각해 낸 것인지는 모르나 머리를 제법 쓴 것이기는 했다. 그러나 서투른 것은 소작쟁의를 당한 것이었다. 그런데 문제는 그 방법을 누가 생각해 냈느냐 하는 것이었다. 중병이 걸려 있는 김 참봉이 그런 생각을 해냈을 것 같지가 않았다. 그 아들놈의 생각이기가 십상인데, 그렇다면 그건 만만한 놈이 아니었다. 대학 나온 지 얼마 안 되는 나이 어린 놈이라서 보들보들하게 생각했던 것은 잘못인지도 모른다 싶었다.

하시모토는 김제 쪽으로 말을 휘몰아댔다. 말은 갈기와 꼬리를 휘날리며 푸른 들판을 질주하고 있었다.

"하이고 저 잡것, 부채 없이도 시언허겄네 웨."

논에서 호미질을 하고 있던 여자가 허리를 펴며 내뱉었다.

"머시가? 잉, 잘도 봤네. 잡녀러 것, 시언허기만 허겄어. 호시년 얼매나 또 좋겄고."

다른 여자가 허리를 두들기며 멀어지고 있는 하시모토 뒤에다 눈총을 쏘았다.

"저 문딩이가 무신 못된 짓거리 꾸밀라고 또 어디럴 저리 불나게 가능고."

또다른 여자가 허리를 펴며 하시모토를 향해 침을 내뱉었다.

"저 염병헐 놈, 말에서 찰싹 떨어져뿌러라!"

네 번째 여자가 소매로 땀을 닦으며 소리질렀다.

"아이고 저 징헌 놈, 지리산 호랭이넌 멀 묵고 사능고. 저놈이나 칵 씹어가제."

다섯 번째 여자가 호미로 찍는 시늉을 했다.

그 여자들은 소작농사나마 품앗이를 하고 있었다. 농사일은 품앗이를 해야 일손이 빨라져 일품이 늘고 일이 고된 것도 덜 느끼게 되었다.

"저 오살헐 놈이 내잿말 샘터댁헌티 그 잘난 미역 또 줬담시로?"

"그야 저 백여시 겉은 놈이 빼놓고 지내갈 일이간디."

"샘터댁언 그놈에 미역 묵었을랑가?"

"사람이 창아리가 있음사 똥통에 처박었겄제."

"저 잡녀러 새끼넌 세월이 가는디도 늙지도 않는당게."

"아, 저 느자구없는 놈이 우리덜 껍데기 빗기고 피 뽈아 사시장철 지름진 반찬이야 보약이야 처묵는디 어쩨 늙기럴 늙겄어."

"저런 부자지럴 지름에 튀길 놈, 그런 기운 갖고 못된 짓이나 허고."

"아이고메, 누가 저놈 안 죽이능가. 그 의열단이란 것언 멀혀. 저놈 집구석에 폭탄 잠 던지제."

"아이고 되았네, 인자 일덜 허세."

여자들은 한바탕 걸직하게 욕을 퍼대고는 다시 허리들을 굽혔다. 그러나 그건 단순한 욕이 아니었다. 지주에 대한 울분의 토로였고, 가슴에 맺힌 한의 탄식이었다. 그리고 믿는 사람들끼리 그렇게 한바탕 욕을 하고 나면 그래도 속이 풀려 다시 일손을 잡을 힘이 생겼다. 소작인들은 누구나 들녘에 나서면 맘놓고 지주들을 욕하고 흉을 보았다. 넓은 들판은 그 욕을 다 받아서 아무 탈 없도록 감추어주었다.

하시모토는 멀찍하게 떨어져 김 참봉네 기와집을 바라보고 있었다. 소작인들이 기와집을 빈틈없이 둘러싸듯 하고 있었다. 소작인들은 오륙백 명도 더 되어 보였다.

저건 틀림없이 외부세력이 침투한 것이다. 조직이 없고서야 저렇게 일시에 모여들 수가 없는 일이다.

하시모토는 이렇게 진단 내리고 있었다. 그와 동시에 문득 두려움을 느꼈다. 자신의 집을 저렇게 에워싸면 어떻게 할 것인가 하는 생각이 스쳤던 것이다. 그건 자신의 조직은 완전한가 하는 의문이기도 했다. 아직까지 자신의 농장에서는 소작쟁의가 한 번도 일어나지 않은 것을 농장조합원들 앞에서 자랑으로 내세워왔던 것이다. 그 어느 농장이고 소작쟁의를 당하지 않은 데가 없어서 조합원들은 늘 급급해하고 있었다. 하시모토는 앞으로 더욱 철저하게 단속을 해야 되겠다고 생각하고 있었다.

"흥, 이놈아 어디 당해봐라. 작인놈들을 꼼짝 못하게 묶어놓지도 않고 소작료를 올리기만 해? 총도 안 들고 호랑이 잡을 욕심만 낸 거지."

하시모토는 고소한 심정으로 중얼거리고 있었다.

말은 한가롭게 길섶의 풀을 뜯고 있었다.

하시모토는 눈길을 멀리 보낸 채 묘한 웃음을 흘리며 담뱃갑을 꺼냈다. 그때 말이 갑자기 소리치며 앞발을 번쩍 치켜들었다. 정신을 팔고 있던 하시모토는 어찌할 새도 없이 뒤로 벌렁 넘어갔다. 말은 앞으로 내뛰고, 하시모토의 몸뚱이는 여지없이 논에 처박혔다. 말은 미친 듯이 들길을 달려가고 있었고, 물이 찬 논에 처박힌 하시모토는 죽은 듯이 움직임이 없었다.

말은 한가하게 풀을 뜯고 있다가 갑자기 고개를 치켜든 뱀에게 놀란 것이었다.

하시모토가 낙마를 했다는 소문은 어두워지기 전에 쫙 퍼졌다. 그도 그럴 것이 논에서 겨우 기어나온 그를 소작인 몇 명이 떠메다가 집에 옮겼던 것이다.

"아이고메, 넘 일에 잘못되았다고 헐 수넌 없고 씨엉쿠 잘되았다."

"근디, 근디, 그놈이 워칙게 되았디야?"

"영 지랄 겉이 되았구마. 낯짝이 쬐깨 긁히고, 손목얼 접질렀다등마."

"아이고메, 아까운거. 그놈이 이 통에 팍 뒈졌어야 허는디."

"아니, 뒤지지넌 안혀도 다리몽댕이라도 하나 작씬 뿐질러져야 할 것 아니여."

"참말로, 하늘도 무심허시제. 고런 인종얼 안 잡어가고."

"좌우간에 그놈이 운수가 대통헌 놈이여. 딴딴한 질바닥에 패대기럴 쳤드람사 대가리가 깨지든지 다리가 뿐질러지든지 혔을 것인디 해필허고 물 실린 논에 처백혔으니 어디 다칠 디가 있어야제."

가까운 집의 남자와 여자들이 뒤섞여 이렇게들 입을 모았다.

그날 밤 한 방의 총성이 울렸다. 다음날에야 사람들은 집을 찾아든 말이 총 맞아 죽은 것을 알았다. 총을 쏜 것은 장칠문이었고, 말이 늙어서 노망을 했기 때문에 죽인 것이라고 했다. 그런데 이상하게도 사람들은 그 일에 대해서는 입을 열지 않았다. 무언가 두려운 얼굴로 그저 혀들을 찼을 뿐이다.

31

원인과 결과

반도호텔 쪽으로 길을 건너고 있던 정도규는 멈칫 놀랐다. 호텔에서 막 나오고 있는 두 남자 중의 하나는 김기석이 틀림없었다. 그리고 그 옆의 남자는 형사라는 직감이 스쳤다.

정도규는 순간적으로 혼란에 빠졌다. 길을 바로 건너가면 김기석이와 마주치게 되어 있었다. 그렇다고 갑자기 돌아설 수도 없었다. 정도규는 걸음을 멈추며 재빨리 허리를 굽혔다. 그리고 풀어진 구두끈을 매는 척했다.

사방은 어둑어둑해지고 있었다. 내가 잘못 보았나 생각하며 정도규는 고개를 약간 들면서 눈을 치떴다. 그들 두 사람은 서로 반대방향으로 헤어지고 있었다. 그러나 역시 김기석이 틀림없었다. 김기석은 동척 쪽으로 바삐 걸어가고 있었다.

허리를 편 정도규는 또 혼란을 일으켰다. 둘 중에 누구를 따라

가야 할지 정신이 없었다. 급한 마음으로는 둘 다 따라가야 했다. 그러나 그건 마음뿐이었다. 문제는 김기석이 변절자인지 아닌지를 밝히는 것이었다. 그건 본인한테 묻고 따져서 될 일이 아니었다. 저 남자의 신원을 확인하면 해결될 문제였다.

이렇게 생각을 정리한 정도규는 그 남자 쪽으로 발길을 돌렸다. 그 남자는 사람들 사이를 발 빠르게 걸어가고 있었다. 정도규는 뛰듯이 걸음을 빨리했다.

김기석이 제가 어떻게 반도호텔 출입인가. 왜놈들도 서민은 얼씬거리지도 못하는 곳인데. 조선놈들치고 거기 드나드는 것들은 전부가 친일파 모리배들 아닌가. 그런데 가난한 공산주의자가 말이 되나. 그것도 수상한 놈과 함께…….

정도규가 이런 생각을 하며 걷는데 그 남자가 길을 건너갔다. 정도규는 걸음을 더 빨리해서 뒤를 쫓았다. 그런데 길을 건너간 그 남자가 달려오는 택시를 세웠다. 정도규는 그만 당황했다. 그 남자는 빈 택시가 오는 것을 보고 길을 건넌 것이 분명했다. 정도규는 차로 뒤쫓을 생각을 하며 두리번거렸다. 그 남자가 탄 택시가 떠났다. 그러나 빈 택시는 보이지 않았다. 정도규는 멀어지는 택시를 보며 발을 굴렀다.

정도규는 왔던 길을 되짚어 뛰기 시작했다. 동척 앞에까지 줄기차게 뛰었다. 그러나 김기석은 어디로 사라졌는지 보이지 않았다. 정도규는 숨을 헐떡거리며 손등으로 이마의 땀을 훔쳤다. 그의 온몸은 땀으로 젖어 있었다. 그냥 걷기에도 땀이 나는 날씨였다.

내가 너무 신경과민일까? 글쎄, 그럴 수도 있겠지. 아니야, 학교를 졸업하진 못했지만 동경에서 공부한 김기석이 서울파에 가담했던 것부터가 이상해. 동경에서는 서울파를 비난하고 비판하지 않았던가. 그가 혹시 서울파에서 경찰을 상대하는 선이 아닐까…….

정도규는 여기서 생각을 틀어잡았다. 자신의 생각이 너무 나쁜 쪽으로만 비약하고 있었던 것이다. 그게 다 서울파가 저지른 분열적 행위에 대한 불신감에서 기인하는 것이었다.

정도규는 손수건을 꺼내 얼굴을 닦으며 명동으로 발길을 옮겼다. 명동은 이름 그대로 전등불빛이 대낮처럼 휘황하게 밝았다. 상점들마다 질세라 전등을 밝힌 진열대에는 일본물건들이 어서 오라고 손짓해 대고 있었다. 정도규는 또 명동이라는 분위기에 심한 거부감을 느끼고 있었다. 간판들이며 물건들이 일본것 일색이어서 식민지임을 너무 적나라하게 보여주고 있었다. 그리고 또 정반대의 느낌도 있었다. 그 휘황한 불빛과 상점마다 넘치는 물건, 그리고 사람들이 북적거리는 분위기는 아주 태평하고 풍족해서 식민지 땅이라는 것을 의식하지 못하게 하기도 했다. 진고개에서 그렇듯 명동에서도 큰돈을 쓰는 건 조선사람들이라고 소문이 나 있었다. 그런 사람들에게는 조선은 여전히 살기 좋은 세상일 거였다.

정도규는 뒷골목의 카페를 찾아갔다. 뒷골목은 어둠침침했다.

"아니, 자네도 시간 어길 때가 다 있군그래."

얼굴이 넓적한 안종화가 물잔을 들며 웃었다.

"음, 그럴 일이 있었네."

정도규는 의자에 몸을 부렸다.

"더운 날씨에 막 뛴 모양이군. 왜, 무슨 일인가?"

안종화는 생김에 비해 눈치가 여간 빠르지 않았다.

"여기선 곤란해."

정도규는 안종화가 들고 있는 물잔을 빼앗아 단숨에 들이켰다.

"이사람 보게. 여길 못 믿으면 어딜 믿나?"

안종화는 어이없는 표정을 지었다. 카페 주인이 같은 당원이었던 것이다.

"난 아무도 안 믿어. 종업원이고 손님은 안 생각하나?"

"이거 병이로군. 중대한 건가?"

"그럴 수도 있지."

"자릿값은 하고 나가야지. 뭘 간단하게 마시게. 남들 눈도 있고."

"그놈의 커피밖에 더 있나."

"사람 참 촌스럽긴. 옛날 사람인 고종 황제폐하께오서도 애음하신 커피를 신식사람이 그리 맛들이지 못하니 원."

"흥, 황제라는 사람이 서양놈들한테 커피나 얻어먹기 바빴으니 나라가 안 망하고 배겨."

"누가 막스 새끼 아니랠까 봐 독설은."

그들은 커피를 마시고 밖으로 나왔다.

"어디로 가겠나?"

"청진동."

"청진동?"

"걸어가면서 얘기하고, 거기 국밥만큼 싸고 배부른 게 어디 있던 가?"

"두루 실속 있어 좋군."

명동을 벗어나자 정도규는 입을 열었다.

"자네, 우리하고 학교 같이 다니다가 그만두고, 나중에 보니 서울파에 가담해 있던 김기석이 아나?"

"알지, 그 턱 뾰족한 친구."

"그자가 아까 어떤 수상한 놈하고 반도호텔에서 나오더라니까."

"뭐라구?"

안종화는 걸음을 멈출 만큼 놀랐다.

"왜, 뭐가 짚이는 게 있나?"

"아니야, 얘기 계속하게."

정도규는 나머지 이야기를 간추려서 했다.

"그것 참 아깝게 됐네, 아 그것 참……."

안종화는 연거푸 혀를 찼다.

"남은 건 한 가지네. 김기석이 뒤에 미행을 붙여 캐보는 것."

"우리 예감이 일치하니까 그럴 필요가 있겠는데."

두 사람은 한동안 말없이 어둠 속을 걸었다.

"참, 우리들 꼴이 한심스러워. 결국 한 부모 밑에서 태어난 형제 간들이 싸우는 꼴인데, 이러다가 앞날이 어찌 되려고 이러지. 이놈의 파쟁을 해결 못하면 결국 왜놈들만 좋은 일 시키는데 말야."

안종화가 한숨을 푹 쉬었다.

"미칠 일이지. 상층부 간부들을 도무지 이해할 수가 없으니. 초기의 분파는 통일체가 없었으니 필연적 현상이고, 조직의 헤게모니 투쟁도 최고 최선의 능력자를 가리기 위한 필수적 과정이고, 정치미학 아닌가. 그 건설적 투쟁은 내부에서 벌이고 외부적으로는 철통같이 단결되어야 하는데 그 원칙이 이미 깨졌어. 내부도 분열이고 외부도 분열이고, 건설적 투쟁은 파괴적 투쟁으로 변질되어 파국으로 치달아가고 있어. 우리의 자질 부족인지, 감투를 탐하는 소인배 근성인지, 도무지 그 원인을 모르겠어."

정도규도 한숨을 내쉬었다.

"아마 그 두 가지가 다 합해진 걸 거야. 우리가 상해임정의 파벌 싸움을 보고 비웃었는데 우리 꼴은 뭐 다를 게 있나. 왜놈들의 군국주의적 단결과 폭력적 파괴력, 그리고 막대한 재력과 교활한 술책에 맞서 당조직을 지탱해 나가려면 어떻게 해야 하는지 그 답이야 너무 뻔하잖나. 단결, 단결, 단결뿐이지."

안종화의 목소리에 흥분기가 묻어나고 있었다.

"말 말게. 우리 중간간부들의 말이 통해야 말이지. 그나저나 모레 개최한다는 중앙집행위원회선 뭘 결정한다는 건가?"

"모르겠네. 전혀 말을 안 하더군. 우리 중간간부에게 미리 입을 열지 않는 건 기밀유지상 당연한 건데, 어쩐지 분위기가 침울하고 기색이 이상한 게 별 신통한 게 없을 것 같더군."

"그럼 우린 괜히 만난 것 아닌가."

"왜 그래? 김기석의 문제는 가만히 앉아 있어도 굴러 들어오게 되나 부지?"

"매 잡으려다가 꿩이군."

"꿩인 줄 알고 잡았다가 매가 되는 수도 있네."

"큰 기대는 하지 말게. 꿩도 아니고 병아리일 수도 있으니까. 병아리들이 변절하는 거야 다반사 아닌가."

정도규는 또 중앙당에 몸담은 게 잘못된 것이 아닐까 하고 생각했다. 파쟁이 극심한 중앙당보다는 노동자와 농민들을 상대로 지방활동을 착실하게 펼치는 것이 더 유익하고 바람직하지 않았을까 싶었다. 지난 1월에 네 번째로 조선공산당 조직을 재건할 때만 해도 분파의 내분이 그렇게 심각할 줄은 몰랐던 것이다. 그런데 막상 간부직을 맡고 보니 경찰의 감시 때문에 비밀활동마저도 수행하기가 불가능할 지경이었다. 사방에 감시의 촉수였고 사방이 벽이었다. 그건 일본경찰이 별난 신통력을 갖고 있어서가 아니었다. 그 근본적인 원인은 분파들이 벌이는 내분 때문이었다. 파벌 간의 싸움은 당의 분열과 당력 소모만 초래하는 것이 아니었다. 분열된 틈으로 정보가 새나가는 동시에 경찰의 스파이와 밀정들이 파고들었던 것이다. 그뿐만이 아니었다. 더욱 참담한 것은 파벌 간의 적대감으로 상대측을 경찰이나 헌병대에 밀고하는 것이었다. 그 기막히고도 어이없는 자살극의 극치가 제3차 조선공산당의 붕괴였다.

세 번째의 조선공산당 재건에서도 그 주도권을 일본유학생들의 단체인 일월회에게 빼앗긴 서울청년회계에서는 1년 가까이 내분을 일으키다가 마침내 딴살림을 차리게 되었다. 서울파는 그동안 당을 위협해 오던 무기인 분리주의를 휘두르며 새로운 조선공산당을 조직한 것이었다. 그것이 작년(1927년) 12월 21일이었다. 그런데 1월 들어 경찰은 대대적인 검거를 시작했다. 며칠 사이에 기존의 조선공산당 고위간부 34명이 고스란히 체포되고 말았다. 그건 밀고 없이는 도저히 불가능한 일이었다.

그런 자세한 내막을 중앙당 생활을 시작하고 나서 알게 된 정도규는 너무 당혹하지 않을 수가 없었다. 그 어떤 운동조직이건 새로 잉태되는 과정에서는 계파와 갈등이 있게 마련이었다. 그러나 조선의 공산주의자들은 그 한계를 넘어 자멸의 길로 가고 있었다. 생성-갈등-모색-결합-발전의 단계로 본다면 조선공산당은 이미 결합의 단계에 있어야 했다. 그런데 아직도 갈등의 단계에서, 그것도 도저히 용납될 수 없는 야비하고 야만적인 방법으로 싸움질을 하고 있었던 것이다. 그리고 자신이 중앙조직에 참여하게 된 제4차 조선공산당은 잘되어갈 것인지 걱정이 앞섰던 것이다.

"그런데 말이야, 경찰놈들이 당원명부를 전부 입수하고 있는 게 아닌가 하고 간부들이 걱정하고 있다는군."

안종화가 청계천을 건너며 침울하게 말했다.

"참 비참하군. 서로 밀고질이나 해대고, 코민테른에 각기 다른 조선공산당 연락원들이 들이닥치게 하는 웃음거리나 만들어내고 있으니, 그런 일이라고 왜 안 벌어지겠나."

정도규의 목소리에는 역정이 묻어 있었다.

네 번째로 조선공산당을 재건하고 그 보고를 하려고 연락원이 모스크바로 갔다. 그런데 코민테른에는 서울파의 연락원이 새 조선 공산당의 결성을 보고하려고 한발 앞서 와 있었던 것이다. 코민테른에서 어떻게 대했을지는 더 말할 것 없고, 한동안 장안의 식자층에게 빈축을 사는 웃음거리가 되었던 것이다.

이틀 후에 정도규는 안종화를 다시 만났다.

"중앙집행위원들이 총사퇴를 결의했네."

안종화의 첫마디였다.

"아니, 그게 무슨 소리야?"

정도규는 그만 어리둥절했다.

"무슨 소리긴, 말 그대로지."

안종화는 넓적한 얼굴에 노기를 띤 채 성냥을 득 그어댔다.

"그럼 당을 해산한다는 거야?"

정도규의 목소리가 격하게 터져나왔다.

"그건 아니네. 상해에 있는 양명 동지에게 당 재조직을 요구하기로 했다네."

"상해? 결국 국내운동의 포기로군. 당은 국외로 망명 보내고."

정도규는 한숨을 내쉬며 몸을 의자에 부려버렸다.

"그래, 결국 백기를 든 셈이지. 우리가 걱정해 온 대로 우리 도끼로 우리 발등 찍은 거네."

"허지만 말이 안 돼. 당이 상해로 옮겨진다는 건!"

정도규는 다시 등을 곧추세웠다.

"그럼 어쩌겠나."

"이 서울만 장소가 아니잖나. 전국을 떠돌더라도 국내에 있어야지."

"나도 모르겠네. 어디 가서 술이나 한잔하지."

"빌어먹을, 인간이란 짐승들은 알다가도 모르겠어."

정도규가 몸을 일으키며 내뱉었다.

"왜 갑자기 또 철학적 명제가 나오나?"

안종화는 그런 말을 하는 정도규의 심정을 대충 짐작하고 있었다. 정도규의 순수는 그동안 당내의 파벌싸움을 무척이나 괴로워하고 안타까워해 왔고, 그 고민은 인간에 대한 회의로까지 확대되고는 했었던 것이다.

그들은 이틀이 지나 선을 통해서 너무 충격적인 소식을 접했다. 전날 핵심간부 두 명이 경찰에 검거되었다는 것이었다.

"이보게, 회의가 끝난 바로 다음날 경찰이 덮친 게 이상하지 않은가. 혹시 4일날 회의에 경찰 끄나풀이 섞여 있었던 건 아닌가."

날카로워진 정도규의 눈초리가 안종화를 쏘아보았다.

"나도 그 생각을 하고 있었네. 확실하진 않지만 그럴 가능성은 충분히 있네."

안종화가 침통하게 고개를 끄덕였다.

"참 가관이로군. 그나저나 이게 또 일망타진 신호가 아니겠나?"

"그럼, 보나마나 뻔하지."

두 사람은 한동안 담배만 빨았다.

"자넨 어떻게 하려나?"

안종화가 먼저 입을 열었다.

"뭘?"

정도규의 이런 되물음은 그 뜻을 몰라서가 아니라 그런 물음 자체를 거부하는 것이었다.

"우리도 명색이 간부 아닌가. 틀림없이 검거 대상에 올랐을 거란 말이네. 대책을 강구해야지."

"……."

눈을 감은 정도규는 미동도 하지 않았다.

"우리…… 상해로 빠지는 게 어떻겠나?"

정도규가 더디게 눈을 떴다.

"그래, 그것도 방법이긴 하지. 허나 난 안 가겠네."

"그럼, 앉아서 잡혀?"

"천만에, 안 잡히도록 해야지."

정도규의 입가에 차가운 웃음이 스치고 지나갔다.

"그건 어려워. 경찰 조직망을 잘 알잖나."

"흥, 잘 알지. 허나 아무리 그물을 쳐도 빠져나가는 고기는 있는 법이네."

"그러고 말야, 사실상 국내운동은 한계에 왔어. 이제 방법을 달리할 때란 말일세."

"서울사람다운 말이로군. 지방에 가보게. 한계는 아직 멀었네. 물론 머잖아 지방에도 한계가 닥치겠지. 그렇다고 국외에는 한계가 없을 줄 아나? 외국이니까 봉착하는 한계가 또 있네. 양쪽 다 한계가 있다면 난 당연히 국내에서 견디겠네. 인민들 속에서 인민들과 더불어 싸우는 것이 정도니까."

"체포되지 않는 것도 현명한 투쟁의 한 방법 아닌가?"

"물론이지. 허나 위험 속에서 최선을 다하다가 체포되는 것도 꿋꿋한 투쟁의 한 방법이지."

정도규의 태도는 완강했다.

유학시절부터 정도규의 한 가닥 고집을 아는 터라 안종화는 더 말을 잇지 않기로 했다.

"조심하게, 놈들이 우리 명단을 다 입수하고 있다는 게 사실인지 모르니까."

헤어지면서 안종화가 말했다.

"자네도……."

정도규가 씁쓸하게 웃으며 돌아섰다.

7월 초순의 해거름 날씨는 후텁지근했다. 한복 입은 행인들의 손에는 쥘부채가 들려 있었다. 종로로 나온 정도규는 전차를 탈까 하다가 그만두었다. 사람이 많을 시간인 것도 싫었고, 동대문 종점에서 내린다는 것도 왠지 신경에 거슬렸던 것이다. 하숙까지 그냥 걸어서 가기로 했다.

정도규는 평소에 다니던 길을 피해서 하숙집 가까이 갔다. 경찰에서 노리고 있었다면 평소에 다니는 길목 정도는 다 알고 있을 것이기 때문이었다.

걸어오는 동안에 날은 어둑어둑해져 있었다. 정도규는 앞뒤를 살피며 하숙집으로 들어섰다.

"아까 누가 찾아왔었수."

주인여자가 대문을 닫으며 말했다.

"누구라고 하던가요?"

정도규는 그저 예사롭게 물었다. 그러나 가슴은 화끈 뜨거워졌다. 아무에게도 하숙집을 가르쳐준 적이 없었던 것이다.

"모르겠수, 또 온다구 하구 갔으니까."

정도규는 방으로 들어가 책갈피에 끼워둔 돈을 꺼냈다. 그리고 서둘러 하숙집을 나섰다.

"제가 고향 후배하고 했던 약속을 깜빡 잊어버렸어요. 저녁은 안 먹습니다."

주인여자에게 남긴 말이었다.

정도규는 골목골목을 타고 신설동 쪽으로 빠졌다. 평소에 다니던 큰길 주변에서 될 수 있는 대로 멀어진 것이었다. 거기서 인력거를 잡아타고 종각까지 나왔다.

정도규는 잠시 서성거렸다. 빨리 서울을 벗어나야 했다. 안종화 생각이 떠올랐다. 그의 집에도 손이 뻗쳤을 것은 틀림없었다. 그가 무사하게 상해로 빠져나가기를 빌었다.

정도규는 남대문에 이르러 경성역에서 기차를 타지 않기로 마음을 굳혔다. 벌써 수사망이 펴진 이상 경성역은 위험지대였다. 다시 인력거를 잡아타고 용산역에서 내렸다. 그러나 용산역도 신경에 거슬렸다. 마음 내키지 않는 일을 할 필요가 없었다. 안전이 제일이었다. 안심할 수 있는 역까지 가기로 했다.

안양까지 내처 걸어 기차를 탔다. 이리에서 내린 정도규는 집으로 가지 않았다. 집에도 이미 손이 뻗쳐 있을 것이 뻔했다. 그게 일본경찰이 자랑하는 조직망이고 기동력이었다.

정도규는 고서완에게 먼저 연락을 취했다.

"높은 위치에 올라가 보지 못했으니 모르겠습니다만, 사람의 어리석음이 끝이 없군요. 현명할 때는 참 현명한데도 말입니다."

정도규의 이야기를 다 듣고 나서 고서완이 괴로운 얼굴로 한 말이었다.

"그 점이 나로서도 평생 풀 수 없는 수수께끼가 될 것 같소."

정도규는 무슨 쓰디쓴 것을 삼키는 것처럼 얼굴을 찌푸렸다.

"댁은 아무래도 위험하겠지요?"

"아마 그럴 것 같소. 당분간 내가 내려왔다는 걸 안 알릴 작정이오."

"예에…… 그럼 앞으로 일은 어떻게 되겠습니까?"

"난 서울에서도 어느 동지한테 말했지만, 조선공산당이 상해로 옮겨가는 것에 결코 찬동할 수가 없소."

"예, 저도 그 점은 좀 마음에 안 듭니다. 상해에 가서 국내와 긴밀한 연락이 안 되면 유명무실한 껍데기 당이 될 것 아닙니까."

"바로 그거요. 그래서 내가 추진할 일이 한 가지 있소. 내려오면서 곰곰이 생각한 건데, 우리 전라북도 간부들이 뭉치고 서울의 순수한 동지들을 규합해서 당 재건운동을 추진하는 거요."

정도규의 목소리는 쨍쨍했고 눈에서는 광채가 나고 있었다.

"좋은 생각입니다만, 그게 가능할까요?"

"위험해서 말이오?"

"아닙니다, 너무 엄청난 일이라……."

"엄청날 것 없소. 순수한 동지들 한 30명이 파쟁을 배격하고 단합하면 당은 재건되는 것이오."

"그렇게만 되면 얼마나 좋겠습니까."

"보시오, 고형이 벌써 찬동하지 않았소. 그럼, 공청책임자 이명수 동지부터 접촉을 시작합시다."

경찰의 검거는 전국적으로 단행되고 있었다. 한 달 동안 계속된 검거로 175명 정도가 체포되었다. 그 엄청난 숫자에 세상은 떠들썩했다.

그동안 집에는 얼씬도 못하고 거처를 수시로 옮겨다닌 정도규도 그 많은 체포자들의 수에 너무 놀랐다. 그 수는 중앙당의 중간간부는 말할 것도 없고 평당원까지도 체포되었음을 말해 주고 있었던 것이다. 정도규는 안종화도 무사하지 못할지도 모른다고 생각했다.

그 정도에서 검거선풍이 잦아드는 기미를 보였다. 사실 그 정도면 몇 년 사이에 벌어진 세 차례의 검거로 체포된 사람들까지 합쳐 학력이 높은 사회주의자들은 거의 소멸된 것이나 다름없었다. 정도규는 계획했던 대로 몇 사람과 함께 한성행 기차를 탔다.

정도규는 조심스럽게 동지들을 접촉해 나갔다. 화요파 서울파 ML(마르크스·레닌)파 상해파까지 계파는 많았다. 그 파벌의식을 초월할 수 있는 동지들을 찾아야 했다. 사람을 놓아 알아보니 안종화도 상해로 빠져나가지 못하고 체포되었다고 했다. 안종화 같은 사람이 절실히 필요한 때였다.

그러나 정도규는 보름을 넘기지 못하고 체포되었다. 그와 함께 체포된 사람은 모두 15명이었다. 고서완도 뒤늦게 군산에서 체포되었다.

"어머, 허탁 씨!"

덕수궁 담 옆을 걸어가고 있던 허탁은 깜짝 놀라 고개를 들었다.

"아니, 박정애 씨……."

허탁은 자기 앞으로 마구 뛰어오고 있는 여자가 박정애라는 걸 알아보았다. 그러나 그는 무슨 생각을 깊이 하고 있었던지 박정애를 쳐다보는 눈길이 멍한 것 같았고 얼굴표정도 어설펐다.

"어머머, 중국에서 언제 돌아오셨어요?"

그러나 박정애는 허탁과는 반대로 곧 포옹이라도 할 듯 반가워서 어쩔 줄을 모르고 있었다.

"며칠 되었소. 그간 잘 있었소?"

허탁은 비로소 그 특유의 듬직한 웃음을 지으며 박정애의 눈에 초점을 맞추었다.

"잘 못 있었어요. 어쩜 이렇게……."

박정애는 투정하듯 하며 손을 내밀었다. 그 순간 박정애의 눈에 눈물이 핑 돌았다.

"체, 여전히 장안의 멋쟁이신데 뭘……."

허탁은 박정애와 악수하며 장난스럽게 웃었다. 박정애의 눈물이 자극한 감정을 감추기 위해서였다.

오가는 사람들이 그들이 악수하는 모습을 힐끔힐끔 쳐다보았다. 허탁은 그만 손을 놓고 싶었지만 박정애는 그럴 기미를 보이지 않았다.

"여자가 마음이 허전할수록 더 멋을 부린다는 걸 모르세요?" 박정애는 뾰루퉁해지더니, "근데, 왜 그리 얼굴이 상하셨어요?" 비로소 허탁의 손을 놓으며 얼굴표정을 바꾸었다.

"고생도 많았고 중국음식이 입에 맞지도 않고, 뭐 그런 거 아니오." 허탁은 적당히 얼버무렸다.

"어디 조용한 데로 가서 얘기해요."

"그럽시다."

허탁은 별로 내키지 않으면서도 얼른 응했다. 너무 오랜만에 만난 것이었고, 이런저런 폐를 끼친 부채감이 그대로 남아 있었던 것이다.

"어쩌면 돌아온 지 며칠 됐다면서도 이렇게 노상상면을 해야 하나요? 이렇게 맞부딪치지 않았으면 언제 만나게 됐을지 모르죠? 송중원 씨도 출감했겠다, 저는 쓸모가 없어졌으니까요."

박정애가 길을 건너며 오금을 박았다.

"그럴 리가 있소. 내가 돌아온 지 며칠 안 돼서 두서없이 바빴소. 내가 박정애 씨를 잊을 리가 있겠소."

"옆구리 찔러 절받기로군요. 법원 쪽에서 오시는 것 같던데, 무슨 일 생겼나요?"

보도로 올라서며 박정애는 낙엽을 하나 주워들었다. 11월답게 낙엽들이 스산한 바람결에 구르고 있었다.

"아니, 홍명준이 사무실에 잠시 들렀었소. 그 친구가 변호사가 됐다기에."

"흥, 소문 들었어요. 그 아니꼽고 고리타분한 양반나리께서 변호사님까지 되셨으니 더 가관이겠지요. 우리 같은 장사꾼 딸년들이야 그 그림자도 못 밟게 됐구요."

박정애의 목소리에 파르르 날이 섰다.

"박정애 씨, 이젠 그런 생각 버리시오. 지금이 어떤 세상인데……."

"예, 우리야 버리고 싶지요. 허지만 우리만 버리면 무슨 소용이 있나요. 양반님네들은 끄떡도 하지 않는데."

"양반이라고 다 그런 건 아니잖소. 홍형도 차츰 변할 거고……."

"예, 알아요. 허탁 씨나 송중원 씨 같은 양반도 있으니까요. 허나 그런 양반들은 극소수일 뿐이에요. 아마 이 세상 양반이 다 변해도 홍명준은 안 변할 거예요."

박정애의 기는 수그러들지 않았다.

"어디 두고 봅시다."

"아니에요, 두고 볼 것 없어요. 그따위 위인은 평생 안 만나면 되니까요."

박정애의 태도에는 찬바람이 돌았다.

허탁은 박정애가 앞장서는 대로 어느 카페로 들어갔다.

"이렇게 돌아다녀도 허탁 씬 괜찮은 거예요?"

자리를 잡자마자 박정애는 속삭이듯이 물었다. 허탁은 그 말이 무슨 뜻인지 금방 알아들었다.

"우리 같은 피래미야 뭐……."

허탁은 떨떠름하게 웃었다.

"아주 겸손하시고 태평하시군요. 중국까지 원정을 다니는 사람이 피래미라니, 제가 당장 신고를 해볼까요? 판이 어떻게 되나. 조심하세요, 허탁 씨 없는 동안에 치안유지법은 자꾸 강화되었으니까요."

허탁은 잠자코 담배에 불을 붙였다. 박정애는 허탁에게 물어보지도 않고 커피를 시켰다.

"여기 주인이 조선사람이오?"

허탁이 뚜벅 물었다.

"어떻게 아세요?"

"저 노래……."

"참, 그렇군요. 저 노래가 아리랑의 기를 꺾을 만큼 금년에 대유행이에요."

"그럴 만해요. 약간 슬픈 곡조에 가사 내용도 우리네 신세를 빗대는 것이기도 하고……."

"돌아오신 지 며칠 안 되고서도 빨리도 아셨네요. 말 듣고 보니 특히 끝구절이 허탁 씨 심사 그대로 같군요."

유성기에서는 〈황성옛터〉가 흘러나오고 있었다. 허탁은 아무 대꾸 없이 커피잔을 입으로 가져갔다.

"홍명준이한테 송중원 씨 출감 소식은 잘 들었겠군요?"

박정애는 홍명준의 이름 뒤에는 아예 존칭을 붙이지 않은 채, 나한테 들을 말은 더 없겠군요 하는 뜻으로 말하고 있었다.

"대충 들었소. 그동안 박정애 씨가 너무 애 많이 써줘서 고맙소."

허탁은 말이 나온 김에 박정애에게 마음을 표시했다.

"아니에요, 허탁 씨가 고마워할 건 없어요. 제 맘이 내키지 않았으면 안 했을 일이니까요."

박정애의 말은 분명하고 냉정했다. 허탁은 빙긋이 웃으며 고개를 끄덕였다.

"송중원 씨가 몸이 너무 많이 상했어요. 만나보러 가지 않을 건가요?"

"그렇잖아도 곧 가볼 작정이오."

"어머, 잘됐네요. 저랑 함께 가요."

박정에는 손바닥을 살짝 맞때리며 반색을 했다.

"허……!"

허탁은 박정애를 바라보며 어이없는 웃음을 흘리고 있었다.

"왜 그렇게 이상하게 웃어요? 저도 송중원 씨가 보고 싶은 것뿐이에요."

박정애가 눈을 흘기며 토라졌다.

"박정애 씨 부모님도 참 관대하시오. 여태까지 시집을 안 보내고 그대로 두시니."

"어머, 그런 속편한 소리 하지 마세요. 허탁 씨만 투쟁하는 줄 아세요? 저도 치열하게 투쟁하구 있다구요."

"시집 안 가기 투쟁이오?"

"말도 마세요. 이 사람 저 사람 중매를 들이대며 시집을 가라고 안달복달인데, 그게 다 어떤 인종들인지 아세요? 돈만 많은 장사꾼들 아들이거나, 처가덕 바라는 장사꾼놈들이라구요. 예술의 예 자도 모르는 그런 인종들이니 제 투쟁이 얼마나 외롭고 처절하겠어요."

박정애의 말에는 열이 오르고 있었다.

"그래도 나이가 있는데……."

"어머, 어쩜 그리 우리 아버지 어머니하고 똑같은 말을 하세요? 인생이 꼭 결혼을 해야 맛인가요? 난 예술을 이해하지 못하는 남자하고는 결혼 안 해요. 난 평생 예술활동을 해야 하니까요."

"예술을 이해하는 남자라…… 그것 참 고약한 조건 같소."

"그러니까 결혼 안 하겠다는 거지요."

"부모님이 신식교육시킨 것 후회하시겠소."

"어머, 어쩜 그리 쪽찝게무당이세요? 그래 뭐랬는지 아세요? 신식교육시킨 죄로 제가 평생 노래를 하며 먹고살 재산이나 달라고 했어요. 어때요, 잘했지요?"

박정애는 쿡쿡거리며 웃었다.

"불효 그만 저지르고……."

"공자님 같은 말 그만하세요. 혁명한다는 사회주의자 생각이 뭐

그래요. 다 그런 겉과 속이 다른 생각들을 가지고 있으니까 조선공
산당인지 뭔지가 그 꼴이 된 거라구요. 서로 감투쌈하다가 모두 콩
밥 신세라니, 얼마나 유치하고 창피스러운 양반근성이에요. 너무
환멸이라구요."

박정애의 말은 거침이 없었다.

허탁은 정곡을 찌르는 그 말에 가슴이 뜨끔해졌다.

"아니, 그런 일까지 어찌 다 아시오."

"흥, 허탁 씨나 송중원 씨는 내가 하는 음악에는 아무 관심이
없겠지만 난 허탁 씨나 송중원 씨가 하는 일에는 관심이 지대하니
까요."

"이거 참⋯⋯."

허탁이 민망한 듯 어색하게 웃었다.

"송중원 씨한텐 언제 갈 거예요?"

"내가 다시 연락하겠소."

"체, 누가 그 속맘 모를 줄 아세요? 곤란한 입장 우선 피해놓고
혼자 슬쩍 갔다 오려는 거."

"박정애 씨, 미안하오. 이해하시오."

허탁은 얼굴이 붉어지며 옹색스럽게 말했다.

"괜찮아요. 그렇게 솔직히 시인하니까 허탁 씨다워 좋아요. 건강
꼭 지키라고 안부나 전해주세요."

박정애는 탁자 위의 낙엽을 집어들었다. 다 마신 커피잔처럼 마
음이 텅 빈 것을 느꼈다. 갈증처럼 앞에 있는 남자의 마음을 마시

고 싶은 충동이 일어났다.

며칠 뒤에 허탁은 호남선 열차에 몸을 실었다. 당은 깨어지고, 몸이 아프다는 송중원을 찾아가는 마음은 수수롭기만 했다.

허탁은 송중원을 보고 너무 놀랐다. 송중원의 몸은 앙상하게 말라 있었고, 몰라볼 정도로 수척하고 변색된 얼굴에는 병색이 완연했다.

"아니, 자네 어디가 아픈가? 병원에는 가봤는가?"

"뭘 그리 놀라고 그러나. 자네 얼굴도 옛날 같지가 않은데."

송중원이 웃음을 지으며 말했다. 그러나 핏기라고는 없이 푸른 빛 도는 얼굴에 피는 웃음은 억지스러웠고, 목소리에는 힘이 하나도 없었다.

"나야 반년 콩밥 먹은 거니까 곧 나아지겠지만 자넨 이거 안 되겠는데."

허탁은 박정애에게 감추었던 이야기를 송중원 앞에서는 마음 편하게 털어놓았다.

"아니 왜 반년 콩밥이야?"

움푹 들어간 송중원의 눈에 빛이 서렸다.

"그 얘긴 조금 있다 하고, 자당님 병환은 좀 어떠신가? 문안부터 드려야지."

"아닐세, 사람을 알아보지 못하시니까 그대로 괜찮네."

송중원의 얼굴이 어두워졌다.

"아니, 그간에 차도가 없으시단 말인가?"

"면목 없네. 자식들이 정성이 모자라서……."

"망할 놈들, 고문을 얼마나 지독하게 했으면……."

허탁은 뿌드득 이를 갈았다.

송중원은 입을 가리고 기침을 했다. 그런데 기침은 한두 번으로 끝나는 게 아니라 계속 이어지고 있었다. 그의 핏기 없던 얼굴이 벌겋게 달아오르고 있었다. 허탁은 그런 송중원을 안타깝게 쳐다보고 있었다.

"이거 미안하네……."

가까스로 기침을 잡은 송중원이 숨을 헐떡이며 말했다.

"자네, 이번에 나하고 함께 서울 좀 올라가세."

허탁은 폐병일 거라는 놀라움을 감추며 담담하게 말했다.

"서울에는 왜……?"

"병원에 좀 가보세."

"아니야, 특별히 아픈 데는 없네. 약 먹고 있으니 곧 좋아질 거야."

"약도 어디가 아픈지를 알고 먹어야 할 것 아닌가. 보약이야 좋지만, 보약 가지고 안 될 병도 있잖은가."

"내 걱정 말고 아까 그 얘기나 하게. 어째서 반년이나 콩밥을 먹었나?"

허탁은 병원 이야기를 일단 접어놓도록 했다. 분위기를 바꾸었다가 다시 하는 게 더 효과적일 것 같았다.

"말도 말게. 참, 내가 중국으로 간 건 박정애 씨를 통해서 알고 있지?"

"내용이야 모르지."

"그렇겠지. 그럼 들어보게."

허탁은 중국으로 가게 된 경위와 광동에서 벌어진 일들을 요약해서 이야기했다.

"헌데 말야, 압록강을 건너다가 수비대 검문에 걸리고 말았어. 그놈들이 우리가 귀국한다는 정보를 입수한 거야. 나는 무조건 여행이라고만 버티었지. 맞기는 좀 했지만 그놈들 올가미에서는 벗어날 수가 있었어. 그런데도 그놈들은 사상불온 용의자로 재판에 회부했어. 무혐의로 풀려날 때까지 재판기간이 반년이야. 6개월 동안 감옥살이를 시키는 그놈들의 악랄한 수법이지."

"악랄한 건 자넨데. 사실이 드러났더라면 콩밥 3년은 틀림없는데."

송중원이 빙긋 웃었다.

"호호호…… 그 말도 맞네."

허탁은 아까부터 송중원의 부친을 만났던 것을 말해야 할지 말아야 할지 종잡지 못하고 있었다. 송중원을 찾아올 때는 기쁜 소식이라고 생각했었는데 막상 집안형편을 보니 너무 우환이 깊어 기쁜 소식일 것 같지가 않은 생각이 들었던 것이다. 자신은 당연히 이쪽 집안의 소식을 전한다는 생각으로 송중원의 식구들이 당한 이야기를 했던 것이다. 그런데 그 사실을 알면 송중원이가 무척 싫어할 것 같은 생각이 들었다. 송중원의 어머니나 송중원이가 건강한 상태에서 그 사실을 아는 것과는 심정적으로 아주 다를 것 같았던 것이다. 송중원이가 아버지 때문에 일어난 이런 집안의 우환을 아버지가 아는 것을 원치 않는다면 결과적으로 자신은 큰 실수를 한 셈이었다.

"춘부장 어른한테서는 그간에 무슨 소식이 있었는가?"

허탁은 조심스럽게 물었다.

"아니."

"이쪽 소식도 모르고 계시는가?"

"그럼, 모르시는 게 낫지."

송중원의 지체없는 대답이었다.

그 순간 허탁은 자신이 실수를 한 것이 아니라 큰 죄를 저질렀음을 느꼈다. 눈앞에는 새벽어둠 속의 만주벌판에 홀로 무릎 꿇고 앉아 있던 송수익이란 분의 모습이 떠올랐다. 허탁은 그 이야기를 다음으로 미루기로 했다.

"자넨 요새 어떻게 지내나?"

송중원이 허탁을 물끄러미 바라보았다.

"글쎄…… 정처 없는 나그네길이란 말이 있지? 나만 그런 게 아니라 우리 동지들이 다 그렇겠지. 당분간 휴면상태에서 재판 결과나 기다려봐야지."

"조직관리가 어찌 됐길래 그 많은 사람들이 체포되는지 원."

송중원은 자신도 모르게 부르르 몸서리를 쳤다. 조직을 노출시키지 않으려고 몸부림쳤던 고문실이 또 떠올랐던 것이다. 그때의 공포와 고통이 엄습해 오면서 다시 기침이 터지기 시작했다. 고문당한 일은 무시로 꿈에도 나타났고, 그럴 때마다 기침으로 잠을 깨고는 했다. 형무소에서 계속된 그 증상은 집에 와서도 없어지지 않았다.

"좀 눕게."

송중원이 기침을 멈추자 허탁이 괴로운 얼굴로 말했다.

"아니야, 괜찮아."

송중원이 억지로 웃어 보였다.

"자네도 몸이나 보살피고 그런 일은 당분간 잊어버리게. 조선 공산주의자들에 대해서 제일 많이 아는 건 당사자들이 아니라 왜경이라는 말이 떠돌 지경이니 더 말해 뭘 하겠나. 그게 다 우리 쪽 잘못이니까 그런 오류를 반성하고 재정비될 때까지 기다려야지. 참, 홍명준이하고 박정애가 안부 전하더군."

허탁은 말머리를 돌렸다.

"음, 박정애 씨한테는 폐가 너무 많았어. 그 여자가 좀 단순해서 그렇지 인정도 많고 착한 여자더군."

"꼭 단순하지만도 않네. 자기 예술을 이해하지 못하는 남자하고는 결혼하지 않을 것이고, 그런 남자가 나타나지 않으면 평생 혼자 산다는 까다롭고 복잡한 인생관을 가지고 있네. 아 글쎄, 여길 따라오겠다고 하질 않겠나. 그런 점은 역시 단순하지."

"허, 자네가 지금 반대로 말하고 있군. 왜 여길 오려고 한 줄 아나? 자네하고 오붓하게 여행도 즐기고 문병도 하자는 겸사겸사지. 자네 박정애 씨 마음 몰라? 자넬 사모하고 있는 거. 함께 올 일이지."

송중원이 씨익 웃었다.

"거 무슨 소리야. 난 도대체 음악이라는 걸 모르는 사람인걸."

허탁은 펄쩍 뛰었다.

"왜 그리 부정이 강하나? 강한 부정은 강한 긍정이라는 건 알겠지."

"아니 이사람, 사람 잡네."

두 사람은 마주 보고 웃었다.

"헌데, 박정애 말 들으니까 아우가 경성제대 의학부에 진학했다고?"

"응, 그 일도 쉽지가 않았지. 퇴학당한 걸 감추려고 서울의 조선인학교로 편입시키고 해서 그리했지. 왜놈들 세상에서 그래도 간섭 덜 받고 살 수 있는 게 의사 같아서 그리 정하긴 했는데, 그게 고생이……."

말끝을 흐리는 송중원의 얼굴에는 그늘이 짙어졌다.

허탁은 그 그늘이 어디에서 비롯되는지를 금방 눈치챘다. 송중원의 집에 들어서며 느꼈던 것은 생각보다 심하게 집 안에 서려 있던 궁색함이었다. 송중원은 자신과 함께 고학을 해서 자취비를 벌고 학비의 일부를 충당했던 것이다. 그런 살림에서 어머니가 중병으로 오래 앓고, 그 자신은 감옥살이를 했으니 치료비와 옥바라지로 집안이 기울어지지 않을 수 없는 일이었다. 송중원이가 병원에 가지 않으려는 것도 돈 때문인지 모른다 싶었다.

허탁은 송중원과 함께 하룻밤을 자고 길을 나섰다. 아무리 끌었지만 송중원은 병원 가기를 마다고 했다.

허탁은 들길을 혼자 걸으며 또 송수익 그분의 모습을 보고 있었다. 자신이 집안 소식을 알렸을 때 그분은 전혀 아무런 내색이 없었다. 그 무반응과 무감각 앞에서 오히려 자기 자신이 당황스러울 지경이었다. 아내와 자식이 자기 때문에 고초를 당하고 있다는 이야기를 듣고도 그렇게 아무런 감정표현을 하지 않는 것이 나라에 몸바친 사람으로서의 올바른 태도인지 어쩐지 혼란스러웠다. 그런데 새벽녘에 눈을 뜨니 그분의 모습이 보이지 않았다. 뒷간으로 소피를 보러 나갔지만 그분은 없었다. 이상해서 사방을 두리번거렸다. 그믐달이 걸린 새벽은 적막하기만 했다. 그런데 어디선가 이상한 소리가 들리는 것 같았다. 가만히 귀를 기울여보니 누군가가 흐느끼는 소리 같았다. 그 소리를 따라 가만가만 걸음을 옮겼다. 집저 앞에 누군가가 앉아 있는 모습이 희끄무레하게 보였다. 그분이라는 직감이 머리를 스쳤다. 살금살금 걸음을 옮겨갔다. 땅에 무릎을 꿇고 앉은 사람은 틀림없이 그분이었다. 그믐달이 뜬 새벽어둠 속의 허허벌판 만주땅에 무릎을 꿇고 한 독립투사가 흐느끼고 있었다. 심한 충격에 휩쓸렸다. 아, 저렇게 울 수 있는 울음을 참았던 것이로구나! 저분에게도 눈물이 있었구나! 정신없이 방으로 돌아와 누웠다. 묽은 어둠 속의 벌판에 비해 무릎 꿇어 앉은 그분의 모습은 너무나 작아 보였다. 그런데 그분은 자꾸만 커져 그 벌판을 다 채우고 있었다. 가슴속에 그런 울음을 담고도 그리 무반응하고 무감각하게 강건하고 완강할 수 있는 그분이 위대하게만 느껴졌다. 날이 밝아서 대한 그분의 모습에서는 운 흔적이라고는 찾아볼 수가 없었다.

"어서 이 노자 받게. 이건 내 돈이 아니라 동포들이 주는 것일세. 자네들을 믿네."

그분은 '자네들'이라고 말했을 뿐 끝끝내 아들의 이름은 입에 올리지 않았다.

병약은 심약을 부른다고 했다. 허탁은 송중원이가 심약해질까 봐 걱정이 되었다. 그분의 그 이야기는 아들인 중원이에게 그 무엇보다도 큰 힘이 될 수도 있었다. 다음번에는 그 이야기를 꼭 들려주리라 생각하며 허탁은 12월을 실어오는 찬바람 속을 빠르게 걷고 있었다.

그런데 1928년이 다 끝나가는 12월 10일 코민테른에서는 조선에 대한 중대 결정을 내렸다. 조선공산당의 승인을 취소하고, 재건 명령을 하달한 것이었다. 그에 맞서기라도 하듯 조선총독부에서는 사상운동의 단속을 더욱 강화하는 내용으로 치안유지법을 개정했다.

〈9권에 계속〉

아리랑 8

제1판 1쇄 / 1994년 12월 10일
제1판 38쇄 / 2001년 5월 10일
제2판 1쇄 / 2001년 10월 10일
제2판 24쇄 / 2006년 10월 10일
제3판 1쇄 / 2007년 1월 30일
제3판 36쇄 / 2019년 8월 15일
제4판 1쇄 / 2020년 10월 15일
제4판 4쇄 / 2023년 12월 31일

저자 / 조정래
발행인 / 송영석

발행처 / (株)해냄출판사
등록번호 / 제10-229호
등록일자 / 1988년 5월 11일(설립일자 | 1983년 6월 24일)

04042 서울시 마포구 잔다리로 30 해냄빌딩 5·6층
대표전화 / 326-1600 팩스 / 326-1624
홈페이지 / www.hainaim.com

ⓒ 조정래, 1994, 2001, 2007, 2020

ISBN 978-89-6574-938-7
ISBN 978-89-6574-943-1(세트)